MICH

Michel Bussi, géographe (
Rouen, a publié aux Press(
polar français le plus prim(
bande dessinée a paru en jar

Un avion sans elle, pour lequel il a reçu le Prix Maison de
la Presse, s'est vendu à plus de un million d'exemplaires
en France. Ses ouvrages, qui rencontrent un grand succès
international, notamment en Allemagne, en Angleterre, en
Italie et en Chine, sont traduits dans 36 pays. Les droits
de plusieurs d'entre eux ont été cédés en vue d'adaptations
télévisuelles : France 2 a diffusé les six épisodes de *Maman
a tort* en 2018. *Un avion sans elle* a été diffusé par M6 en
2019 et *Le temps est assassin* par TF1. Il est l'auteur, toujours
aux Presses de la Cité, de *Ne lâche pas ma main* (2013),
N'oublier jamais (2014), *Maman a tort* (2015), *Le temps est
assassin* (2016) et *On la trouvait plutôt jolie* (2017). *Gravé
dans le sable*, paru en 2014, est la réédition du premier
roman qu'il a écrit, *Omaha Crimes*, et le deuxième publié
après *Code Lupin* (2006).

En 2018, il a publié un recueil de nouvelles chez Pocket,
T'en souviens-tu, mon Anaïs ? et a réédité l'un de ses
premiers romans, *Sang famille* (paru en 2009), aux Presses
de la Cité. Une version enrichie et illustrée de *Code Lupin*
a paru aux Éditions des Falaises, et *Mourir sur Seine* a été
adapté en bande dessinée aux éditions Petit à Petit. Cette
même année, Michel Bussi a aussi publié son premier
recueil de contes pour enfants, *Les Contes du Réveil Matin*,
aux éditions Delcourt. Il est le deuxième auteur français
le plus vendu en France en 2019 selon le palmarès du
Figaro-GFK. Il poursuit sa carrière en publiant trois autres
romans à suspense, *J'ai dû rêver trop fort* (2019), *Au soleil
redouté* (2020) et *Rien ne t'efface* (2021), aux Presses de la
Cité, et le premier volume d'une série de romans jeunesse,
NÉO (2020) chez Pocket Jeunesse.

Retrouvez toute l'actualité de l'auteur sur son site :
www.michel-bussi.fr
et sur ses pages Facebook et Instagram

AU SOLEIL REDOUTÉ

MICHEL BUSSI

AU SOLEIL
REDOUTÉ

PRESSES
DE LA CITÉ

MIXTE
Papier issu de
sources responsables
FSC® C003309

L'éditeur de cet ouvrage s'engage dans une démarche
de certification FSC® qui contribue à la préservation
des forêts pour les générations futures.

Pour en savoir plus :
www.editis.com/engagement-rse/

place
des
éditeurs

© Michel Bussi et Presses de la Cité, un département [place des éditeurs], 2020
ISBN 978-2-266-31304-9
Dépôt légal : février 2021

À la mémoire de Claude Simon,
le père de mon ami Pascal

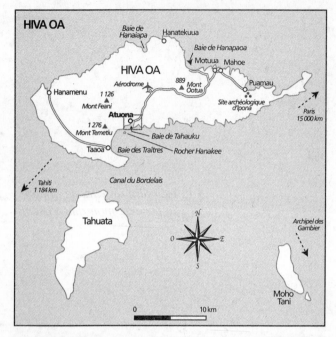

HIVA OA

Baie de Hanaiapa — Hanatekuua

Baie de Hanapaoa — Motuua — Mahoe

HIVA OA

Aérodrome — 889 ▲ Mont Ootua — Puamau

Hanamenu

1 126 ▲ Mont Feani

Atuona

1 276 ▲ Mont Temetiu

Baie de Tahauku

Taaoa — *Baie des Traîtres* — Rocher Hanakee

Site archéologique d'Ipona

Paris 15 000 km

Tahiti 1 184 km

Canal du Bordelais

Tahuata

N
O — E
S

Archipel des Gambier

Moho Tani

0 — 10 km

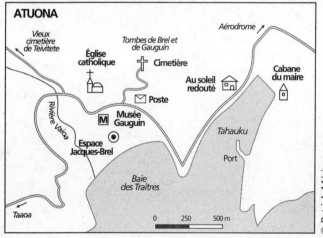

ATUONA

Vieux cimetière de Teivitete

Aérodrome

Tombes de Brel et de Gauguin

Église catholique

† Cimetière

Au soleil redouté

Cabane du maire

✉ Poste

Rivière Vaioa

M Musée Gauguin

Tahauku

Espace Jacques-Brel

Port

Baie des Traîtres

Taaoa

0 — 250 — 500 m

© Patrick Mérienne

Ils parlent de la mort, comme tu parles d'un fruit
Ils regardent la mer, comme tu regardes un puits
Les femmes sont lascives, au soleil redouté
Et s'il n'y a pas d'hiver, cela n'est pas l'été

Jacques BREL, *Les Marquises*

Les poissons dorment.

Ils ne sont pas morts, ou engourdis par une mer trop chaude, non, ils dorment vraiment.

Elle se rapproche encore des rochers noirs déchiquetés, au bout de la baie des Traîtres, pour mieux les regarder flotter dans les piscines naturelles. Dans le champ qui surplombe la plage, deux chevaux bruns broutent des feuilles de frangipanier. Un instant, elle envie leur liberté paresseuse, avant de repérer la discrète corde qui les relie à deux piquets.

Retour aux piscines.

Une cinquantaine de poissons, pris au piège entre les rochers noirs, font la planche, immobiles, les yeux ouverts, se laissant bercer par les rouleaux de l'océan Pacifique. Des mérous, des perroquets, des chirurgiens. Tassés et multicolores. Une piscine un mercredi de canicule... et un seul maître-nageur pour tous les surveiller !

Le maître-nageur a de l'eau jusqu'aux cuisses, des tatouages marquisiens jusqu'aux oreilles, des cheveux frisés gris et une carrure de pilier de rugby. Il ramasse les poissons endormis à mains nues et les jette dans le panier en feuilles de bananier tressées qu'il porte à l'épaule.

Elle le reconnaît. C'est Pito, le jardinier qui vient parfois tailler les plantes et les arbres au Soleil redouté. Un colosse aux gestes lents qui doit approcher des soixante-dix ans. Il la reconnaît aussi, il pose un doigt sur ses lèvres.

Chut !

Elle s'étonne. Pourquoi doit-elle rester silencieuse ? Parce que si elle prononce le moindre mot, elle va réveiller les poissons en sursaut ?

Même pas !

Pito part dans un long rire aux éclats.

— T'as rien vu, hein, ma belle ? Si on te demande, tu jureras que tu m'as vu pêcher ces poissons avec mon harpon ?

Elle roule des yeux étonnés qui paraissent beaucoup amuser le Marquisien.

— Je… Je vous promets.

Le pêcheur laisse un peu traîner son regard sur la femme devant lui, sur le paréo à fleurs d'hibiscus qu'elle a noué autour de sa taille, sur le haut de son maillot, puis lui adresse un clin d'œil.

— C'est de la vieille magie marquisienne !

Il choisit encore avec soin un perroquet de belle taille, aux écailles bleues et vertes, et rejoint les rochers. Elle devine qu'elle a enfin le droit de le questionner.

— Les… Les poissons dorment les yeux ouverts ?

Le grand rire du Marquisien se fracasse à nouveau contre les pierres.

— Bien sûr, ils n'ont pas de paupières !

— Et… Et ils dorment en plein jour ?

Elle n'en revient pas d'entretenir une conversation à ce point surréaliste avec un papy tatoué de la tête aux pieds, sur la plage d'Atuona, le minuscule village principal d'Hiva Oa, la plus grande île de l'archipel le plus isolé du monde, à plus de quinze mille kilomètres de Paris et six mille du premier continent.

— Oui, répond Pito en comptant ses prises. Si on les aide un peu.

Elle n'est pas si gourde, elle a compris qu'il est en train de braconner ! Et qu'elle en a trop vu...

Pito va-t-il l'étrangler, ou faire d'elle sa complice ?

Le pilier de rugby, tout ventre en avant, sans doute désormais plus assidu aux troisièmes mi-temps qu'aux entraînements, exécute un bref mouvement de haka, avant d'avancer vers elle en boitant légèrement.

— Il n'y a plus que les très vieux Marquisiens pour savoir pêcher ainsi.

Il désigne du regard les arbres qui couvrent les montagnes alentour, puis continue.

— À la poudre de noix d'hotu ! Si on sait la reconnaître, on la trouve un peu partout dans les forêts du bord de la mer. Tant que la noix n'est pas ouverte, elle n'est pas dangereuse. Mais son amande est un poison mortel ! Fends-en une, et laisse les poules la picorer, tu verras !

Les chevaux se sont approchés. Leur corde est suffisamment longue pour leur permettre de descendre sur la plage, de brouter les touffes d'herbe qui poussent près de la digue, et même de se baigner ? Le vieux Marquisien les caresse distraitement.

— Je te rassure, ma mignonne, on ne se sert plus de l'hotu pour les sacrifices humains. On s'est aperçu qu'après les avoir empoisonnés, les étrangers étaient moins faciles à digérer[1] (un grand rire secoue à nouveau son impressionnante cage thoracique). Mais

---

1. Le cannibalisme était pratiqué aux Marquises jusqu'au XIXe siècle ; il y reste une source de plaisanterie.

depuis toujours, si on connaît le bon dosage pour piler les amandes, on peut s'en servir pour les jeter en mer et enivrer les poissons...

Le pêcheur lance un dernier regard sur la peau bronzée de la jeune femme, de ses pieds nus à la fleur de tiaré en équilibre sur son oreille.

— Et les belles touristes...

Éditions Servane Astine
41, rue Saint-Sulpice
75006 Paris

Madame,

Vous avez fait partie des 31 859 participants au concours *Plumes lointaines* organisé par les éditions Servane Astine, pour tenter de gagner une invitation exceptionnelle à un atelier d'écriture d'une semaine aux Marquises (Hiva Oa), encadré par l'écrivain Pierre-Yves François.

Félicitations ! J'ai l'immense plaisir de vous confirmer que vous êtes l'une des cinq lauréates, dont les noms figurent ci-dessous.

Clémence Novelle
Martine Van Ghal
Farèyne Mörssen
Marie-Ambre Lantana
Éloïse Longo

Nous vous demandons de confirmer sous 7 jours votre participation, et de nous indiquer si vous serez ou non accompagnée. Vous serez hébergée dans la pension Au soleil redouté (www.au-soleil-redoute.com). Nous prendrons très prochainement contact avec vous pour vous préciser toutes les modalités pratiques, mais nous tenions à vous informer dans les plus brefs délais de cette formidable nouvelle.

En vous renouvelant toutes nos félicitations, veuillez recevoir, Madame, l'expression de notre amitié la plus sincère.

Servane Astine

JOURNAL de MAÏMA
Avant de mourir...

J'arrive essoufflée au Soleil redouté. Tout en laissant mon cœur se calmer, je repense à la première fois où j'ai aperçu la pension, il y a trois jours, après avoir atterri à l'aérodrome Jacques-Brel, accompagnée de maman et des quatre autres gagnantes du concours.

La luminosité baisse d'un coup. Je lève les yeux. Le soleil vient de se faire piéger par le voile des nuages accrochés au mont Temetiu, on dirait un poisson-lune pris dans les mailles d'un filet. En un instant, le vert des cocotiers, des manguiers et des bananiers vire au glauque. Gris de mer avant la tempête.

Je profite de la soudaine pénombre pour m'avancer le plus silencieusement possible dans l'allée. Je continue de reprendre ma respiration sous les feuilles de bougainvilliers. Je viens de courir deux kilomètres, deux cents mètres de dénivelé, sans m'arrêter.

Aucun bruit, aucun mouvement. Ni sur la terrasse, ni dans la salle Maeva, ni dans aucun des six bungalows. Je jette un bref regard panoramique sur la baie des Traîtres, le rocher Hanakee, la plage noire du village désert d'Atuona. Je scrute une seconde le ciel vide, dernier espoir, et sans davantage réfléchir, j'escalade les murs de bambou du faré[1] de Tanaé. Je m'appuie sur les piliers sculptés et je n'ai aucun mal à atteindre le toit en feuilles de pandanus séchées. Mes pieds nus se posent

---

1. Habitation polynésienne traditionnelle.

16

en équilibre sur la charpente et je me glisse jusqu'à l'ouverture de trente centimètres sous la faîtière.

Du haut de mes seize ans, aussi fine qu'une anguille, je suis la seule à pouvoir entrer ainsi dans chaque maison de la pension, même quand les portes et les fenêtres sont fermées. Je ne m'en suis pas privée, pour aider Yann et Clem, ces derniers jours. Sauf que maintenant, après tant de sang versé, après tant de morts, tout est devenu tellement plus urgent.

Je me suspends un instant à la poutre, puis je me laisse tomber dans le faré. Je revois ma course folle depuis le cimetière, la tombe gravée, le cadavre enterré. Je sais ce que je suis venue trouver : ce manuscrit dont m'a parlé Tanaé, il y a quelques minutes. Le récit de Clem et des quatre autres lectrices de l'atelier d'écriture. Le journal complet de ces deux jours. Ce que chacune a vu, pensé, compris.

Je ne cherche pas longtemps, le dossier est posé sur le bureau de bois de rose. Une centaine de feuilles. La première n'est noircie que de deux lignes.

MA BOUTEILLE À L'OCÉAN
Récit de Clémence Novelle

Au-dessus des montagnes, le soleil blanc s'est échappé des nuages. Ses rayons traversent brusquement la fenêtre du faré, éblouissant la pièce d'une clarté redoutée.

Je saisis le dossier et je m'installe dans le dernier coin à l'ombre, sur le lit, sous la moustiquaire. Pas par peur des moustiques, ils préfèrent les popa'a[1], mais j'ai toujours trouvé que ces voiles suspendus au-dessus des lits les faisaient ressembler à des baldaquins de princesse.

Sous un ciel de dentelle, on doit faire de plus jolis rêves.

J'ouvre le dossier.

Est-ce que libérer ces rêves sous une moustiquaire, ça les empêche de s'envoler ?

Avant de mourir je voudrais...

---

1. Nom donné par les Polynésiens aux étrangers.

Deux jours plus tôt

MA BOUTEILLE
À L'OCÉAN

Partie I

Récit de Clémence Novelle

Avant de mourir, je voudrais...

*Écrire un roman qui se vende en 43 langues sur
cinq continents*
Rencontrer le Prince Charmant
Faire le tour du monde sur un voilier blanc
Arriver à mes cinquante ans sans un seul cheveu blanc
Traverser l'Australie sur un cheval blanc
Heu... Quoi d'autre ?
Heu...
Blanc ! Le blanc !

J'ose à peine relire ce que je viens d'écrire.

C'est d'une abyssale banalité ! Je résiste à l'envie
d'en faire une boule de papier, bien serrée, et de l'enfoncer au plus profond dans la poubelle du parking de
la plage, sous le manguier sauvage. Perché dans l'arbre,
un coq se fout de moi.

Connard !

Les Marquises sont une destination de rêve, à une
exception près : les milliers de coqs en liberté qui
vous empêchent de dormir la nuit et narguent vos yeux
cernés toute la journée.

Je saisis une nouvelle feuille blanche.

MA BOUTEILLE À L'OCÉAN

Chapitre 1

Voilà, autant commencer par cela, je m'appelle Clémence.

Clémence Novelle.

Comment me décrire en quelques mots ? Trente ans (à quelques mois près), parisienne (à quelques stations de RER B près), célibataire (à l'exception de quelques amants-vampires que le soleil du matin fait généralement fuir), employée dans un *call center* à Nanterre. Physiquement, je ressemble plutôt à un garçon manqué, cheveux courts, pompes de rando, pantalon de treillis, tee-shirt qui flotte.

Ma tenue de camouflage !

Car dans ma tête, j'aime ce que les garçons n'aiment pas trop : les mots ! J'ai candidaté à cet atelier d'écriture organisé à Hiva Oa uniquement pour ça : les coucher, les border, les laisser rêver, jusqu'à ce qu'ils composent un roman, mon roman, ma bouteille à l'océan.

J'ose à peine relire les premiers...

Récit de Clémence Novelle
Avant de mourir, je voudrais...

L'église d'Atuona vient de sonner midi. Jamais je n'aurai fini. Tanaé va bientôt nous appeler pour le déjeuner et PYF ramasse les copies avant qu'on se mette à table. Je prends tout de même le temps de jeter un regard autour de moi. Quelques gamines, sur des planches de bodyboard bricolées, tentent de surfer les

24

vagues de la plage noire ; des garçons tapent dans un ballon sur le terrain de foot qui occupe tout le front de mer : le plus beau stade du monde ! Les portes du hangar de l'espace culturel Brel, cent mètres derrière moi, sont ouvertes, j'entends le grand Jacques chanter en boucle sa quête.

Rêver un impossible rêve, porter le chagrin des départs
Brûler d'une possible fièvre, partir où personne ne
part

Merci, Jacques ! Pas besoin de me miner le moral ! Mes *cheveux blancs* rimés avec mes *chevaux blancs* comparés à ton génie. Ça va, j'ai compris !

Je repense aux instructions de PYF ce matin.

Exercice n° 2. Avant de mourir, je voudrais… Inventez la suite. Soyez originales, surprenantes, amusantes, émouvantes, mais surtout sincères.

Vous avez trois heures.

C'était il y a trois heures !

Avant de mourir, je voudrais…
Ne pas connaître la honte de ma vie en rendant un devoir… blanc ?

Je baisse les yeux sur les pages de mon cahier, les premières instructions de PYF, celles d'hier, me reviennent en tête :

Exercice n° 1. Votre bouteille à l'océan. Écrivez, écrivez tout, sans pudeur, sans peur, sans retenue, écrivez comme si personne n'allait jamais lire votre

roman, écrivez comme si ensuite vous étiez prête à
tout jeter à l'océan !

Alors c'est parti, j'écris. *Ma bouteille à l'océan,*
un roman de Clémence Novelle. Premier chapitre.
Exercice n° 2.

Allez tant pis, je laisse les mots s'aligner sans les
organiser.

Avant de mourir, je voudrais…

Vivre toujours ici, tiens ! Toute ma vie ! Ne jamais
reprendre l'avion pour Paris.

Encore une fois, je laisse filer ma concentration et
je repense au trajet Paris-Tahiti, vingt-deux heures de
vol, escale à Papeete et quatre heures d'avion supplémentaires jusqu'aux Marquises le nez collé au hublot,
pour ne rien rater du survol des atolls et du bleu plus
turquoise que l'encre de mes poèmes d'adolescente.

Je revois l'arrivée au-dessus d'Hiva Oa, une montagne d'émeraude qui surgit au milieu de nulle part, qui
paraît plus sauvage et inexplorable à chaque nouveau
mètre franchi par le petit Boeing d'Air Tahiti Nui. La
forêt qui recouvre tout à l'exception de quelques plages
cernées par les palmiers, telles des oasis inversées.

J'entends à nouveau les roues se poser sur le
tarmac de poche de l'aérodrome Jacques-Brel, je ressens l'odeur des colliers porte-bonheur de fleurs, ou
de graines rouges, offerts dès l'atterrissage par les
Marquisiennes dodues.

Puis je revis ma première consternation, plus de
connexion ! La première de toutes les autres frustra-
tions : plus de vitrines à lécher, plus de bars où boire,
plus de feux rouges à maudire. Avant la résignation,
après avoir sorti une vingtaine de fois mon iPhone

aux quatre coins de l'île : rien, on ne capte rien ! Plus de SMS à échanger, plus de selfies à envoyer, plus de nouvelles, plus de famille, plus de copines, plus d'emmerdes.

Voilà, c'est ça ! Avant de mourir, je voudrais rester ici ! À vingt-neuf ans et demi, pas de petit ami, pas de CDI, qu'est-ce qui me retient à Paris ?

Voilà, c'est ça ! Échouer sur Hiva Oa et y rester jusqu'à ma mort, Gauguin a tenu quinze mois, Brel vingt-sept, je peux battre le record. Facile !

Avant de mourir, enfin juste après, je voudrais être enterrée là, au cimetière d'Atuona, quelque part entre Paul et Jacques. Le petit cimetière possède son peintre, son musicien, il ne lui manque que son écrivain ! Une femme tant qu'à faire, histoire de rétablir un peu de parité.

Je lève mon stylo. Je commence à me relire. Après tout, je ne m'en suis peut-être pas si mal sortie.

Un long son de trompe, rappelant une sirène de pompier noyée, descend de la pension, sur les hauteurs du village, jusqu'à la plage : Tanaé souffle dans sa conque. Une première fois.

L'heure du kaikai. Le repas marquisien.

Au Soleil redouté, on ne plaisante pas avec ça. Au second appel de la conque, tout le monde doit être remonté sur la terrasse pour le déjeuner. Au menu, thon rouge cru, poulet fafa, po'e banane, une bonne dizaine d'autres plats... et remise des copies !

Au-dessus de ma tête, le coq, effrayé, s'est envolé. Une Marquisienne a garé son pick-up Toyota devant la digue et rappelle les petites surfeuses. Les gardiens de l'espace culturel Jacques-Brel ont coupé la sono et sont partis manger.

Je n'arrive pas à me lever. Telle une élève prise de vitesse, j'essaye de grappiller une poignée de secondes pour corriger les dernières fautes d'orthographe.

Est-ce que Titine, Éloïse, Farèyne et Marie-Ambre sont aussi stressées que moi ? Est-ce qu'elles prennent autant au sérieux cet atelier d'écriture au bout du monde organisé par l'un des écrivains francophones les plus lus ? Est-ce qu'avant de mourir, elles voudraient, toutes autant que moi, pour de vrai, devenir…

— Clem ! On mange !

Je n'ai même pas entendu le second appel de Tanaé. C'est Maïma qui est venue me chercher.

Maïma, c'est la fille de Marie-Ambre, l'une des cinq lectrices de l'atelier. Maïma, c'est surtout ma petite princesse aux pieds nus, avec sa peau de biscuit et ses longs cheveux de réglisse option torsade. C'est ma guide sur l'île. Ma relectrice, ma complice. Je n'ai jamais rencontré une gamine aussi vive et futée.

Un jour, comme ils le font tous ici, je l'adopterai !

JOURNAL de MAÏMA
Petites manies et grands manas

Je grimpe le sentier avec Clem. J'adore son look de baroudeuse et je crois qu'elle aime bien mon côté sauvageonne. Je m'amuse à poser mes pieds nus dans les marques que ses chaussures de rando laissent dans la terre sèche. Un coup d'œil à la baie des Traîtres et au village d'Atuona, coincé entre montagnes et océan, étouffé côté toits par la végétation, et grignoté côté jardin par les vagues du Pacifique. S'il faut à peine cinq minutes pour descendre du Soleil redouté jusqu'à la plage, on met un bon quart d'heure pour en remonter. Je ne vais pas me plaindre, sur la dizaine de pensions de l'île d'Hiva Oa, Au soleil redouté est la plus proche du village.

Elle est aussi celle qui a la meilleure réputation, d'après les guides touristiques. Tous vantent, je cite mot pour mot, *l'énergie bienveillante de l'hôtesse, Tanaé, la qualité de la nourriture locale servie matin, midi et soir, et l'agencement simple des six bungalows, qui portent tous le nom d'une île marquisienne, dans la grande tradition de l'artisanat local, meubles de bois de rose, murs de bambou et toits de pandanus.*

Au soleil redouté est la chouchoute des agences de voyages, elle affiche complet la quasi-totalité de l'année, tout comme d'ailleurs la plupart des autres pensions d'Hiva Oa ! N'allez pas vous imaginer pour autant que les Français, les Australiens, les Indiens ou les Américains débarquent en masse aux Marquises, vu qu'il n'y a qu'une petite centaine de lits disponibles sur l'île. Ils sont vite remplis par la poignée de touristes qui se dispersent ensuite entre les croisières dans l'archipel, les randonnées en 4 × 4 et les trekkings vers les sommets.

À midi, je dois vous prévenir, le soleil équatorial des Marquises est particulièrement redouté... et apprivoisé ! Chez Tanaé, le déjeuner est pris en commun par les pensionnaires sous une pergola qui surplombe la baie des Traîtres. Coqs, poules et chats en liberté sur le toit, goyaves, fruits de la passion et citrons à portée de main, vue imprenable au premier plan sur le champ où galopent les trois doubles poneys, et au second sur le petit port de Tahauku et l'île de Tahuata.

Deux grands miroirs sont accrochés dans la salle Maeva, la vaste pièce qui sert à la fois de réception, de bar et de salon pour les jours de pluie. Ainsi, évidemment, que quelques tableaux de Gauguin et une photo de Brel. Je suis de votre avis, c'est pas super original, mais Tanaé ne va pas accueillir les touristes français, au bout d'un pèlerinage de trente heures d'avion, avec du Cézanne et du Brassens.

La touche de fantaisie se situe sous la pergola : un grand tableau noir sur lequel est inscrit au feutre blanc *Avant de mourir je voudrais...*, jumeau de milliers d'autres exposés à travers le monde depuis que l'artiste Candy Chang (je l'ai appris sur Wiki) a eu l'idée de les populariser. Avant de quitter les Marquises, les clients du Soleil redouté sont invités à écrire leurs vœux à la craie sur le tableau noir, que Tanaé photographie chaque semaine avant de les effacer.

Un livre d'or d'outre-mer aussi éphémère qu'un papillon tropical. Je vous lis ceux qui n'ont pas encore été nettoyés par la patronne d'un coup d'éponge ?

Avant de mourir je voudrais...
Revenir à Hiva Oa, chez Tanaé !
Faire venir aux Marquises papa et maman et leur offrir un collier de fleurs de tiaré.
Faire le tour du monde.
Passer mon permis fusée.
Trouver la recette de l'immortalité.

Quand on arrive à la pension, avec Clem, un peu essoufflées, tous les autres sont déjà installés à table sous la pergola. En passant devant le tableau noir, je me dis que Pierre-Yves François n'a pas été chercher loin l'exercice numéro 2 de son atelier d'écriture. D'ailleurs, PYF s'est levé et ramasse les copies. Clem, bonne élève, ne prend même pas le temps de respirer et lui tend la sienne. J'observe la scène, amusée.

Pierre-Yves François.

PYF, pour les médias. L'empereur du best-seller.

Je dois vous l'avouer, je n'ai jamais ouvert un seul de ses bouquins, comme d'ailleurs je crois aucun des deux mille autres Marquisiens sur Hiva Oa. Les habitants d'Atuona ne sont pas plus impressionnés par Pierre-Yves François qu'ils ne le furent quand Jacques Brel y débarqua : tout le monde ignorait qui il était !

Pour tout vous dire, je trouve que PYF ressemble à M. Jacquot, mon prof de maths : court sur pattes, cheveux trop rares et trop blonds pour masquer les rougeurs de son crâne à moitié dégarni, ventre trop rond pour masquer les abus d'apéro le midi, et une tendance à somnoler à son bureau en début d'après-midi. Bon, la comparaison s'arrête là. M. Jacquot possède une aptitude légendaire à se faire bordéliser, voire tyranniser par les élèves qui se fichent de ses équations. Pierre-Yves François, au contraire, a plutôt tendance à fasciner, voire hypnotiser, ses lectrices, qui notent fébrilement chacune de ses phrases, comme s'il ne s'exprimait qu'en alexandrins ou en haïkus, et que chaque mot qu'il prononçait composait une sorte de poésie perpétuelle qu'il serait sacrilège de laisser se perdre dans les courants d'air. Une sorte d'énergie créative renouvelable, d'inspiration solaire, si vous voyez... Moi j'y vois surtout du vent, capable de faire tourner dans l'archipel une bonne centaine d'éoliennes.

Je ne sais pas combien de lectrices dans le monde PYF est ainsi capable de prendre au piège de ses pages, mais sur les cinq femmes assises à la table du Soleil redouté, il faut reconnaître qu'il maîtrise son emprise.

— C'est prêt ! crie Tanaé.

Je me dépêche de m'asseoir à côté de Clem. Poe et Moana, les deux filles de Tanaé, enchaînent les allers-retours dans la salle Maeva de la cuisine à la pergola pour déposer les plats sur la table. Les convives s'exta-sient devant le tartare de thon coco, la purée d'umara, la patate douce locale, les saladiers de fafa, l'épinard du coin... Moi je suis davantage impressionnée par les ser-veuses, Poe et Moana. Elles ressemblent aux jumelles du tableau de Gauguin *Et l'or de leur corps* : mêmes cheveux noirs tombant sur l'épaule droite, mêmes sour-cils sombres écartés de la largeur d'un nez, mêmes bouches épaisses, même peau cuivrée. Seule différence avec les modèles du peintre marquisien : leurs bras sont tatoués des épaules aux poignets. Vagues d'océan, coquillages, fleurs et courbes abstraites pour tout harmoniser. Poe a dix-sept ans, Moana dix-huit, à peine deux ans de plus que moi ! Si vous saviez comme leurs tatouages me font envie ! Je voudrais les mêmes, ou d'autres, mais jamais, jamais maman ne dira oui ! Maman ne porte aucun tatouage. Elle a pourtant vécu plus de cinq ans en Polynésie.

Maman est assise juste en face de moi. Je prends le temps d'observer la tablée, histoire de vous présenter toute la petite communauté. Il y a dix chaises : cinq pour les lectrices, deux pour les accompagnants (Yann et moi), et trois places libres pour Tanaé, Moana et Poe, qui viendront s'asseoir dès qu'elles auront terminé de s'agiter comme des mouches affolées pour apporter les plats. Après mon rapide tour de table, mon regard se pose à nouveau sur maman.

Qui d'ailleurs pourrait deviner que Marie-Ambre est ma mère ? Elle est tout l'inverse de moi. Le jour et la nuit, c'est le cas de le dire ! Aussi blonde que je suis brune, parfumée d'une fragrance d'Hermès hors de prix, maquillée, chapeautée d'une couronne de raphia tressé, peau dorée assortie à ses bracelets. Maman est une de ces femmes qui savent bronzer comme on recouvre les bijoux d'une feuille d'or, ça fait partie de ses talents innés, comme marcher sur des talons perchés, danser ou vider des cocktails dans des soirées. D'ailleurs, maman préfère qu'on l'appelle tout simplement Ambre. Ou même Amber, comme Amber Heard, l'ex-femme complètement givrée de Johnny Depp à qui elle aimerait tant ressembler.

Une perle noire pend dans son décolleté. Je la vois discuter avec Titine, la mamie belge assise à côté d'elle. Elle aussi porte une perle noire en collier. Je ne connais Titine que depuis deux jours, mais je l'adore. Je craque pour sa coquetterie de grand-mère, se faire appeler Titine plutôt que Martine, ses bizarreries vestimentaires, ses robes à dentelles ou ses shorts à bretelles, ses cheveux blancs en couettes piquées de fleurs de tiaré. Titine a dû être belle, très belle, elle est juste devenue un peu trop obsessionnelle avec son amoureux éternel… Jacques Brel !

Maman et Titine échangent à voix basse, couvertes par le brouhaha des autres discussions de la table, mais je comprends sans avoir besoin de capter tous les mots. Maman parle à Titine de sa perle, et lui explique que la sienne est une top gemme, la gamme hors classe des perles de culture, une petite fortune coincée entre ses deux petits seins, alors que celle de Titine, à vue de nez entre ses deux nénés, n'est au mieux qu'une catégorie C. Une pacotille qui ne vaut pas plus de 1 000 francs Pacifique[1].

Si maman le dit… Maman, c'est le tact incarné !

— Pouvez-vous me passer le pain coco ? demande Yann.

Personne ne lui répond.

D'un coup, tout le monde se tait. Le gourou va parler ! Pierre-Yves François a englouti une bonne moitié du saladier de thon rouge et a décidé de

---

1. Environ 10 euros.

délivrer un de ses précieux conseils avant d'attaquer le poulet fafa.

— Il n'y a pas de talent, balance-t-il de but en blanc. Ou plutôt, tout le monde en a. Ce n'est pas de naître avec un quelconque don qui fait la différence. C'est le travail, la sueur, l'acharnement…

Je me retiens de rire. Dire que maman et les quatre autres ont parcouru quinze mille kilomètres pour écouter un tel baratin !

— Prenez n'importe quel art, poursuit l'écrivain, la musique, la peinture, la sculpture, l'écriture, vous ne trouverez qu'une infime catégorie de personnes qui n'ont aucun talent, et une encore plus infime catégorie de personnes qui ont du génie. Pour tous les autres, même moi, mesdemoiselles, même moi, le succès d'une œuvre, c'est juste du boulot ! Du boulot et encore du boulot !

Il est trop fort, PYF. Je l'observe guetter avec gourmandise les discrets signes de protestation parmi son auditoire, « Mais non, Pierre-Yves, mais non voyons, vous appartenez à la caste des prodiges, ce n'est en rien contradictoire avec votre capacité fabuleuse de travail ».

— Alors écoutez bien ce conseil, mesdemoiselles, insiste le gourou, retenez-le, gravez-le : quoi qu'il arrive dans les heures, dans les jours qui viennent, quoi qu'il se passe jusqu'à ce que vous repreniez l'avion dans cinq jours, continuez d'écrire. Notez tout ! Écrivez tout ! Vos impressions, vos émotions, le plus immédiatement possible, le plus sincèrement possible. Regardez, regardez autour de nous (d'un geste théâtral, il désigne à la fois l'océan, les montagnes et les îles lointaines), tout est source d'inspiration. Je peux vous dire que convaincre mon éditrice de financer un atelier d'écriture aussi loin de Paris, dans le lieu le plus isolé du monde, n'a pas été facile, alors profitez de chaque seconde. Écrivez ! Le plus intimement que vous le pourrez. Presque tout le monde, s'il travaille avec envie et sincérité, devient doué. Ici le talent pousse aussi facilement qu'un frangipanier. Écrivez ! Je l'ai promis à Servane Astine, ensemble, tous ensemble, nous lui produirons le plus inattendu des romans.

Tout le monde médite, pendant que Pierre-Yves attaque ses frites. Fabrication maison. Frites de fruit à pain. Un délice. On les expédierait en Europe en sachets surgelés, il s'en vendrait par millions.

Tanaé, Poe et Moana se sont enfin posées avec nous.

Je continue mon tour de table. À côté de maman, je vous présente Farèyne, assise en face de Yann, son mari. Avec moi, Yann est le seul accompagnant. Les trois autres, Clem, Titine et Éloïse, sont venues seules. En conséquence, je passe pas mal de temps avec Yann pendant que les cinq apprenties romancières se dispersent dans la nature, bloc-notes en main, à chercher l'inspiration. Elles s'accordent peu de récréations… D'après ce que j'ai compris, Yann est breton et Farèyne danoise, enfin d'origine. Farèyne est policière, patronne dans un grand commissariat de Paris. Yann est flic lui aussi, mais gendarme, dans une campagne autour de Paris. Ils ont le même âge, la quarantaine je dirais, mais visiblement pas la même carrière ! Peut-être que chez les flics, c'est pareil que chez les artistes, il ne faut pas seulement du talent pour devenir commandant, juste du travail et de la sueur. Et que Yann a moins bossé.

Tanaé s'est à peine assise qu'elle s'est déjà relevée.

— Mon petit Pierre-Yves, dit-elle, je suis ennuyée, mais je ne suis pas d'accord avec ce que tu viens de raconter.

Elle n'a presque pas touché à son poisson. Tanaé est une petite boule d'énergie qui travaille et parle tout le temps. Les deux en même temps. Elle commence à empiler les plats tout en continuant d'argumenter.

— Je suis désolée mais tout le monde ne naît pas avec le même mana.

Les autres conversations à la table se sont tues. D'habitude, Tanaé raconte en boucle des anecdotes qu'elle a peaufinées au fil des années pour les touristes qui défilent dans sa pension sans jamais y rester plus de trois jours. Mais ce coup-ci, elle semble improviser.

PYF intercepte une pleine poignée de frites d'uru[1] avant que Tanaé n'escamote le plat.

— Ah, le mana, se contente de répéter l'écrivain.

Seul Yann semble ignorer de quoi il s'agit. Tanaé ne se fait pas prier pour lui expliquer.

— Le mana, mon garçon, c'est notre force inté- rieure. Elle est présente partout aux Marquises. Dans la terre, dans les arbres, les fleurs. Partout. C'est une puissance qui s'est accumulée depuis la nuit des temps, depuis que cette montagne est sortie tout droit de la mer. Mais va pas te faire de film, le mana, c'est pas un parfum, ou un air qu'on respire, ça se passe pas comme ça. Le mana est transmis par les ancêtres, on le reçoit ou pas. On le ressent ou pas (tout en empilant des

---

1. Fruit de l'arbre à pain.

37

assiettes, Tanaé se tourne vers l'écrivain). Je regrette, mon petit Pierre, mais tout le monde ne possède pas le même mana, même en travaillant, même en transpirant. Ceux qui ont le mana le plus puissant deviennent chefs, ceux qui ont des ancêtres guerriers peuvent se laisser guider par eux quand ils vont chasser, tout autant que les gestes des meilleures danseuses de haka sont inspirés par l'esprit de générations de Marquisiennes avant elles. Mais je peux te dire que le mana, les jeunes feignasses qui boivent de la bière toute la journée devant le magasin Gauguin, en écoutant à fond NRJ Tahiti, ils ne l'ont pas !

Tanaé me fait rire avec ses légendes qui remontent à trois millénaires. Pierre-Yves se dépêche de faire glisser dans son assiette une dernière portion de popoï[1]. Poe et Moana obéissent aux ordres muets de leur mère et se lèvent dans le même élan pour débarrasser. L'écrivain ne prend pas le temps de vider sa bouche, il se contente de la tamponner avec sa serviette aux motifs marquisiens, avant de conclure d'une voix de type qui sait noyer le poisson pour que tout le monde ait raison.

— C'est ce que je dis, Tanaé. C'est exactement ce que je dis. Chacun possède son mana, il flotte autour de nous, il nous est transmis par ceux qui ont vécu avant nous, il faut juste savoir l'écouter. Appelle-le comme tu veux, don, aptitude, talent, goût, chacun possède le sien et doit le trouver, le développer, pour que la société puisse faire un tout. (PYF décapite une dernière crevette au curry et crache presque ses derniers mots.) Et toi, ton mana, ma chérie, c'est la cuisine du paradis !

---

1. Pâte fermentée du fruit de l'arbre à pain.

38

Le compliment de l'écrivain a statufié Tanaé pendant une demi-seconde, Yann tente d'en profiter pour se resservir une tranche de thon rouge mais Farèyne, plus prompte que son mari, a déjà confié le plat à Poe. Dommage, mon capitaine !

Je le trouve pourtant plutôt pas mal, mon gendarme en vacances : la quarantaine virile, décontracté et sportif, alors que Farèyne est de loin la moins jolie des cinq lectrices réunies. Fine, sèche, sévère, coupe au carré blonde-baguette, et pas le profil à perdre son temps à méditer dans les plantations de cocotiers, une feuille blanche à la main, en attendant qu'Herman Melville, Jack London ou Robert Louis Stevenson lui transmettent le mana des aventuriers inspirés par les mers du Sud. Pour tout vous avouer, je me demande bien ce que Farèyne fiche sur cette île !

Au moins, pour Clémence et Éloïse, les deux dernières lectrices, tout est clair. Elles sont de vraies apprenties écrivaines ! Même si Éloïse, installée au bout de la table, n'est pas facile à cerner. C'est la plus sexy des cinq, de loin, même si Clem, dans le genre aventurière, a beaucoup de charme aussi. Éloïse, elle, emballe son corps de poupée dans toute une collection de petites robes fleuries, et ne vous regarde presque jamais en face, elle se contente de vous offrir un profil à faire se fissurer toutes les pyramides d'Égypte : une harmonie subtile entre un cou de cygne, une oreille bouclée, des mèches rebelles qui s'échappent de ses longs cheveux noirs emprisonnés dans des rubans ou des foulards. Éloïse possède cette beauté évidente qui doit agir comme un aimant sur les hommes, et peut-être même sur les femmes, dont elle se protège d'un sourire triste et de *bonjour, bonsoir, merci, pardon*, polis et brefs.

Le reste du temps, elle ne dit rien. D'ailleurs, elle dessine, plus qu'elle n'écrit. Des gribouillis sombres représentant le plus souvent des enfants. Ou bien elle fait les deux ? C'est ce que j'aurais tendance à parier. Peinture et écriture. Peut-être la belle Éloïse a-t-elle hérité d'une double portion de mana ! Peut-être qu'elle hésite à faire son choix. Pareil que pour le repas, elle est la seule des invitées à ne toucher aux spécialités de Tanaé qu'avec méfiance, à coups de minuscules bouchées, à l'exception du thon rouge coco et son filet de citron vert, son plat préféré.

Clem, à côté d'elle, n'hésite pas. Pour les plats de Tanaé comme pour sa vocation. Clem, c'est écrivain ou rien ! Des cinq lectrices, c'est de loin Clem que je préfère. Avec Titine, elle est la plus drôle, la seule qui lâche ses livres pour aller piquer une tête dans les vagues, qui ne regarde pas Pierre-Yves comme un bouddha aux pieds duquel il faut accumuler les offrandes, comestibles si possible. Clem est la maman que j'aurais voulu avoir... Même si je ne suis pas dupe : des cinq lectrices, malgré son look de petite souris déguisée en ranger, c'est Clémence qui a le plus d'ambition. Qui joue, d'accord, mais qui joue gros sur cette semaine d'atelier. Pour le dire autrement, Clem s'y croit carrément.

Au fond, j'ai l'impression que Clem et Éloïse se ressemblent, un peu. Même âge, même silhouette, même charme des trentenaires qui ont de la personnalité. Elles sont jumelles à leur façon. Façon sœurs fâchées. Éloïse

40

en mode petite fille mélancolique et Clem en garçonne dynamique. Elles ne s'adressent jamais la parole. Parce qu'elles sont rivales ? Parce qu'elles sont toutes les deux les plus douées de la classe ? Un seul mana à se partager ?

Tanaé revient avec les tasses, suivie de Poe qui porte le sucrier et Moana le café. Ses deux filles ne s'éloignent jamais l'une de l'autre de plus de trois mètres, elles sont un peu comme un animal bizarre, à quatre mains, super efficace pour débarrasser la table et faire le service.

Pierre-Yves frappe sa tasse avec sa cuillère pour réclamer le silence. Repas terminé, il va donc énoncer l'exercice de l'après-midi.

Au boulot, les filles !

— Mesdemoiselles, interroge l'écrivain, selon vous, quel est le meilleur début possible pour un roman ?

— Un mort ! répond sans hésiter Farèyne-la-commandante.

— Pas loin, jubile le prof d'écriture en tournant la cuillère dans son café. Mais il y a encore mieux qu'un mort.

Aucune élève n'ose répondre, cette fois.

Mieux qu'un mort ?

J'imagine la réponse dans ma tête. Deux morts ? Ou un mort éparpillé un peu partout sur les douze îles des Marquises : la tête à Nuku Hiva, une jambe à Tahuata, une autre à Tatu Hiva ? Personne, pas même Titine ou Clem, ne semble avoir envie de plaisanter.

Dixième tour de soucoupe, le temps est écoulé. PYF répond, l'air désolé, tout en vidant son café.

41

— Mieux qu'un cadavre. Pas de cadavre. Juste une disparition ! Réfléchissez, mesdemoiselles. Si vous commencez par un crime, le lecteur se demandera qui l'a commis, comment, pourquoi ? C'est un sacré bon début, je vous l'accorde. Mais si vous commencez par une disparition, le lecteur se posera les mêmes questions, qui, comment, pourquoi, et une de plus : le personnage disparu est-il mort ou pas ?

Plus personne ne parle, pas même les poules et les coqs qui lorgnent les miettes sous la table du déjeuner.

— Ajoutez, continue l'écrivain, quelques détails mystérieux pour pimenter le tout. On retrouve par exemple les vêtements de la personne disparue, bien en vue, bien pliés, et un message, un message mystérieux, sous une forme codée… Et le tour est joué !

C'est fini ? C'est ça son idée de génie ? Tanaé a l'air de le croire. Elle et ses deux filles achèvent de tout débarrasser.

Pour couvrir le bruit d'assiettes qu'on empile, de chaises qui reculent, d'ailes de poules qui voltigent, PYF hausse le ton et accélère la liste de ses instructions, il ressemble plus que jamais à M. Jacquot quand il nous dicte nos leçons alors qu'on a déjà tous le sac sur le dos.

— À vous de jouer, mesdames, vous avez tout l'après-midi, on se retrouve dès la nuit tombée. Que le mana soit avec vous !

Tanaé ajoute, avant que tout le monde soit parti :

— Choisissez bien votre tiki !

Tous savent, depuis qu'ils ont atterri aux Marquises, ce qu'est un tiki. Faut dire, ici, ils sont difficiles à rater ! On trouve ces sculptures partout sur les îles de

42

Polynésie : mi-hommes, mi-dieux, aux yeux démesurés, aux ventres arrondis, dressés ou accroupis, en bois ou en pierre, géants ou miniatures.

— C'est autour des tikis que le mana est le plus fort, précise Tanaé avec sa façon unique de rouler les *r*. Mais chaque tiki possède le sien !

Pour vous expliquer, Hiva Oa, c'est l'île aux tikis. Certains sont vieux de mille ans, comme le tiki souriant ou le tiki couronné, et sont des étapes incontournables pour les touristes, mais on en trouve des dizaines d'autres aujourd'hui aux quatre coins de l'île, le long des routes, aux carrefours, devant les magasins.

J'aide Poe et Moana à porter les derniers verres dans la cuisine, puis je reviens en courant. Tous les convives s'activent autour de la table, à l'exception de Farèyne et de maman. L'ultime nettoyage est laissé aux chats et aux poules. Tanaé, à l'entrée de la salle Maeva, armée d'un balai, tente de chasser Gaston, le coq qui mène le commando. Ici, tous les coqs portent le prénom d'un homme politique, choisi en fonction de leur caractère supposé.

Clem commence à descendre vers le village, bloc de papier dans son sac en jean élimé, bandoulière à l'épaule. Je la rattrape et lui prends la main.

— Viens, Clem. Viens, je vais t'aider à choisir ton mana !

MA BOUTEILLE À L'OCÉAN
Chapitre 2

J'ai du mal à suivre Maïma. Cette petite souris des tropiques se faufile, pieds nus, contournant les troncs noueux des kapokiers, écartant les branches de pample-moussiers aussi chargées de fruits que des guirlandes de Noël. De temps en temps elle se retourne avec un grand sourire.

— Suis-moi, Clem, suis-moi.

J'ai l'impression d'être un éléphant avec mes chaus-sures de trek. Nous marchons depuis une dizaine de minutes dans la forêt. Juste un petit crochet, m'a promis Maïma.

Nous parvenons à une clairière dont le sol est jonché de feuilles de bananier. Je m'apprête à expliquer à Maïma que je dois faire demi-tour, que d'accord, c'est sublime, les Marquises sont un incroyable jardin exo-tique à découvrir, mais j'ai un roman à écrire… quand elle s'arrête soudain devant moi.

— C'est là !

J'écarquille les yeux. Je ne vois rien. Maïma pointe du doigt, entre les arbres, une sculpture haute de un mètre.

Un tiki !

Un tiki tout neuf, en basalte gris clair, sans une seule trace de mousse pour le salir, ni aucune racine pour lui ligoter les pieds.

Je m'approche.

44

Le tiki possède une tête démesurée posée sur un corps atrophié. Un seul œil, gravé au milieu du visage. Une chouette de pierre est perchée sur son épaule droite.

— À ton avis, m'interroge Maïma, il représente quoi ?

Avec son œil unique et sa forme cylindrique, je trouve qu'il ressemble un peu à Stuart, le Minion gaffeur, mais je m'abstiens de livrer mon opinion.

— Quel est son pouvoir ? précise Maïma. Quel est son mana ?

Je prends quelques secondes pour réfléchir, même si cela me paraît évident.

L'œil unique, la grosse tête, la chouette.

— C'est le tiki de l'intelligence, le mana de la sagesse.

Maïma semble partager mon analyse. Elle plisse les sourcils et fronce le nez comme si elle aussi était capable de rassembler ses deux yeux en un seul.

— Fille ou garçon, selon toi ?

Bien vu, Maïma. Aucun signe apparent ne permet de distinguer le sexe de la statue. Je réponds en riant.

— C'est le tiki de l'intelligence, on est d'accord ? Donc c'est une fille, forcément !

Maïma éclate d'un rire franc à faire s'envoler tous les oiseaux de la forêt. Elle me tire par la manche, excitée.

— Il y a cinq tikis de la taille de celui-ci, entre Taaoa et Atuona. D'après Tanaé, personne ne sait qui les a sculptés. Les Marquisiens les ont découverts, plantés entre les deux villages, il y a deux mois. Apparemment, celui qui les a taillés s'y connaît, ce sont des copies conformes de ceux que l'on retrouve un peu partout sur l'île. Il paraît qu'il y en a des centaines, qu'on n'en montre pas le dixième aux touristes. Les chasseurs en découvrent régulièrement dans des endroits inaccessibles, abandonnés là il y a plusieurs siècles, recouverts de mousse et de fougères, laissant s'évaporer leur mana aux vents alizés. Personne ne les a jamais tous recensés…

Je recule, mon pied glisse sur des bananes pourries, mon collier de graines rouges manque de s'accrocher à une branche de pistachier, je me retiens comme je peux au tronc.

Le rire clair de Maïma inonde encore la clairière.

— Suis-moi, je vais te montrer les autres tikis, ma Clémentine…

Je m'appelle Clem, Maïma ! Clémence à la rigueur… Surtout pas Clémentine ! J'ai toujours détesté, depuis la maternelle, qu'on me surnomme ainsi ! Je grogne, je grimace, mais je la suis ! On s'enfonce à nouveau dans la forêt, plus parfumée d'effluves de bois de santal que si elle s'était aspergée de Guerlain.

Oui, je sais, j'ai un roman à écrire ! Mais… Mais une petite voix au fond de moi me certifie que je ne perds pas mon temps. Que ces tikis sont importants…

Nous sortons de la forêt et, sans hésitation, Maïma emprunte un chemin de terre bordé de deux rangées de flamboyants. Nous marchons toutes les deux de front, sous la voûte de pétales rouge sang. Je suis surprise que ma guide connaisse si bien chaque sentier d'Hiva Oa. Je l'ai rencontrée pour la première fois il y a deux jours, dans l'aéroport de Papeete, accompagnée de

Marie-Ambre, une maman bien trop blonde pour être née vahiné.

— Dis-moi, Maïma, t'es une Marquisienne ou une popa'a ?

L'adolescente se tourne vers moi.

— Je t'explique en deux mots, Clem. J'ai grandi ici, à Hiva Oa, jusqu'à mes huit ans, avant que papa et maman déménagent pour Tahiti. Six mois après, papa a quitté Tahiti pour Bora-Bora, et a quitté maman pour Marie-Ambre. On s'est promenés ensuite un peu partout en Polynésie, à Huahine, à Fakarava, avec maman et papa.

J'ai du mal à suivre.

— Maman ? Tu parles de Marie-Ambre, ou de ta maman d'avant ?

Maïma souffle un faux soupir et me fixe comme si j'étais une élève qui ne comprenais rien à un problème enfantin.

— Je te parle de Marie-Ambre ! Mais elle est aussi ma maman. Tu sais, ici, aux Marquises, on peut en avoir plusieurs. C'est le fa'amu. Je t'expliquerai… Allez, viens, c'est tout de suite à gauche.

Et elle disparaît entre deux manguiers.

Je lui emboîte le pas, pliée en deux sous les feuilles. Pas longtemps.

Dix mètres plus loin, le second tiki nous attend. Sagement.

Il est sculpté dans le même basalte gris clair que le premier, haut d'une taille similaire, un mètre environ, mais il personnifie visiblement un mana différent. Je détaille la couronne de pierre posée sur sa tête, le collier autour de son cou, les bagues à ses doigts, les boucles à ses oreilles. Je me retourne vers Maïma et lui suggère :

— Le mana de l'argent ? De la réussite ? De la beauté ?

Elle ne répond rien. Je devine qu'elle pense à sa mère. Elle semble pressée de s'en aller.

— Allez, je te montre le troisième.

Je ne bouge pas.

— Un autre jour, Maïma. Faut que j'aille écrire.

Cette petite souris rusée sait aiguiser ma curiosité. Elle désigne un point sur une partie plus plane de la forêt, cinquante mètres plus loin.

— Il est tout près, Clem, viens.

J'abdique. Je continue de la suivre. Sous mes pieds, la terre a laissé place à des dalles de pierres volcaniques. Maïma avance devant moi.

— On est sur un me'ae, l'espace sacré des anciens, le lieu des sacrifices humains…

Un troisième tiki s'élève au centre de la vaste terrasse, évoquant un vieux temple hindou, envahi par les lianes, dont il ne resterait plus que les fondations. Le gris brillant du tiki tranche avec le gris terne des dalles sur lesquelles il est posé. Je remarque que l'être de pierre n'a pas dix doigts, mais vingt, serrant une plume entre ses mains. Ses deux yeux se résument à deux petits trous orientés vers le ciel.

Maïma paraît fière de me montrer celui-ci.

— Le gardien des arts, dis-je. Le mana de la créativité.

Le mien ! Le seul mana qui ait de l'importance pour moi ! Je me fiche de l'argent, de l'intelligence ou de la beauté. Je m'approche, mes mains touchent le basalte.

Je ne ressens rien. Visiblement, aucun ancêtre surdoué, ayant fréquenté ce me'ae depuis des siècles, ne semble disposé à me transmettre son talent. Je me reprends, je retire mes paumes comme si le tiki allait devenir brûlant. Je ne vais pas me mettre à croire à ces légendes…

— Le quatrième est juste là, précise Maïma avant que je ne lui répète que je suis pressée, que j'ai l'exercice de Pierre-Yves à travailler, un début de roman à rédiger, que…

Je le vois.

Un tiki gris, jumeau des trois premiers, même pierre, même âge, même taille, dressé à côté du tiki des arts. Ses yeux se résument à de minuscules fentes. Ni bouche ni nez, seulement deux trous percés dans un visage sans rides, aussi lisse qu'un os, rongé du crâne à la mâchoire. Les vingt doigts de ses mains étranglent un petit oiseau, alors qu'un serpent forme un sillon dans la pierre sculptée.

Je frissonne.

Le tiki de la mort ?

Le mana de la vengeance ? De la violence ?

Pourquoi l'a-t-on placé si près de celui de la créativité ?

J'ai le sentiment que l'artiste qui les a sculptés n'a rien laissé au hasard, comme s'il délivrait une clé. Maïma a parlé de cinq tikis. Déposés ici il y a deux mois, alors que l'atelier d'écriture était déjà programmé.

Je réfléchis.

Cinq tikis. Tous représentent un talent différent.

Cinq lectrices.

Je tente de repousser une hypothèse stupide. Et si tout avait été organisé avant notre arrivée ? Et si Titine,

Marie-Ambre, Farèyne, Éloïse et moi possédions chacune un tiki, qu'il nous fallait trouver le mana qui nous correspond ?

Est-ce PYF qui a commandé ces cinq statues ? Est-ce une mise en scène qui fait partie du programme ? Censée nous intriguer ? Nous inspirer ?

Mon regard passe sans cesse du tiki des arts à celui de la mort. Je murmure à l'oreille de Maïma :

— Ce sont toutes des femmes, les cinq tikis ?

— Oui, je crois... Tu sais, avant, l'archipel s'appelait Henua Enana, ça veut dire la Terre des hommes, mais aujourd'hui, les femmes ont pris le pouvoir !

Je me force à sourire. Maïma n'a pas l'air plus rassurée que moi par le tiki de la mort, et semble pressée de quitter le me'ae. Nous traversons une ancienne bananeraie, en pente raide, pour rejoindre la route qui mène droit au cimetière d'Atuona. Je m'arrête un instant pour reprendre mon souffle et profiter de l'époustouflante vue panoramique sur la baie des Traîtres et la plage du village. Les dizaines de toits blancs dispersés entre les palmiers ressemblent à des miettes de pain abandonnées, avant qu'un oiseau géant descendu du mont Temetiu vienne les picorer.

— Si tu veux voir le dernier tiki, explique Maïma, il faut faire demi-tour. Il se trouve juste au-dessus de la pension, sur la route du port de Tahauku.

Je calcule dans ma tête. Le détour prendra plus d'un quart d'heure. Je sens le poids de mon sac sur mon épaule, les livres, mon bloc et des feuilles blanches rangés en vrac à l'intérieur. Désolée, Maïma ! Cette fois, je dois vraiment me mettre à écrire.

M'installer près du cimetière, quelques mètres plus haut, me paraît la meilleure des idées.

— Une autre fois, ma souris...

Maïma n'a pas l'air vexée.

— D'ac... De toutes les façons, tu ne peux pas le rater. Tu prends à droite en sortant du Soleil redouté et tu tombes dessus.

Une question me turlupine.

— Et... et le dernier tiki, quel est son mana ?

Maïma sautille d'une jambe sur l'autre, déjà pressée de partir.

— J'ai rendez-vous avec Yann, explique-t-elle. À la plage. Je dois lui apprendre à surfer ! On a tout l'après-midi pendant que vous faites vos exos.

Elle commence à dévaler la pente. Je demande à nouveau :

— C'est le mana de quoi ?

Maïma balance les bras comme si elle hésitait.

— Je ne sais pas. C'est le seul devant lequel je ne suis pas encore passée. Mais d'après Tanaé, ce serait celui de la gentillesse. La sensibilité, la bonté, quelque chose dans le genre. C'est le seul tiki souriant. Et le seul tiki fleuri. Il possède vingt doigts lui aussi, c'est du moins ce que Tanaé m'a dit...

*
* *

Je me suis assise juste au-dessous du cimetière d'Atuona. Les fesses dans l'herbe. Mon bloc sur les genoux, stylo à la main. Pleine vue sur le village, la plage, le Pacifique.

Magique !

La même dont jouissent Brel et Gauguin, bien installés eux aussi, quoique plus allongés, quelques mètres au-dessus de moi.

Pas fous les artistes, c'est le plus beau panorama d'Hiva Oa ! D'ailleurs, je ne suis pas seule, Titine et Éloïse se sont arrêtées aussi ici. Éloïse est assise plus haut, près de la tombe de Gauguin, un gros bloc de pierre rouge qui paraît avoir été craché par un volcan. Comme toujours, Éloïse ne m'offre que son profil, chignon improvisé et fleur blanche sur l'oreille, sans doute volée au frangipanier nu censé fournir de l'ombre à la tombe du peintre. L'arbre sans feuilles, au-dessus de la stèle, a une allure de squelette trop indiscipliné pour avoir été enterré.

Impossible, d'où je suis, de deviner si Éloïse dessine ou écrit. Je la soupçonne d'être plus douée avec un crayon qu'avec un stylo.

Titine est plus proche de moi, à cinquante mètres. Elle est assise sur un paréo étendu devant la stèle de Brel, au bord des galets noirs que les pèlerins orphelins du chanteur belge ramassent sur la plage d'Atuona. Ils y écrivent un message au feutre blanc, puis montent les déposer au pied de la tombe.

Quand on a que l'amour
Je vous ai apporté un caillou
Six pieds sous terre, tu chantes encore...

Quelques mots gravés dans le marbre saluent leur voyage.

Passant
Homme de voiles
Homme d'étoiles
Le poète te remercie de ton passage

Titine m'adresse un signe de la tête. Je crois que je l'ai surprise à somnoler plus qu'à écrire !

J'aime bien Martine. De toutes les lectrices, c'est elle que je préfère ! Je commence même, à force de voir partout sur l'île la tête de son chanteur préféré, à aimer Brel aussi. Je crois que je ne connaissais pas plus de cinq chansons de lui avant d'arriver ici...

Je mordille mon stylo. Je n'arrive pas à me concentrer. Je repense à ma brève promenade avec Maïma dans la forêt.

Cinq lectrices.

Cinq tikis.

Qui est qui ?

Marie-Ambre, la maman de Maïma, la blonde bourgeoise, mariée à un Polynésien qui a fait fortune dans la culture de perles noires, ressemble fort à une version maquillée, liposucée et siliconée du tiki aux bijoux, celui du fric et des apparences.

Farèyne, la commandante de police danoise, pourrait postuler pour celui de l'intelligence.

Et ensuite ?

Titine tient un blog, *Ces mots-là*, depuis près de vingt ans. Elle embarque tous les étés des gamins de Schaerbeek, dans la banlieue de Bruxelles, jusqu'à la plage d'Ostende, elle élève une dizaine de chats... Elle m'a tout l'air d'être auréolée par le mana de la gentillesse !

Reste le tiki du talent... et celui de la mort.

Éloïse et moi !

Je lève les yeux, incapable de fixer mon attention sur l'exercice proposé par Pierre-Yves.

Commencer par une disparition. Inventer la suite...

J'observe le village telle une maquette habitée par des êtres humains miniatures. Je repère Maïma qui galope sur le chemin de terre qui mène à la plage. Yann l'attend près des rochers noirs, une planche de bodyboard blanche coincée sous chaque bras. Un peu plus loin, assises sur les deux tables de pique-nique face au Pacifique, Farèyne et Marie-Ambre travaillent. Elles sont les seules installées sur le front de mer. Les enfants du village sont à l'école, et les rares touristes ailleurs.

JOURNAL de MAÏMA
Surfin' Hiva Oa

— T'es vraiment policier ?

Pour bien faire comprendre mes doutes à Yann, mes yeux jouent au ping-pong entre son short rose saumon et les palmiers sur son tee-shirt.

— Gendarme, me répond-il. Capitaine de gendarmerie. Brigade de Nonancourt, dans la banlieue de Dreux, mais côté Normandie. Tout le monde se promène en bermuda et chemise à fleurs là-bas, c'est un peu *Hawaï police d'État*.

Ah ah ah !

Je débarrasse mon capitaine d'une des deux planches de surf.

— N'empêche, on ne dirait pas que t'es flic ! Ta femme, si. On ne dirait pas qu'elle est écrivain, par contre.

On se tourne tous les deux vers Farèyne, assise à deux cents mètres de nous, penchée sur ses feuilles de papier, une bouteille d'eau et quelques livres posés à sa portée.

— Elle ne l'est pas encore, admet Yann. Mais elle y croit !

Je jette un regard à maman, installée elle aussi sur le front de mer, quelques mètres plus loin, puis j'enjambe la digue de pierre qui protège le village des imprévisibles colères de l'océan. Je me laisse tomber, deux mètres plus bas, sur le sable noir.

— Et toi, mon capitaine, qu'est-ce que tu fais là ?

Yann enjambe à son tour le mur. Avec moins de souplesse que moi ! Il rétablit son équilibre avant de répondre.

— Ma femme est commandante, au commissariat central du 15e arrondissement de Paris. Elle dévore les bouquins de Pierre-Yves François. Comme des milliers d'autres lectrices, elle a participé à ce concours organisé par son éditeur : un atelier d'écriture d'une semaine, au bout du monde, en compagnie de l'auteur. Elle a gagné, ou a été tirée au sort, je ne sais pas trop. Une semaine aux Marquises ! Évidemment, je l'ai accompagnée.

Mouais… Bizarrement, je ne crois qu'à moitié son histoire de fliquette superstar qui rêve de devenir la reine du polar. J'approfondirai la question plus tard… J'abandonne ma planche sur la plage et marche vers les vagues. On dirait que mes pieds, enfoncés dans le sable jusqu'aux chevilles, sont dévorés par des milliers de fourmis. Tout en faisant voler mon pantacourt et mon tee-shirt, je crie à Yann :

— Et toi, mon capitaine, tu ne lis pas ?

— Pas vraiment.

Je me retrouve en bikini pour affronter les premiers rouleaux. Je me retourne vers le gendarme qui dépose avec précaution ses sandales sur la bande de sable sec.

— Et t'es pas vraiment sportif non plus ! Je veux dire que les vrais, quand ils ont sept jours à passer aux Marquises, ils filent faire du trekking jusqu'à la cascade de Vaieetevai ou plongent voir les raies manta à trente mètres de fond, mais ils ne restent pas les tongs entre les doigts de pied. Tu sais faire du surf, au moins ?

Yann me répond distraitement.

— Du ski nautique… Tiré par les péniches, sur l'Eure.

Son regard est attiré par un détail, au milieu des rochers noirs, au bout de la plage, là où broutent deux chevaux en semi-liberté. Étonnée, je scrute moi aussi les récifs en direction de la côte déchiquetée.

Mes yeux se figent sur le même point.

Je repense à la conversation du déjeuner, aux paroles de Pierre-Yves François, à l'exercice qu'il a échafaudé.

Aussi incroyable que cela puisse paraître, la fiction vient de devenir réalité.

MA BOUTEILLE À L'OCÉAN
Chapitre 3

J'essaye de détourner le regard de la plage noire, de me fixer sur ma page blanche.

Mon stylo papillonne plus qu'il n'écrit.

Cinq lectrices, cinq tikis...

Décidément, impossible de me concentrer sur l'exercice de PYF ! Je n'arrive pas à penser à autre chose que cette histoire de mana.

Et si je me trompais ?

Et s'il ne s'agissait pas de découvrir chacune le sien, mais de les apprivoiser tous ? Comme autant de qualités potentielles qu'il faudrait cultiver.

À défaut d'un début de roman, je griffonne cinq mots.

Sensibilité
Créativité
Intelligence
Confiance
Détermination

Si j'y réfléchis, je me sens moyenne en tout, je n'ai aucun talent particulier. Et je sais bien que certaines filles les possèdent tous, à haute dose, les cinq manas d'un coup ! Dix sur dix dans chaque matière !

Chercher son mana ? Ben voyons ! Et si ce n'était qu'une arnaque ? Comme demander à un cancre quelle est sa matière préférée, histoire de ne pas trop l'écœurer face aux élèves surdoués qui cartonnent même dans les cours qu'ils détestent.

J'arrache la page. Je la roule en boule au fond de ma poche.

Je veux y croire, pourtant !

À mon mana.

À mon roman.

Ça ne peut pas être une illusion, cette force qui me pousse à aligner les mots, cette obsession des phrases, cette lumière qui m'attire depuis que je suis en âge de lire.

Ma vie, c'est écrire.

Un roman. MON roman.

Je veux bien donner ma vie en échange, je veux bien la sacrifier, me scarifier, pourvu que je puisse en tirer des émotions, des blessures, des brûlures, qui nourriront des pages que d'autres liront.

Pierre-Yves peut comprendre ça. Il a retenu ma lettre de motivation, Clémence Novelle !, parmi celles de près de trente-deux mille lectrices.

Pierre-Yves comprendra ça. Cette flamme-là.

Mais avant, je dois lui rendre une copie parfaite.

Allez Clem, secoue-toi cocotte !

Tout en touchant machinalement les graines rouges de mon collier censé porter bonheur, je regarde avec effroi ma page blanche.

Commencer par une disparition. Inventer la suite…

Je baisse mon stylo, je m'apprête à écrire un premier mot comme on trempe un doigt de pied dans une eau glacée… quand une centaine de mètres plus bas, des cris me font lever la tête.

Maudite ! Au moment pile où j'allais m'y mettre !

C'est Maïma qui a crié.

Je la vois, elle agite ses bras. Yann est à côté d'elle, juché sur les rochers noirs de la plage. Au pied de leurs deux silhouettes, posée en évidence à l'abri des vagues sur la plus haute pierre, je distingue une pile d'habits.

Immédiatement, j'ai compris !

JOURNAL de MAÏMA
Disparu

— Ce sont les habits de Pierre-Yves ! crie Yann.

Tout comme lui, je reconnais la paire de mocassins italiens de l'écrivain, son pantalon de toile beige, sa chemise de lin. Ses vêtements ont été minutieusement pliés sur le rocher, comme le ferait un nageur qui tient à retrouver ses vêtements secs après avoir plongé.

À défaut de comprendre, j'ironise.

— Trop fort, mon capitaine. Sens de l'observation, esprit de déduction, t'es un vrai flic, on dirait !

Yann ne relève pas. Je devine qu'il ne veut pas perdre le fil de ses pensées. Les vêtements de PYF sont pliés comme l'aurait fait un homme qui va nager... Sauf que nager ici, face aux rochers, dans les rouleaux du Pacifique, est impossible. Le courant repousserait fatalement l'imprudent, qui finirait fracassé sur les pierres.

Par acquit de conscience, j'observe l'océan, en direction du rocher Hanakee, puis du canal du Bordelais, le détroit entre l'île de Tahuata et la pointe de Teaehoa. Personne à l'horizon, pas même une pirogue. Le regard du capitaine se perd lui aussi vers le large. Le laissant à ses réflexions, je m'accroupis et tends la main vers les deux mocassins.

— Attends, crie Yann. N'y touche pas !

Il a hurlé, pour couvrir le fracas des vagues. Mon instinct me souffle que quelque chose ne colle pas dans le tableau. Son avertissement, porté par le vent, a traversé tout le front de mer.

Farèyne et maman, assises à leurs pupitres, relèvent la tête. Je stoppe mon geste.

À quelques centimètres de mes pieds, les vagues reviennent inlassablement tremper les rochers que le soleil s'épuise à sécher. Je remarque seulement alors que, sur la pile de vêtements, un reflet danse et scintille.

Je mets une seconde à réaliser qu'il s'agit d'une feuille de papier.

Une feuille qu'un gros galet, posé dessus, empêche de s'envoler.

Un galet entièrement tatoué !

MA BOUTEILLE À L'OCÉAN
Chapitre 4

Je jette un dernier coup d'œil aux personnages pas plus grands que des Playmobil qui s'agitent sur la plage : Maïma et Yann en équilibre sur les rochers, Farèyne et Marie-Ambre qui accourent vers eux… Puis ce petit tas de vêtements déposés comme une offrande sur la pierre la plus haute.

Pierre-Yves François a donc donné le coup d'envoi !

Je repense à ses mots, à la fin du déjeuner.

Commencez par une disparition. Le lecteur se posera les mêmes questions, qui, comment, pourquoi, et une de plus… le personnage disparu est-il mort ou pas ?

Il ne pouvait pas être plus clair…

Ajoutez quelques détails mystérieux pour pimenter le tout, par exemple on retrouve les vêtements de la personne disparue, bien en vue, bien pliés, et un message, un message mystérieux, sous une forme codée… Et le tour est joué !

Le tour est joué !

Pierre-Yves veut que l'on écrive la suite, minute après minute, heure après heure, en direct ! Et pour cela, il nous a concocté une petite mise en scène du genre *murder party*… À nous de commenter, de cogiter, d'imaginer la suite.

Je ne suis pas la seule à avoir entendu les cris sur la plage. Éloïse a abandonné la tombe de son peintre préféré, ramassé cahiers et crayons, et file rejoindre les autres. Elle me dépasse, m'offre son profil tragi-mélancolique, s'inquiète sans même se tourner vers moi.

— Tu ne viens pas, Clem ?

— J'arrive, j'arrive…

Elle ne m'attend pas. Éloïse marche si vite que la fleur de frangipanier coincée au-dessus de son oreille s'est échouée sur le bord de la route goudronnée. Éloïse est-elle gourde au point de se précipiter vers cette mise en scène grossière ? Son empressement me paraît étrangement exagéré. Vont-ils tous réellement gober tout cru que PYF a disparu ?

Je répète *J'arrive, j'arrive* dans ma tête tout en regardant Éloïse rapetisser.

Juste le temps d'écrire quelques mots.

L'inspiration est une vague, il faut se laisser porter par elle, et je la sens me soulever.

Titine passe à son tour devant moi, progressant bien moins vite qu'Éloïse, qui a déjà disparu derrière le faré d'Anihia, la boutique d'artisanat. La septuagénaire descend la route en pente raide avec une infinie précaution. Elle me regarde écrire et a le tact de ne pas me déranger ; elle se contente de faire comprendre d'un sourire qu'il y a du nouveau en bas, qu'elle doit quitter avec regret la tombe de son Jacky chéri, peut-être même qu'elle me la confie.

Je laisse Titine avancer de quelques mètres, à son rythme piano piano, puis, enfin seule, je m'abandonne à celui, allegro, de mon stylo.

Alors c'est parti ?

Quelques habits sur une plage, c'est tout ce qui reste de lui ?

L'histoire commence, ainsi, ici !
Alors, chers lecteurs, allons-y !

MA BOUTEILLE À L'OCÉAN
par Clémence Novelle

Ça claque, non ?

Je vais tout vous raconter, comme Pierre-Yves nous l'a demandé. Ma bouteille à l'océan. Mon journal intime. Minute après minute, heure après heure, jour après jour, quoi qu'il arrive. Mes impressions, mes émotions, le plus immédiatement possible, le plus honnêtement possible.

Faites-moi confiance, je ne vais pas tricher. Je sais que je joue gros.

Pierre-Yves me donne ma chance, peut-être la seule de ma vie, je ne dois pas la manquer !

J'ignore quels rebondissements son esprit fertile a programmés, mais je suppose qu'il nous emmènera vers des sommets de manipulations inattendues. Il nous fournit le scénario, à nous de mettre les mots !

C'est pour cela que je ne vais pas me précipiter, comme Éloïse, Marie-Ambre, Farèyne et Titine. Avant de commencer mon récit, chers lecteurs, je vous dois quelques précisions. Qui se résument à une seule, en fait.

Faites-moi confiance !

En règle générale, je n'aime pas les romans policiers dont le héros est le narrateur. Les confessions d'un enquêteur rédigées à la première personne. Vous non plus ? Depuis Agatha Christie et son *Meurtre de Roger Ackroyd*, vous êtes habitués à vous méfier ? Et à vous demander : et si le narrateur me ment ? Ne me dit pas toute la vérité ! Ou simplement rêve, délire, comate, hallucine. Rien n'est fiable, tout est friable, l'irrationnel s'explique par une pirouette, tout ce que vous avez lu n'était pas vrai.

Alors, chers lecteurs, je m'engage solennellement à ne pas tricher. À vous dire toute la vérité. À être sincère. À ne pas vous tromper.

Bien entendu, vous n'êtes pas obligés de me croire. C'est même toute l'ironie de la situation, ma promesse insinue le doute dans votre esprit. Après cet engagement, paradoxalement, vous allez commencer à remettre en cause tout ce que j'écris...

On prend les paris ?

Jusqu'où tiendrez-vous avant de penser que je vous mens ?

Et si au bout du compte, il faut désigner un coupable, à quel moment craquerez-vous, déciderez-vous de me montrer du doigt ? Même si je vous jure que ce n'est pas moi !

On mise quoi ? Je suis certaine que vous hésitez déjà !

J'en suis vraiment désolée, croyez-le, mais je ne peux rien faire de plus que de prêter devant vous ce serment : à aucun moment je ne vous mentirai dans ce roman.

Rendez-vous à la dernière page ?

Vous aussi serez sincères ? Si vous avez douté de moi, m'avez soupçonnée, accusée, vous l'admettrez ? Vous me le promettez ?

Mon téléphone sonne pile avant que je me relise. Comme tout le monde, j'ai fini par acheter sur place une carte SIM prépayée. Le seul moyen sur l'île de communiquer, pour les popa'a.

C'est Maïma !

— Qu'est-ce que tu fiches, Clem ? On t'attend. On a retrouvé les vêtements de PYF. Seulement ses vêtements et...

— J'arrive, Maïma, j'arrive.

Avant de refermer mon bloc-notes, je prends le temps de réfléchir encore.

Je devine que le chapitre 4 de ma bouteille à l'océan doit ressembler à une sorte de préambule étrange, mal construit, un éditeur le ferait corriger, les lecteurs auraient déjà fui. Ou pas... Allez savoir ? Les lecteurs aiment les intrigues étranges. Et surtout...

J'ai fait ma fière avec mon introduction à tiroirs, mais une boule acide bloque ma gorge.

Un jeu, inventé par Pierre-Yves ?

J'ignore tout de ce qu'il attend de nous.

Ce qu'il pense de nous.

Ce qu'il va faire de nous.

JOURNAL de MAÏMA
La délicatesse

Yann escalade le dernier rocher, celui sur lequel je suis perchée depuis quelques secondes. Les deux mocassins, le pantalon et la chemise sont posés à quelques centimètres de mes pieds. La feuille, retenue par le galet, s'agite dans le vent. Impossible de déchiffrer quoi que ce soit, ni ce qui est écrit sur le papier, ni les traits blancs tracés sur le galet.

Mon capitaine se penche vers les vêtements abandonnés quand la voix de sa femme explose dans son dos.

— Yann, surtout ne touche à rien !

Tout dans la délicatesse ! Farèyne-la-commandante, accompagnée de maman, progresse avec précaution dans notre direction, cherchant le parcours le moins accidenté et le plus au sec entre les rochers.

Mon capitaine esquisse un soupir que je suis la seule à repérer. Je sens qu'il hésite à répondre à sa femme qu'il n'est pas si stupide, qu'il est de la maison lui aussi, que les empreintes digitales, les gouttes de sueur et les poils, il connaît, que les gendarmes ne sont pas des ploucs et que…

La voix de maman brise net mes pensées.

— Attention à toi, ma chérie ! Ne va pas te faire renverser par un rouleau.

Tout dans la délicatesse ! Je lâche à mon tour un soupir, sans faire l'effort de le dissimuler. Je regarde avec consternation maman jouer à la funambule sur les pierres noires, boudinée dans sa jupe en lycra, et pousser de petits cris à chaque vague qui vient lui lécher les pieds. J'ai envie de lui répondre qu'elle ferait mieux de retirer ses tropéziennes à paillettes si elle ne veut pas finir en crabe aux pinces d'or emporté par la marée.

Je ne dis rien. Tout comme Yann, j'encaisse en silence. Avec mon capitaine, on échange un sourire complice qui vaut toutes les répliques du monde.

On attend près d'une minute avant que les deux femmes nous rejoignent. Farèyne-la-commandante prend le temps d'étudier la scène, alors que maman paraît plutôt préoccupée par les traces d'eau salée sur ses tropéziennes qu'elle a fini par ôter.

— Je crois que Pierre-Yves nous a mijoté un premier test, conclut Farèyne. Personne ne serait assez stupide pour se jeter à la mer au milieu de ces rochers !

— Tout correspond à ce qu'il nous a raconté ce midi, poursuit maman. Une pile de vêtements et un message codé !

Elle observe un instant le galet, puis fait passer les sandales de sa main gauche à la droite, et avant que quiconque ait pu réagir, saisit la pierre.

— Non, Marie-Ambre ! a seulement le temps de crier Yann.

La feuille sous le galet hésite un instant, comme surprise d'avoir été libérée, et profite du premier coup de vent pour s'envoler.

Farèyne-la-commandante fusille des yeux maman, qui réalise aussitôt qu'elle a gaffé, mais j'ai le réflexe de bondir de rocher en rocher pour la rattraper.

— Attention, ma chér...

En trois pas, j'ai coincé la lettre sous mon pied, je la ramasse d'une main et je reviens.

— Alors ? demande Yann.

— Eh bien, lis ce qui est écrit ! m'ordonne Farèyne. De toute façon, pour les empreintes, c'est fichu !

Comme si c'était de ma faute ! Je défie un instant la commandante du regard, puis je baisse les yeux.

— C'est… l'exercice de ce matin. C'est… c'est la copie de Titine.

— Lis-la, répète avec agacement la policière. Si PYF nous a laissé cette feuille, c'est qu'il y a une raison !

Je m'avance encore de deux mètres et retourne la feuille. La première chose que je vois est un petit collier dessiné : une chaînette au bout de laquelle pend une perle noire. Sous le bijou, d'une petite écriture serrée, une vingtaine de lignes sont griffonnées. D'une voix assez forte pour couvrir le bruit des vagues, je commence à les lire.

MA BOUTEILLE
À L'OCÉAN

Partie II

Récit de Martine Van Ghal

Avant de mourir je voudrais
Avoir le temps de poster un dernier message sur *Ces mots-là*, vous supplier de rire, de danser, de vous amuser comme des fous.

Dire au revoir à chacun de mes dix chats.

Que tous les bambins de Bruxelles, Liège, Namur, Mons et Louvain aient vu au moins une fois la mer.

Avant de mourir je voudrais
Voir la Belgique gagner la coupe du monde de foot !

Qu'un auteur de BD belge reçoive le prix Nobel de littérature ! Après tout, ils l'ont bien donné à Dylan.

Voir la Belgique devenir une jolie région française, avec ou sans les flamingants.

Avant de mourir je voudrais
Voir Venise (pas celle du Nord où l'on se gave de chocolat et de dentelle), la vraie !

Avant de mourir je voudrais
Me recueillir sur la tombe de Jacques Brel.
Merci PYF, merci Tanaé, maintenant c'est fait !
Après ma mort je voudrais
Être enterrée à côté de lui, s'il y a de la place pour moi.

Avant de mourir je voudrais
Revoir, une fois, une seule fois, le seul homme que j'ai aimé dans ma vie.

MA BOUTEILLE À L'OCÉAN

Chapitre 5

Évidemment, j'arrive la dernière !

Maïma est accrochée à son téléphone, elle m'a harcelée de textos pendant toute la descente. *Qu'est-ce que tu fiches ? Tout le monde est là sauf toi !*

J'arrive, ma petite souris, j'arrive.

Yann et surtout les quatre autres filles me regardent bizarrement, comme si on participait toutes les cinq à un Cluedo géant, un *escape game*, ce genre de jeu de piste où il faut toujours rester en équipe et où celle qui lambine est considérée comme un boulet à traîner.

C'est bon, les filles, on a passé l'âge de jouer aux drôles de dames !

Regardez, je suis essoufflée ! Je n'en rajoute pas. Dès que j'ai refermé mon bloc-notes, je suis descendue du cimetière aussi vite que j'ai pu.

Je ne les sens pas convaincues...

Pourtant, les graines rouges de mon collier continuent de se balancer au rythme de mon cœur qui peine à se calmer. Pierre-Yves a visiblement réussi son coup : mettre tout le monde sur les nerfs avec sa mise en scène. Si ça se trouve, il nous épie, avec une longue-vue, quelque part en haut du mont Temetiu, et s'amuse des regards en coin qu'on se jette.

Dans quelques heures, il s'amusera à lire les différentes versions de la même disparition, que chacune d'entre nous écrira.

Malin, PYF !

74

Nous demeurons toutes les cinq silencieuses, recueillies sur les rochers noirs devant un pantalon, une chemise et deux mocassins. On dirait un enterrement raté ! L'inhumation d'un type qui au dernier moment a préféré être incinéré. Nu. Il ne reste plus de lui que ses habits, le cadavre est parti en cendres et a été dispersé.

Quelques centaines de mètres derrière nous, l'espace Brel est à nouveau ouvert. La voix de Jacques me fait frissonner comme jamais.

Pourtant il nous reste à tricher, être le pique et jouer le cœur
Être la peur et rejouer, être le diable et jouer fleur

Je reconnais la chanson. *Pourquoi faut-il que les hommes s'ennuient ?* Est-ce que la bande-son fait aussi partie de la mise en scène ?

La commandante s'apprête à parler, mais Yann intervient le premier. Je crois que tout le monde le remercie de faire preuve, pour une fois, d'autorité.

— J'ai l'impression que votre écrivain veut que vous participiez à un jeu, une sorte d'enquête. Alors je suis désolé, ma chérie (pas une fois, quand il prononce ces mots, Yann ne regarde Farèyne), mais d'une façon ou d'une autre, cela fait partie de l'atelier d'écriture, c'est d'évidence la suite de l'exercice de PYF, donc tu dois être au même niveau que les autres. (Yann nous dévisage toutes successivement, toutes sauf sa femme.) Il n'y a que Maïma et moi qui ne jouons pas. Si elle est d'accord, nous ferons les arbitres tous les deux. Les gendarmes, si tu veux.

Farèyne, raide, encaisse. Silencieuse. Elle n'ose pas contredire son mari en public, mais je devine que les explications vont être houleuses ce soir dans le lit conjugal entre le petit capitaine et la grande commandante.

Yann tient la feuille dans la main. J'en reconnais l'écriture, mais je suis arrivée trop tard pour en écouter la lecture.

Le gendarme l'agite comme une pièce à conviction.

— Pourquoi Pierre-Yves nous a-t-il laissé cette feuille ? Mystère… Ce que Martine désire avant de mourir ne nous apprend rien a priori. Votre professeur n'a même pas annoté la copie, impossible de savoir s'il apprécie ou non l'humour belge.

L'humour de gendarme, par contre, parvient à déclencher quelques sourires, dont le mien.

— Reste le galet, poursuit Yann. C'est sûrement la clé. Le dessin ressemble à une sorte de tatouage marquisien. L'une de vous sait-elle ce qu'il signifie ?

Il lève le bras pour bien montrer la pierre noire, sur laquelle, au feutre blanc, un motif a été tracé.

Il regarde d'abord Maïma, qui hoche la tête négativement, puis Marie-Ambre qui n'a pas l'air davantage au courant, puis Farèyne. Je ne connais la femme de Yann que depuis deux jours, comme tout le reste de notre petite troupe, mais jamais je n'ai encore vu la commandante si troublée. Ses yeux sont accrochés au dessin comme s'il s'agissait d'un symbole satanique. Une chose est certaine, ce n'est pas la première fois qu'elle le voit !

L'émotion de la commandante commence déjà à ouvrir dans mon esprit une foule de questions. Pourquoi ce dessin sur un galet ? Pourquoi est-ce que cette policière parisienne le connaît ? Tu as gagné, PYF, mon roman, ma bouteille à l'océan, prend déjà des allures de feuilleton policier.

Yann paraît n'avoir rien remarqué. Il continue d'exhiber le galet.

— C'est un Enata, lance une voix timide derrière nous. On se retourne toutes, même Farèyne.

J'en reste stupéfaite.

 C'est Éloïse qui a parlé. La muette.

— C'est un des tatouages marquisiens les plus courants, précise Éloïse tout en tortillant les mèches de ses cheveux. Il représente un homme. Ou un dieu. Ou un mélange des deux. On le combine avec d'autres symboles pour évoquer des moments d'une vie. La naissance, le mariage, la mort.

Elle n'a jamais mis les pieds aux Marquises avant avant-hier... Comment cette fille connaît-elle ce truc ? Parce qu'elle est passionnée d'arts graphiques ? Ou cache-t-elle son jeu elle aussi ? Pour garder une longueur d'avance sur nous dans le jeu de piste ?

Un jeu qui commence décidément à m'agacer ! C'est ce que cherche PYF avec ses foutus indices ? À nous faire échafauder des hypothèses délirantes qui rendront nos histoires toutes différentes ?

Maïma a escaladé quelques rochers et s'est approchée de moi. Derrière nous, les portes du hangar sont grandes ouvertes, Jacques maudit sa Fanette.

La plage était déserte et mentait sous juillet

L'allusion a-t-elle aussi été programmée par PYF ? Yann tente comme il peut de détendre l'ambiance.

— Allez, les filles, dispersion. Vous avez beaucoup de choses à noter sur vos carnets (il lève les yeux vers l'Au soleil redouté, puis se tourne vers l'océan, et suit du regard les bonitiers qui rentrent de la pêche vers le port de Tahauku). Et ne vous inquiétez pas pour votre écrivain, Pierre-Yves aura réapparu pour le dîner. Peut-être même pour le goûter... Ça m'étonnerait qu'il rate le po'e châtaigne-banane de Tanaé !

Je dois vous avouer une chose : j'adore l'humour de ce petit gendarme.

78

JOURNAL de MAÏMA
Enata

Raté pour la prédiction, mon capitaine. Pierre-Yves François n'est pas rentré pour le goûter !

Les poules de Tanaé ont dévoré le po'e châtaigne-banane. Les lectrices n'y ont pas touché, trop occupées… Et pas vraiment préoccupées ! Pierre-Yves avait été clair à la fin du déjeuner, après avoir énoncé son exercice.

À vous de jouer, mesdames, vous avez tout l'après-midi, on se retrouve dès la nuit tombée.

C'est-à-dire aux alentours de 18 heures, dans moins d'une heure. Je peux vous dire avec précision où se trouve chacune des lectrices. Toutes s'activent… et écrivent !

Titine est descendue jusqu'à l'espace Brel, maman et Farèyne se sont à nouveau installées sur leur table du front de mer, Éloïse est remontée au cimetière et Clem est restée dans sa chambre.

Moi je suis avec Yann, nous marchons tous les deux dans le village, côte à côte entre le bureau de poste et le magasin Gauguin. Le soleil disparaît déjà derrière le sommet du mont Temetiu. Comme chaque soir, la nuit tombera en quelques minutes sur la baie des Traîtres, noircira les couleurs du ciel avec la même urgence que les cinq élèves de PYF noircissent leurs feuilles. Une harmonie de bleu et de feu au-dessus du Pacifique, sitôt composée, sitôt grignotée par l'obscurité. Je tire Yann par la manche, tout en observant les contours du rocher Hanakee rongés à la gomme charbon.

— Je crois qu'on se retrouve encore seuls tous les deux, mon capitaine. Il nous reste une demi-heure avant le couvre-feu, ça te dit une *happy hour* en terrasse ?

Yann acquiesce avec ironie.

— Ça me dit ! On choisit quel bar ? Le Blue Lagoon ? Le Sunset Palladium ? Le Waikiki ?

Hi hi hi !

Yann m'a avoué que le premier jour où il s'est retrouvé à errer dans Atuona, il a été surpris de découvrir qu'il n'existait aucun restaurant dans le village, pas même un bar, juste une roulotte, trois tables et dix chaises en plastique, qui n'ouvre que le midi et parfois la nuit.

Je réponds, motivée :

— On choisit le magasin Gauguin !

Je traverse sans hésiter la rue, en me faufilant entre les pick-up qui stationnent quelques minutes devant l'épicerie du village, le temps de remplir leur coffre, avant de repartir vers les vallées dans les cocoteraies et les bananeraies. Une ambiance de western ! Yann m'attend devant la boutique, sans rien rater du va-et-vient des Marquisiens, carrures de catcheurs, torses tatoués et queues de cheval nouées.

Je ressors avec un litre de Coca, un paquet d'Oreo, quatre Chupas et un grand sourire.

— On se fait notre *happy hour* sur la plage ?

Yann a l'air moins emballé que les aliments sous plastique que j'ai rapportés. Je m'en fiche, j'ai des arguments bien ficelés.

— Eh, oh, c'est bon, mon capitaine, me fais pas le coup de la malbouffe et de l'obésité ! Tout le monde sur terre vit et mange ça, pourquoi les Marquisiens n'y auraient pas droit ? (Je dévisse le bouchon du Coca.) Et puis c'est bon pour l'écologie !

Je porte le goulot à mes lèvres. Le gendarme roule des yeux ahuris, mais me suit tout de même en direction de la plage. J'explique tout en vidant un tiers de la bouteille.

— Bah oui, regarde autour de toi. Les pick-up, les plats tout préparés, les fringues, les téléphones… Aujourd'hui, en commandant sur Internet, on peut tout se faire livrer à Hiva Oa en moins d'une semaine ! Plus besoin de monter à cheval pour aller chasser le cochon sauvage dans la forêt ! On gardera une piste ou deux pour relier les villages et le reste de l'île sera rendu à la nature, les chemins aux ancêtres, et les tikis pourront dormir tranquilles sur leur me'ae.

Yann sourit. Pas sûr que mes arguments à la noix de coco l'aient bluffé. Nous passons devant un bâtiment qui paraît abandonné. Je précise, au cas où il n'aurait pas remarqué l'inscription sur le fronton :

— L'ancienne gendarmerie. Tes collègues ! Elle a été fermée l'année dernière. Restriction de budget ! Il y a moins de deux mille habitants permanents à Hiva Oa, et presque plus de sauvages à civiliser.

Nous coupons entre les boutiques dont les rideaux sont déjà baissés, un coiffeur et une pharmacie, et traversons le terrain de football désert. Au moment où on atteint le rond central, je propose :

— Pendant notre *happy hour*, on se fait un jeu ?

— Tu veux jouer à quoi, Maïma ?

— À enquêter, avec toi !

Nous sommes assis sur la plage. Les embruns iodés se mélangent aux odeurs acidulées des manguiers. Des frégates voltigent au-dessus de nous, avant de filer vers le milieu de la baie jusqu'au rocher Hanakee. Yann s'est finalement laissé tenter par une gorgée de Coca. Il repose la bouteille dans le sable aussi noir qu'elle.

J'insiste.

— Alors, t'es d'accord pour que j'enquête avec toi ?

— Enquêter sur quoi ?

— Fais pas ton malin, tu sais bien. Depuis le début, j'ai l'impression qu'on s'est retrouvés dans une sorte de roman policier, un peu comme dans *Dix petits nègres*. Des hommes et des femmes, qui ne se connaissent pas, sont convoqués pour une raison bidon sur une île. Tous peuvent être coupables. Il faut trouver le tueur avant qu'ils se fassent assassiner les uns après les autres.

— T'as beaucoup d'imagination, Maïma… Mais pour l'instant, personne n'est mort. À mon avis, il n'y a aucune raison de s'inquiéter pour ce farceur de PYF. Vois-tu, même si un assassin rôdait sur l'île, je ne pense pas qu'il serait l'une des lectrices. Je soupçonnerais d'abord un Marquisien, ivre et bagarreur.

Bonjour le cliché !

— Avec des dents de cochon autour du cou et un casse-tête à la main ? Un peu trop fastoche, non, mon capitaine ? Je préfère mon histoire ! *Cinq petites lectrices*, comme les cinq petits tikis tout neufs. Toutes

cachent un secret. Une seule a tué. Une seule survivra… ou pas !

La mer continue de reculer. Le ciel bleu dragon
crache ses dernières flammes. Yann, finalement, vide
la moitié de ma bouteille de Coca. Il regarde avec
méfiance autour de lui, tout devient sombre, on ne distingue même plus les ombres de maman et de Farèyne,
assises devant les tables qui bordent la digue.

— D'accord, admet-il, jouons à ton jeu idiot. PYF
a disparu. Considérons que l'une des cinq lectrices est
complice, qu'elle n'a pas été choisie pour participer à
l'atelier par hasard, et essayons de deviner qui elle est.
Par qui veux-tu commencer ?

Je n'hésite pas.

— Ta femme, bien sûr. La fameuse commandante
Farèyne Mörssen ! Tu ne m'en voudras pas si je suis
franche ? Pas de tabou entre nous ? Si on veut aller au
bout de l'enquête, il faut qu'on se dise tout.

Yann sourit.

— Vas-y.

— T'es sûr, tu ne te vexeras pas ?

— Vas-y, je te dis…

— OK, mon capitaine. Farèyne est super intelligente,
ça se voit au premier coup d'œil. Elle a un cerveau qui
tourne à mille à l'heure, une sorte d'ordinateur. Tu lui
mets un puzzle de lagon bleu de mille pièces devant les
yeux et elle te l'assemble en dix minutes. Elle n'a pas
besoin d'être gentille, pas besoin de séduire. Elle a toujours raison, elle commande et on lui obéit, pas vrai ?

Je suis peut-être allée un peu loin, mais mon capitaine ne réagit pas. Tellement habitué à ne pas broncher ? Ou ai-je tapé dans le mille ? Tout en parlant,

83

j'essaye de distinguer les expressions du visage de Yann dans l'obscurité.

— J'en viens à son secret ! Déjà, un premier truc bizarre : pourquoi la commandante en chef d'un commissariat central de la capitale s'est-elle retrouvée ici, au bout du monde, dans un atelier d'écriture ? On en a déjà parlé, je sais, mais je ne suis pas convaincue par son numéro de groupie qui gagne le gros lot. Et second truc, plus bizarre encore : quel est le lien entre ta femme et ce galet marquisien posé sur les habits de PYF ? Car elle connaît sa signification, ça crève les yeux, et pourtant elle n'a donné aucune explication.

Les ombres de manguiers au-dessus de la digue ressemblent à des squelettes recrachés par la marée.

— Bien joué, Maïma, se contente de répondre Yann. Bien observé. Bien résumé, tu es douée ! Et pas si loin de la vérité, mais il est trop tôt pour t'en parler...

Le mystère qu'il laisse planer m'agace au plus haut point, même si je suis persuadée que mon capitaine, contrairement à sa femme, ignorait la signification de l'Enata.

— À mon tour, alors ? enchaîne-t-il.

— Vas-y... Je suis sûre que tu vas commencer par maman ! Histoire de te venger.

— Ta maman donc, confirme la silhouette noire sans relever. Marie-Ambre Lantana. En apparence, elle ne cache aucun secret. Elle est encore assez jeune, assez belle, très riche...

— Une pétasse ! Vas-y, dis-le ! Même si je t'ai vu plus d'une fois mater dans son décolleté.

— Moi je ne t'ai pas interrompue, dit calmement le gendarme.

— OK, désolée.

— Donc Marie-Ambre, ta maman, on peut aisément comprendre pourquoi elle participe à un atelier d'écriture : elle n'a pas vraiment de métier, sa fille grandit, elle s'ennuie, elle rêve de trouver sa voie, de n'être pas seulement la femme d'un riche marchand de perles noires. Sauf que…

— Sauf que quoi ?

— Tu as dit que tu ne m'interrompais plus !

— C'est ta faute aussi, tu ralentis pour me faire réagir. Vas-y, continue.

— Sauf que ta maman n'a pas débarqué ici, à Hiva Oa, par hasard ! Son mari est marquisien. Sa fille adoptive est marquisienne. Étrange, tu ne trouves pas ? Il y a forcément un lien.

Pendant quelques secondes je ne réponds rien, avant d'enchaîner.

— Pas mal. T'es plutôt doué toi aussi. Tu devrais faire flic ! À mon tour ? Tiens, parlons de Titine. Elle, on sait pourquoi elle est venue ici. Pour Brel ! Et grâce à son influence aussi. Elle tient un blog littéraire suivi par plus de quarante mille personnes, les deux tiers rien qu'en Belgique, où Pierre-Yves François vend des camions de livres. Un blog tout rose où elle ne poste que des critiques drôles et gentilles. D'ailleurs, Martine expose toute sa vie en rose sur Internet, les gosses qu'elle emmène voir la mer la plus moche du monde, son appartement, sa bibliothèque, ses dix chats, y a plus de vidéos d'eux sur son compte Instagram que d'épisodes de *Plus belle la vie*. Transparente et innocente, la Titine !

— Trop ! ironise Yann. Dans les romans, la coupable est toujours celle qui n'a aucun mobile apparent !

— Mouais… Dans les romans pour débutants ! À toi.

Mon capitaine n'est plus qu'une forme sombre masquant la ligne claire des vagues du bord de mer.

— Suspecte suivante, annonce Yann. Clémence ! Elle aussi, on sait ce qu'elle fait ici. Devenir la prochaine Agatha Christie ! Du genre à penser : si à quarante ans, t'as pas publié un roman, t'as pas réussi ta vie.

Je réagis.

— Et alors ? Ta femme ne veut pas écrire un roman elle aussi ? Avec Titine, Clem est la plus sympa ! J'aime bien son petit côté moitié fille de papier, moitié garçon manqué, et…

— Tu n'avais pas promis de me laisser parler ? Moi justement, ta première de la classe, je ne la sens qu'à moitié… Tu ne m'en voudras pas si je suis franc ? Je crois surtout qu'elle joue les bonnes copines avec toi parce qu'avec ta maman, c'est la guerre froide.

N'importe quoi !

— C'est ton instinct de flic qui te fait dire ça ? Eh bien moi, c'est la dernière de la classe que je ne sens pas. La mystérieuse Éloïse. L'éplorée, l'inconsolable à consoler. Ça crève les yeux qu'elle est là pour expier ses péchés. Loin, seule… Quelle saloperie a-t-elle commise ? T'as vu ses dessins de psychopathe ? Des gamins, toujours par deux, sans bras, sans jambes, sans yeux. Et puis, elle s'y connaît un peu trop en tatouages, ta reine du gribouillage.

Mon capitaine réagit comme si un crabe lui avait pincé le pied dans l'obscurité.

— Pourquoi *ma* reine ?

— Parce que tu la kiffes grave, Éloïse… Ça aussi ça crève les yeux. Ses jolies poses de statue, son beau regard perdu. Un gros piège tendu pour les hommes trop gentils. T'es tout à fait le genre à craquer !

J'éclate de rire avant d'ajouter :

— OK, OK, je sais, t'es marié, avec la plus douce et la plus sexy des fliquettes de France. On passe aux choses sérieuses, on parie ?

Le crabe paraît lui avoir pincé l'autre pied. Yann a presque crié.

— On parie quoi ?

— Qui est la coupable !

Dans le noir, à tâtons, j'ai saisi cinq galets. À l'aide de mon téléphone portable planté dans le sable, j'éclaire la scène. Je sors de ma poche un stylo blanc et j'inscris une initiale sur chaque galet.

F

M-A

M

C

E

Yann m'observe avec un air soupçonneux. Je plisse les yeux, *qu'est-ce qu'il me veut ?*, avant de comprendre pourquoi il me regarde de travers.

— Ah, c'est le stylo blanc qui t'étonne ? Je l'ai piqué à maman ! Tu penses que c'est le même que celui avec lequel a été tracé le tatouage sur le galet de PYF ? Tu sais, un touriste sur deux qui passe aux Marquises en achète un au magasin Gauguin, pour écrire un message sur une pierre et la porter devant la tombe de Brel.

J'aligne les cinq galets sous le halo de ma torche.

— Allez, on compte jusqu'à trois et on en choisit chacun un. Celui qui désigne la complice de Pierre-Yves, la menteuse, la tueuse, celle qui, un à un, va tous nous éliminer.

J'éclate encore de rire.

— Tu crois qu'on va choisir le même ?

Yann soupire, mais accepte le jeu.

Allez

Un

Deux

Trois

Dans le même mouvement, nos deux mains se referment sur deux des cinq cailloux.

On les ouvre ensemble.

Au creux de la mienne, un E est tracé sur le galet.

E comme Éloïse.

Au creux de la sienne, un C.

Comme Clem.

La trompe de Tanaé, appelant au dîner, déchire la nuit à ce moment précis.

Nous remontons en silence vers la pension, je rumine pendant toute l'ascension. Clem ne peut pas être complice avec PYF. J'ai bien vu tout à l'heure, devant la pile d'habits sur les rochers, quand elle est descendue du cimetière et qu'elle est arrivée tout essoufflée, elle était surprise, elle était sincère. Au-dessus de moi, la Voie lactée paraît toute proche. Elle ressemble à une toile tissée par une araignée géante cachée dans un trou noir, attendant de prendre au piège les étoiles filantes. Est-ce que c'est ce que nous sommes toutes ? Des petites étoiles filantes coincées dans un filet ? J'ai hâte de retrouver Clem pour le dîner. À deux, on ne se laissera pas si facilement attraper.

MA BOUTEILLE À L'OCÉAN
Chapitre 6

Maïma est assise en face de moi. Son grand sourire me rassure. Un peu. Cette fois, comme toutes les autres lectrices, je commence à m'inquiéter.

Pierre-Yves François n'a pas réapparu pour le dîner.

Son absence semble plus encore préoccuper Tanaé. Qu'il puisse rater le cochon sauvage grillé au miel qu'elle a préparé avec Moana et Poe ? Impensable ! Il lui est forcément arrivé quelque chose de grave. L'hôtesse du Soleil redouté l'a répété plusieurs fois, il faut appeler Tahiti, le commissariat, et insister, en général ils ont du mal à se déplacer…

Yann a calmé le jeu.

Pourquoi appeler des gendarmes, qui mettront près de quatre heures à venir en avion de Papeete, alors qu'il y en a déjà un sur place ? Lui !

Yann contrôle la situation, il n'y a pas encore de raison de s'inquiéter, il a rappelé à Tanaé les propos de Pierre-Yves à la fin du déjeuner, la disparition, la pile d'habits et le message codé : ce n'est qu'une mise en scène pour pimenter l'atelier d'écriture… Mais puisque l'écrivain veut jouer, Yann a promis d'enquêter.

— J'ai déjà une adjointe ! a-t-il ajouté.

Maïma, penchée sur son assiette de kaaku[1], s'est redressée comme une poule qui vient de pondre un œuf en or. Farèyne, à l'inverse, a tiqué ! La commandante

---

1. Fruit à pain cuit à la braise, pilé et parfumé au lait de coco.

ne semble pas particulièrement ravie d'avoir été mise hors jeu par son mari. Moi, cette association entre ma petite souris marquisienne et le gendarme en short aurait plutôt tendance à m'amuser. Dans ma tête, je remercie Yann de tout dédramatiser. Il faut bien avouer que même si nous ne laissons rien paraître, si nous essayons toutes de nous persuader que Pierre-Yves est là, quelque part, à nous espionner, guettant nos réactions, impatient de lire nos élucubrations, plus le temps passe et plus le doute s'installe… Et si ce n'était pas un jeu ? Et si Pierre-Yves s'était noyé ? Et s'il avait été enlevé ? Assassiné ?

Tout le monde, sauf Marie-Ambre, s'active déjà pour débarrasser. Elle observe les dernières lueurs de la baie des Traîtres s'éteindre une à une.

— Si ça se trouve, annonce Maïma en versant dans la poubelle les restes de son assiette, votre écrivain n'est pas loin. C'est peut-être pas du cochon sauvage qu'on a mangé ce soir, mais du PYF grillé !

Poe et Moana pouffent, alors que Tanaé et Marie-Ambre fusillent l'adolescente des yeux. Tout de suite, Maïma cherche mon regard, fière de sa blague et de la partager avec moi.

Décidément, j'aime bien Maïma ! Je crois qu'elle m'aime bien aussi. Et pas seulement parce qu'elle est en conflit ouvert avec sa mère.

— Maman, lance-t-elle, je peux rester un peu avec Clem ce soir ?

J'entends Marie-Ambre refuser, invoquant tous les arguments possibles, il est tard, il fait noir, Maïma n'a qu'à se lever tôt, à 6 heures, avec le soleil, si elle veut profiter de la journée... Mais je connais la raison principale de sa soudaine sévérité.

Marie-Ambre veut être tranquille le soir.

Amber veut profiter de la nuit.

Le plus longtemps possible.

Sans que sa fille ne la voie se saouler !

*
* * *

Gagné !

J'avais tout deviné !

Marie-Ambre a abandonné Maïma dans son bungalow, devant sa tablette et des vidéos, puis a monté une expédition nocturne jusqu'au village, bière Hinano et rhum brun Noa Noa dans son sac à dos.

— Une virée entre filles ! a-t-elle précisé. Puisque PYF nous a abandonnées.

De toutes les façons, je ne crois pas que Yann avait l'intention de nous accompagner. En voilà un qui se lève tôt. Je l'ai vu passer devant mon bungalow, ce matin, il ne devait pas être plus de 5 heures. Aussi insomniaque que moi, sauf que lui trouve apparemment la force de se lever de son lit dès que le sommeil l'a fui.

J'ai hésité à suivre les quatre filles dans leur sortie nocturne, j'avais plutôt envie de continuer d'écrire ma bouteille à l'océan, j'allais prétexter de tenir compagnie à Maïma, mais Marie-Ambre ne m'a pas laissé le choix.

— Allez ma vieille, viens avec nous ! Ma fille n'a pas besoin de nounou !

J'ai cédé. J'ai enfilé une veste en jean, un pantalon de toile troué aux genoux, et je les ai suivies.

Nous voilà assises au milieu du village, sur les marches de l'espace Gauguin. Je réalise que c'est la première fois que nous sommes toutes les cinq réunies. Seules, sans écrivain, ni enfant, ni mari, ni hôtesse.

L'endroit n'est pas éclairé, mais Marie-Ambre, prévoyante, a emprunté trois lampes de campeur au Soleil redouté. Une nuée de moustiques dansent dans le halo des torches. Les fourbes doivent se dissimuler dans l'obscurité.

Elle a aussi prévu à boire. Elle sort gobelets, canettes et flacons. Et fait tourner.

Je me contente d'une bière.

Marie-Ambre entame rapidement son second tour. Elle dirige une torche sur la façade principale de la maison de Gauguin.

— À la santé de PYF ! Et à la santé de Paul !

Sa lumière éclaire les incroyables bas-reliefs qui ornent la maison. Cinq panneaux de séquoia représentant des Marquisiennes nues, dans une jungle de fleurs peuplée de chiens et de serpents.

— *Soyez amoureuses, vous serez heureuses*, déclame Marie-Ambre en déchiffrant les mots gravés dans le bois. *Soyez mystérieuses !* Paul avait tout compris, pas vrai, ma belle ?

Marie-Ambre fait pivoter sa torche et la braque sur Éloïse, qui cligne des yeux affolés de lapin pris dans des phares. Elle aussi a timidement accepté de nous suivre jusqu'au village, puis de goûter un fond de rhum noyé dans un plein gobelet de jus de fruits Rotui ananas-passion.

— C'est ton chéri, Paul, non ? insiste Ambre. Un sacré coquin, tu ne trouves pas ? *Soyez heureuses et vous serez amoureuses…* Et baptiser sa maison la Maison du Jouir ! Et se promener dans le village avec une canne en forme de pénis.

Éloïse bredouille. Je suis gênée pour elle.

— J'aime… j'aime surtout sa peinture.

Marie-Ambre attaque la bouteille de rhum brun au goulot. Elle parle trop fort.

— Des chevaux verts, des chiens rouges… Il ne devait pas carburer au Rotui passion, ton peintre. Son truc, c'était plutôt les filles aux seins nus ! Il était même venu jusqu'ici pour ça ! Pour les peindre, et un peu plus que ça. Des filles de l'âge de Maïma !

J'écrase sur mon bras un moustique plus audacieux que les autres. Éloïse a les yeux inondés de larmes. Je crois un instant qu'elle va réagir à la provocation, mais elle se tait.

Je suis partagée entre l'agacement et la pitié. Un moment, j'hésite à intervenir. Mes doigts s'agacent nerveusement sur les graines rouges de mon collier. J'ai lu l'histoire de Gauguin. Il s'est installé sur l'île en 1900, à l'époque où le clergé et la République s'associaient pour détruire le patrimoine des Marquises et réduire en esclavage leurs habitants. L'histoire est aujourd'hui connue. On a fait passer Gauguin pour un ivrogne et un pervers, parce que lui seul s'est dressé contre l'État, contre l'Église, pour défendre les Marquisiens et ce qu'il restait de leur culture.

Marie-Ambre s'éloigne de quelques mètres, en titubant. Elle va finir par tomber dans le puits de Gauguin, caché quelque part dans le jardin. Farèyne s'inquiète. Elle n'a bu qu'une bière elle aussi. Elle retrouve des accents de commandante en chef.

— Je crois qu'il est l'heure d'aller se coucher !

Elle se tourne vers moi, puis les autres filles, et telle une générale qui désigne deux soldats de corvée, ordonne :

— Clem, Titine, vous aidez Marie-Ambre à remonter ?

*
* *

Il est presque minuit.

J'ai largué mes habits sur une chaise mais je positionne avec précaution, presque maniaquerie, les moustiquaires devant les fenêtres.

Je déteste dormir habillée, et je déteste ces bestioles, qui, elles, m'adorent. Je n'ai laissé qu'une petite veilleuse dans mon bungalow, au cas où un ou deux insectes auraient attendu toute la journée, planqués.

La lumière chaude de l'abat-jour de raphia projette des ombres sépia dans la pièce. Lorsque je passe devant le miroir, elle couvre mon corps de miel.

Ça ne suffit pas à le rendre beau.

Je ne l'aime pas, je ne l'aime plus.

Je sais que c'est ridicule, je sais qu'il y aura toujours des hommes pour m'affirmer le contraire, pour me dire que Marie-Ambre ou Éloïse ne sont pas plus belles, que j'ai autant de charme qu'elles, je sais qu'il y a toujours des hommes capables d'effacer avec tendresse les complexes de n'importe quelle femme si elle s'offre nue devant eux.

Je sais aussi que si l'on aime vraiment, on ne se trouve jamais assez belle pour celui qu'on aime.

Pardonnez-moi, mon roman manque un peu de suspense ce soir. Est-ce la bière ? La peur ? Je m'interroge, dois-je garder ces dernières lignes dans ma bouteille à l'océan ? Oserai-je les lire à Pierre-Yves ? Qu'en pens...

On frappe à ma porte !
Une voix chuchote.
— C'est moi. Amber ! Ouvre-moi !
Marie-Ambre, la plaie !
J'enfile une chemise et j'ouvre la porte en repoussant la moustiquaire que j'ai mis un quart d'heure à positionner.

Marie-Ambre entre, et sans doute une dizaine de saloperies de bestioles avec elle.

Elle berce quatre bières coincées entre ses bras et ses seins.

— Toutes les autres sont couchées, me fait la millionnaire. Trop fatiguées ! Y a que toi et moi, ma vieille, qui assurons.

Je mime un bâillement auquel Marie-Ambre ne prête aucune attention.

— J'ai un truc à te dire, ajoute-t-elle en décapsulant deux Hinano et en s'asseyant sur mon lit.

Je tète mollement au goulot.

— À ton avis, me demande d'un coup Marie-Ambre, qui couche avec qui ?

— Quoi ?

— Qui couche avec PYF je veux dire ! C'est bien ça la clé du mystère ! Il y en a forcément une d'entre nous qui couche avec lui… Au moins une !

Elle m'adresse un clin d'œil. Elle semble un peu moins saoule que lorsqu'elle est remontée jusqu'au Soleil redouté en chantant à tue-tête *Les Bourgeois*. Elle cogne sa canette d'Hinano contre la mienne.

— À mon avis, ce n'est pas toi !

Marie-Ambre me lance un nouveau clin d'œil. À ce moment, précisément, je comprends.

C'est elle qui couche avec PYF ! C'est évident ! Et comme la maman de Maïma est jalouse, qu'elle ne sait pas où son amant est caché, elle vient me tirer les vers du nez !

Elle peut toujours essayer… Je ne sais rien. Je ne dis rien.

Marie-Ambre se met à monologuer, liste une à une les lectrices, cite même Tanaé et ses deux filles, ses propos manquent de plus en plus de cohérence, elle en vient à parler d'Éloïse.

— Une hypothèse, comme ça. La petite Éloïse me semble bien cacher son jeu. Ça pourrait être elle… Tout le monde lui court après !

— Tout le monde ?

— T'as pas vu comment le flic la regarde ?

— Le flic ?

Après minuit, j'avoue que mes répliques manquent un peu de consistance.

— Yann ! Le gendarme ! C'est sûr que pour lui, ça ne doit pas être rigolo tous les jours avec son dragon danois. Et puis les filles les plus jolies sont des fleurs rarement disponibles, elles ne s'ouvrent aux papillons de passage qu'entre deux histoires d'amour, certains hommes savent sentir ce parfum-là. Je crois que si le capitaine couchait avec Éloïse, sa commandante ne le remarquerait même pas.

— Elle ne le remarquerait même pas ?

Je bois ma bière telle une potion magique. Promis, je fais un effort pour ma prochaine réplique.

— Farèyne Mörssen se fout royalement de cet atelier d'écriture !

Marie-Ambre se rapproche de moi. Sa bouche s'agite à moins de trente centimètres de mes narines. Un litre de rhum et trois bières. S'il reste des moustiques dans le bungalow, pas un ne survivra à son haleine.

— Elle n'est pas venue écrire, elle est venue enquêter !

Cette fois encore, je ne dis rien. Mais je suis réveillée d'un coup.

— 2001. L'affaire du tueur du 15ᵉ ? Ça te parle ?

Je secoue négativement la tête. Jamais entendu parler.

— Je te résume en deux mots. Tout est sur Internet, tu pourras vérifier. En 2001, entre juin et septembre, on a retrouvé deux filles violées et assassinées à Paris. Dix-huit et vingt et un ans. On n'a pu établir qu'un seul point commun entre elles : elles s'étaient fait tatouer, récemment. Les flics ont fini par coincer un tatoueur, lors d'une nouvelle tentative d'agression, un certain Métani Kouaki, un type d'origine marquisienne, mais ils n'ont jamais pu rassembler de preuves formelles contre lui pour les deux premiers crimes. Kouaki a purgé une peine minime, puis s'est évanoui dans la nature, et l'affaire n'a jamais été élucidée.

Une foule de questions se bousculent dans ma gorge, de quoi remplir un peu plus ma bouteille à l'océan, lui donner un peu plus la saveur d'un roman policier. Une seule parvient à se faufiler.

— Quel rapport avec Farèyne ?

Pas la question la plus compliquée, j'en devine déjà la réponse. Marie-Ambre vide sa bière et enfonce le clou.

— La jeune commandante Farèyne Mörssen, tout juste diplômée, était la superflic en charge de l'affaire du tatoueur du 15e. Elle a consacré ces vingt dernières années à chercher la preuve de la culpabilité de Métani Kouaki. Et à ma connaissance, elle ne l'a jamais trouvée.

YANN

Yann se réveille en sursaut, il ne comprend pas pourquoi. Il ne se sent oppressé par aucun cauchemar ni ne ressent aucune douleur ; il n'y a aucun bruit, juste la petite lumière de la veilleuse de la terrasse du Soleil redouté qui tamise leur bungalow, le Nuku Hiva, d'une pâle clarté.

Il jette un premier regard à droite sur le réveil du chevet.

1 heure du matin.

Un second à gauche.

Farèyne est allongée à côté de lui, sur le dos, les yeux grands ouverts fixant les ombres des bougainvilliers qui dansent au plafond. Est-ce elle qui l'a réveillé ? Un geste discret pour le secouer ou une simple transmission de pensée ?

— Tu ne dors pas ?

— Non, je n'arrive pas à trouver le sommeil.

La main de Yann se pose sur le ventre de Farèyne.

Elle ne réagit pas, continue de se passionner pour les ombres chinoises sur l'écran du plafond.

Yann maudit la chemise de nuit que sa femme porte jusque sous les tropiques, descend en escaladant les plis, s'arrête, guettant dans la pénombre un cœur qui s'accélère, une poitrine qui se soulève, une paupière qui se ferme.

La nuit aux Marquises, le thermomètre ne descend pas sous les vingt degrés.

Farèyne reste de glace.

La main de Yann atteint enfin la frontière du tissu, au bas de la pente de ses cuisses légèrement repliées, il la rebrousse, le retrousse, et s'aventure aux lisières du sexe dénudé.

Farèyne reste encore quelques secondes sans réaction, puis se redresse.

Rideau !

Elle est déjà debout, chemise retombée. Elle se dirige vers la fenêtre que la veilleuse éclaire.

Yann aimerait réagir, se sentir humilié au point d'exploser, de balancer à Farèyne qu'elle ne l'a pas touché depuis six semaines, et pourtant c'est lui qui culpabilise.

Il sait qu'au fond de lui, s'il a osé ce geste, s'il a dévoilé son envie, ce n'est pas parce qu'il désirait Farèyne. C'est parce que la nuit est chaude, c'est parce que l'île est sensuelle, c'est parce que les lectrices, les autres lectrices, sont jolies, c'est parce qu'il a passé une bonne partie de la journée à regarder Éloïse mordiller son crayon, bloc-notes posé sur ses jambes nues.

Farèyne est trop intelligente pour ne pas comprendre ça.

Elle se tient debout devant le petit bureau de bois de rose, le seul coin éclairé de la pièce. Elle fait tourner entre ses doigts, telle une toupie, le galet tatoué qui y est posé, à côté des vêtements de Pierre-Yves que Yann a récupérés. Le gendarme se souvient de la réaction paniquée de sa femme, quand il a découvert le symbole tracé au feutre blanc. Pour la première fois, il ose l'interroger.

— Farèyne, tu connaissais ce signe marquisien ? L'Enata. Tu savais ce qu'il signifiait ?

La commandante pose un doigt sur le galet pour bloquer sa rotation infinie.

— Si tu t'intéressais un peu à moi, à mon travail, à mes enquêtes, tu le saurais toi aussi.

Yann lutte encore contre un sentiment de colère. Il repense à toutes ces soirées passées à écouter les récits des interminables journées de sa femme, les grandes affaires du 15ᵉ, les braquages de bijouteries prestigieuses, les détournements de fonds à coups de millions, les prises d'otages évitées, les crimes secrets des célébrités dont elle ne peut rien révéler, pas même le nom… Alors que lui avait depuis longtemps renoncé à évoquer ses banales histoires de cambriolages de pavillons, de voitures fracturées sur un parking de supermarché, d'ivrognes sans permis arrêtés devant un café, la saga sans intérêt des pauvres gens dont on n'a même plus pitié.

Yann repousse le drap du lit.

— Ce tatouage, insiste-t-il, l'Enata, c'est celui que les deux filles assassinées s'étaient fait tatouer ? C'est un message que Pierre-Yves t'envoie ?

Farèyne se tourne de trois quarts. La terrasse éclairée, à travers les rideaux, dessine des jeux de lumière sur son visage. Des traits douloureux que les ombres étirent.

— Je ne sais pas, dit doucement la policière. C'est toi qui mènes l'enquête, avec la petite Maïma. Moi je suis hors jeu… C'est ce que tu veux, non ?

Yann se redresse. Toute sa colère est emportée par une vague de tendresse. Il n'a jamais su résister à Farèyne dès qu'elle laisse tomber son armure de commandante et qu'elle n'est plus qu'une petite fille malheureuse, limite boudeuse. Une petite fille à qui cet après-midi, on a interdit de jouer.

Yann se lève.

Si, bien sûr que si, il ressent encore du désir pour Farèyne. Ce ne sont pas les tropiques qui aiguisent les sens, ils rendent simplement plus difficile à supporter l'abstinence.

Pour celle qu'il aime.

Qu'il croit aimer.

Qu'il veut aimer.

Yann se glisse derrière Farèyne, entièrement nu. Au moment où son sexe frôle ses fesses, elle fait un pas de côté.

S'est-elle même seulement aperçue qu'il bandait ?

— Tu n'es pas hors jeu, répond le gendarme au dos de la commandante. Mais tu as un roman à écrire... Tu es venue pour ça.

Le dos ne dit rien. Les mains de Farèyne fouillent l'étagère, celle du milieu où sa valise est rangée. Sa bouche répond enfin, au placard plus qu'à son mari.

— Ne te fatigue pas, j'ai compris. Tu as raison, c'est sans doute mieux ainsi. (Elle force un petit rire de défi.) Et moi qui avais si peur que tu t'ennuies... Je ne me mêlerai pas de ton enquête, rassure-toi, je te laisse ta petite *murder party*. Mais je ne te donne qu'un conseil. Sois discret. Méfie-toi, de tout le monde. (Ses mains fouillent nerveusement dans la valise.) De cette Marie-Ambre qui joue un peu trop les gourdes imbibées, de cette Éloïse aux grands airs de veuve éplorée, de Clem l'écrivaine délurée, et même de la Belge, la gentille Martine, qui sous son allure de grand-mère en tenue de clown passe ses journées à essayer de fouiner partout pour alimenter les ragots sur ses réseaux sociaux. Mamie Titine, c'est un paparazzi sans appareil photo.

Farèyne referme sa valise.

Elle tient dans ses mains une chemise cartonnée sur laquelle un tatouage marquisien est dessiné.

Un Enata.

— Quant à mon roman, mon chéri... Il est déjà écrit !

Yann lit par-dessus son épaule.

La chemise rouge. Un nom, un titre, au-dessus du dessin.

Pierre-Yves François
Terre des hommes, tueur de femmes
L'affaire du tatoueur du 15ᵉ

Un manuscrit. Vu l'épaisseur, un volume de plus de trois cents pages.

— Tu... panique Yann. Tu lui as volé ?

Farèyne pose la chemise sur le bureau, et accepte enfin d'accorder un long regard à son mari.

Le premier.

— Tout le monde te trouve si gentil, mon chéri. Un peu gaffeur, c'est ce qui m'a tant charmée chez toi. Ce côté maladroit. Mais au fond, c'est juste un manque d'effort. De la paresse. Un masque de délicatesse. « Tu lui as volé », c'est bien ce que tu m'as demandé ? Et tu vis avec moi depuis ces vingt dernières années ?

Farèyne s'assoit, déplace la chemise jusqu'au maigre halo de lumière, commence à en sortir une feuille et s'arrête.

— J'ai besoin de travailler. On n'y voit pas assez. Je sors sur la terrasse.

Elle attrape son téléphone portable posé sur le bureau. Modèle danois, coque rouge à grande croix blanche. Yann a compris. Yann décide de se recoucher. Sa femme a déjà la main sur la poignée quand elle s'adresse une dernière fois à lui.

— Une seule question, mon chéri, demande Farèyne d'une voix exagérément douce. À moins que je ne viole le secret professionnel de ta précieuse enquête. Quand tu as trouvé le galet, sur les vêtements empilés de Pierre-Yves, de quel côté était-il tourné ?

Yann ne répond rien.

Non pas parce qu'il veut garder pour lui le secret de l'enquête.

Simplement parce qu'il n'a pas fait attention, parce qu'il n'en a aucune idée.

Et parce qu'il est hanté par une autre question : jusqu'où Farèyne a-t-elle pu aller pour récupérer ces trois cents feuilles de papier ?

MA BOUTEILLE À L'OCÉAN
Chapitre 7

Je me réveille en sursaut.

Je comprends immédiatement pourquoi. Saleté de coq ! Perché juste au-dessus de ma fenêtre et réveillé par je ne sais qui.

J'ouvre un œil.

La première chose que je vois, ce sont les traces de bière Hinano que Marie-Ambre a laissées sur la table de mon bungalow avant de partir enfin se coucher. La seconde, ce sont les feuilles de ma bouteille à l'océan éparpillées sur la table de chevet. La troisième, c'est le réveil. Il est 4 heures du matin ! La dernière, c'est l'ombre qui se projette à travers la moustiquaire de ma fenêtre.

Une ombre qui marche lentement, pour ne faire aucun bruit, sur la terrasse. Juste assez pour réveiller Gaston... et moi par la même occasion.

4 heures du matin.

Qui peut jouer les somnambules à cette heure ?

Gaston s'est rendormi, moi je sais que je ne redormirai pas. Sans réfléchir, je saute dans mon pantalon, j'enfile un tee-shirt imbibé d'antimoustique, pas même une culotte ou un soutien-gorge, j'attrape mon portable et j'entrouvre la porte de mon bungalow le plus silencieusement possible.

Qui peut se promener dans les allées du Soleil redouté au milieu de la nuit ?

Yann ? Yann a l'habitude de se lever très tôt.

Je jette un œil, la terrasse est éclairée par la veilleuse accrochée sous la pergola. Le bungalow de Farèyne et Yann est le plus proche de l'ampoule qui brûle toute la nuit. Je guette le moindre mouvement, le moindre bruit, mais je ne distingue rien. Tout le monde semble dormir dans le bungalow Nuku Hiva, comme dans tous les autres d'ailleurs.

Sauf que je n'ai pas rêvé, et que ce n'est pas un fantôme qui est venu chatouiller les plumes de Gaston. Je scrute le jardin, je m'avance dans l'allée et passe devant le faré de Tanaé. Tout le monde dort ici aussi. La nuit n'est éclairée que d'une myriade d'étoiles, un quart de lune et de très rares réverbères au bord de la route qui longe la pension. Suffisamment pour que j'aperçoive l'ombre se faufiler par le portail. Impossible de distinguer d'elle autre chose qu'une forme noire et pressée. Au lieu de descendre vers le village, elle part à l'opposé en direction du port de Tahauku.

C'est décidé, je la suis !

Puisque, après tout, je suis partie à écrire un roman policier, j'ai besoin d'éléments, pour remplir ma bouteille à l'océan, même si c'est un piège que PYF nous tend.

Régulièrement, la silhouette disparaît, dans la courbe d'un virage, derrière un rempart d'arbres, et je suis persuadée qu'elle ne va jamais réapparaître, aspirée par la forêt ou un chemin de traverse sans aucune luminosité. Non, à chaque fois, l'ombre resurgit, et continue de suivre la route bitumée.

Où va-t-elle ? Je récapitule dans ma tête les destinations possibles.

Le port de Tahauku ? Personne n'y dort, aucun yacht n'y est amarré, aucune pirogue n'y est équipée de lits. Atuona n'est pas Bora-Bora...

La discothèque, ce vaste bâtiment de ciment qui sert une fois tous les mois pour les fêtes du village. Pas davantage. La silhouette dépasse le hangar sans s'y arrêter. Sans se presser.

Je prends soin de marcher lentement moi aussi. Pour ne pas me faire repérer, et surtout parce que je n'ai aucune idée d'où je pose mes pieds. Hors de question de sortir la torche de mon portable pour les éclairer. Ce serait aussi discret que de crier « Hou hou, qui êtes-vous ? ». Il n'y a plus aucun réverbère le long de la route, mais le ciel incroyablement étoilé offre une illusion de luminosité. Je fixe la Croix du Sud au-dessus de ma tête, à la façon d'un marin égaré.

Encore un tournant, l'ombre disparaît à nouveau. Je crois me souvenir qu'à l'écart du dernier virage avant le port, une cabane de fortune a été construite. Tanaé m'a appris qu'on les qualifiait ici de résidences secondaires, quatre murs de torchis, un toit de tôle, cela suffit aux habitants des vallées pour venir profiter du week-end au bord de l'océan. Les constructions nouvelles y sont en théorie interdites, mais les paillotes sont démontables, et surtout partageables. Le maire n'accorde le permis de construire que si le propriétaire s'engage à laisser les clés à n'importe qui en fera la demande, les jours où la paillote n'est pas occupée.

Plus j'y pense et plus je me persuade qu'un rendez-vous nocturne y est fixé.

Aurais-je trouvé où l'ombre se rend ? J'accélère, remotivée…

« Oh pardon ! »

Je viens de bousculer quelqu'un dans l'obscurité !

Je me traite de cinglée tout en frottant mon genou.

Celui que j'ai failli renverser n'est pas près de s'excuser !

Mes mains explorent à tâtons.

Un visage, deux grands yeux, un nez fin, pas de cou, un corps un peu gras, deux gros seins.

Un tiki !

Aussitôt, je repense aux explications de Maïma et de Tanaé. Cinq tikis sculptés il y a quelques mois et disposés autour du Soleil redouté. Celui-ci est donc le dernier, celui du mana de la sensibilité, de la gentillesse, de l'émotion. Je suis passée plusieurs fois devant lui, dans la voiture de Tanaé, sans rien distinguer d'autre qu'une épaisse borne grise en contrebas du talus.

Mes doigts repèrent les fleurs de pierre que le tiki porte dans les cheveux et entre les vingt doigts de ses mains.

L'ombre a disparu depuis de longues minutes maintenant. Je distingue, sous un réverbère, le ruban de la route, après le tournant : elle ne l'a jamais emprunté. Soit elle s'est perdue en forêt, ce qui sans aucun éclairage me paraît improbable, soit elle s'est arrêtée dans la seule habitation possible, la paillote au-dessus du port.

Dans tous les cas, elle ne pourra pas me repérer.

Incapable de résister à la curiosité, j'allume la torche de mon portable.

Plein visage de la statue grise. Façon flic et flag.

Pourtant c'est moi qui suis surprise. Plus que surprise, je retiens un mouvement de panique ; fuir, ou me pincer, pour être certaine que je ne suis pas en train de rêver.

Le tiki devant moi, le tiki de la sensibilité... Je le reconnais !

C'est impossible, je le sais, comment un tel visage pourrait-il resurgir du passé ?

Mes doigts incrédules, comme s'ils sentaient un spectre prendre vie, touchent la pierre froide, le nez, les orbites des yeux, la lourde poitrine.

On veut me rendre folle ! On veut me tendre un piège !

Ils vont y arriver si je continue de fixer cette statue tel un miroir qui m'hypnotise. Son mana qui me paralyse.

Je coupe la lumière.

Le spectre n'est plus qu'une borne de pierre. Je respire.

Ai-je tout exagéré ? Est-ce mon imagination qui a tout extrapolé ? Comment pourrait-on sculpter un visage à l'image d'un modèle qui n'existe plus ? Comme s'ils craignaient à leur tour d'être pétrifiés, mes doigts quittent la pierre froide et se réfugient sur mon cœur chaud. Mon pouce et mon index tâtonnent jusqu'à toucher l'une des graines rouges du collier autour de mon cou. Sa magie m'apaise d'un coup.

Je dois reprendre mes esprits. Ne pas oublier pourquoi je suis sortie en pleine nuit. Suivre cette ombre !

Je hâte le pas, pressée de m'éloigner, avant de ralentir en parvenant au tournant. La cabane est posée en équilibre sur la falaise, au-dessus du port, entourée de pins des Caraïbes. Avant même de repérer si elle est éclairée, je devine que l'ombre s'y est arrêtée.

Pour la seconde fois en moins d'une minute, mon cœur manque de s'arrêter.

Ce n'est pas un visage que j'ai reconnu cette fois, c'est une voix.

Celle de Pierre-Yves François !

Je ris et je le maudis à la fois. Ainsi, c'était bien un jeu ! Ce manipulateur d'écrivain n'était ni noyé, ni enlevé, ni assassiné. Il se cachait. À moins de un kilomètre de la pension. Histoire de faire galoper notre imagination.

À travers la fenêtre de la paillote, faiblement éclairée, je distingue l'ombre de Pierre-Yves qui se déplace dans la pièce, tout autant que celle de l'inconnue du Soleil redouté venue lui rendre une visite nocturne.

Juste deux silhouettes, aucun visage.

Un jeu d'ombres chinoises, un théâtre derrière un écran blanc qu'ils jouent pour moi.

Je maudis Pierre-Yves pour ses idées tordues, tout autant que je maudis le tiki qui m'a retardée : j'ai raté le début de leur conversation ! Je ne comprends rien à ce que Pierre-Yves raconte, juste des bribes de phrases, qu'il jette si fort à travers la pièce que certaines rebondissent jusqu'à moi.

Je saisis que Pierre-Yves s'excuse auprès de celle qui est venue le retrouver (car c'est forcément une femme, il n'y a aucun homme à part Yann au Soleil redouté), qu'il est désolé mais qu'il se doit de dire la vérité, toute la vérité, qu'il n'y est pour rien, que ce n'est pas sa faute.

J'aimerais que le fantôme réponde, je serais certaine de reconnaître sa voix, mais non, elle ne parle pas, ou pas assez fort, tétanisée par les révélations. Je crois juste entendre des pleurs.

Pierre-Yves répète en boucle que même si elle est terrible et cruelle, mieux vaut connaître la vérité, et que « si tu ne voulais pas savoir, il ne fallait pas me demander », il ne cesse d'aller et venir dans la cabane, passant et repassant devant la fenêtre alors que le fantôme ne bouge pas, aussi statufié qu'un tiki.

La voix de Pierre-Yves se radoucit, il marche moins vite aussi. Je l'entends de moins en moins bien, mais je comprends, en m'approchant un peu plus près, au risque de déraper sur les racines de pins, qu'après avoir assommé le fantôme avec ses révélations, il tente de le réanimer. « Je peux t'aider, tu sais. »

J'observe sa lourde silhouette s'arrêter devant celle, fine, du fantôme muet. Je le vois poser une main sur le visage figé, pour essuyer une larme, je suppose. Je le vois ouvrir ses bras noirs comme les maillons d'une chaîne, et les refermer. « J'ai beaucoup d'affection pour toi. » Je vois sa tête se pencher et ne faire plus qu'une avec celle du fantôme immobile, je vois son gros ventre avancer et, le temps d'un instant, le théâtre d'ombres offre l'illusion qu'il n'y a plus qu'une personne dans la pièce, que Pierre-Yves a avalé l'imprudente venue le rencontrer…

Avant qu'il ne la recrache !

L'imprudente n'a pas l'intention de se faire dévorer par l'ogre.

Elle lui crache au visage.

Tout va très vite alors.

J'aperçois seulement un ballet de gestes désordonnés, un ballet dont je n'assiste qu'à de courtes séquences, quand les acteurs passent devant la fenêtre, que je tente de reconstituer.

Pierre-Yves, lui, n'a pas l'intention de laisser s'échapper sa proie, sa proie plus rapide qui se débat, des objets tombent, des meubles tremblent, « Calme-toi, calme-toi », c'est toujours Pierre-Yves qui parle, du verre se brise, des coups pleuvent.

Je m'approche encore, je ne peux pas rester sans intervenir. Je suis à moins de deux mètres de la maison quand je vois deux mains se lever, serrant une forme étroite et allongée : un casse-tête marquisien ? Une pagaie de pirogue ? Un simple balai ? Je n'ai pas le temps de détailler que la masse a déjà giflé l'air, frappant Pierre-Yves au visage.

Son cri déchire la nuit.

Suivi du mien.

Je n'ai pas pu le retenir.

La pièce semble s'être, d'un coup, arrêtée. Un film dont la bobine a sauté. Plus un bruit, à l'exception des deux cris, celui de Pierre-Yves et le mien, qui continuent de vibrer en écho dans mon imagination.

Le fantôme s'approche de la fenêtre. La masse dépasse toujours à droite de sa tête, tel un fusil porté en bandoulière, prêt à être épaulé, à tirer, à tuer.

Je ne réfléchis plus. Je dois fuir ! Je cours. Je glisse sur les racines de pins. Mes mains s'enfoncent dans la terre, se piquent aux aiguilles. Je suis persuadée que le casse-tête va s'abattre sur mon crâne. Aucun bruit.

Je me relève aussi vite que je le peux, je sprinte dans la nuit. Je ne croyais pas que mes jambes puissent me porter aussi rapidement. Que mon cœur puisse battre aussi intensément.

Je rejoins la route.

Je crois apercevoir une lumière, loin, au-dessus de la paillote, pas assez puissante pour être celle d'une voiture, trop haute pour être celle d'une torche.

Suis-je poursuivie ?

Ai-je été reconnue ?

Pierre-Yves a-t-il été tué ?

Suis-je un témoin à éliminer ?

Je n'arrive plus à courir, la pente est trop raide, je me contente de marcher le plus vite possible.

Dois-je faire demi-tour ? Dois-je appeler les secours ?

Je repasse devant le tiki maudit. Juste une ombre grise que je me garde bien d'éclairer.

Je tente de me persuader que ce n'est qu'un cauchemar, que demain, tout le monde sera là.

J'arrive au Soleil redouté. Tout le monde dort, même Gaston.

Je sais ce que je devrais faire, réveiller tous les bungalows, faire sortir tout le monde sur la terrasse, identifier celle qui manque à l'appel. Ou réveiller Yann, au moins. Yann et sa femme, ils sont flics tous les deux, ils sauront quoi faire. Ou bien avertir seulement Maïma, à elle seule je peux faire confiance, mais impossible, elle dort dans le même bungalow que sa mère.

Je sais ce que je devrais faire, et pourtant je fuis me barricader chez moi.

Les mots de Pierre-Yves me hantent, ceux d'hier midi, j'ai l'impression que c'était il y a une éternité.

Quoi qu'il arrive dans les heures, dans les jours qui viennent, quoi qu'il se passe jusqu'à ce que vous repreniez l'avion dans cinq jours, continuez d'écrire. Notez tout ! Écrivez tout ! Vos impressions, vos émotions, le plus immédiatement possible.

Et si une nouvelle fois je n'avais assisté qu'à une mise en scène ? Si tout cela faisait partie d'un scénario écrit à l'avance ? Et si une nouvelle fois, comme dans ses livres, Pierre-Yves cherchait à nous manipuler ?

J'ai trop de doutes pour réveiller tout le monde, j'ai trop de peurs pour ressortir seule.

Je reste sur mon lit.

Je sais que je ne vais plus dormir.

Pierre-Yves, je vais t'obéir.

Je vais écrire.

Mon roman.

MA BOUTEILLE À L'OCÉAN.

SERVANE ASTINE

— Allô, allô ? Il y a quelqu'un ? Vous me voyez ? Vous êtes noyés ? Vous avez tous été engloutis par un tsunami ?

Servane Astine tourne le dos à la caméra et s'adresse à quelqu'un, hors champ.

— T'es sûr qu'il marche, ton Skype à la con ? Je vois que des poules !

La voix masculine d'un technicien invisible lui répond.

— Il est 6 heures du matin là-bas... Y a peut-être qu'elles qui sont levées ?

— C'est ça, fous-toi de ma gueule !

Servane Astine fait à nouveau face à l'écran.

— Allô allô, les bananiers ? Vous me captez ? On se bouge vos jolies fesses bien bronzées, grâce à mon pognon d'ailleurs, alors accélérez ! Il est 18 heures ici à Paris, j'ai un cocktail aux Deux Magots dans une heure, donc on se secoue les puces, les bobos, ou je ne sais quels insectes qui vous sucent le trognon dans votre pampa. Ah...

Devant l'éditrice, trois visages apparaissent. Éloïse, les yeux gonflés, Farèyne, à peine coiffée, Marie-Ambre, trop maquillée.

— Ah... répète Servane. Vous sortez de boîte ou quoi ? Où sont les autres ?

Marie-Ambre paraît la plus réveillée des trois.

— Clémence Novelle et Martine Van Ghal dorment encore, précise-t-elle.

— Elles se foutent de ma gueule ?

Le téléphone qui filme les trois lectrices est posé sur la table de la terrasse de Tanaé, en position instable contre un pot de confiture de pamplemousse. Farèyne tente de le redresser, l'image balaie la montagne, le ciel, l'océan, avant de se restabiliser.

— Vous voulez me faire gerber ou quoi ? explose l'éditrice. Vous voulez que moi aussi, je vous fasse le coup du drone et que je vous montre le ciel de Paris ? Ces saloperies de nuages gris, les bagnoles et les gens qui cavalent comme des fourmis ? Je vous rappelle que vous profitez du bleu lagon grâce à ma carte de la même couleur... et que vous êtes censées me pondre un best-seller !

Marie-Ambre, tétanisée, est incapable de répondre. Éloïse oscille d'un profil à l'autre, fleur de tiaré, fleur d'hibiscus, telle une élève grondée qui n'ose pas affronter de face l'adversité. Farèyne soupire, son bras sort de l'écran et réapparaît miraculeusement, une tasse de café à la main.

Servane Astine se lève d'un bond. La caméra, pendant une fraction de seconde, ne filme que le décolleté de sa robe de soirée, un pendentif en plume d'or se balance en gros plan, avant que son visage ne réapparaisse, géant, collé à l'écran.

— Eh, oh, vous avez toutes la gueule de bois ou quoi ? PYF m'avait assuré qu'il n'y avait pas un seul bar à Atuona. Un billet d'avion de quinze mille kilomètres, mais la retraite parfaite ! Une île de moines ! Mieux que le mont Athos ou les Météores. Pas une goutte d'alcool. Rien que de la sueur et de l'encre... D'ailleurs il est où, PYF ?

— ...

Servane Astine s'approche encore de l'écran. Son nez semble les renifler.

— Les alizés vous les ont ensablées ? Je répète… Il est où, PYF ?

Farèyne pose sa tasse de café et répond avec lassitude.

— On ne sait pas. Il a disparu. On pense que ça fait partie de l'atelier d'écriture… Que… Que c'est une sorte de jeu.

L'éditrice se laisse tomber en arrière et retombe sur sa chaise. Foudroyée.

— Un jeu ? Vous savez combien ça me coûte, votre escapade sous les cocotiers ? L'avion, l'hébergement chez Tatayet ? Un bras ! Et pas le gauche ! Alors les filles, faut me faire rêver les malheureuses lectrices restées en métropole, les trente-deux mille malchanceuses qui n'ont pas été sélectionnées, et les dizaines de milliers d'autres scotchées à Instagram et à nos newsletters. Je veux voir des selfies de PYF torse nu suant sur son manuscrit, et toi mon Éloïse, tu vas m'accrocher un joli sourire papaye à ton visage de vahiné et me poster quelques photos de toi en bikini. Faut qu'on récupère des papas qui lisent, ma chérie. On s'active, les sœurs Brontë, vous me faites des photos, des vidéos, la danse de l'oiseau ou le haka du cochon, je m'en contrefous, mais faut me faire baver de jalousie les lectrices qui sont restées coincées ici… Alors vous allez me réveiller la Clémentine… et la Belge ! Elle est où la reine des réseaux sociaux ? Elle m'avait promis d'arroser la planète francophone, de Saint-Pierre-et-Miquelon jusqu'aux Kerguelen… et pas un post depuis hier !

— Elle dort.

— Et qu'est-ce que vous attendez pour la réveiller ?

118

JOURNAL de MAÏMA
Rien que le silence

J'ai tout entendu.

Servane Astine a raccroché, son taxi l'attendait. Elle rappellera demain matin, à la première heure, c'est-à-dire quand il fera déjà nuit ici, et cette fois-ci, Pierre-Yves François a intérêt de décrocher !

Sacrée nana, l'éditrice. Devant la tête effarée des lectrices, je n'hésite pas. Je traverse la pergola et cavale à travers les bungalows, au milieu des poules affolées, pour réveiller Clem et Titine.

Tanaé, pour motiver ma copine lève-tard et la Belge paresseuse, a choisi un disque de Brel. *Au suivant*, ordonne le grand Jacques, *au suivant*, rythmant les allers et retours de l'hôtesse de la terrasse à la cuisine. Cookies vanille, beignets banane, pain coco, thé et café, sans ses filles pour l'aider.

Poe et Moana, comme chaque matin, sont parties dans le champ en contrebas de la pension pour s'occuper des trois doubles poneys, Miri, Fetia et Avaé Nui[1], qui s'approchent de la terrasse, autant que la corde attachée à leur cou le leur permet, pour quémander les restes du petit déjeuner. Moi, dans ma prochaine vie, je préfère encore être réincarnée en coq ou en chat qu'en ces bêtes-là ! Imaginez... Avoir été importé sur l'île il y a un siècle pour y galoper en liberté, et vivre aujourd'hui comme une toupie autour d'un pieu !

---

1. Caresse, Étoile et Grand-Pied.

Je file entre les bungalows. Je croise Yann, cheveux mouillés dégoulinant sur son tee-shirt n° 9 des Spurs, un kumquat volé sous la pergola à la main. Il sort visiblement de la douche du bungalow Nuku Hiva, que Farèyne-la-commandante s'empresse d'aller occuper.

Beau gosse, mon capitaine ! Il a le droit à mon sourire éclair.

Il devra s'en contenter, les autres pensionnaires n'ont pas l'air très sensibles au charme du gendarme. Éloïse contemple son visage dans le reflet de son bol de café noir et maman s'observe avec horreur dans l'un des deux vrais miroirs accrochés au-dessus des canapés beiges de la salle Maeva, en fredonnant Brel.

Quand leur beauté se lève tard,
quand c'est avec toute leur science,
Qu'elles trichent, les biches, les biches

Depuis quand maman chante du Brel ? Je cogne aux portes de Clémence et de Martine.

— Clem, debout !

— Titine, debout !

De retour salle Maeva, je manque de renverser maman, dévie ma course sans ralentir et chipe un quartier de papaye sur la table tout en m'étonnant.

— Je suis sûre que Clem a écrit toute la nuit ! Mais Titine, d'habitude, elle se couche tôt… et elle est toujours la première levée !

Yann s'est assis à côté d'Éloïse à la table du petit déjeuner. La belle échange avec lui une moitié de sourire poli, accroche une mèche derrière son oreille, avant de sortir son téléphone et de tenter de se connecter. Le gendarme essaye d'atteindre la thermos de café, sans la déranger, quand elle se tourne vers lui.

— Martine n'a pas dit bonsoir à ses chats.

Mon capitaine a bloqué son geste, surpris. Je m'approche, intéressée.

— Si on est ami avec Martine, précise Éloïse, sur Instagram je veux dire, on peut suivre sa vie en direct. Pas un matin, depuis qu'elle est à Hiva Oa, Titine n'a manqué de souhaiter bonne nuit à ses dix chats. Sa voisine à Bruxelles, quand elle vient les nourrir, prend des photos, et Titine leur envoie des petits mots. Ce matin, rien ! Rien depuis qu'elle a prévenu ses chats, hier soir, qu'elle allait se brosser les dents et se coucher.

— Il n'est pas encore 7 heures du matin, se rassure Yann en se servant enfin un plein bol de café.

Je ne lui laisse pas le temps de tremper ses lèvres, affolée.

— Ce n'est pas normal ! Viens ! Viens !

Moins de trois secondes après, on se tient devant la porte du bungalow Ua Pou.

— Martine ! Martine !

Pas de réponse.

— Martine ! crie Yann, plus fort cette fois.

Rien que le silence.

Je devine ce que Yann a dans la tête. Un mauvais pressentiment. Il a dû souvent se retrouver ainsi, après avoir quitté tous gyrophares allumés sa gendarmerie, à s'époumoner devant une porte fermée parce que des voisins ont entendu des cris, des coups de feu, ou au contraire aucun bruit pendant des jours. À chaque fois, il a dû redouter ce qu'il allait découvrir derrière la porte. Souvent, sans doute, lui ou un de ses hommes a dû la défoncer.

Mon capitaine pose sa main sur la poignée. Elle tourne.

Ouf, au moins on n'aura pas besoin de bousiller le mobilier du Soleil redouté.

Yann entre. Je me tiens derrière lui, devant la porte, entre Éloïse et Tanaé. Je tente de jeter un œil. Ah, si mon capitaine n'était pas aussi baraqué... Je le regarde s'avancer, puis soudain, je vois ses jambes qui se dérobent sous lui.

Je pousse un cri, le premier qui me vient, et bizarrement, ce n'est pas « Maman ».

— CLEM !

Martine est allongée sur son lit.

Morte. Glacée. Étranglée.

— Tanaé, dit aussitôt Yann, éloigne Maïma.

Tanaé obéit.

Je proteste, mais Tanaé ne me laisse pas le choix, et m'ordonne de rejoindre Poe et Moana dans la salle Maeva.

J'obéis. Même si mon corps entier semble se mutiner, à commencer par mes pieds qui refusent de me porter. Eux non plus pourtant n'ont pas le choix.

YANN

Un collier sanglant pend du cou de Martine jusqu'aux draps blancs, comme si elle avait été étranglée avec une fine corde rouge.

Yann s'approche. Éloïse, derrière lui, se réfugie dans les bras de Tanaé.

Martine n'a pas été étranglée, elle a été poignardée ! Multi-poignardée. Par une dizaine de coups de poinçon : l'arme du crime, une pointe d'acier, est plantée dans le dernier trou, à hauteur de la carotide.

La voix de Tanaé tremble dans son dos.

— C'est... C'est une aiguille de dermographe. L'outil des tatoueurs.

Yann se retient de s'appuyer contre la tête de lit, de s'écrouler sur une chaise, de saisir un verre et de s'asperger le visage.

Il entend la voix de Farèyne hurler dans sa tête. *Ne touche à rien !*

— Ne touchez à rien ! ordonne-t-il d'une voix mal assurée. Surtout, ne touchez à rien. Éloïse, est-ce que ton téléphone prend des photos ?

Il a oublié le sien dans le bungalow. Il ne s'en sert que pour téléphoner, c'est-à-dire, aux Marquises, jamais.

Éloïse lui tend son portable comme s'il pesait une tonne, Yann la soulage d'un geste rapide, perd quelques secondes à en comprendre le fonctionnement, puis mitraille la scène de crime sous tous les angles.

— Ne touchez à rien, s'entête-t-il à répéter alors que Tanaé et Éloïse restent pétrifiées.

Ce qu'il observe à l'intérieur du bungalow Ua Pou l'effraie davantage encore que l'aiguille plantée dans le cou de la septuagénaire belge.

Le sang coagulé permet d'estimer que la mort remonte à plusieurs heures. Martine n'a pourtant pas crié cette nuit, sinon tous se seraient réveillés. Aucune trace de lutte. Son visage est serein, comme si elle n'avait pas souffert, et qu'aussi incroyable que cela puisse paraître, elle s'était laissé faire et avait accepté qu'on lui plante des aiguilles mortelles dans la carotide sans broncher.

Deux verres sont posés sur la petite table de bois de rose.

Martine connaissait donc son agresseur. Elle n'a pas été assassinée pendant son sommeil, elle n'a pas été surprise par un rôdeur ; elle a fait entrer le tueur, lui a offert à boire, a discuté avec lui, avant qu'il ne l'exécute.

Yann se doute que Tanaé et Éloïse sont parvenues aux mêmes conclusions.

Pourquoi ?

Qui ?

Qui Martine pouvait-elle connaître aux Marquises, à part les pensionnaires du Soleil redouté ?

Personne ! Personne hormis Tanaé et ses deux filles, lui, Maïma, et les quatre autres lectrices.

Une évidence s'impose, une certitude à laquelle il n'existe aucune alternative : la coupable est forcément l'une d'elles !

Les yeux du gendarme se brouillent, il se force à les détacher de cette aiguille de tatoueur plantée dans la gorge de Martine.

124

Elle semble vieille, si vieille.

La première urgence est de passer une main sur ses paupières pour fermer ses yeux, puis de recouvrir ce cou ensanglanté, avec une écharpe, n'importe quoi, mais masquer ce fil écarlate qui pend de sa gorge jusqu'au lit. Les yeux du gendarme sont attirés par un détail. Un cordon gris dépasse d'un des plis du drap, à hauteur de la main blanche de Martine.

Yann se penche.

— Il faut appeler la police, murmure Tanaé dans son dos. Pour les crimes, ils mettent près de quatre heures à venir de Papeete. Il faut les appeler tout de suite.

— Je vais le faire, promet Yann en se retournant une seconde.

Éloïse renifle, essuie ses larmes dans ses longs cheveux, et son nez avec des mouchoirs en papier. Yann lui en emprunte un, puis se penche vers le lit. Il coince le mouchoir entre ses doigts, soulève le drap. Le pendentif porté par Martine se trouve là : une perle noire, parfaitement sphérique, au bout d'une chaîne d'argent.

Yann repense à ce même dessin, le collier et la perle, griffonné au-dessus du testament de Martine.

Avant de mourir je voudrais

Dire au revoir à chacun de mes dix chats

Revoir, une fois, une seule fois, le seul homme que j'ai aimé dans ma vie.

Une bile acide dévore sa gorge. Il connaît déjà la question que chacun va se poser. Qui pouvait en vouloir à cette adorable mamie belge, amoureuse des chats, des livres et de son plat pays ?

Qu'a-t-elle vu ? Qu'a-t-elle fait ?

Et cette aiguille de tatoueur ?

— Il... Il y a autre chose, ose indiquer d'une voix timide Éloïse, tout en posant une main sur l'épaule du gendarme et en désignant un autre coin du drap.

Yann frissonne.

Il aperçoit le coin d'une feuille de papier dépasser sous le pli du tissu. Toujours à l'aide du mouchoir, il le soulève.

Son cœur bat plus fort encore.

Un galet.

Un galet noir, sur lequel est dessiné le même Enata, à l'envers, il en est certain cette fois.

Sous le galet est coincée une feuille de papier. Avec précaution, Yann le soulève. Il a déjà reconnu l'écriture sur la feuille.

Il ne peut s'empêcher de la saisir entre ses doigts.

Il ne peut pas s'empêcher de la lire, même s'il se doute que Tanaé et Éloïse déchiffrent les mêmes mots par-dessus son épaule.

Parce que ce sont les mots de sa femme.

MA BOUTEILLE
À L'OCÉAN

Partie III

Récit de Farèyne Mörssen

Avant de mourir je voudrais
Revoir une aurore boréale. J'en ai vu une, il paraît, quand j'avais trois ans, maman m'en parlait souvent.

Avant de mourir je voudrais
Passer du 15ᵉ au 17ᵉ, grimper tous les étages du Bastion.
Devenir la première flic de France, la patronne, la DRPJ[1], commander à des centaines d'hommes, sauver des vies, éviter des crimes, coincer des salauds, faire ça pendant des années, puis tout rembobiner.

Avant de mourir je voudrais
Ne jamais être entrée dans la police.
Avoir un enfant.
Plusieurs enfants.
Passer du temps avec mon mari.
Rire, écrire, voyager, aimer.
Vivre une seconde vie, en réalité, c'est ce que je voudrais.
Parce que dans celle-ci, jamais je ne renoncerai à enquêter, à traquer les meurtriers, à les empêcher de tuer.

Avant de mourir je voudrais
Ne laisser derrière moi aucune affaire non élucidée.
Que Laetitia et Audrey soient vengées.

---

1. Directrice régionale de la police judiciaire, dont le siège est au 36, rue du Bastion.

MA BOUTEILLE À L'OCÉAN
Chapitre 8

— CLEM !

J'ai entendu le cri sous ma douche.

Un cri d'horreur, qui venait du bungalow Ua Pou, celui de Martine. Sauf que ce n'était pas la voix de Martine, j'ai reconnu celle de Maïma. Pourquoi ? Pourquoi cette longue plainte désespérée ?

Je coupe l'eau, je sors de la douche sans m'essuyer. Mes pas laissent des traces humides sur le parquet de bambou.

Ce cri n'a rien à voir avec ceux, joyeux, de Maïma, il y a quelques minutes, quand elle tambourinait aux portes.

— Debout, Clem ! Debout, Titine !

C'est bon, Maïma, avais-je pesté dans ma tête, du calme, je suis debout, et j'ai mal au crâne.

J'ai mal dormi.

Tellement mal dormi.

J'ai passé la nuit à écrire.

Toutes les images de la nuit me reviennent... J'ai fait tourner des centaines d'hypothèses dans ma tête, avant de prendre une décision.

Il faut que j'enquête ! Seule, de mon côté, sans faire confiance à quiconque. Sans en parler à Yann. La gendarmerie mènera son enquête officielle, il s'est choisi une adjointe, Maïma. Très bien, capitaine, je serai plus tranquille ainsi pour remplir ma bouteille à l'océan.

J'avance nue dans mon bungalow, j'écoute les bruits dehors mais je n'entends plus aucun cri, plus aucun « CLEM ! » hurlé à la mort. Rien ne presse, alors... S'il y a urgence, Maïma, Yann, ou n'importe qui, viendra cogner à la porte.

J'ébouriffe mes cheveux raides devant le miroir. Objectivement, je me trouve toujours aussi moche ! J'essaye de lister dans ma tête les questions auxquelles je dois trouver des réponses. J'en vois trois. Autant de pistes pour nourrir les chapitres de mon roman ?

Retrouver Pierre-Yves, d'abord ! Est-ce que tout ce cirque depuis sa disparition hier après-midi n'est qu'une mise en scène, ou bien a-t-il réellement été agressé ? Tué ?

En apprendre davantage sur les tatouages, ensuite. Il n'y a qu'un tatoueur dans le village d'Atuona, officiellement du moins, sa boutique, Tat'tout, se situe sur la route de l'ancien cimetière de Teivitete. Il aura le droit à ma visite, et pas pour me faire tatouer une croix marquisienne sur les fesses.

Tout savoir sur les tikis, enfin. Je suis persuadée que Tanaé en sait davantage que ce qu'elle veut bien nous dire sur les fameuses cinq statues dressées mystérieusement autour de sa pension. Tout le monde se connaît sur Hiva Oa, elle ne va pas me faire croire qu'un Marquisien a pu les sculpter dans son coin et venir les déposer sans que personne sache qui il est ! Pourquoi en avoir planté quatre dans la forêt, dont deux sur un me'ae sacré, et un seul au bord de la route, bien visible, ce tiki d'apparence si gentil, aux cheveux et aux mains fleuris ?

Je n'ai pas compté, mais ça doit faire plus de trois questions. C'est un magnum, ma bouteille à l'océan. J'enfile un maillot deux-pièces, un short kaki et une tunique saharienne par-dessus, histoire de masquer mes formes sous une tenue commando. Je dois faire attention de ne pas devenir parano ! Surtout si je commence à repasser en boucle la succession d'événements depuis hier après-midi, l'Enata sur le galet laissé par Pierre-Yves, la mise en scène de sa disparition, les bruits de pas sur la terrasse cette nuit, ma longue veille sous les étoiles avant de rentrer pour essayer de dormir.

J'ouvre la porte de mon bungalow, il jouxte le Ua Pou de Martine, exactement comme dans l'archipel.

La porte est ouverte.

Je reconnais le dos large de Tanaé, les fesses de pamplemousse de cette sainte-nitouche d'Éloïse. Marie-Ambre me rejoint, sortant de son bungalow. Maquillée, minijupée, ongles des orteils peints du même or que ses sandalettes, perle noire se balançant entre les pans de sa chemise Versace ouverte et nouée à hauteur de nombril, pour bien montrer qu'elle ne porte pas de soutien-gorge. Histoire que tout le monde puisse profiter de son décolleté de poupée Barbie vahiné ?

C'est ma dernière pensée méchante.

Yann est penché devant moi, et dans un geste explicite, passe sa main sur les paupières de Martine pour les fermer.

Martine ? Morte ?

Yann nous résume d'une voix tremblante la scène qu'ils viennent de découvrir.

Une scène de crime.

— Je vais prévenir la police, précise Yann tout en rangeant un morceau de papier plié dans sa poche, il y a un service de police judiciaire à Papeete, ils seront là dans la journée.

Il annonce ça sans cesser de me fixer, comme s'il me soupçonnait.

De quoi ?

D'avoir tué Martine ?

Je comprends, pas besoin d'être flic pour comprendre, d'ailleurs : à partir de ce matin, nous sommes toutes des coupables potentielles. J'ai veillé toute la nuit, je n'ai pas entendu un bruit, Martine connaissait donc son assassin, l'a laissé entrer, il l'a assassinée par surprise.

Mes yeux sont aimantés par l'aiguille que Yann a posée sur un mouchoir en papier.

L'arme du crime ?

Spontanément, j'ai l'intuition qu'un meurtre aussi sordide ne peut pas avoir été commis par une femme. Ça ne peut pas non plus être Yann. Qui reste-t-il alors ? Pierre-Yves ?

Un instant, je repense à la nuit d'hier et j'imagine que l'assassin s'est trompé, que c'était moi, le témoin gênant qu'il fallait éliminer, sauf que ça ne tient pas la route. Comment me confondre avec Martine ?

L'aiguille de dermographe m'hypnotise.

Elle me confirme dans mes résolutions. Je dois enquêter en solo. Tout tourne autour de cette histoire de tatouage, mais quel rapport avec Martine ? À ma connaissance, la septuagénaire n'en portait aucun, pas même une patte de chat…

— À partir de maintenant, annonce Yann, plus personne ne devra rester seul. Il ne s'agit pas de surveiller tout le monde, personne n'est soupçonné, il s'agit au contraire que tout le monde protège tout le monde. Si personne ne s'isole, même si un meurtrier rôde parmi… heu, à proximité, il ne pourra rien arriver.

Yann me fixe une nouvelle fois, un peu plus longtemps que les autres. Je voudrais croire que c'est parce qu'il veut me protéger, moi, en premier… mais je devine qu'il réserve ce privilège à la belle Éloïse, et que je suis la première sur la liste des suspectes. Je résiste à une envie presque maladive de toucher les graines rouges de mon collier.

J'hésite à prendre la parole, à m'en mêler, puis comme les autres filles dans la pièce, je me tais.

Je n'en pense pas moins…

Vas-y, capitaine, en attendant que les flics de Tahiti récupèrent l'affaire, tu as quelques heures pour les épater, relever les empreintes, poser des scellés.

Moi, comme cette nuit, j'enquête de mon côté ! Et j'écris tout… Sans rien oublier.

On verra qui trouvera le coupable le premier.

Une idée folle me traverse la tête. Après tout, peut-être est-ce ce que Pierre-Yves François voulait. Qu'elle ressemble à cela, ma bouteille à l'océan : un récit dont je sois la suspecte, aux yeux de tous, y compris des lecteurs. Que je sois obligée de prouver mon innocence. De vous assurer que je ne mens pas.

Peut-être veut-il que chacune des lectrices écrive cela.

Est-il allé jusqu'à tuer pour obtenir cet effroyable résultat ?

JOURNAL de MAÏMA
La prochaine sur la liste

Yann est assis sur la terrasse du Soleil redouté, devant son ordinateur, le téléphone d'Éloïse posé à côté de lui. Il tente de les connecter pour transférer les photos de la scène de crime sur son disque dur. Je me plante derrière lui, fixant le téléphone et les photos qui défilent.

Tétanisée.

Yann remarque enfin ma présence. Il replie d'un geste brusque l'écran de l'ordinateur, se lève d'un bond et me serre contre lui. Je tremble.

C'est le geste que j'attendais, mon capitaine.

Je m'abandonne dans les bras de mon policier, je grelotte, je suffoque. De longs sanglots tombent en averse, une pluie tropicale, brutale et brève.

Déjà, je me dégage, j'attrape un torchon et j'essuie mon visage.

— Tu vas trouver le salaud qui l'a tuée, hein ? Je vais t'aider ! On va le trouver !

Je parle d'une voix plus rauque que d'ordinaire, comme amputée d'une partie de l'innocence de mon adolescence.

— Maïma, fait Yann. Ce n'est pas un jeu, cette fois.

Je ne réponds pas. J'avance d'un pas sur la terrasse et j'observe la porte fermée du bungalow de Martine.

— Tu vas laisser Titine dans sa chambre ?

— Non. On va la porter sous le faré de Tanaé. Il y a une cave, Tanaé y entrepose tout ce qui doit rester au frais. Elle a appelé quelqu'un du village pour l'aider à la transporter. Le curé va passer lui aussi. Il aurait mieux valu tout laisser tel quel dans la chambre, en attendant que la police scientifique arrive, mais avec cette chaleur... Tanaé m'a assuré qu'avec Poe et Moana, elle dirait des prières traditionnelles. L'endroit où va reposer Martine sera tabou. Personne ne pourra le violer, tu comprends, ce sera un lieu sacré.

Yann n'en dit pas plus. Chaque mot prononcé paraît avoir raclé sa gorge jusqu'à l'assécher. Tanaé a déposé une carafe de citronnade sur la table. Il s'en sert un verre. Je n'ai pas soif.

— Et les autres ?

La tête de mon capitaine dodeline au même rythme lent que le balancement des branches de bougainvilliers autour de la terrasse. Les petits yeux jaunes des fleurs, séchés par des mouchoirs de pétales roses, paraissent partager notre peine.

— Chacun est dans sa chambre. Obligation de laisser les portes ouvertes. Et personne ne quitte la pension s'il n'est pas accompagné.

— Même moi ?

— Surtout toi !

— T'as prévenu les flics, alors ?

Yann hésite une fraction de seconde. Au bout de sa main, les glaçons dans le verre de citronnade cognent en carillon.

— Oui.

Je patiente le temps que dans le verre, la banquise se stabilise, un court silence, puis j'insiste.

— J'espère qu'ils arriveront vite, tes flics, parce que ta femme sera la prochaine sur la liste !

136

Cette fois, le gendarme a failli renverser la moitié de sa citronnade sur le téléphone et l'ordinateur.

— Farèyne ? La prochaine ? Sur quelle liste ?

Je dois aller au bout de mon idée, même si Yann me prend pour une cinglée.

— Réfléchis ! Sur la plage d'Atuona, hier après-midi, on a retrouvé le récit de Martine, sous le galet, *avant de mourir je voudrais*, c'était son testament en quelque sorte, et quelques heures après, elle est assassinée ! Tanaé m'a dit qu'on avait retrouvé le testament de ta femme, sous le galet, dans la chambre de Titine.

Yann pose le verre sur la table, incapable de le tenir sans le renverser. Il hésite, puis me tend le papier qu'il a rangé dans sa poche.

Récit de Farèyne Mörssen
Avant de mourir je voudrais

Je lis, silencieusement.

Jamais Farèyne-la-commandante ne cite le prénom de Yann dans ce testament, elle parle seulement de tout rembobiner, de vivre une seconde vie, avec un mari. Un autre mari ? Avec qui elle aurait envie de fonder une famille. Avoir un enfant. Plusieurs enfants. Pour qui elle aurait envie de ne pas passer soixante heures par semaine au commissariat du 15e. De rentrer, de rire, voyager, aimer. Un mari qui ne serait pas un petit capitaine de gendarmerie ?

Je comprends que tout se mélange dans la tête de mon capitaine, ce récit-testament de sa femme, le symbole Enata sur le galet, l'aiguille de dermographe plantée dans la gorge de Martine…

Des larmes perlent au coin de ses yeux. C'est dingue à quel point ce flic m'émeut ! Je lui tends le torchon mouillé avec lequel je me suis essuyée. Il sent la mangue, le coco et la crotte de poule. Yann se tamponne doucement les yeux sans y prêter attention. Je tente comme je peux de dédramatiser la situation.

— T'es bien sentimental pour un gendarme.

Pour toute réponse, Yann se contente d'un sourire.

— Ça ne veut pas dire que t'es pas super doué. Toujours pas de traces de Pierre-Yves François ?

— Aucune.

— Logiquement, c'est lui qui a récupéré le testament de ses lectrices. Donc c'est lui qui tue !

— Logique. (Je suis parvenue à lui arracher un nouveau sourire.) T'es plutôt utile comme adjointe.

— T'en trouveras pas de meilleure dans tout le Pacifique !

— Et t'es pas avec Clem ce matin ?

Je repense aux cheveux ébouriffés de Clem quand elle est sortie de sa douche, à sa façon un peu distante de me mettre à l'écart, à ses recommandations pires encore que celles de maman, « laisse faire la police, ma petite souris, surtout ne va prendre aucun risque ».

— Si, je suis passée la voir... Elle veut me protéger. Et surtout continuer d'écrire son foutu roman, sa version des événements. À mon avis, elle veut mener sa propre enquête, de son côté, sans faire confiance à la maréchaussée, c'est bien comme cela qu'on dit ? Tu sais, toi aussi tu pourrais faire partie des suspects.

— Je sais. On est tous suspects.

— Même Éloïse ?

Je pose les yeux sur l'écran noir et la coque aux couleurs fauves du téléphone sur la table.

— Même Éloïse ! admet Yann. Même ta maman !

Je sursaute.

— Maman ? Pourquoi aurait-elle tué Titine ?

Yann hésite, pas longtemps.

— Pourquoi pas pour cette histoire de perle noire ? Hier midi, à table, ta mère a affirmé à Martine que sa perle ne valait rien… Or, d'après Tanaé, la perle noire qu'on a retrouvée dans le lit de Martine est une perle top gemme, elle vaut une petite fortune.

J'encaisse le choc sans rien laisser paraître.

— Et son meurtrier n'y a pas touché ?

— Non, il faut croire qu'il n'avait pas besoin d'argent, ou qu'il ne connaissait pas la valeur de cette perle, ou tout simplement qu'il ne l'a pas vue. Par contre, ce qui est plus étonnant, c'est que ta maman, mariée à l'un des plus gros propriétaires de ferme perlière de Polynésie, se soit trompée.

Deuxième secousse. La réplique. Cette fois j'y étais préparée.

— Tu sais, maman se trompe un peu sur tout.

Yann n'a pas l'air convaincu. Il vide enfin son verre, éteint son ordinateur, et se lève.

— Excuse-moi, je vais devoir aller travailler dans la chambre de Martine. Je n'ai rien pour réaliser des tests ADN, tu t'en doutes, mais en bricolant un peu, je peux me débrouiller pour relever des empreintes.

Mon capitaine fait un pas sur la terrasse, puis s'arrête soudain.

— Juste une dernière question, Maïma.

— Tu me la joues Columbo ou quoi ?

— Je suis sérieux. J'ai besoin de ton aide. Le galet que nous avons trouvé tous les deux, sur la pile de vêtements de PYF, dans les rochers de la plage d'Atuona.

— L'Enata ?

— Oui, l'Enata. Était-il posé à l'envers ou à l'endroit ?

Je ne comprends pas.

— Pourquoi ?

— Dis-moi.

— Je ne sais plus, à l'envers je crois...

Mon capitaine n'a pas l'air de comprendre plus que moi l'importance de ce détail bizarre. J'insiste.

— Pourquoi ?

— Je ne sais pas. C'est... C'est Farèyne qui m'a demandé ça.

Farèyne-la-commandante sait ce que signifie cet Enata. J'en suis persuadée depuis le début. Je reste rêveuse de longues secondes. Yann n'ose pas s'en aller.

— Tu penses à quoi ?

Je ne réponds pas. Mon regard se perd loin vers l'océan, bien au-delà de l'île de Tahuata.

— Titine, dis-je, qui va s'occuper de ses chats ?

Je sens que mes larmes ne demandent qu'à recommencer de couler. Désolée, mon capitaine, ton adjointe est encore plus sentimentale que toi ! Je n'ai pas envie de retourner voir maman. Ni Clem. J'ai juste envie d'aller relever les empreintes avec toi.

Derrière nous, Tanaé est sortie de la cuisine en silence. Elle s'adresse à Yann comme si je n'existais pas.

— Kamai, un pêcheur de Tahauku, vient de m'appeler. Il a trouvé quelque chose, ce matin, au-dessus du

140

port. Il voudrait que… Que vous alliez voir directement là-bas.

Tout de suite, je devine que mon capitaine pense à un cadavre, un cadavre rejeté par les vagues jusqu'au port. Un cadavre guère difficile à identifier, même s'il trempe dans l'eau depuis hier.

Personne d'autre que Pierre-Yves François ne manque à l'appel.

— Maïma, ordonne-t-il, tu voulais te rendre utile ? Va me chercher Farèyne, Éloïse, ta mère et Clem. Nous allons tous voir ce pêcheur, ensemble. On ne se sépare pas ! Toi, tu restes là, avec Poe et Moana, et tu obéis à tout ce que Tanaé te dira.

MA BOUTEILLE À L'OCÉAN
Chapitre 9

Kamai est plutôt maigre pour un Marquisien. Ou bien il a beaucoup maigri, ses tatouages ressemblent à un herbier de fleurs flétries, aussi noires que sa barbe épaisse et ses cheveux ras sont gris. Il se redresse fièrement. Sacrée prise ! Malgré ses vingt ans de métier sur son chalutier à pêcher le thon, les bonites et les raies à dard, jamais il n'a dû ramener ça dans son filet : un flic en short et quatre nanas plutôt mignonnes, chacune dans son genre, la bourge, la pète-sec, la romantique et l'énergique, debout dans la cabane au-dessus du port. Un joli bouquet, et tous, flic comme filles, boivent ses paroles. Alors Kamai ne se fait pas prier pour répéter ce qu'il a vu, ou plutôt entendu.

Comme chaque matin, il s'est levé tôt, vers 4 heures, pour relever ses filets. Il suit le même trajet tous les jours, de la montagne au port de Tahauku, deux petites heures de marche dans la forêt qu'il adore explorer avec une lampe frontale autour du crâne. À mi-chemin, il doit traverser la route bitumée, à la hauteur de la cabane du maire, avant de couper à pic par le sentier qui descend au port. La cabane est toujours vide, surtout à cette heure. Il fut un temps où le maire y emmenait sa copine, mais il a arrêté depuis qu'il s'est fait attraper et que ça a failli provoquer une guerre civile, vu que par le jeu des alliances, il n'y a pas plus de deux familles sur l'île. Ce serait quand même plus simple, ricane le pêcheur, si on pouvait tromper sa femme avec une cousine !

Bref, depuis, la cabane est quasi abandonnée, pour ne pas dire maudite, et Kamai a été sacrément surpris la nuit dernière d'y entendre du bruit. Une voix d'homme surtout, et des chuchotements de femme, à peine audibles, puis un cri, celui d'un homme. Puis plus rien.

Kamai en est certain, il a reconnu la voix. C'est celle de l'écrivain ! Celui qui loge chez Tanaé. Le type a traîné sur le port de Tahauku toute une journée, avant-hier, comme s'il cherchait à louer un bateau. Il négociait avec d'autres pêcheurs. Pas avec lui. Son rafiot est peut-être trop petit.

Écrivain ou pas, Kamai est passé sans ralentir. Pas son genre de se mêler des querelles d'amoureux des popa'a. Il n'allait pas non plus se boucher les oreilles… L'écrivain racontait des trucs tels que « Tu voulais savoir la vérité, maintenant tu la connais », ça avait l'air de chauffer. Le genre de dispute qui se termine sur l'oreiller, a-t-il pensé. Sauf que ce matin, tout le monde ne parlait que de ça sur le port, un crime, commis au Soleil redouté, une pensionnaire belge, et l'écrivain qui reste introuvable. Kamai n'a pas hésité, il a appelé Tanaé.

Comme les autres lectrices, comme Yann, j'écoute le récit du pêcheur. On tient tous dans la cabane, sans se tasser, mais la chaleur y est suffocante. Le soleil chauffe le toit de tôle façon plancha. On grille dessous comme des éperlans. Une sueur âcre coule dans mon dos, entre mes seins, trempe les graines de mon collier rouge, colle le coton de ma saharienne à mon haut de maillot, dégouline jusqu'à mon short kaki, mais je ne bouge ni ne dis un mot.

Dans ma tête, je remercie Kamai. Grâce à lui, une part du mystère est révélée aux autres, sans que j'aie besoin de parler, sans que j'aie besoin de révéler quoi que ce soit.

Plus que cela, je suis confortée dans mon idée. Pierre-Yves s'amuse à jouer avec nos nerfs ! Il se promenait sur le port à la recherche d'un bateau, il a disparu de cette garçonnière tropicale alors qu'il s'y cachait, encore bien vivant, la nuit dernière.

Ce salaud se planque quelque part, nous épie, et nous force à jouer au jeu dont il nous a énoncé les règles.

Écrivez, quoi qu'il arrive, écrivez !
Avec autorisation de tuer ?

Yann écrit lui aussi, de brèves notes, avant de refermer son carnet et de nous demander de nous serrer contre les murs de torchis pour qu'il puisse prendre un maximum de photographies. Je me colle à Marie-Ambre. Elle empeste la sueur elle aussi, mais une sueur rance, refroidie, avec laquelle elle a dû passer la nuit. À croire que ce matin, Amber a eu le temps de se maquiller, mais pas de se laver.

Éloïse se colle à Yann, au prétexte de surveiller son téléphone qu'elle lui a à nouveau confié pour qu'il puisse immortaliser l'intérieur sordide de la cabane. Un matelas sale, un évier écaillé, des robinets rouillés, de grands draps marquisiens blancs et rouges pour obscurcir les fenêtres, d'autres froissés sur le matelas, des cartons éventrés d'où débordent assiettes, bols, verres, bouteilles, couverts. Près du lit improvisé sont posées deux valises. PYF y a entassé ses affaires : des vêtements, des livres, certains des exercices qu'on lui a rendus hier.

Je fais confiance à Yann, il reviendra chercher d'éventuelles traces de cheveux, de doigts, de sang... de sperme.

Malgré le mobilier rudimentaire, je n'ai aucun doute sur l'utilisation de la garçonnière.

Pierre-Yves François dormait ici. Avec une femme ! Chacune d'entre nous l'a compris... et toutes s'épient.

On se frôle, on se renifle, on se touche presque, quatre femelles.

Laquelle ? Laquelle d'entre nous a couché avec le mâle, d'ailleurs pas si dominant, plus mâle bêta que mâle alpha.

Non, à la réflexion, pas si bêta, le Pierre-Yves.

Yann s'avance pour photographier l'intérieur des placards, demande à Éloïse de se pousser et en profite pour la tripoter. Elle commence à m'énerver, la griffonneuse déprimée, à jouer les ingénues devant le seul homme de la pension. Marie-Ambre, derrière moi, détourne les yeux comme si elle ne voyait rien à leur jeu, l'hypocrite. Comme si elle avait de la peine pour la pauvre Farèyne !

Je dois rester concentrée. Tout observer, pour tout noter ensuite, chaque indice, chaque ressenti, dans ma bouteille à l'océan. Je ne sais pas si elle sera lue par des millions de lecteurs, ou un seul, un juge d'instruction... les deux, capitaine ?

Yann ouvre les tiroirs des rares meubles de la cabane. Laquelle des trois filles avait rendez-vous ici avec Pierre-Yves ? Marie-Ambre ? Élo… J'interromps d'un coup le fil de mes pensées. Une hypothèse soudaine vient tout chambouler…

Et si cette fille n'était aucune des trois ?

Et si cette fille était… Martine !

Et s'il ne s'agissait pas d'un rendez-vous amoureux ? Martine quitte l'Au soleil redouté dans la nuit, rejoint PYF dans la cabane, ils se disputent pour je ne sais quel motif, elle veut l'assommer, elle rate son coup, il crie, mais lui ne la rate pas. Et la tue ! Il la ramène en silence au Soleil redouté, monte une mise en scène, les verres sur la table basse, l'aiguille de dermographe, une dizaine de coups pour qu'on les remarque bien. Cela explique pourquoi Martine n'a pas l'air d'avoir souffert. La supercherie tiendra ce qu'elle tiendra… tant qu'aucun médecin légiste n'est sur place.

La première inspection de la scène de crime, sans cadavre cette fois, paraît se terminer. Kamai s'impatiente, on ne va pas attendre la prochaine marée. Marie-Ambre est sortie, Éloïse aussi. Moi pas tout à fait, toujours aux aguets.

Yann croit être seul. D'un geste rapide, il plonge la main dans le dernier tiroir et en sort une feuille de papier qu'il range dans sa poche. Décidément, ça devient une manie chez lui ! Il remarque à ce moment que je ne suis pas sortie, me fixe un instant et baisse les yeux tel un voleur surpris.

Pourquoi ? J'hésite à lui demander. Plus tard. Les autres nous attendent dehors. À mon tour, je sors.

Je passe devant le rideau sale, celui devant lequel Pierre-Yves et sa belle se sont disputés cette nuit, avant de tenter de se réconcilier, puis de s'entretuer.

Je ressens d'abord l'impression que quelque chose m'échappe dans cette scène, quelque chose d'invisible, mais qui pourtant se trouve là, autour de moi, tout près. Je cherche, à toute vitesse, tout en quittant la pièce.

Je n'aurai peut-être pas l'occasion d'y revenir. Qu'ai-je raté ? Il n'y a plus que Yann qui ferme la marche, et d'un revers de main, fait bouger le tissu marquisien.

Soudain je comprends. Je ne vois ni n'entends rien, simplement je sens.

Un parfum ! Un parfum accroché au rideau, l'odeur est à peine perceptible, mais je suis certaine de ne pas me tromper.

Ce parfum, c'est *24 Faubourg* d'Hermès. Un parfum qui vaut une petite fortune, autant vous dire qu'on ne le trouve pas à Hiva Oa. C'est le parfum que Marie-Ambre portait hier, et tous les autres jours depuis qu'elle est arrivée. Mais pas ce matin !

Yann l'a-t-il aussi senti ? Se doutait-il de quelque chose ? Est-ce pour cela qu'il a insisté, cette fois, pour maintenir Maïma à distance ? Parce qu'elle aurait pu reconnaître le parfum de sa mère ? Je repense à la colère de Maïma quand il lui a ordonné de rester à la pension, à sa maman, qui pour une fois ne cède pas.

Tu restes dans la salle Maeva, avec Poe et Moana.

Et moi qui détourne les yeux en caressant mon collier rouge.

Je suis désolée, Maïma, ce n'est plus un jeu, tu n'as que seize ans, nous devons te protéger. Quelqu'un, parmi nous, a tué. Et rien ne dit qu'il ne va pas recommencer.

JOURNAL de MAÏMA
Tapu

Je tourne en rond dans la cuisine. Furieuse !

Tout le monde m'a abandonnée, même Clem ne m'a pas défendue. Elle s'est contentée de se trémousser dans sa tenue de baroudeuse et de détourner les yeux en tripotant son collier rouge.

T'en fais pas, Clem, j'ai compris le message par télépathie. *Un tueur rôde sur Hiva Oa, tu n'es qu'une enfant, comme Yann et ta maman je suis responsable de toi, et patati et patata.*

Devant moi, appliquées, Poe et Moana préparent des firi firi, les beignets au lait de coco, en respectant scrupuleusement les instructions de Tanaé. Assises l'une à côté de l'autre, on dirait qu'un seul cerveau commande leurs quatre mains qui pétrissent la farine et le sucre, coupent les gousses de vanille, râpent le coco. Qu'elles ne comptent pas sur moi pour entrer dans leur ballet, hors de question que je mette la main à la pâte, je l'ai déjà le fil, à la patte.

J'envie les poules qui caquettent derrière la fenêtre, plus libres que moi. Dire que j'ai vraiment cru être devenue l'adjointe de mon capitaine. Tu parles… Dès qu'il y a le moindre danger, je suis éjectée !

Je m'éloigne et m'arrête un instant devant le tableau noir.

Avant de mourir, je voudrais…

Je lis distraitement quelques mots laissés par les derniers pensionnaires, déjà repartis loin d'Hiva Oa.

Gagner 120 millions (d'années) au Loto.

Trouver la billetterie pour le paradis... et acheter un billet aller-retour.

Avoir 18 enfants et 73 petits-enfants.

Une écriture masculine, évidemment.

Un peu plus loin, dans un cadre en compagnie de Maddly, sa dernière amoureuse, Brel sourit toutes dents en avant, un sourire de poney, pas étonnant qu'il se soit si bien acclimaté. D'après lui, les hommes prudents sont des infirmes. Et les femmes, vieux misogyne ?! Pas étonnant non plus que tu te sois plu sur la Terre des hommes ! C'est si facile de parler de l'enfance avec des mots de poète ou le pinceau d'un peintre, tout en laissant sa femme élever ses gosses dans le plat pays à quinze mille kilomètres de là ! Brel et Gauguin, même combat ! Cette île n'aurait pas dû s'appeler les Marquises mais les Marquis, les ducs, les petits rois à la noix de la principauté des cocoteraies.

Je suis énervée. Je n'en peux plus de tourner en rond dans l'odeur de coco-vanille. Je pense à Yann et à sa cour de lectrices suçant leur stylo sans écrire un mot, je pense au corps de Titine, poignardée sur son lit, je pense à cette enquête que je pourrais faire avancer.

Tanaé me regarde tourner en rond comme un poney attaché à son piquet, s'inquiète, improvise un compromis.

— Maïma, tu veux me rendre un service ? Va me ramasser des coprahs sur le séchoir dans le jardin. Mais tu ne t'éloignes pas !

Le coprah, c'est la noix de coco séchée, la fortune de l'île, on trouve des séchoirs dans chaque maison de chaque vallée, la noix de coco sert à tout, se laver, se

150

crémer, se parfumer. Je ne réponds pas. Je ne suis pas un chaton à qui on ouvre la porte du balcon pour qu'il ne fasse pas ses griffes sur le tapis. Je m'écroule dans le canapé face à l'un des deux grands miroirs et j'attrape le dépliant du Festival des arts des îles Marquises.

— Merci du coup de main, soupire Tanaé. J'y vais.

Dès que Tanaé sort avec son panier, je bondis.

— Tu vas où ? demande Poe.

— Faire un tour.

— T'as pas le droit de sortir !

Poe a un an de plus que moi et elle pourrait être ma mère.

— Je vais juste à la cave, dire au revoir à Titine. Ça j'ai le droit.

— Non, t'as pas le droit, renchérit Moana. C'est un endroit tapu.

Moana a deux ans de plus que moi et elle pourrait être ma grand-mère !

Tapu ici signifie tabou. Ce sont les Marquisiens qui ont inventé le mot, pour désigner ce qui est interdit et sacré, les gens, les lieux, et même les objets. En résumé, les tabous sont les règles qui empêchent les adultes de vivre, des règles démodées que les enfants ont pour devoir de faire exploser !

— Tabou, tabou, tabouche, dis-je en posant un doigt sur mes lèvres.

Je claque la porte de la salle Maeva derrière moi.

Un regard à droite, un regard à gauche, Tanaé est occupée sous les bougainvilliers. Je sprinte, le faré de Tanaé se situe cinquante mètres plus loin, dans l'allée.

On m'a dit de rester à la pension. Je ne désobéis pas !

L'escalier qui descend à la cave est sombre et raide. Je m'apprête à dévaler les marches, dans le noir j'y vois mieux qu'un chat… Quand j'entends… des pas.

Des pas qui remontent de la cave ! Des pas qui sortent… du lieu tabou ?

Je m'oblige à ne pas bouger. Qui peut sortir d'un lieu tabou ? Titine n'est tout de même pas ressuscitée ? Ou alors le curé ? Tanaé ?

Ce sont des pas lourds, des pas d'homme…

Soudain, la faible clarté provenant du bas de l'escalier disparaît. Une carrure imposante bloque toute lumière, tout en continuant de gravir l'escalier.

Un homme.

Tatoué, de la tête aux pieds.

Il est âgé, plus de soixante ans, je dirais. Il porte une moustache blanche en brosse de dictateur, des cheveux gris frisés, une chemise marquisienne à manches courtes d'où dépassent deux mains d'étrangleur, dont l'une s'accroche à une canne de promeneur. Il a l'air gêné de s'être fait surprendre, baisse les yeux quand il me croise et s'éloigne vite.

Qui est ce type ?

Je le suis des yeux autant que je peux : il avance en boitant légèrement, jambes arquées, une démarche à la Charlie Chaplin, puis je dévale quatre à quatre les marches de la cave.

Titine dort.

Elle est allongée sur un matelas posé à même le sol, sur un grand tissu blanc orné de croix marquisiennes bleues, dans la tenue où elle a été trouvée morte : une liquette imprimée de marguerites géantes, énormes, à en rendre jaloux les bouquets d'oiseaux de paradis que Tanaé a installés tout autour de son lit. Ils veillent sur son dernier sommeil tels des papillons orangés figés.

Une question me vient soudain. Titine ne sera pas enterrée ici. Mettra-t-on son corps dans un avion, jusqu'à Bruxelles, via Papeete et Paris ? Le parcours inverse de son Jacques, mort à Paris, inhumé ici.

Une question, puis plein. Qui prendra en charge ce dernier voyage ? Que deviendront ses chats ? Titine ne verra donc jamais Venise, la vraie, ni sa Belgique devenir championne du monde de foot, ni devenir française, ni être honorée d'un prix Nobel pour le génie d'un écrivain de bulles.

Titine ne reverra jamais le seul homme qu'elle ait aimé dans sa vie.

Je repense à ce pendentif, cette perle noire qu'elle portait autour de son cou, une top gemme, un bijou d'une valeur inestimable à ce qu'il paraît. Était-ce un souvenir de son amoureux ? Tanaé a pris soin de recouvrir le cou de Titine d'un fin foulard, et de laisser le pendentif autour de son cou. Est-ce que Titine sera enterrée avec lui ?

Mes yeux se troublent... J'observe le foulard noué en écharpe, mais je ne vois aucun bijou.

Je sens mon pouls s'accélérer d'un coup. Doucement, mon petit cœur, doucement. Tanaé m'a assuré qu'elle avait accroché cette perle au cou de Titine. Personne n'est entré depuis dans ce lieu tabou, à part le curé, Tanaé, Poe, Moana, moi... Et ce type tatoué !

Cet homme qui remontait avec sa canne, qui a évité de me regarder dans les yeux, tête baissée. Comme un voleur !

Je remonte les marches en courant. Hors de moi.

Il faut être la pire des ordures d'Hiva Oa pour violer ainsi un lieu tabou et dépouiller une morte, même pour une perle top gemme qui vaut plus de 200 000 francs Pacifique.

J'atteins en moins de cinq secondes l'allée du Soleil redouté, devant le faré. Je fais défiler dans ma tête les consignes de Yann, de Tanaé, surtout ne pas rester seule, surtout ne pas s'éloigner… sauf que ce voleur de perle n'a pas eu le temps d'aller loin. Je m'autorise un sprint jusqu'au bout du jardin. La route passe devant la pension, il n'y a que deux directions, vers le port à droite, vers le village à gauche. Si le boiteux n'a pas accéléré…

J'y parviens, essoufflée.

J'avais raison ! Le voleur n'est pas pressé. Il marche toujours, une centaine de mètres plus haut, sur sa droite, sans aucun poids apparent sur la conscience, s'appuyant sur sa canne, dans son étrange démarche de canard, ou plutôt de cochon boiteux d'avoir eu trop longtemps une corde attachée à une patte.

Le suivre ?

La question est vite réglée, je ne peux pas le laisser s'enfuir !

Je franchis le portail du Soleil redouté, j'accélère le pas pour me rapprocher.

Pas trop. Assez quand même.

Je grignote mon retard, mètre après mètre, comme un chien errant qui suit un inconnu qu'il prend pour son maître. Exactement comme dans le film de Charlot ! Je ne suis plus qu'à cinquante mètres derrière lui, à peine cachée par le rideau de bananiers.

Si Chaplin se retourne, je suis fichue...

Je sais que Yann et les autres filles sont partis à la cabane du maire, dans la même direction, mais j'en suis encore loin, à plus de un kilomètre et une dizaine de tournants.

Mon cœur cesse de battre brusquement.

Je me suis approchée assez pour observer les tatouages qui dépassent de la chemise de Charlie, des écailles dans son cou, des serpents qui dégoulinent telle une sueur noire sur ses bras, jusqu'à ses mains, jusqu'à ses doigts... En une goutte d'encre noire et ronde.

La perle ! Ce type se promène avec le pendentif de Titine serré dans son poing. La perle se balance au bout de sa main, comme si elle lui appartenait !

Je prends d'un coup conscience du danger. Je ne vais pas renoncer pour autant. Pas maintenant. Je dois juste faire davantage attention, progresser par petits bonds, en me dissimulant derrière les troncs des bananiers, des caféiers, des papayers... Façon un, deux, trois, soleil, sprinter sur dix mètres, puis m'immobiliser, me cacher, recommencer...

Un, deux, trois, soleil... redouté.

Des fois, je suis sidérée par ma propre débilité.

Un, deux, trois...

Charlie Chaplin s'est retourné !

Je reste plantée sur la route bitumée, à trente mètres de lui.

On se défie du regard, comme deux chats sur le même territoire.

Même si je sais bien que je n'ai aucune chance à ce jeu-là. Mes yeux doivent briller comme ceux d'une gamine paralysée de peur, alors que ceux de l'homme en face de moi ont la froideur de l'absence de remords, mêlée à la fièvre exorbitée des acteurs dans les vieux films muets, en noir et blanc. Presque comme s'il ne voyait pas les couleurs, le bleu Pacifique et le vert cocotier. Presque comme s'il ne me voyait pas, ou plutôt que je ne comptais pas, que je n'étais qu'un élément perturbateur dans son décor, un bruit de moteur, un écho à ses pas, un bourdonnement à faire cesser. Un regard de fou, un regard de *fiu* surtout, cette foutue mélancolie polynésienne, le blues du Pacifique, cette déprime que j'ai lue si souvent dans les yeux de maman.

J'hésite à crier. Si Charlie fait un pas, je hurle ! J'appelle au secours et je m'enfuis. Je suis rapide, plus fine et vive que ce boiteux, si je coupe droit dans la bananeraie, il n'a aucune chance de me rattraper.

La perle noire s'est figée au bout des doigts de Charlie. Je crois apercevoir deux autres perles de verre briller aux coins de ses yeux. Puis sans prononcer un mot, le vieux Marquisien me plante là et poursuit sa marche, lentement, claudiquant.

Je ne vais pas le lâcher pour autant ! S'il croit m'avoir effrayée avec son regard de mort-vivant… Je dois juste être plus prudente. Je laisse un peu de distance, une centaine de mètres, un virage.

Je perds l'homme de vue quelques instants, mes pensées rythment mes pas, *n'accélère pas, Maïma, c'est peut-être un piège, n'accélère pas.*

J'ai bien fait ! Je revois Charlie un peu plus loin, à la sortie d'un virage qui surplombe l'océan. Il a continué de marcher, au même rythme. Ni soucieux ni inquiet. Il est sacrément gonflé ! Il suffirait que j'appelle à l'aide, crie « Au voleur », n'importe qui, un éleveur, un habitant, interviendrait… Avec sa canne et ses jambes arquées, Charlie n'a pas l'air en état de cavaler pour se sauver. Comment peut-il oser se promener ainsi, en plein jour, avec cette perle volée au poignet ?

J'obtiens la réponse à la seconde où je me pose la question.

Charlie ne porte plus le bijou !

Plus aucun pendentif ne dépasse de sa main. Ce vieux rusé a profité du bref moment où je l'ai perdu de vue pour se débarrasser de la perle ! Si ça se trouve, il fait même semblant de boiter. Je peste contre ma naïveté. Qu'est-ce que je croyais ? Que Charlie allait se laisser prendre la main dans le sac ? Sous ses airs d'acteur muet qui avance au ralenti, il m'a embobinée. Logique ! Il a eu peur d'être dénoncé, il a balancé le pendentif quelque part, n'importe où, accroché à une branche de pistachier ou caché sous une feuille de bananier. Il reviendra le récupérer plus tard. N'importe quand. Même en s'y mettant à dix, comment le retrouver ? Autant chercher un noyau de litchi dans une palmeraie.

Charlie continue d'avancer cahin-caha, comme s'il ne s'était jamais arrêté. Arrivé en haut de la longue montée, il a le choix entre descendre vers le port (il passera alors forcément devant le tiki aux fleurs, puis la cabane du maire) ou filer tout droit vers l'aéroport. Charlie ne choisit ni la première direction… ni la seconde route ! Il coupe directement dans le sens de la pente, pleine forêt, et disparaît.

Quelques branches voltigent encore derrière son passage, puis reprennent leur place.

Je n'en reviens pas ! Il n'y a rien par là ! Charlie doit être un vieil ermite qui a planté sa tente sur un me'ae dans une vallée et vit en chassant le cochon sauvage, en cueillant des baies, et en chapardant dans les maisons isolées pour se payer de quoi boire.

Mouais… Je change d'avis l'instant d'après. Ça ne colle pas, Charlie n'avait pas l'air ivre, même s'il marchait en titubant.

Sans m'en rendre compte, j'ai avancé moi aussi. Je suis parvenue à hauteur du tiki aux fleurs. De l'autre côté de la route, une jument qui s'en fout broute des feuilles de kapokier. Instinctivement, je me penche vers les fleurs sauvages dans le fossé. Je fouille du regard entre les étoiles blanches des lianes de cire et les poils roses des queues-de-chat, au cas où le reflet d'une perle noire brillerait… Avant de pester une nouvelle fois contre ma stupidité. Charlie pourrait tout simplement avoir glissé le collier dans sa poche. Et s'il s'était caché derrière un tronc, prêt à bondir sur moi quand je vais passer ? Pourquoi continuer d'avancer ?

Je m'arrête, net.

Sans même l'avoir anticipé, je me retrouve nez à nez avec le tiki aux fleurs, à demi enfoncé dans le fossé. Le cinquième, si je me fie à l'ordre dans lequel je les ai présentés à Clem : le tiki censé diffuser le mana de la gentillesse et de la sensibilité. Le seul que je n'ai jamais croisé.

Mon Dieu...

Je n'en crois pas mes yeux.

La perle noire est accrochée au cou de la statue. Elle pend sagement au creux de l'opulente poitrine de pierre. Aucun doute possible, c'est celle de Titine, la top gemme, je la reconnais. Je tends la main, hypnotisée par la sphère noire.

C'est du moins ce que je crois.

Sans que je puisse résister, comme si un mana plus puissant que ma volonté me l'imposait, mes yeux délaissent le bijou et remontent vers le visage du tiki.

Je le connais ! Je l'ai déjà vu. Je suis incapable de dire où, mais je sais juste que ce visage aux yeux démesurés, au front large et aux cheveux fleuris, je l'ai déjà vu.

Qui ?

Où ?

Je dois trouver.

Je dois rapporter le pendentif à Tanaé.

Je dois...

La forêt s'ouvre devant moi, au moment précis où je vais saisir la perle entre mes doigts.

MA BOUTEILLE À L'OCÉAN
Chapitre 10

Je suis sortie la dernière de la cabane du maire, mais j'arrive la première au Soleil redouté. Je n'avais aucune envie de marcher avec les autres, à une allure d'enterrement, même si Yann a recommandé de rester en procession. A minima deux par deux, comme des enfants en sortie scolaire. Eh capitaine, on est cinq, un chiffre impair ! On n'apprend pas à compter, à la gendarmerie ?

J'ai pris quelques centaines de mètres d'avance sur le groupe et j'ai rejoint Tanaé sur la terrasse, à l'ombre des bougainvilliers. Elle occupe Poe et Moana à fabriquer les colliers de coquillages ou de graines qui serviront à l'accueil des prochains hôtes, dans le hall de l'aérodrome Jacques-Brel. La plupart des touristes ne restent que quelques nuits, ça représente jusqu'à cent colliers à offrir par mois !

Tout de suite, l'absence me saute aux yeux.

La petite souris n'est pas là !

Je saisis Tanaé par les épaules, paniquée.

— Où est Maïma ?

Mon collier de graines rouges se balance en carillonnant sur le coton de ma saharienne. Tanaé est surprise par mon geste. Le haut de sa robe glisse légèrement sur ses épaules, avant qu'elle ne la replace avec précipitation, comme si ses omoplates craignaient le soleil. Sur le moment, je n'y prête pas attention, je ne pense qu'à Maïma, je sais à quel point elle peut être encore plus désobéissante que moi.

Les yeux effrayés de Tanaé ne me rassurent pas. Elle ne sait pas où est la gamine. Elle s'excuse, la voix tremblante. Comment aurait-elle pu la retenir ? Elle n'allait pas lui mettre une corde autour du cou, comme Miri, Fetia et Avaé Nui, les trois doubles poneys. On lui dit de rester entre quatre murs et elle s'enfuit par la fenêtre.

— Tu... tu l'as laissée sort...

Je n'ai pas le temps de finir ma phrase, Tanaé n'a pas le temps de s'effondrer en larmes, Poe et Moana sont restées aiguille en l'air et collier de graines pendouillant. Une voix essoufflée s'élève du jardin.

— Clem !

La voix de Maïma ! Je pousse un soupir de soulagement. Apparemment, ma petite fugueuse a des choses à dire à sa confidente préférée. Rassurée, je me retourne au moment où Maïma surgit sur la terrasse. Elle s'arrête et nous fixe, Tanaé et moi, inquiète de notre réaction. Je la rassure aussitôt.

— Yann et ta maman arrivent, ma chérie, je suis là, qu'est-ce qui se passe ?

J'ignore où Maïma était partie, mais ce n'est pas à moi de lui faire la leçon. Yann le fera s'il en a envie. Ou Marie-Ambre, si elle se rappelle qu'elle a une fille. L'adolescente reprend son souffle et, d'une traite, raconte tout. Sa visite à Martine dans la cave sous le faré, ce type qu'elle a surnommé Charlie qui s'enfuit avec la perle noire, qui l'abandonne au cou du tiki, un poulain qui surgit de la forêt pour rejoindre sa mère, à l'instant précis où elle récupère le bijou...

— C'est bien elle, conclut fièrement Maïma, c'est la perle de Titine.

Elle dépose le pendentif dans le creux de la main de Tanaé.

— Tiens, tu lui rendras.

Tanaé accroche la perle au même clou que celui supportant le tableau de Jacques et Maddly.

— Tu le connais, ce Charlie ? insiste Maïma en s'adressant à l'hôtesse marquisienne. Il avait l'air comme chez lui. Qu'est-ce qu'il fichait ici ?

Maïma dresse une brève description du Marquisien, sa canne, sa moustache de vieux chat, sa perruque de mouton, sa démarche de pingouin. Poe et Moana sourient, puis se remettent à enfiler leurs coquillages. Tanaé tente de nouer un des colliers.

— C'est Pito, précise-t-elle distraitement. Pas Charlie. Il est jardinier, il vient s'occuper des arbres et des fleurs de la pension. C'est lui qui m'a aidée à descendre Martine à la cave.

Maïma explose. Je devine que ses mains adoreraient faire valser en pluie les cartons de coquillages multicolores posés sur la table.

— Et pendant qu'il portait le corps de Titine, il a repéré que ce collier valait une fortune ! Il est revenu le voler, dans un lieu tabou. Tu te rends compte, Tanaé ?

Je ne rate rien de la colère de Maïma, je ne rate rien des réactions de Tanaé. Depuis le début, cette histoire de perle noire m'intrigue, presque autant que l'Enata tatoué ou la disparition de Pierre-Yves.

Tanaé noue le collier d'un geste trop sec. Le fil lui reste dans les mains, cassé net. Les coquilles s'échappent de leur chaîne transparente comme autant d'insectes épinglés subitement ressuscités.

— Occupe-toi de ce qui te regarde, Maïma !

La réponse ne souffre aucune discussion. Tanaé s'empare d'un balai, celui avec lequel elle effraie habituellement Gaston, Oscar et les autres coqs. Je parie dans ma tête que Maïma ne va pas en rester là… avant qu'une voix d'homme ne mette fin à la conversation.

Yann, accompagné des autres filles, vient d'arriver ! Marie-Ambre jette à peine un regard à sa fille et file en direction du frigo de la cuisine se servir une Hinano. Tanaé regarde Maïma, en biais, tout en balayant.

Je comprends.

Un deal muet.

Donnant-donnant.

Tanaé ne dit rien pour la virée de Maïma jusqu'au tiki, elle ne sera pas punie, et la jeune Marquisienne oublie cette histoire de bijou. Personne ne remarque la perle, d'ailleurs, toujours pendue au-dessus du cadre, à en faire loucher Jacques et Maddly.

Yann me jette un regard lourd de reproches. Je comprends, il avait ordonné qu'on reste ensemble, j'aurais dû les attendre ! Faut t'y faire, capitaine, je suis au moins aussi indomptable que ta petite adjointe de seize ans !

Yann continue de distribuer avec assurance ses recommandations : la BRJ[1] de Tahiti sera bientôt sur place, d'ici là, personne ne quitte la pension, lui va retourner au bungalow de Martine pour passer au crible la scène de crime.

---

1. Brigade de recherche judiciaire

Je laisse la petite bande s'éparpiller sans que personne ne se perde de vue, puis file vers mon propre bungalow. Une seconde. Récupérer mon sac à dos.

Je n'ai jamais obéi à un gendarme de toute ma vie !

Je ferme la porte à clé.

Je ne peux pas rester les bras croisés, à décrire les cinquante nuances de la couleur du ciel dans ma bouteille à l'océan, j'ai besoin de savoir, de comprendre, de découvrir la vérité, de boucler cette enquête pour écrire mon roman policier. Un bon écrivain doit le plus tôt possible en connaître la fin.

Je regarde face à moi la baie des Traîtres et le village d'Atuona. Le prochain chapitre s'écrira là-bas.

JOURNAL de MAÏMA
Les Experts Tahiti

Je boude au bout de la table.

Tout le monde me traite comme une fillette ! Maman évidemment, Yann me tient à l'écart de l'enquête, et même Clem maintenant, qui se la joue Hercule Poirot en solo, et qui a filé seule vers son bungalow.

J'enfile des graines de poniu, ces boules rouges récoltées sur les lianes réglisse dont on fait des colliers, des bracelets, toutes sortes de bijoux qui se ressemblent tous. Je déteste ça ! Je regarde Poe et Moana, pourtant plus vieilles que moi, assises à côté, que cela semble passionner.

Moi je me sens emprisonnée ! On doit obliger les prisonniers à faire ça, ces trucs à la noix, enfiler des perles, trier des boulons, peindre des boutons. C'est pour cela que cette île, même si je l'aime tant, est une prison. On finit par n'y faire plus que des trucs de prisonniers, des gestes toujours les mêmes, la bouffe toujours la même, les promenades toujours les mêmes... Les Marquises, pour les apprécier, il faut juste y passer, ou être obligé d'y rester pour toujours.

Du fond de la cuisine, Brel chante en hommage à Martine, c'est Tanaé qui a insisté. La voix de l'idole des vieux sort du lecteur de CD.

Adieu Titine, je t'aimais bien
Adieu Titine, je t'aimais bien, tu sais

Je me fige l'aiguille en l'air, j'ai enfilé deux graines pendant que Poe et Moana en ont aligné vingt. Faut dire, avec leurs quatre mains synchronisées, elles pourraient monter une usine de colliers et en produire plus que dix ouvriers !

— Allez, viens.

La voix grave me fait sursauter.

Yann !

— Allez, viens, répète mon capitaine, j'ai besoin de toi.

Je ne suis pas une femme-flic facile, je fais mine d'hésiter.

— Tout de suite ? J'ai pas le temps de terminer mon collier ? (Je marque une dernière hésitation diplomatique, avant de ne plus dissimuler ma curiosité.) On va faire quoi ?

— Je vais t'apprendre un truc, mon adjointe : relever des empreintes !

Je suis déjà debout, d'un geste si vif et joyeux que j'en fais trembler la table, à en manquer de peu de renverser toutes les boîtes de graines et de coquillages patiemment triés.

*
* *

Yann a installé dans le bungalow Ua Pou de Martine tout son nécessaire de détective bricoleur. Il a vidé dans un bol le toner des cartouches d'encre de l'imprimante de Tanaé, emprunté des pinceaux à Éloïse, rapporté des feuilles blanches, un rouleau de scotch, et des gants de cuisine en plastique.

— En attendant la police scientifique, explique mon capitaine, on va se débrouiller avec les moyens du bord !

Je ne vais pas me plaindre de jouer à Sherlock Holmes, mais il y a un truc qui m'étonne : Yann a prévenu la police de Papeete il y a plus de trois heures. Ils ne devraient donc plus tarder à atterrir... Les Experts Tahiti risquent d'être furax s'ils s'aperçoivent qu'un capitaine de gendarmerie a salopé toute la scène de crime avec son encre d'imprimante et son rouleau de scotch.

Je me reconcentre. Après tout, ça le regarde, je ne vais pas bouder mon plaisir...

Yann me donne des consignes précises : prendre un pinceau, un peu de poudre, et la déposer avec délicatesse sur chaque endroit susceptible d'avoir été touché, une poignée de porte, un bouton de placard, le rebord d'un miroir, ainsi que tous les objets, verres, mugs, livres, bouteilles d'eau, flacons de parfum.

Ça prend un sacré temps ! Surtout que Yann opère avec beaucoup plus de minutie que moi. Au bout d'un quart d'heure, je commence à trouver que ce travail ressemble lui aussi à celui d'un prisonnier.

Gendarmes et voleurs, c'est kif-kif finalement, on s'ennuie toujours autant.

J'arrête mon pinceau au-dessus du lavabo de la salle de bains.

— Dis-moi, McGarrett, si on faisait le point pendant qu'on joue à Gauguin ?

— Si tu veux, répond mon capitaine tout en dispersant une fine pellicule de poudre sur la table de chevet.

Mais je continue de faire confiance à mon instinct, pour moi Clémence reste la suspecte numéro 1.

Je lève les yeux. Sur plusieurs murs de son bungalow, Martine avait collé des Post-it fluo, roses, jaunes, orange, vert pomme, décorés de petites pattes de chat, sur lesquels elle avait recopié d'une écriture fine et ronde quelques citations de son grand Jacques. Je dépose un peu de poudre noire sur le Post-it rose scotché au-dessus de mon nez.

Je ne sais rien de tout cela,
mais je sais que je t'aime encore

— Vas-y, cap'tain, explique. Pourquoi Clem aurait-elle assassiné Titine, cette mamie romantique ?

— Je ne sais pas… Pas encore. Ça a peut-être un rapport avec son obsession, son livre, sa bouteille à l'océan. Elle prend des notes tout le temps.

Tu parles d'un argument !

— Au cas où tu n'aurais pas remarqué, toutes les lectrices de cet atelier d'écriture rêvent d'écrire un roman. Même ta femme, rappelle-toi ! Et même si tu ne me le demandes pas, je reste sur ma conviction : la meurtrière, c'est Éloïse ! Tu as vu encore hier soir ses dessins à table ? Un décor d'épouvante, des corbeaux, des arbres déchiquetés, des nuages crevés, deux gosses squelettiques allongés sur le sable et une mer noire qui vient les dévorer. Je suis sûre qu'elle les a tués ! Et que Titine l'avait deviné !

Yann recouvre de poudre les poignées de la table de chevet.

— Ça t'arrangerait bien ! Tu accuses Éloïse et comme cela tu protèges à la fois Clem et ta mère ! On n'en a pas reparlé, mais c'est tout de même bizarre, ce voleur de perle noire, ce jardinier que tu as baptisé Charlie. Si la mort de Martine a un rapport avec son pendentif, alors…

La réplique m'a surprise. Je ne l'avais pas anticipée. J'en laisse tomber une partie de la poudre de mon bol dans le lavabo. Ainsi, Yann est déjà au courant ? Tanaé lui a tout raconté ? Je prends le temps de lire un Post-it bleu collé sur la porte.

On aura une maison,
avec des tas de fenêtres, avec presque pas de murs,
et que si c'est pas sûr, c'est quand même peut-être.

Je rejoins Yann dans la pièce principale du bungalow, j'essaye de paraître assurée.

— Je ne vois pas le rapport entre cette perle et ma mère ! Elle serait même la dernière à vouloir voler une top gemme, elle en a autant qu'elle veut ! Et puis je te signale que l'assassin de Martine a laissé le pendentif sur son lit, alors qu'il avait tout le temps de l'emporter… (Je cherche des yeux un endroit que mon capitaine n'aurait pas recouvert de poudre, tout en préparant avec délice ma riposte.) Par contre, je crois que j'ai compris pourquoi tu accuses Clem…

— Ah, et pourquoi ?

— Tu procèdes par élimination ! En vrai, il n'y a que quatre suspectes. Fais le décompte… Tu kiffes à fond la belle Éloïse, tu n'oses pas trop t'en prendre à ma maman, et tu es tout de même obligé de protéger ta femme… Il ne reste plus que Clem !

Et toc ! Je m'attends à ce que Yann réplique, mais à l'inverse, il s'assoit de tout son poids sur le lit, comme si ses jambes, d'un coup, avaient lâché. Je viens le rejoindre et je m'installe à côté de lui.

— Tiens, d'ailleurs, elle est où, Farèyne-la-commandante ?

— Je ne sais pas.

Sans doute dans le bungalow d'à côté. Mon capitaine a encore baissé la voix. Puis il ne dit plus rien, ne bouge même plus.

— On fait quoi maintenant ?

Je croyais que ce serait plus fun, l'exploration intime d'une scène de crime. Je me dis que j'aurais dû suivre Clem et aller enquêter avec elle. Je suis sûre qu'elle n'est pas restée les bras croisés à lire et écrire sous la moustiquaire de son bungalow, qu'elle aussi de son côté doit enquêter. Façon Lara Croft, sans jouer du pinceau.

J'insiste.

— Mon capitaine, maintenant qu'on a mis de la poudre partout, on fait quoi ?

— On attend que ça sèche.

MA BOUTEILLE À L'OCÉAN
Chapitre 11

Je descends seule au village, tenue kaki de commando et sac US Army sur le dos. Je ne sais pas si quelqu'un a remarqué mon absence. Maïma peut-être. Elle aurait sûrement aimé venir avec moi, mais Yann saura l'occuper. Tant mieux, elle sera plus en sécurité au Soleil redouté. Même si en me rendant seule au village, j'ai le sentiment que je ne crains rien : il est 10 heures du matin, le sentier longe la route, des pick-up passent toutes les trente secondes, tous les commerces d'Atuona sont ouverts (c'est-à-dire un coiffeur, une pharmacie, une épicerie et un bureau de poste), et je suis entourée de Marquisiens qui vont et viennent, comme chaque jour de la semaine, comme chaque semaine de l'année. Que peut-il m'arriver ?

Et surtout, je peux bien vous l'avouer, j'ai toujours rêvé d'enquêter ainsi, seule, telle une héroïne de roman qui va sans cesse se jeter dans la gueule du loup, mais qui finit par le capturer, ou mieux encore, l'apprivoiser.

Mon rêve de petite fille : devenir détective.

Un double rêve de petite fille : devenir détective et en tirer un livre ! Ma bouteille à l'océan, qui deviendra peut-être un roman-fleuve, dont je ne dois négliger aucun méandre.

Perdue dans mes réflexions, je manque de buter contre une racine d'ylang-ylang. Je me rattrape comme je peux à une branche. Des odeurs montent du village, mélange de santal, d'ananas sauvage et de pakalolo, le cannabis local. Elles incitent à nouveau mes pensées à papillonner.

Pour tout vous dire, même sans ce rêve de petite fille et de livre, je serais tout de même obligée d'enquêter. Je n'ai pas le choix, je dois me défendre ! J'ai bien compris la façon dont Yann m'a fixée en arrivant au Soleil redouté. Je sais reconnaître cette attitude-là chez un policier. Il ne m'a pas seulement regardée comme une suspecte, il m'a regardée comme une coupable. Pourquoi ?

Ma lente descente vers Atuona me laisse le temps d'ordonner mes idées. D'essayer, du moins. J'ai l'impression que des pistes partent dans tous les sens, un peu comme de l'unique rond-point d'Hiva Oa, avant l'aéroport, où se croisent presque toutes les routes et chemins de l'île. Sans aucun panneau de signalisation.

Où mène, par exemple, cette nouvelle direction, indiquée il y a quelques minutes par Maïma, ce jardinier voleur de perle ? Peut-elle mener à Marie-Ambre ? Elle tient sa fortune de son mari, le père de Maïma, l'un des plus riches cultivateurs de perles noires de Polynésie. Son parfum flottait dans la cabane du maire, c'est donc elle, et non Martine, qui était avec Pierre-Yves la nuit dernière. Parce qu'elle est sa maîtresse ? Pourquoi une femme aussi riche et sexy qu'Ambre, et apparemment pas vraiment passionnée de littérature, coucherait-elle avec ce gros écrivain ? Bon, admettons… Marie-Ambre et Pierre-Yves sont amants. Ils programment un rendez-vous nocturne. PYF avoue à Marie-Ambre une vérité cruelle, ils se disputent et paf,

172

tout part en vrille. À partir de là, bifurcation, deux possibilités de direction.

La première, Marie-Ambre, dans un accès de colère, tue Pierre-Yves, puis Martine dans la foulée, car elle connaissait une partie de cette vérité. La seconde, Pierre-Yves et Marie-Ambre se disputent, puis se réconcilient une fois que Kamai le pêcheur s'est éloigné, et décident ensemble de faire taire Martine…

J'atteins les premières maisons du village. Quelques chats, aussi maigres que les Marquisiens sont baraqués, dorment sous les fenêtres de la gendarmerie abandonnée.

Pierre-Yves et Marie-Ambre, amants et complices ? C'est la plus large de toutes les pistes. Une route bitumée, mais que je n'arrive pas à emprunter. Ce bel engrenage manque d'huile, sans le moindre début de mobile. Il y a autre chose…

Ces tikis ?

Ces tatouages ?

Face au bureau de poste, je croise deux amoureux occupés à s'embrasser sous un manguier. Lui est venu en scooter, elle à vélo. Aux Marquises, ce sont toujours les femmes qui font les efforts ! Comme toutes les filles ici, elle porte de longs cheveux noirs, une fleur de tiaré blanche sur l'oreille pour le contraste, et un joli petit ventre rebondi que son motard n'ose pas caresser en public.

Deux amoureux…

Je repense au testament de Martine.

Revoir, une fois, une seule fois, le seul homme que j'ai aimé dans ma vie.

Elle sera morte sans lui dire au revoir, sans le revoir, à moins d'imaginer que cet homme qu'elle a tant espéré soit revenu… pour la tuer !

Ridicule ! Je me rends compte que j'échafaude toutes sortes de scénarios passionnels tordus. Est-ce pour éviter de regarder la vérité en face ? Ma pitoyable vie sentimentale ? Allez, je dois enquêter et écrire un roman policier, vous vous foutez de ma vie privée, il sera bien temps de vous en parler plus tard.

Je traverse le village. Je passe devant la barrière fermée et les volets clos de la gendarmerie, puis devant la porte ouverte de l'office du tourisme dont l'employée n'a qu'une consigne, ne donner aucune carte, aucun prospectus, aucun conseil à l'exception d'un seul : appelez un guide ! Quelques mètres plus loin, près de l'unique roulotte du village, une voiture de location est imprudemment garée sous un cocotier.

J'enregistre tout, je réfléchis. J'ai décidé de laisser de côté, pour le moment, la piste des amants maudits, la blonde écervelée et l'écrivain de génie. Je referme aussi pour l'instant celle des cinq mystérieux tikis, pour me concentrer sur la seule qui, selon moi, est susceptible de tout expliquer : le tatouage !

Je dépasse le monument aux morts gardé par deux tikis roses, sur lequel seuls deux noms sont gravés, un pour chaque grande guerre, histoire de bien rappeler qu'elle était mondiale. Je remue dans ma tête d'autres pièces du puzzle : ces galets avec un Enata peint, le premier posé sur les vêtements de Pierre-Yves, le second sur le lit de Martine. Quel lien peut-il exister entre ces dessins et ceux tatoués sur le corps des deux victimes du tueur du 15ᵉ ?

Il y a dix-neuf ans…

J'arrive à un croisement. Quelques jeunes attendent, assis sur des chaises de plastique. L'un d'eux a sorti un ukulélé. Le magasin où je me rends, cinquante mètres après, est planté au milieu d'un jardin blanc aux subtiles nuances de jasmin, de tiaré et de frangipanier. *Tat'tout*. Le tatoueur officiel d'Hiva Oa, la seule boutique ouverte aux touristes qui, pour repartir avec un joli souvenir des Marquises gravé sur leur peau, devront se passer de baignade pendant une semaine.

J'entre. Il n'y a pas foule de volontaires aujourd'hui. Je suis seule dans une petite pièce carrée, mélange de cabinet de dentiste et de salon de psy. Du moins je l'imagine ainsi. D'un côté le médical, un lit haut, les dermographes en acier, les seringues, les compresses, les bocaux d'encre colorée et ceux qui sentent l'alcool à désinfecter… De l'autre le subliminal, les motifs marquisiens noirs peints partout sur les murs blancs, les soleils, tortues, lézards, araignées, cornes de buffle, pointes de lance et toutes sortes de symboles ésotériques. Je cherche vainement les fameux Enatas, quand la porte du fond de la boutique s'ouvre.

— Kahoa[1].

Je reste bouche bée.

— Vous désirez ?

Je m'attendais à découvrir un tatoueur marquisien aux allures de kiné, copie conforme des colosses de

---

1. Bonjour.

cent vingt kilos qui conduisent leur 4 × 4 Toyota, aux bras comme des troncs de banian. Je me retrouve face à un homme souriant d'un mètre quatre-vingts, élancé comme un pur-sang et les muscles fins comme des lianes. Blouse blanche. Sourire à la Dr House. Yeux de chat. Tatouage discret et élégant sous son crâne rasé et luisant.

Un canon !

Le genre mélanésien croisé avec ce qui se fait de mieux sur chaque île du Pacifique : coolitude hawaïenne, élégance australienne, aura île-de-pâquienne et virilité marquisienne.

— Heu… (Je suis prise au dépourvu, quelle bécasse !) Je… Je suis… auteure… (J'insiste bêtement sur le « e » d'auteure, quelle fleur de nave !) Je… J'écris des récits de voyages… Je dois rédiger un chapitre sur l'art du tatouage, alors je me suis dit que…

Mister Archipel continue de me dévisager de la tête aux pieds. Je regrette de ne pas m'être davantage habillée. Mon short me semble soudain un peu trop court, ma saharienne trop transparente. Je me persuade qu'en bon professionnel, il n'évalue ma peau nue que comme un vulgaire parchemin à noircir. Il passe devant moi, effluves de parfum gingembre, puis referme la porte de la boutique.

Au verrou.

Je prends peur d'un coup.

Personne ne m'a vue entrer, personne ne sait que je suis ici. Une conversation, des informations s'affichent en gros titres et défilent en bandeau dans mon cerveau, effaçant toute autre image.

2001. Paris. 15ᵉ arrondissement. Deux filles tatouées, violées et assassinées. Un tatoueur accusé, un certain Métani Kouaki, un type d'origine marquisienne, qui a fini par s'évanouir dans la nature.

J'essaye de calculer à toute vitesse quel âge peut avoir le tatoueur qui se tient devant moi.

La quarantaine ?

Sans un mot, il ferme le volet de la seule fenêtre.

La pièce est plongée dans le noir, à l'exception de la lueur qui perce par la porte de la seconde salle, celle d'où le tatoueur à blouse blanche est sorti.

La cinquantaine ?

Mes doigts, malgré moi, se crispent sur les graines rouges de mon collier, censées me protéger. Je sais que je devrais réagir en détective déterminée, avec l'assurance d'une professionnelle persuadée qu'elle va s'en sortir, mais je n'arrive pas à résister à la panique qui s'empare de moi.

D'une douce mais ferme pression de sa main dans le creux de mes reins, le tatoueur m'oblige à avancer vers la pièce d'à côté. L'obscurité déforme les traits de son visage, alors qu'il se tourne vers les dermographes, les scalpels, les pinces, les traditionnels peignes de nacre, dents de requin, écailles de tortue, battoirs d'ébène... Son masque de commerçant avenant s'est transformé en rictus de psychopathe contrarié.

Mon cœur n'est plus qu'une pierre qui a cessé de rouler. Ma chair un morceau de viande congelé. Ma peau une épave de bois mort piquetée de milliers d'insectes suceurs d'écorce.

Et si c'était lui le tueur ?

JOURNAL de MAÏMA
Métani Kouaki

J'attends ! Que ça sèche...

Je crois que je préférerais encore enfiler des coquillages.

Depuis que j'ai prononcé le nom de Farèyne-la-commandante, on dirait que mon capitaine est devenu muet. Je n'ai pourtant rien dit qui puisse le blesser, j'ai juste précisé, mot pour mot, « tu es tout de même obligé de protéger ta femme ».

Ce serait là le problème ? Protéger Farèyne ?

C'est vrai qu'à y réfléchir, je me rends compte à quel point la façon dont la commandante de police s'est mise en retrait de l'enquête est étrange. Comment une flic si autoritaire et expérimentée a-t-elle pu laisser tout le pilotage à son mari ? Simplement parce qu'elle appartenait à la liste des suspectes ? Elle a à peine protesté ! C'est pourtant son testament qu'on a retrouvé dans le lit de Titine.

Je me tourne vers le capitaine.

— Tu ne crois pas que c'est le moment de mettre ton adjointe dans la confidence ? De me parler de ta femme ?

Je me prépare déjà à un long processus de négociation. Même pas ! Visiblement, mon capitaine a besoin de se débarrasser d'un sacré poids.

— Si. Tu ne m'interrompras pas ? Promis ? Pas avant que j'aie fini ?

— Promis !

Yann s'appuie sur la tête de lit, colle un oreiller dans son dos, et commence son récit.

— C'était en 2001. Tu es trop jeune, et tu étais trop loin, pour te souvenir de cette affaire. Elle a commencé par la découverte du cadavre d'une fille de dix-huit ans, Audrey Lemonnier, rue Lakanal, dans le 15ᵉ arrondissement de Paris. L'étudiante avait été violée puis étranglée. Quelques semaines plus tard, un nouveau corps a été retrouvé, rue des Favorites, à moins de cinq cents mètres de la première victime, Laetitia Sciarra, vingt ans, violée et étranglée elle aussi. Évidemment, les enquêteurs ont fait le rapprochement entre les deux crimes, mais sans certitude. À Paris, la police doit s'occuper d'une centaine de meurtres par an, un tous les trois jours, et de plus de six cents déclarations de viol. Absolument rien, ni empreinte digitale, ni ADN, ni témoin, ne prouvait qu'il puisse s'agir du même assassin. Les deux victimes ne se connaissaient pas, Audrey était en prépa infirmière à Sup-Santé, Laetitia travaillait comme serveuse, dans un restaurant, boulevard de Grenelle. A priori, en recoupant les témoignages de leurs proches, elles ne se seraient jamais croisées.

Malgré ma promesse, je m'impatiente.

— Plus vite, cap'tain, c'était quoi le lien ?

— J'y viens, j'y viens. En fait, les enquêteurs ne pouvaient s'appuyer que sur un point commun entre les deux jeunes filles assassinées : toutes les deux s'étaient fait tatouer, récemment. Moins de six mois. Une croix marquisienne sur l'omoplate pour Audrey Lemonnier, une petite tortue sur le bras pour Laetitia Sciarra. Là encore, ça ne prouvait rien, un Français sur cinq est tatoué, d'autant plus qu'Audrey et Laetitia n'avaient précisé à personne le nom de leur tatoueur, qu'elles avaient sans doute payé en liquide, puisqu'on n'a retrouvé aucune trace de débit sur leurs cartes bancaires. Rien ne permettait d'affirmer qu'elles aient fait appel au même tatoueur, à l'exception d'un détail…

— L'Enata ?

Yann me lance un regard admiratif.

— Exact ! L'Enata. Un discret symbole marquisien, trois ou quatre traits, presque une signature. Au-dessous de la croix marquisienne d'Audrey et de la tortue de Laetitia.

— À l'envers ?

— Oui, à l'envers. Mais je n'ai appris ce détail qu'hier. L'enquête sur les meurtres d'Audrey Lemonnier et Laetitia Sciarra, que les flics appelaient toujours « l'affaire du tatoueur du 15e », piétinait, et les médias s'en étaient désintéressés depuis longtemps. Elle était partie pour n'être jamais résolue, jusqu'à ce que le 29 novembre 2004, une nouvelle jeune femme soit agressée sexuellement, Jennifer Caradec, vingt et un ans, vers minuit, alors qu'elle rentrait chez elle rue de la Croix-Nivert. Elle se débat, crie. Des lumières s'allument aux fenêtres de la rue, l'agresseur s'enfuit… mais tombe sur une patrouille de police qui le coince rue Mademoiselle, au pied du square Saint-Lambert. Flagrant délit ! L'interpellé s'appelle Métani Kouaki. Il est tatoueur, quartier Montparnasse. Il était dans la liste des professionnels que la police avait interrogés après les meurtres de Laetitia et Audrey, parmi des dizaines d'autres…

Mon capitaine marque une pause, comme s'il avait soif d'avoir trop parlé. Il ne va pas me faire le coup de me planter pour aller chercher un verre ? Je le tire par la manche pour le relancer.

— Cette Jennifer le connaissait ? Elle était allée se faire tatouer chez lui ? Un Enata ?

Ouf, il redémarre.

— Non... Jennifer ne portait aucun Enata. Ni d'ailleurs aucun tatouage. Aucun lien entre Métani Kouaki et le double meurtre n'a pu être établi. Il a été condamné à quatre ans de prison ferme pour tentative d'agression sexuelle. Il les a purgés à Fresnes, puis il est retourné vivre dans son île natale, à Hiva Oa, aux Marquises.

Aux Marquises ? À Hiva Oa ? Mon île natale ! Tout en observant la pointe du mont Temetiu par la fenêtre du bungalow, je me force à demander avec la voix calme d'un enquêteur expérimenté :

— C'est tout ?

Yann hoche la tête façon marionnette.

— C'est tout. Pour expliquer son geste, Métani Kouaki a avoué aux enquêteurs qu'il souffrait d'une sévère dépression, confirmée par les psys, après s'être fait plaquer par sa petite amie.

— Et ta femme dans tout ça ?

— Tu t'en doutes déjà, non ? C'est elle qui a dirigé l'enquête, dès le premier jour, le meurtre d'Audrey Lemonnier, puis celui de Laetitia Sciarra, et enfin l'agression de Jennifer Caradec. Farèyne avait acquis une certitude : Métani Kouaki était l'assassin d'Audrey Lemonnier et de Laetitia Sciarra. Je te passe les détails, ça représente presque vingt ans d'enquête, des dizaines de boîtes d'archives que je n'ai jamais lues, je ne connais de l'affaire que ce que Farèyne pouvait m'en dire, et elle m'en disait, tu peux me croire, cette affaire tournait à l'obsession. « C'est lui, me répétait-elle chaque soir au dîner en mettant le journal télé en sourdine pour que je sois plus concentré, c'est lui, je le sais. » Elle ne disposait d'aucune preuve formelle, mais d'un faisceau de convictions : l'analyse des psys qui le décrivait comme un psychopathe maniaco-dépressif dont l'équilibre psychique s'était dégradé depuis le départ de sa petite amie, son absence d'alibi les soirs des agressions d'Audrey et Laetitia, la proximité des lieux sur la rive gauche de Paris, et bien entendu les tatouages marquisiens.

— Kouaki signait tous ses tatouages avec un Enata inversé ?

— Non, bien sûr, sinon le lien avec les victimes aurait été évident. Il était impossible d'affirmer avec certitude qu'Audrey Lemonnier et Laetitia Sciarra étaient passées entre ses mains pour se faire tatouer. Je te dispense des expertises, contradictoires, sur les encres utilisées, les marques laissées par les aiguilles. Farèyne se heurtait toujours au même mur : tout accusait Métani Kouaki, la somme des coïncidences aboutissait à une évidence, mais sans qu'aucune preuve ne soit suffisante. Les meurtres d'Audrey et Laetitia ont fini par être classés, mais tu imagines bien que Farèyne n'a pas lâché l'affaire. Elle a poursuivi l'enquête, persuadée que dès que Kouaki serait libéré, on se retrouverait avec un violeur psychopathe en liberté. Elle était soutenue par les proches des deux filles. Audrey vivait en coloc avec une étudiante de son âge, une copine d'enfance, qui avait monté un comité de soutien, je ne me souviens plus de son nom. Il y avait la mère et le père de Laetitia aussi, des gens du Nord, de Malo-les-Bains, je crois.

Je continue de regarder la montagne par la fenêtre. Le mont Temetiu ressemble à une pyramide d'Égypte, ou parisienne, téléportée dans la jungle.

— Mais Métani Kouaki est retourné aux Marquises…

— Oui, et Farèyne s'est un peu calmée, même si une question ne cessait de l'obséder : qui était cette fameuse petite amie de Kouaki ? Elle avait habité quelques mois chez lui, il n'avait jamais voulu donner son nom, et elle ne s'est jamais manifestée. On avait juste retrouvé chez lui quelques affaires oubliées, des vêtements, un rouge à lèvres, des cheveux bruns, sans que l'analyse ADN donne quoi que ce soit. Bien entendu, les enquêteurs ont également soupçonné Kouaki de l'avoir tuée. Sans aucune preuve, une nouvelle fois. Je pensais que l'idée fixe de Farèyne se calmerait avec le temps, mais tout s'est à nouveau accéléré, il y a six ans, quand Métani Kouaki a disparu.

J'ai d'un coup l'impression qu'on m'a enfoncé une aiguille dans la peau.

— Comment ça, disparu ?

— Le commissariat central du 15e, en lien avec la BRJ de Tahiti, surveillait toujours Kouaki. Un peu comme les criminels fichés S… S comme sexuel dans le cas de Kouaki. Chacun avait conscience du danger qu'il représentait. A priori, il s'était installé à nouveau comme tatoueur sur Hiva Oa, et aucun viol ni disparition n'y avait été signalé. Et puis un beau matin, il s'est évaporé ! Plus aucune trace de lui. « La preuve de sa culpabilité, m'a martelé Farèyne pendant des semaines, il n'en pouvait plus d'être surveillé. Il s'est tiré. Il va recommencer ses saloperies ailleurs, sur une autre île, sous une autre identité. » Mais désormais, tout le monde, à part l'amie d'Audrey Lemonnier et les parents de Laetitia Sciarra, du moins sa mère car je crois que son père était mort depuis, s'en foutait. C'est là qu'a germé dans la tête de Farèyne l'idée du livre.

Mon capitaine vient de m'enfoncer une seconde aiguille.

— Du livre ?

— Oui… Farèyne a toujours été une grande lectrice. C'est assez fréquent, il paraît, que les flics aient envie de raconter leur vie, et qu'ils le fassent, d'ailleurs. Elle s'est mis dans l'idée d'écrire le récit de cette affaire, *Terre des hommes, tueur de femmes. L'affaire du tatoueur du 15ᵉ*. Pendant des mois, tous les soirs, elle s'est installée devant son clavier. Elle a fini par boucler un manuscrit de trois cents pages, qu'elle a fait lire à quelques proches, dont moi, et notre constat a été unanime. L'histoire tenait la route, tu t'en doutes, mais le style n'était pas à la hauteur. Vraiment pas.

Ça y est, je connecte !

— Alors elle a contacté Pierre-Yves François ?

— Exact. Un ami libraire lui a conseillé. Il prétendait que la plupart des écrivains n'ont aucune imagination, juste une belle plume, et qu'ils sont toujours en quête d'histoires toutes cuites qu'ils n'ont plus qu'à raconter : la biographie romanesque d'une personnalité méconnue, ou mieux encore, un sordide fait divers non résolu. L'affaire du tatoueur du 15ᵉ ressemblait à du pain bénit, Farèyne lui a envoyé son

184

manuscrit. Pierre-Yves François n'a jamais répondu. Affaire classée…

— Sauf que Farèyne-la-commandante a un peu de mal à classer les affaires ?

— Encore exact ! Une simple alerte sur Google permettait à Farèyne de ne rien rater de l'actualité de Pierre-Yves François, et certains détails ont commencé à l'intriguer. PYF, dans des entretiens, évoquait son prochain roman et laissait entendre qu'il traiterait d'un fait divers non élucidé. Le mot *tatouage* est revenu deux ou trois fois dans des interviews. Et pour finir, elle a découvert ce concours sur sa page Facebook, une semaine d'atelier d'écriture à gagner pour cinq lectrices, sur l'île d'Hiva Oa, aux Marquises, il suffisait d'envoyer une lettre de motivation, la plus originale possible. Cette fois, la ficelle devenait un peu grosse !

— Alors Farèyne-la-commandante s'est inscrite au concours ? Et comme par hasard, elle a été retenue parmi par les trente-deux mille lectrices ?

Yann se fend d'un sourire désabusé, comme amusé par ma naïveté.

— Non, Farèyne est du genre à ne rien laisser au hasard. Elle a écrit à Pierre-Yves François et a mis les pieds dans le plat. PYF s'est confondu en excuses, a parlé de malentendu, surtout pas d'avocats, et a très gracieusement invité Farèyne à faire partie du club des cinq lectrices sélectionnées pour Hiva Oa. Son manuscrit était loin d'être achevé, il se rendait aux Marquises pour ça, retrouver la trace de Métani Kouaki, de son ex-petite amie. Farèyne lui serait d'une grande utilité, si elle acceptait de collaborer. On pouvait s'arranger… D'un point de vue littéraire et financier.

— Et ta femme a accepté ?

— Oh oui ! Je peux te dire qu'elle gardait une rancune tenace pour PYF, et qu'il n'allait pas s'en sortir par une pirouette et un chèque si jamais son roman n'était qu'un copié-collé vaguement amélioré du manuscrit qu'elle lui avait envoyé… Mais l'occasion de reprendre l'affaire du tatoueur du 15ᵉ était trop tentante.

— Donc tu es parti avec elle ? Pour la surveiller.

Mon capitaine s'autorise enfin un vrai sourire.

— Oui, pour la surveiller surtout… Et un peu pour découvrir la Polynésie aussi.

C'est sûr, c'est pas avec la paye d'un gendarme que tu vas t'offrir un tel séjour au paradis.

— Et alors ? Depuis que vous êtes arrivés ? Qu'est-ce que ta femme a appris ?

— Rien. Apparemment, rien. D'après elle, personne ici n'a rien à dire sur Métani Kouaki, l'enfant du pays. Tous ignoraient qu'il avait fait de la prison en France. Personne n'a entendu parler de sa petite amie. Aucun ne sait ce qu'il est devenu. Ici, prétendent-ils, on s'intéresse à ceux qui restent, à ceux qui reviennent, pas à ceux qui partent.

— Et avec PYF ?

— Quoi avec PYF ?

— Ils se sont expliqués, ta femme et lui ?

— Je… Je ne sais pas s'ils ont eu le temps. Comme tu le sais, Pierre-Yves est… très occupé.

Yann se lève d'un coup. Il enfile avec précaution deux gants de plastique.

— Ça doit être sec, annonce-t-il sans transition, on passe à la seconde étape. Le scotch et le papier !

Je reste assise. Je réfléchis.

— Donc, si je résume, ta femme n'a pas gagné le concours. C'est Pierre-Yves qui l'a choisie, sans que son éditrice soit au courant.

Je me lève à mon tour, en prenant tout mon temps, et je lis le Post-it jaune devant moi, collé au-dessus du lit.

Y en a qui ont le cœur si large qu'on y entre sans frapper

Y en a qui ont le cœur si large qu'on n'en voit que la moitié

Je continue de pousser mon raisonnement, à voix haute.

— Titine non plus n'a pas été tirée au sort. Elle était l'une des blogueuses les plus influentes de Belgique. Elle n'a été invitée que pour booster les ventes dans le plat pays. Ma mère, je sais pourquoi elle est là. (J'enchaîne avant que Yann ne me demande de préciser.) Restent Clem et Éloïse… Faut croire que toutes les deux possèdent vraiment du talent ! À moins qu'elles aussi ne soient là qu'à cause d'un fait divers glauque qui a inspiré PYF. Je verrais bien Éloïse avoir provoqué la mort des deux enfants qu'elle dessine tout le temps, même par accident. Un bon sujet de roman, non ?

Yann déroule avec précaution un morceau de scotch de quatre centimètres, tellement concentré qu'il semble n'avoir rien écouté.

— Je te montre, Maïma ? Tu poses le ruban adhésif sur la poudre, bien à plat, tu appuies fort, puis tu le colles sur une des feuilles de papier et tu notes l'endroit précis de la prise d'empreinte.

S'il croit que ses activités manuelles vont suffire à me faire taire !

— J'y pense, capitaine. Le galet Enata que Pierre-Yves a posé en évidence à l'envers de ses habits, c'est donc un message personnel qu'il adressait à ta femme. C'est peut-être à elle qu'il a donné rendez-vous dans la cabane du maire, cette nuit, au-dessus du port. Excuse-moi pour cette question indiscrète, mais tu es certain d'avoir dormi avec elle toute la nuit ?

Mon capitaine colle un ruban transparent sur l'un des deux verres posés sur la table basse, et le serre de toute la force de son poing.

— Tu as raison, c'est une question très indiscrète.

S'il croit que je vais me contenter de sa pirouette !

— Et une réponse indispensable à l'enquête ! Je te rappelle qu'un second galet, avec le même Enata dessiné, a été retrouvé sur le lit de Martine. Quel rapport Titine peut bien avoir avec cette affaire ?

— Aucune idée ! Viens m'aider. Je vais t'apprendre un truc de flic. Toujours commencer par les indices, et ensuite les hypothèses. Jamais l'inverse !

Je soupire. Je ne tirerai rien de plus de mon gendarme. Je saisis un gant transparent, trop grand, sans me priver de souligner mon étonnement.

— Relever des traces de doigts, c'est plutôt le boulot des Experts Tahiti, non ? Ils ne devraient pas déjà être là ? Ils viennent de Papeete en pirogue ou quoi ?

Yann a déjà méticuleusement collecté une dizaine d'empreintes un peu partout dans la pièce. Je n'en ai relevé qu'une ou deux, sur le miroir, sur un livre. Je dois reconnaître que la méthode du scotch est efficace.

Les empreintes sont presque aussi lisibles que si leur propriétaire avait appuyé son doigt sur un encreur.

J'ôte ostensiblement mes gants.

— On en a assez, non ? On passe au moment de vérité ?

Yann me regarde sans comprendre. J'explique, j'ai mon idée !

— Quand tu es entré ici et que tu as découvert la scène de crime, tu as recommandé à tout le monde de ne rien toucher. Donc on ne devrait retrouver ici que les empreintes de Titine et de son meurtrier. D'accord ?

Mon capitaine opine mollement, mais il ne peut rien objecter à mon raisonnement.

J'enfonce soudain mon pouce dans le bol de poudre noire, puis je l'appuie de toutes mes forces sur une feuille de papier blanche. Je souffle avec délicatesse et je colle un morceau de scotch par-dessus.

— Mon empreinte ! Vas-y, compare.

Yann paraît amusé. Il se rapproche du lit et étale la quinzaine de feuilles sur lesquelles les empreintes digitales relevées dans le bungalow ont été collées.

— Regarde, Maïma, m'explique-t-il, il y a deux sortes d'empreintes, seulement deux. Les premières, je les ai relevées sur les affaires personnelles de Martine, sa brosse, son dentifrice, ses livres, ses chaussures. Elles lui appartiennent forcément. Et les secondes, il y en a cinq, toujours les mêmes, je les ai trouvées sur le second verre, mais aussi sur son portefeuille caché dans sa valise, sur son ordinateur rangé sur son étagère, sur son téléphone, sur une poignée de tiroir. Elles appartiennent sans aucun doute à la personne qui était ici cette nuit.

Yann compare les feuilles avec celle que je lui ai tendue.

— Une chose est certaine, ce n'est pas toi !

J'exagère un souffle de soulagement, comme si je venais d'échapper à la pire des menaces, puis je réplique.

— À toi, mon capitaine !

Yann grimace un peu, mais s'exécute et retire son gant droit. Doigts dans la poudre, doigts sur la feuille, scotch sur la poudre. Je vérifie.

— Ouf, ce n'est pas toi non plus ! On continue ?

Surprise !

Devant les yeux stupéfaits du gendarme, je sors de ma poche un briquet enroulé dans un mouchoir en papier.

— C'est celui de maman. Je l'ai ramassé sur la table.

Sans demander son avis au gendarme, je disperse la poudre au pinceau sur le Zippo, j'écrase le scotch dessus, puis le colle sur la première feuille blanche venue.

— On regarde ensemble ?

J'essaye d'avoir l'air détendue, en espérant que Yann ne remarque pas que la feuille de papier tremble au bout de ma main. J'ai même la force de compter.

— Allez, un, deux, trois.

On se penche tous les deux, on observe le dessin des courbes noires. Elles ressemblent à s'y méprendre à des tatouages marquisiens. On insiste un moment, on vérifie chaque feuille, même si le résultat de l'examen saute aux yeux.

— Ce n'est pas elle, admet Yann. Ta mère n'est pas du genre à refuser un verre, mais ce n'est pas elle qui l'a partagé avec Martine cette nuit.

Ah ah ah, s'il croit que je vais relever son humour de flic... Aussi sec, je réplique.

— À ton tour. Tu as bien un objet personnel de ta femme ?

Yann semble surpris par l'attaque.

— Heu… Non… Aucun.

— Eh bien, ton bungalow est à côté. Va en chercher un !

Mon capitaine s'appuie contre le mur, sans bouger. Le poids qui l'avait écrasé, la première fois que j'ai évoqué sa femme, semble à nouveau le paralyser. Il consulte sa montre comme si elle pouvait lui être d'un quelconque secours.

— Je le ferai. Dès que…

Je m'approche de lui. Je suis presque gênée de le découvrir aussi troublé.

— OK, capitaine. Ça ne presse pas. Tu sais, c'est juste pour vérifier. Je ne crois pas qu'une commandante de police s'amuserait à poignarder avec des aiguilles de tatoueur une vieille blogueuse belge.

Je saisis le poignet du gendarme et regarde l'heure.

— Midi, la trompe va bientôt sonner ! Tiens, je te propose un plan parfait. Au déjeuner, au moment de débarrasser, je m'arrange pour récupérer un couteau, une fourchette ou une cuillère de chaque pensionnaire. Et hop, coincée la meurtrière ! Je peux aussi me glisser dans les différents bungalows si tu veux. Y a un trou dans le toit, entre les feuilles de pandanus et les faîtières, on peut s'y glisser, Poe et Moana m'ont montré.

Yann me prend la main, une tonalité se fait plus grave dans sa voix.

— Ce n'est pas un jeu, Maïma. Quelqu'un a assassiné Martine. Quelqu'un qui mange avec nous, qui dort avec nous, quelqu'un avec qui nous parlons.

Je me dégage. Dans ma vie d'avant, j'étais une anguille.

Je déchiffre un Post-it rose collé sur le mur, à droite du lit.

Et puis il disparaît, bouffé par l'escalier
Et elle, elle reste là, cœur en croix bouche ouverte
Sans un cri sans un mot
Elle connaît sa mort
Elle vient de la croiser

Malgré moi je frissonne. Cette obsession de Titine à vivre au milieu des chansons de Brel, qui toutes parlent d'amour, qui toutes parlent de son amoureux, m'émeut. Je me retourne vers Yann pour ne pas pleurer. J'ai décidé de jouer franc jeu.

— Mon capitaine, je peux te faire un aveu ?

— ...

— À mon tour de t'accorder une confidence. Tout à l'heure, j'ai tiré les vers du nez à Poe et Moana.

— Et ?

— Et elles sont plus malignes qu'on ne le dirait. Elles m'ont tout raconté. (Je ne résiste pas à le laisser mariner une demi-seconde supplémentaire.) Je sais ce que signifie l'Enata quand il est tatoué à l'envers.

192

MA BOUTEILLE À L'OCÉAN
Chapitre 12

Je suis debout sur la dalle de basalte. Immobile. C'est une pierre de sacrifice, destinée à s'y agenouiller, la tête penchée au-dessus de la pierre voisine, celle du bourreau. La roche en est encore rose, gorgée du sang des centaines de Marquisiens décapités ici pendant des siècles. Est-ce que les graines rouges que je porte autour de mon cou ont poussé dans une terre qui en est imbibée ?

Le tatoueur se tient à côté de moi. Il me domine d'une tête. Les branches d'un gigantesque banian centenaire semblent chercher à s'enrouler autour de ses bras et de son cou, à le retenir pour l'empêcher de commettre un geste fou.

La nature a repris le contrôle de ce me'ae. Elle lui a rendu son caractère sacré et secret. Il n'y a plus personne autour de nous, comme si les lianes du banian s'étaient simplement écartées pour nous laisser passer, et s'étaient refermées. Je tremble, pétrifiée, sans oser faire un pas de plus sur ce lieu tabou réservé aux tupapa'u, les fantômes marquisiens. Je sais qu'il était interdit aux femmes, qu'on punissait de mort celles qui osaient le profaner.

C'était il y a des années, un bon siècle. Je calcule dans ma tête pour me rassurer. L'arrière-grand-père du tatoueur a peut-être offert aux dieux le sang de quelques femmes, de quelques bébés, mais son arrière-petit-fils n'est plus concerné par cette hérédité. Et question féminité, je ne porte ni les robes à fleurs d'Éloïse, ni les tops et jupes moulants de Marie-Ambre. Avec ma tenue short-saharienne d'enquêtrice-exploratrice, on pourrait même me prendre pour un garçon !

Mes jambes s'agitent comme des feuilles de cocotier sous les alizés, mais je dois avouer que je suis un peu moins paniquée qu'il y a quelques minutes, quand le tatoueur – il s'appelle Manuarii – a fermé boutique, porte et fenêtres, et m'a poussée vers la pièce d'à côté.

— Suis-moi, a-t-il fini par lâcher, j'ai le temps de me promener avec toi et de répondre à tes questions. J'ai dû annuler tous mes rendez-vous aujourd'hui, quelqu'un m'a volé la moitié de mes aiguilles hier. Ça peut être n'importe qui. D'habitude je ne ferme jamais rien ici.

Un vol ? Hier ? L'assassin de Martine est donc venu se servir dans cette boutique ?

Manuarii m'a fait sortir par une porte de la remise s'ouvrant directement sur le chemin de l'ancien cimetière de Teivitete, me précédant, usant de mots avec économie. J'ai déroulé mon baratin, je suis auteure, spécialisée dans les récits de voyage, Nouvelle-Zélande, Islande, Somaliland, autant de lieux où je n'ai jamais mis les pieds…

— Autant de lieux, ai-je affirmé avec assurance, qui ressemblent aux Marquises. À la fois beaux et effrayants, le paradis et l'enfer réunis. Vous voyez, Manuarii, la mort dont on parle comme d'un fruit, la mer qu'on regarde comme un puits, pas d'hiver, mais pas l'été, vous me comprenez ?

Le soleil redouté en résumé.

— Je te comprends, a juste murmuré Manuarii.

Tu m'étonnes, lui aussi, avec ses dents blanches, sa carrure de beach-volleyeur et son mana plus puissant qu'un litre d'after-shave, il est l'incarnation absolue de ce paysage beau et effrayant à la fois.

On n'avait pas fait trois mètres sur le chemin du vieux cimetière qu'il m'invitait déjà à le quitter. Droit dans la forêt. Nous sommes d'abord passés devant le tiki cyclope à grosse tête. La statue supposée représenter la sagesse m'a observée de son seul œil : je n'ai pas eu le temps de sentir le mana de l'intelligence booster mon cerveau, Manuarii m'a fait signe de continuer.

Nous sommes parvenus, tantôt debout, tantôt recroquevillés, au me'ae. Sur la terrasse dallée, mon tatoueur est alors soudain devenu intarissable, comme si le mana de l'éloquence l'avait touché.

— Aux Marquises, tu ne trouveras pas une pierre qui n'ait été sculptée par un ancêtre, qui ne marque l'ancienne frontière d'un lieu tapu, qui n'ait été descendue de la montagne pour délimiter un paepae, les dalles sacrées sur lesquelles on construisait chaque habitation. On les prend pour de simples rochers qu'on escalade ou qu'on contourne, mais toutes ont une histoire.

Je m'assois, sceptique, sur une pierre ronde recouverte de mousse. Je prends des notes, studieusement, comme le ferait l'auteure spécialisée dans les récits de voyage que je suis censée interpréter. C'est pour cela qu'il me balance tous ces chiffres avec conviction. Je n'ai d'ailleurs menti qu'à moitié, j'écris vraiment un livre, tous ces détails auront leur place dans ma bouteille à l'océan.

— Imagine, explique Manuarii, les navigateurs estiment qu'il y avait cent mille Marquisiens quand ils ont découvert l'archipel, vers 1800. Chaque vallée était peuplée de centaines de prêtres, de guerriers, de paysans, de sculpteurs, de danseurs, de me'ae pour chaque tribu et de paepae pour chaque famille. Un siècle plus tard, l'archipel ne comptait plus que deux mille habitants…

Le tatoueur poursuit son exposé avec passion, comme si je lui tendais le micro d'une télé diffusée en mondovision.

— Tu te rends compte ? Après cent ans de colonisation, seulement 2 % de la population avaient survécu, entassés dans les rares villages du bord de mer. Ici, on parle d'ethnocide ! La civilisation marquisienne a tout simplement failli disparaître… Ça a commencé, dès l'arrivée des premiers étrangers, par le pillage de masse des deux plus grands trésors des Marquises, les baleines et le bois de santal, accompagné d'un effroyable massacre des populations locales. Puis se sont répandues les maladies jusqu'alors inconnues, la tuberculose, la lèpre, la variole, la syphilis… Mais surtout, avec l'installation des fonctionnaires français et des curés, les Marquisiens ont perdu toute raison de vivre. Interdiction de chanter, de danser, de parler leur langue, de porter des colliers de fruits, de se baigner nus dans les rivières, de s'enduire le corps de coco, de safran ou de tout autre parfum, de se tatouer, d'honorer les morts… Dans aucune autre colonie française l'administration et le clergé ne sont allés aussi loin pour détruire une civilisation. Et pas n'importe laquelle : la plus ancienne de toutes les civilisations polynésiennes, l'une des plus riches du monde, celle d'où est parti le peuplement de la Nouvelle-Zélande, d'Hawaï, de l'île de Pâques, des Samoa, celle où ont été inventés le tatouage, le haka, les pirogues…

J'ai pitié de Manuarii. Mon tatoueur muet transformé en guide exalté va manquer de souffle, je lève mon stylo et profite d'une respiration pour le couper.

— Waouh ! Vous avez tout inventé ici ! Même le surf et le bikini ?

Ça lui arrache un éclat de rire. Je m'aperçois que je n'ai plus peur du tout. Est-ce un piège ? Manuarii pose sa main sur une pierre, longuement, pour laisser le mana le pénétrer.

— Il a fallu attendre les années quatre-vingt pour assister à notre renaissance, pour regagner des habitants, recommencer à danser, chanter, parler marquisien, se tatouer, organiser quelques festivals, accueillir quelques touristes. Nous sommes dix mille Marquisiens aujourd'hui, dont deux mille à Hiva Oa, c'est encore dix fois moins qu'avant l'arrivée des Européens. De l'île qu'ils ont découverte, il ne reste rien. Tout est retourné à la nature… Les lieux tapu, les pierres sacrées, dans chaque montagne, dans chaque vallée. C'est comme un minerai rare enterré. Une source oubliée, aussi puissante que l'Eywa de la planète Pandora, pour te donner une image de la force du mana. Une énergie pure ! On n'en montre pas le centième aux touristes, tu pourras raconter ça dans ton roman. Regarde sur quoi tu es assise.

Je me relève en sursaut.

Manuarii me désigne des griffures sur la pierre recouverte de mousse. En y prêtant attention, j'y découvre un oiseau gravé.

— Un pétroglyphe ! Il y en a des milliers dans l'île, si on sait les trouver…

Des pétroglyphes. Des pierres tatouées ! Excellente transition. J'hameçonne avec prudence mon guide passionné.

— Les Marquisiens ont vraiment inventé le tatouage ?

Il sourit de toutes ses dents immaculées.

— Je crois que les hommes préhistoriques au néolithique se tatouaient déjà, bien avant nous. Mais nous, les Marquisiens, avons inventé le mot. *Tatu*. Et nulle part ailleurs tu ne trouvais des dessins aussi raffinés… Jusqu'à ce que toute pratique du tatouage soit interdite, à partir de 1860 et jusqu'en 1970 ! Tous les motifs traditionnels auraient pu se perdre à jamais avec la disparition des derniers ancêtres tatoués. C'est ce qu'on a cru pendant un siècle, avant qu'on retrouve un étrange livre, *Les Marquisiens et leur art*, écrit par un Allemand, Karl von den Steinen, qui avait recensé, dessiné et photographié pendant un séjour aux Marquises en 1897 des centaines de symboles issus de toutes les îles et de toutes les vallées. Tu connais la suite de l'histoire, la mode des tatouages marquisiens a explosé dans les années quatre-vingt-dix. Aujourd'hui, les motifs marquisiens sont les tatouages les plus connus au monde et servent de logos partout sur la planète.

— *Danke schön, Herr Steinen !*

J'ai voulu faire de l'humour. La boulette…

Manuarii me regarde comme si j'avais perdu la tête.

— Je ne crois pas. Peut-être aurait-il mieux valu que tout disparaisse avec les derniers ancêtres. Le tatouage n'est pas un signe de reconnaissance pour rappeurs des cités, ou pour personnaliser un tee-shirt de triathlète, une planche de surf ou une marque de baskets. Le tatouage est un acte sacré, sexuel, un rite social total. Le tatouage, c'est le mana ! C'est ce que je propose dans mon cabinet, une expérience, pas un souvenir de vacances...

Manuarii se tait enfin et observe à nouveau mes cuisses nues, mes bras nus, mon cou, mes joues... Je ne perçois dans son regard aucune attirance pour mon hypothétique féminité, il ne me détaille que comme un vulgaire morceau de chair vierge à graver.

— Ça te tente ?

Dis-moi, Dr House, je croyais que ton Tat'tout était fermé aujourd'hui ? Je me souviens aussi que l'administration avait interdit le tatouage car il était associé aux sacrifices humains... Je regarde discrètement ma montre, il est presque midi, je dois remonter au Soleil redouté pour déjeuner, sinon Yann va me priver de sortie jusqu'à la fin de la semaine. Peut-être les policiers de Papeete sont-ils déjà arrivés, d'ailleurs... Dommage, j'aurais bien approfondi la conversation en partageant un popoï avec mon tatoueur, mais je dois accélérer. Je réponds en souriant comme une pintade.

— Pourquoi pas, j'aime bien ce symbole. L'Enata.

Manuarii réagit au quart de tour.

— Tout seul, il ne veut pas dire grand-chose. Le tatouage, c'est un récit, un alphabet, comme les idéogrammes des Chinois. L'Enata n'est qu'une lettre, une note, il n'a de sens qu'associé à ce qui l'accompagne, selon où et comment il est placé...

Je me lance.

— J'en voudrais un à l'envers.

Immédiatement, son regard électrisé de guide volubile se transforme en un masque de violence contenue. Celui du chasseur. Il ne lui manque plus que la lance et les dents de cochon se balançant sur son torse.

Beau et effrayant à la fois.

Qu'ai-je dit ?

— Je ne sais pas si c'est une bonne idée. L'Enata à l'envers a une signification précise. Il… Il désigne… L'ennemi.

L'ennemi.

Quel ennemi ?

Ça ne m'avance à rien ! En quoi les victimes de ce Métani Kouaki, le violeur du 15e, pouvaient-elles être les ennemies de l'homme qui les a agressées et étranglées ? Je suis persuadée qu'il y a autre chose, une autre signification. Une signification que Pierre-Yves, en semant ses galets comme un sinistre Petit Poucet, a devinée.

Quel enfoiré !

Midi moins cinq.

Tant pis, je n'ai plus le temps pour finasser si je veux qu'il passe aux aveux.

— En parlant de tatouage, j'ai une amie qui s'est fait tatouer un Enata ici, il y a des années, le tatoueur s'appelait… (Je fais semblant de plonger dans mes souvenirs.) Heu… Métani… Métani Kouaki. Vous l'avez peut-être connu ?

J'ai un peu trop hésité en prononçant ce nom. Métani Kouaki. Tout de suite, je comprends que j'en ai trop dit.

Que Manuarii le connaît mais qu'il n'en dira pas plus.

Avec *tatu*, un autre mot a été inventé ici : *tapu*.

Quelle idiote, quelle détective ratée ! Ma première enquête en solo tourne au fiasco ! Désolée, ce chapitre de ma bouteille à l'océan se terminera par un grand point d'interrogation.

Déjà, Manuarii fait demi-tour, poliment, mais fermement. Il a de très jolies fesses et je ne saurai jamais si elles sont tatouées.

Au moins je serai à l'heure pour le déjeuner.

JOURNAL de MAÏMA
Silence radio

— Qu'est-ce qu'ils font ?

— Les policiers devraient déjà être là !

— C'est dingue, cela fait plus de cinq heures qu'on a retrouvé le corps de Titine.

Il n'est pas très difficile de vous décrire les conversations à la table de Tanaé, toutes tournent autour d'une seule question : pourquoi les policiers de la BRJ de Papeete ne sont-ils toujours pas là ? Le dernier vol a atterri à 13 heures, sans aucun passager en uniforme à l'intérieur.

Pour tout vous dire, je suis tout aussi étonnée. Chacun, ou plutôt chacune, y va de son couplet. Maman la première.

— Yann, tu as des nouvelles ? Tu les as rappelés ? Ils t'ont dit quand ils atterrissaient ?

Mon capitaine marque une hésitation avant de répondre.

— Oui, oui, je n'arrête pas, je les harcèle. Aux dernières nouvelles, l'ACJ318 des policiers est parti aux îles Gambier, à Mangareva, une histoire de forcené qui a pris en otage la moitié de sa famille. Ça leur a semblé prioritaire par rapport à une septuagénaire qu'on ne pourra pas ressusciter.

Maman lève les yeux au ciel, se tord le cou et hisse le buste, comme si les dieux pouvaient se laisser influencer par son décolleté. Éloïse griffonne des toiles d'araignée sur sa serviette en papier. Clem tire sa chaise et s'assoit. Elle est arrivée en retard, essoufflée. Farèyne-la-commandante aussi, en même temps qu'elle. Yann n'a rien dit. Tout le monde autour de la table, y compris Tanaé et ses deux filles, a dû penser qu'elles étaient ensemble, qu'elles respectaient ses consignes, ne jamais rester seule. Moi je sais que non.

Clem était partie écrire, peut-être est-elle descendue jusqu'au village pour enquêter, même si cette tête de mule va prétendre qu'elle cherche juste à glaner des informations, pour documenter son fameux roman. Qu'elle a pris toutes ses précautions. Enfin je suppose, je n'ai pas eu le temps de discuter avec elle, juste celui d'échanger un sourire complice qui signifie que tout va bien. Quant à Farèyne-la-commandante, elle aussi a prétendu qu'elle avait besoin de calme. Est-ce qu'elle lisait et relisait le manuscrit « emprunté » à PYF, *Terre des hommes, tueur de femmes*, pour y trouver un nouvel indice ?

Mystère, silence radio et noix de coco.

Depuis les explications de Yann sur le retard des policiers, plus personne ou presque ne parle autour de la table. Le plat de curry de mahi-mahi, un affreux poisson vert à crête bleue, circule sans que personne ne prononce un mot. Personne n'y touche vraiment et Tanaé n'ose pas insister.

Ambiance dernier repas avant de tous finir empoisonnés.

Je pousse ma chaise un peu trop fort, je me lève en essayant de paraître naturelle, puis je soulève le saladier de riz blanc pour aller le porter dans la cuisine de Tanaé en jetant un dernier regard à Clem, puis à Yann.

Quand maman t'a interrogé sur la BRJ de Papeete, tu as trop hésité.

Qu'est-ce que tu as dans la tête, mon capitaine ?

YANN

Yann suit Maïma des yeux, jusqu'à ce qu'elle disparaisse dans la cuisine. Il connaît le plan de la jeune Marquisienne : récupérer à la fin du repas une fourchette, un couteau, une cuillère, afin d'obtenir de belles et nettes empreintes digitales de chaque convive.

Dont l'un, assis autour de la table, est forcément l'assassin.

Maïma ne doute de rien !

Rapide, intrépide, impertinente. Yann repense à la dernière question de Maïma, la plus indiscrète de toutes. « Excuse-moi, tu es certain d'avoir dormi avec ta femme toute la nuit ? » Il n'a rien répondu. Il en a déjà trop dit à Maïma.

Oui, il a passé la nuit d'hier avec Farèyne ! Mais elle est sortie sur la terrasse, vers 2 heures du matin, pour lire ce fameux manuscrit. Il a veillé, un peu, puis s'est endormi. Quand il s'est réveillé, Farèyne était dans son lit. Farèyne a eu tout le temps de rejoindre Pierre-Yves François à la cabane du maire… Plus Yann tourne les différentes hypothèses dans sa tête et plus il parvient à la même conclusion. Le galet, l'Enata à l'envers, ne pouvait s'adresser qu'à Farèyne. Était-ce un jeu ? Un défi ? Une menace ? Dont eux seuls, Pierre-Yves et Farèyne, se disputant le même manuscrit, pouvaient comprendre la signification ?

Les choses sont simples, au fond. Farèyne vole le manuscrit de Pierre-Yves, tension, intimidation, l'écrivain lui fixe un rendez-vous, discret, la nuit d'hier, Kamai le pêcheur est témoin de leur dispute, « tu voulais savoir la vérité, maintenant tu la connais ». L'écrivain parle-t-il de l'affaire, ou du roman qu'il a plagié ? Que s'est-il passé ensuite ?

Maïma revient déjà de la cuisine en portant une corbeille de fruits. Elle accélère en traversant la salle Maeva, puis ralentit devant la perle noire top gemme de Martine, toujours pendue au clou de la photo de Brel. Un bijou à 200 000 francs Pacifique qui traîne là comme un vulgaire collier de coquillages, une fortune à portée de main à laquelle personne, dans l'ambiance pesante, ne paraît faire attention. Étrange… Comment cette autre pièce s'emboîte-t-elle dans le puzzle ?

Les fruits n'ont pas davantage de succès que le mahi-mahi ou le po'e papaye. Yann observe le manège de Maïma. Sa jeune adjointe propose avec insistance de resservir aux convives un peu de chaque plat, qu'ils goûtent au moins, du bout des lèvres ou de la pointe de leurs couverts.

Personne n'a l'air motivé.

Éloïse dessine sur sa serviette de petites silhouettes au pied d'un volcan gigantesque, que son stylo nerveux fait soudain exploser. Yann n'aperçoit qu'une moitié d'elle, la moitié colorée d'une fleur de tiaré accrochée à son oreille dégagée, seulement caressée par les mèches brunes qui s'échappent de son chignon improvisé. Une ou deux descendent agacer son œil clair, qu'elle protège en baissant sa paupière.

Les yeux de Clem, à l'inverse, sont grand ouverts, perdus vers l'océan. Perdus dans son futur roman ? Yann la trouve jolie elle aussi, avec ses cheveux courts de musaraigne vive et craintive, sa tenue de safari camouflant son corps de sportive, même s'il s'obstine inexplicablement à penser que derrière cette obsession de prose se cache une névrose. Beaucoup mieux dissimulée que celle d'Éloïse, mais d'autant plus dangereuse ?

— Maman, insiste Maïma, tu ne prends pas de dessert ?

Marie-Ambre ne répond pas, concentrée sur l'écran de son téléphone. Farèyne a attrapé un ananas dans la corbeille.

Yann la regarde avec attention, incapable de penser à autre chose qu'à la prédiction de Maïma.

Ta femme est la prochaine sur la liste.

Parce que le tueur a déposé le testament de Farèyne sur le lit de Martine ? Ce testament que Yann a plié dans sa poche.

Instinctivement, le gendarme y glisse ses doigts, pour vérifier.

Pas si le testament de Farèyne s'y trouve, pour contrôler qu'il a toujours l'autre papier, celui qu'il a découvert dans un tiroir de la cabane du maire, que lui seul a lu, une fois tout le monde sorti, même Farèyne ne s'en est pas aperçue.

Il l'a lu et relu, seul. Ce n'était pas difficile de reconnaître l'écriture de sa femme, encore moins de deviner à qui le mot s'adressait.

Mon vilain petit écrivain,

Je croyais qu'on devait enquêter tous les deux, sur le terrain ?

Je ne suis pas venue apprendre à écrire un roman, j'en ai déjà écrit un !

207

*Je te donne vingt-quatre heures pour t'expliquer,
j'ai ton, enfin plutôt* MON *manuscrit entre les mains.*

*D'une façon ou d'une autre, c'est moi qui écrirai
le mot fin !*

Une lettre de menace, à l'adresse de Pierre-Yves
François pris en flagrant délit de plagiat ! Comment
a-t-il pu réagir à ça ? Yann connaît sa femme, la commandante Farèyne Mörssen n'est pas du genre à lâcher
sa proie. La prophétie de Maïma rebondit en boucle
aux quatre coins de son crâne.

Ta femme est la prochaine sur la liste.

Yann regarde Farèyne découper l'ananas avec
calme et méthode. Elle fait preuve d'une minutie quasi
chirurgicale même pour trancher un fruit en huit parts.
Comment l'imaginer dans le rôle de la future victime ?
Sa femme n'a jamais rien laissé au hasard, aucune
faille, aucune erreur, aucun renoncement. Jamais. Il
lui était impossible de refermer le dossier du double
crime de Laetitia Sciarra et Audrey Lemonnier tant
qu'il ne serait pas expliqué, encore moins d'accepter
qu'un tueur potentiel se promène en liberté. Elle en a
été obsédée au point d'en écrire un roman, un roman
qu'on lui a volé. Obsédée au point de venir terminer
son enquête et récupérer son manuscrit à quinze mille
kilomètres de Paris !

Ta femme est la prochaine sur la liste.

Sauf si c'est Farèyne qui l'a établie, cette liste.

*D'une façon ou d'une autre, c'est moi qui écrirai
le mot fin !*

Yann observe les traits sévères du visage de sa femme, ses rides précoces comme autant de marques d'une intelligence profonde, la précision clinique de son regard, un laser, capable avec la même facilité de soigner ou d'exécuter. La force qui s'en dégage.

Cette force qu'il ne possède pas, qu'il admirait, qu'il a fini par détester…

Yann sait ce que tous pensent autour de la table. Que Farèyne-la-commandante, elle aussi, pourrait être la meurtrière.

Et lui ? Un homme, même un gendarme, peut-il penser cela de sa femme ?

Peut-il penser cela, s'il l'aime encore ?

L'aime-t-il encore ?

Ta femme est la prochaine sur la liste.

Yann s'attarde sur le regard bleu lac de Farèyne, les sillons de son front, la colline presque invisible de sa poitrine.

Oui, il aime encore sa femme, du moins encore assez pour la protéger.

Même si elle est suspecte, surtout si elle est suspecte.

Au point, pour la protéger, de mener sa propre enquête.

Au point, pour la protéger, de ne pas avoir prévenu les policiers de Papeete.

JOURNAL de MAÏMA
Bon débarras

Boum !

Maman vient de poser son téléphone sur la table, de le laisser tomber plutôt, histoire de rompre le silence et de réveiller l'assistance. Chaque pensionnaire sort brusquement de sa méditation.

J'aime bien quand maman fait son petit numéro !

— Bon, attaque-t-elle, si j'ai bien compris, les flics de Tahiti nous enverront un petit mot dès qu'ils décolleront de Papeete, et à partir de ce moment-là, on devra encore se tourner les pouces pendant quatre heures en les attendant. Vous proposez quoi ? Tournoi de belote ? Après-midi bingo ? Ou on reste chacune comme des nonnes dans sa cellule, à écrire et à prier saint Pierre-Yves-François d'Assise ? Moi j'ai une autre idée !

Tous les yeux, sauf ceux de Yann qui restent braqués sur Farèyne-sa-commandante, convergent vers maman. J'adore quand Amber fait son show !

— Je viens de réserver un 4 × 4, poursuit ma millionnaire de mère. Un Toyota Tacoma. Pour Puamau. Ça nous changera les idées et ce serait dommage de rater la plus belle plage et le plus beau site archéologique de l'île. Vient qui veut, moi j'y vais…

Maman vide d'un coup son verre de bière de corossol. Elle continue avant que quiconque ait le temps de commenter.

— Y a environ une heure de route, faut qu'on soit rentrés à 18 heures pour le rendez-vous avec Servane Astine, alors on ne traîne pas, les enfants !

Tout le monde se lève. Tout le monde a l'air partant. L'ambiance s'est détendue d'un coup, comme si un alizé inattendu venait de souffler sur la terrasse du Soleil redouté.

Bien joué, maman !

— Laissez, fait Tanaé, on va débarrasser.

Poe et Moana commencent à empiler les assiettes, mais je suis la plus rapide, une corbeille d'osier, une serviette en papier, je m'apprête à disposer quatre fourchettes dans mon panier, une par lectrice, même celle de maman, et celle de...

Je sens la main de maman retenir mon bras.

— Pas toi !

À quoi elle joue ?

Je tente de résister, comme si je tenais à tout prix à participer au rangement du déjeuner, mais maman m'entraîne à un mètre de la table.

— Reste tranquille une minute ! Tu sais compter ? Quatre filles, plus un mari, ça fait qu'il n'y a pas de place pour toi dans le Tacoma. (J'écoute le fracas des couverts que Poe et Moana versent bruyamment dans le bac de l'évier.) Tu seras mieux de toute façon avec les filles de ton âge. Tu me promets que tu resteras au Soleil redouté ?

Je cesse d'un coup de lutter. Pire que si j'avais été giflée.

J'ai compris le message. Si tu veux, maman, je promets, je promets autant que je pleure, de honte et de rage, je promets d'être sage, de rester avec Tanaé, de

211

ne pas m'éloigner, de lire, d'enfiler des perles et des coquillages, d'éplucher les urus, de plumer un poulet, je promets tout, je m'en fiche, du moment que maman s'en aille, vite, charger des packs de bières à l'arrière du pick-up et file se saouler à l'autre bout de l'île.

Je promets, je promets tout ce qu'elle voudra.

— Lâche-moi maintenant, lâche-moi !

La table est vide.

Étrangement, vous me croirez si vous voulez, elle n'a jamais été aussi vite débarrassée.

*
* *

Maman a libéré mes poignets. Je ne bouge pas, poings crispés. Humiliée.

J'ai pigé. Je ne suis qu'un bébé, maman s'est chargée de me le rappeler. D'ailleurs elle se désintéresse déjà de moi, après avoir fait sa petite crise d'autorité. Elle ondule sur la terrasse comme une pétasse.

— Le Tacoma sera là dans une demi-heure, glousse-t-elle. Ça nous laisse le temps de sortir les Hinano du frigo. N'oubliez pas vos maillots !

Je garde la mâchoire serrée en regardant ma mère. Façon chien dressé sans muselière.

Je la suis des yeux descendre à petits pas l'escalier de pierre, en direction de notre bungalow Fatu Hiva, jambes à l'air et fesses prisonnières dans sa jupe droite Sonia Rykiel.

J'ai presque de la pitié pour elle. À qui veut-elle tant plaire ?

212

J'ai besoin de me défouler. J'entends dans la cuisine Poe et Moana laver la vaisselle. J'ai besoin de parler à Yann, de lui expliquer que mon plan a échoué, que je n'ai pas réussi à récupérer les couverts des pensionnaires, mais que j'ai un plan B : puisqu'ils partent tous à l'autre bout de l'île, tous sauf moi, je vais en profiter pour enquêter, sans prendre de risques, ne t'inquiète pas, mon capitaine, juste fouiller un peu partout, sans sortir du Soleil redouté. J'ai besoin de confier ça à mon capitaine, de faire le point, je suis ton adjointe, tu peux compter sur moi. J'entre dans la salle Maeva.

Yann s'y trouve déjà, mais il ne m'attend pas.

Il est en grande conversation avec Éloïse. La belle brune est restée bloquée devant la reproduction d'un tableau de Gauguin, *Arearea*, accrochée au-dessus de la réception. Mon capitaine semble remarquer pour la première fois ce tableau devant lequel il passe toutes les dix minutes depuis trois jours et se découvrir une passion pour les chiens rouges et les arbres bleus.

Lui aussi me fait pitié, à jouer au mari dévoué devant sa commandante, et au chevalier décervelé devant sa reine des gribouillages.

Je retourne sur la terrasse, dépitée. Je m'entends crier « Clem ! Clem ! » J'espère au moins pouvoir discuter avec elle, lui demander où elle en est de l'enquête, ce qu'elle a découvert au village… Sauf que ma confidente n'est pas plus disponible. Je l'aperçois en pleine discussion avec Farèyne-la-commandante, dans le champ du Soleil redouté, où Miri, Fetia et Avaé Nui broutent entre les fils à linge. Toutes les deux achèvent de décrocher leurs habits.

J'avance, tant pis. Je vais me forcer à faire preuve de patience jusqu'à ce que Clem soit seule. Pas mon point fort, la patience, j'admets ! Surtout que les révélations commencent à s'embouteiller dans ma tête : Audrey et Laetitia, les deux victimes du tueur du 15ᵉ, le manuscrit plagié par PYF, l'Enata à l'envers, le goût soudain de Yann pour les toiles de Gauguin ; autant d'informations dont je serais curieuse de discuter aussi avec la commandante Farèyne Mörssen.

MA BOUTEILLE À L'OCÉAN
Chapitre 13

« N'oubliez pas vos maillots ! »

Marie-Ambre doit en avoir toute une collection, je l'ai vue débarquer aux Marquises avec trois valises ! Moi j'ai voyagé avec plus de stylos que de maillots... Pas besoin de s'encombrer d'une garde-robe, croyais-je, c'est les tropiques, on vit sans rien sur le dos ! Sauf que rien ne sèche jamais vraiment ici, tout est moite en permanence sur Hiva Oa. Les habits, les peaux, l'air.

Je termine de décrocher mes culottes, mes tee-shirts et mes shorts, sous le regard parfaitement indifférent d'Avaé Nui, et celui à l'inverse follement impatient de Maïma.

Je l'ai entendue après son engueulade avec sa mère, crier « Clem ! Clem ! ».

Attends deux secondes, ma belle...

Mes mains parcourent les draps de Tanaé étendus sur le fil d'à côté. Ils sont enfin secs. J'ai fini de décrocher mes trois bikinis, mais autant profiter de l'occasion pour aider notre hôtesse. Et puisque cette petite souris marquisienne est là...

Je l'appelle.

— Tiens, Maïma, aide-moi !

L'ado ne se fait pas prier et descend dans le champ en trottinant. Je lui tends un drap blanc, un coin chacune dans chaque main, on s'éloigne de trois pas, on secoue sans lâcher, ça effraie Miri et Fetia qui trottent vingt mètres plus loin, on se rapproche en mêlant nos mains, quatre coins ne font plus que deux, la surface du drap est divisée de moitié, on recommence.

Maïma a toujours l'air de bouder. Je devine que son cerveau continue de produire des phrases, mais qu'elles restent bloquées. Elles risquent de se déverser en crue quand la digue va céder, sauf si je l'aide à se fissurer.

— Ça fait un petit moment qu'on ne s'est pas parlé, Maïma, non ? Tu préfères enquêter avec ton gendarme depuis que t'es devenue son adjointe ?

Maïma ne lâche qu'un petit filet de mots.

— Pas son adjointe, son apprentie ! À la limite sa stagiaire, qui n'a le droit de rien faire... Je n'ai pas pu aller voir la cabane du maire ce matin. Pareil, vous partez sans moi cet après-midi !

— Pour cet après-midi, ce n'est pas la faute du capitaine, ma jolie. C'est ta mère qui a mis le veto !

— Ma mère ? C'est pas ma mère, je te signale !

Je pose dans le panier le drap plié en huit. J'en attrape un autre. Maïma disparaît dessous un instant tel un fantôme instantané.

— Elle est ta mère quand ça t'arrange ! C'est pratique, le fa'amu. Quand ta maman ne te plaît plus, t'en changes !

Maïma tire trop fort sur le drap, j'en lâche un coin que je récupère in extremis avant qu'il ne tombe dans le crottin des trois doubles poneys.

— Ça marche dans les deux sens, je te signale. Ici, c'est plus souvent les parents qui changent d'enfants...

— Raconte-moi ça, dis-je calmement.

— Ben quand ils les envoient en pensionnat sur une autre île, parce que leurs gamins font des conneries, ou qu'ils ont trop d'enfants, ou pas assez d'argent, ou...

216

— Toi, parle-moi de toi, Maïma.

— De moi ?

— Oui, de toi… et de ton papa… et de ta maman…
enfin, de tes mamans.

Je plie à nouveau le drap, nos mains se touchent,
presque nos visages, comme dans ces anciennes danses,
trois pas en avant, deux en arrière.

Je ne suis pas fière.

Mais je veux que Maïma me parle de sa mère.

Je repense au parfum *24 Faubourg* de Marie-Ambre
qui flottait dans la cabane du maire, à ma certitude, elle
est la maîtresse de Pierre-Yves. Je dois en apprendre
davantage sur les perles noires, sur le tatouage.

— Je t'ai déjà dit, se défend Maïma. Tu veux que
je te raconte quoi ?

J'attrape un troisième drap. Le dernier.

— Les îles, les autres îles…

On danse à nouveau la danse du drap, plus lentement cette fois. Avaé Nui, habitué, s'est rapproché
autant que sa corde le permet. Lui aussi écoute, oreilles
dressées.

— Je ne me souviens pas beaucoup de Tahiti, j'avais
huit ans, je n'y suis restée que quelques mois. On
habitait un appartement, une sorte de zone, à Mamao
je crois. Ça ressemblait plus aux banlieues qu'au
Pacifique. On disait qu'on habitait dans le 9.8. Puis
on est partis pour Bora-Bora. Trente minutes de vol.
Et pourtant c'était… À des années-lumière. T'imagines
même pas l'atterrissage au milieu du lagon, sur un
motu[1], et du turquoise partout !

---

1. Îlot d'un atoll.

Maïma laisse son regard surfer sur les vagues grises du Pacifique, avant qu'il s'échoue sur la plage noire.

— C'est là que ton père a rencontré Marie-Ambre ? (J'avance avec prudence.) Il l'a rencontrée comment ?

— Dans un palace ! Le St. Regis. Quatre-vingt-dix paillotes mégaluxe sur pilotis ! 100 000 francs Pacifique la nuit.

— Ton papa était déjà si riche ?

Maïma éclate de rire.

— Tu parles ! Il ramassait le sable !

— Le quoi ?

— Le sable ! C'était son boulot. Il passait ses nuits sur un bateau à fond plat à creuser le sable au fond du lagon, puis à le verser sur les plages des hôtels et le ratisser avant que le soleil se lève... Pour que les clients se réveillent au paradis ! Faut pas croire les cartes postales, tu sais, aucun hôtel n'a de plage naturelle à Bora-Bora, il n'y a que des rochers. Chaque grain de sable a été apporté par les hommes, chaque jour la mer les emporte, et des types comme mon papa les rapportent...

Je prends le temps de réfléchir à ce que me raconte Maïma. Aucune destination de rêve n'est naturelle, toutes ne conservent leur beauté qu'à coups de chirurgie géographique. Mon regard glisse vers la plage noire d'Atuona. Peut-être qu'un jour, on inventera un moyen de colorer son sable en blanc.

— La jolie cliente de l'hôtel qui tombe amoureuse du jardinier qui ratisse la plage, continue Maïma. C'est ce qu'ils m'ont raconté. C'est là que papa a commencé à s'intéresser aux perles noires, ça rapportait plus que le sable... et Amber n'allait pas rester

218

longtemps amoureuse d'un type fauché. Donc direction les atolls des Tuamotu, là où 90 % des perles noires du Pacifique sont produites. On est restés à Fakarava pendant presque deux ans. T'imagines, un circuit de quarante kilomètres de long et de moins de cent mètres de large ? C'est ça, Faka ! Une route, juste une route, que j'ai faite cent fois à vélo, vent de face, vent dans le dos, un village et une église, point kilométrique 0. Une épicerie, PK 6. Notre maison, PK 7,3. Une plage, PK 9. Moins de mille habitants, presque aucun enfant… Un atoll, quoi… Le paradis plat… La mer monte de deux mètres et adios Faka ! Je ne te raconte pas à quel point Amber s'y ennuyait. À part mater les plongeurs américains venus voir les requins… Du coup, on a tous déménagé sur Huahine. À moins de deux cents kilomètres de Tahiti. L'île authentique, il paraît. Mon père avait toujours l'ambition d'y faire fortune avec une ferme perlière… et cette fois ça a fonctionné, au-delà de tout ce qu'il espérait.

Je perçois une émotion étrange dans la voix de Maïma. Je sens son regard se poser sur le collier de graines rouges qui pend à mon cou. Une pacotille qu'on offre aux clients dans les pensions, rien à voir avec les perles top gemme que produit son père.

— Où est-il aujourd'hui, ton papa ?

Maïma ne répond pas.

Je crois comprendre ce qu'elle ressent. L'abandon. Tous les gosses de Polynésie se sentent un jour abandonnés, quand ils quittent leur île, dès dix ans, pour aller dans une plus grande école, habiter dans une nouvelle famille, aimer de nouveaux parents, pendant que chez eux, ils sont remplacés par de nouveaux bébés.

— Il doit t'aimer très fort. Il a dû travailler dur pour t'offrir la vie que tu as, toi et ta maman. Ta nouvelle maman. Il doit travailler dur encore aujourd'hui…

Maïma prend le temps d'une longue caresse sur la crinière d'Avaé Nui. Miri et Fetia s'approchent à leur tour pour réclamer leur part de tendresse.

— Tu sais, ici, les enfants n'aiment pas trop Jacques Brel.

Je ne saisis pas le rapport avec tout ce qu'elle vient de me confier. Je la laisse continuer.

— Sûrement parce qu'on nous force à apprendre ses chansons par cœur à l'école. Mais il a dit un jour quelque chose qui m'a plu, une fois où on lui demandait ce que faisait son père. Il a répondu : « Mon père était chercheur d'or. »

Je comprends.

— Comme le tien, Maïma, comme le tien.

— Oui, mais Brel a ensuite ajouté un truc, un truc vrai, il a dit : « L'ennui, c'est qu'il en a trouvé. »

Miri, Fetia et Avaé Nui sursautent soudain et s'enfuient au galop, évitant de justesse de piétiner les draps pliés : le klaxon d'un pick-up a retenti dans l'allée.

— On est parties ! crie Marie-Ambre.

Je me rends compte que je n'ai pas préparé mon sac, aucune serviette, aucune crème, juste trois bikinis que j'ai décrochés du fil à linge.

— Je dois y aller, Maïma.

— T'as même pas eu le temps de me parler.

— On aura le temps, ce soir, tout le temps.

Sur la terrasse, Tanaé, flanquée de Poe et Moana, apparaît. Maïma, sans que personne lui demande, ramasse la pile de draps. Elle joue à merveille la petite femme déjà docile.

— Tu seras sage ? Tu restes avec Tanaé ? Promis ?

— Promis, répète l'ado sans se retourner.

Je m'éloigne vers le 4×4, que Yann et les autres filles ont déjà rejoint.

« Promis. »

Je sais bien que Maïma m'a menti.

Pas seulement quand elle me jure de rester sage…

Je repasse en accéléré tout ce que Maïma vient de me raconter, le fil de sa vie.

Et j'ai la conviction qu'elle n'a pas dit la vérité.

JOURNAL de MAÏMA
Fiu

Le pick-up Toyota Tacoma disparaît au bout de l'allée de gravier, emportant Clem, maman et les autres, ne me laissant qu'un éphémère nuage de poussière, puis le sentiment immédiat d'être seule au monde.

C'est ce que je ressens. Le fiu, dit-on ici. La mélancolie qui s'installe chez chaque Polynésien quand il a cessé de lutter, d'espérer partir, au moins voyager, et qu'il a compris qu'il terminerait sa vie ici, à des milliers de kilomètres de tout autre continent.

C'est ce qu'a accepté Tanaé. C'est ce qu'accepteront Moana et Poe.

Pas moi !

Tanaé m'observe tourner en rond, alors que le 4 × 4 n'est pas parti depuis plus de cinq minutes.

— Tu sais, Maïma, c'était bien pire avant...

Poe et Moana ont terminé de nettoyer la cuisine. Elles se sont installées dans le canapé, devant la télé qui diffuse une série policière américaine.

— La solitude, précise Tanaé. L'isolement, l'impression d'être seules sur terre. La télévision n'est arrivée aux Marquises qu'en 1988 ! T'imagines ? Avant, on n'avait aucune information venant du monde extérieur, ou juste, dix ans avant, ce qu'on appelait télé-village, des cassettes vidéo de journaux télévisés qui arrivaient par bateau avec trois mois de retard.

Non, Tanaé, je n'imagine pas ! Poe et Moana non plus sans doute. Et si je me force quand même à imaginer, alors je me dis que c'était mieux avant, sans Internet ni télé satellite pour montrer aux Marquisiens tout ce à quoi ils n'auront jamais accès.

À la télé, une fusillade entre deux motos éclate dans un centre commercial. Des vitrines explosent, des sirènes hurlent, des passants plongent à terre. Ça fascine Moana et Poe, leurs quatre mains crispées sur la même télécommande.

Je demande timidement, sur la pointe des lèvres :

— Tanaé, je peux aller dans mon bungalow ?

L'hôtesse me regarde avec méfiance.

— Tu me promets de ne pas sortir du Soleil redouté ? Sinon, cette fois, tu…

J'abrège, j'ai gagné.

— Je te promets. Je ne suis pas cinglée.

*

* *

Promis, Tanaé, et je répète dans ma tête, *promis, je ne sors pas du Soleil redouté.*

Je vérifie du bout des doigts si les gants de plastique empruntés dans la cuisine sont encore au fond de ma poche, puis j'observe le premier bungalow.

Nuku Hiva.

Celui de Yann-mon-capitaine et de Farèyne-la-commandante.

Inutile de fouiller dans celui de Titine, ni dans le mien, qui est aussi celui de maman évidemment, j'ai déjà vérifié ses empreintes sur le briquet. Restent les trois autres, le Nuku Hiva donc, puis le Ua Huka d'Éloïse, et le Tahuata de Clem.

Je sais qu'y entrer, même sans la clé, ne sera pas compliqué. J'ai repéré l'espace entre le toit de pandanus et les poutres. Trop facile pour moi d'escalader la façade, de me glisser sous les charpentes, de me suspendre et de retomber à l'intérieur. À la limite, il sera plus difficile de remonter. Je devrai grimper sur une chaise pour atteindre la poutre, je laisserai forcément une trace de mon passage, mais Farèyne, Clem ou Éloïse pourront toujours croire que c'est Tanaé, Poe ou Moana qui sont venues faire le ménage.

Je prends le temps d'écouter les coups de feu qui crépitent de la télé allumée dans la salle Maeva, les jurons de Tanaé après les poules qui tentent de s'approcher des saladiers posés sur les fenêtres, et en quelques mouvements de gymnaste, façon Catwoman, j'escalade la façade et je me faufile par le trou d'anguille. Je m'érafle un peu la peau du ventre aux feuilles coupantes de pandanus, pas grave, puis je rampe sur la poutre de bois de fer, je me suspends en mode chimpanzé et je retombe sur mes pieds entre le lit et le bureau du bungalow.

Celui de Yann et Farèyne.

Yann n'aimerait pas. Yann n'aimera pas, quand il le saura. Mais je n'ai pas le choix. Nous devons comparer toutes les empreintes avec celles relevées dans le bungalow de Titine, sans exception. J'ai osé tester celles de maman, Yann devra oser vérifier celles de sa femme.

Je me déplace le plus silencieusement possible dans le bungalow. J'enfile mes gants, j'ouvre mon sac. J'ai décidé d'emprunter les objets les plus personnels de chacune des lectrices, un tube de dentifrice, une brosse à dents, un flacon de parfum, un rouge à lèvres, pour être certaine de ne pas me tromper.

Je file dans la salle de bains. Immédiatement, je suis rassurée, car assurée de ne pas pouvoir commettre d'erreur : les affaires de Yann sont rangées à gauche, un rasoir, une bombe de mousse à raser, un after-shave. Celles de Farèyne à droite. Chacun sa place.

Je remplis mon sac, puis reviens dans la pièce principale. Je ne peux résister à l'envie d'ouvrir les portes du placard, strictement identique à celui de mon bungalow.

Chacun sa place, ici aussi. Chacun son côté d'étagère. Les habits de Yann à gauche, ceux de Farèyne à droite. Pareil par terre. Baskets et sandales de Yann à gauche, nu-pieds, tongs et baskets de Farèyne à droite.

Je me retourne. Chacun son coin de lit, chacun son chevet. Un magazine de sport automobile pour Yann, un recueil de mots fléchés pour Farèyne.

Waouh, la visite dans l'intimité de mon capitaine a achevé de me chambouler. Est-ce que tous les couples finissent ainsi ? Sans plus rien partager ? Sans plus rien mélanger ? Est-ce que tous les amoureux finissent par se contenter d'une cohabitation tant qu'elle est pacifique et chaque territoire respecté ?

Moi, jamais ! Et je ne vais pas me priver de sauter par-dessus la frontière invisible entre mon capitaine et la commandante.

Côté droit d'abord. Je soulève sur l'étagère la mince pile de vêtements de la commandante, je n'ai pas besoin d'insister : le manuscrit se trouve là ! À peine dissimulé. La chemise rouge de carton, fermée par des élastiques, dépasse des autres chemises, de coton.

Le titre est inscrit sur la couverture.

Terre des hommes, tueur de femmes

Je suis la meilleure ! J'attrape le carton, excitée comme jamais. Il glisse vite. Trop vite. Et me paraît étrangement plat...

Merde !

Je fais sauter les élastiques. Le carton rouge est vide. Il n'y a rien à l'intérieur, pas une page.

Merde !

Tout en replaçant, dépitée, la chemise sous la pile d'habits, j'échafaude plusieurs hypothèses : quelqu'un, avant moi, serait venu voler le manuscrit ? Pour le ramener à PYF ? Ou Pierre-Yves François s'est-il servi lui-même ? Ou, plus vraisemblablement, Farèyne l'a emporté avec elle, dans son sac, méfiante de tout et de tous, prudente, la commandante…

Je traîne encore un peu, je résiste à l'envie de tout mélanger, fringues et brosses à dents, parfums et mocassins, chaussettes et paires de lunettes, puis je monte sur une chaise, j'attrape la poutre et je me faufile à nouveau dans mon trou. Tout est redevenu calme au Soleil redouté, plus aucun bruit ne filtre jusqu'à la terrasse. Ni bourdonnement, ni hennissement, ni caquètement, même les flics dans la télé paraissent s'être tous entretués.

Direction Ua Huka.

Je connais le chemin, et je me retrouve moins d'une minute plus tard dans le bungalow d'Éloïse.

Tout a été aménagé à l'identique à l'intérieur de chaque pavillon, même lit, même placard, même douche, mêmes W-C. Et pourtant tout me semble différent. À commencer par ce parfum d'encens qui flotte dans la pièce.

Avant de me mettre à fouiller, je chasse le sentiment de culpabilité qui m'oppresse peu à peu. Je martèle intérieurement toutes les bonnes raisons qui me poussent à agir en voleuse et que personne ne viendra contredire : j'agis pour la bonne cause, je cherche à démasquer un assassin, la police procéderait comme moi, je me contente de lui donner un coup de main. Je collecte, aussi vite que je peux, dans un second sac plastique, un dentifrice, une brosse à dents, une autre à cheveux, une pince.

Ça suffira.

Ou presque…

Je ne peux pas résister, j'ouvre le placard, à l'affût de tout ce qui pourrait m'en apprendre davantage sur la personnalité de la plus mystérieuse des cinq lectrices.

La garde-robe d'Éloïse ne me révèle rien.

Ou presque…

Sur l'étagère sont rangés les robes légères, les paréos colorés, les jupes ethniques, les tops en lycra, autant de vêtements qui ne deviennent sexy qu'une fois portés par une jolie fille réussissant à faire croire qu'elle les a choisis au petit bonheur sur une pile. En est-il de même pour les sous-vêtements et nuisettes en dentelle que je découvre dans la poche latérale de sa valise ? Un truc à rendre les hommes fous, je suppose.

Éloïse cacherait-elle son jeu ? Déprimée la journée, libérée la nuit ?

J'enregistre tout dans ma tête, je passe vite sur le matériel de peinture stocké sur une autre étagère, tubes de gouache, pastels, crayons gras, pinceaux (j'en fourre un dans mon sac, ainsi qu'un tube de peinture terre de Sienne), et j'avance vers le lit. Sur le chevet n'est posé qu'un livre.

Loin des villes soumises, de Pierre-Yves François, aux éditions Servane Astine.

Je me souviens vaguement qu'il s'agit du livre le plus connu de PYF, celui pour lequel il a remporté plusieurs prix, ou un seul peut-être, mais important. Les pages du livre sont gondolées, pas au point que le livre soit tombé au fond d'une piscine, mais assez pour comprendre qu'elles ont été tournées des centaines de fois, lues et relues à en être tordues.

Je m'assois sur le lit, intriguée, j'ouvre le roman. Certaines pages sont cornées, certaines phrases sou-lignées, des paragraphes entiers entourés. Je ne peux m'empêcher d'avoir une brève pensée pour le gros Pierre-Yves, pour son appétit de cochon sauvage, ses discours de prof assommants… Et pourtant, une fille aussi jolie qu'Éloïse, et sans doute des milliers d'autres en France et dans le monde, ont passé des heures, des nuits, à fantasmer sur la symphonie de mots que ce type a su composer.

Je souris en imaginant le moment où Éloïse s'est retrouvée face à Pierre-Yves François pour la première fois, alors que mes doigts feuillettent le livre au hasard, et s'arrêtent sans que je leur en donne l'ordre.

Un marque-page est glissé dans le livre, page 123.

Je baisse les yeux. C'est une photo, pas un marque-page. Celle de deux enfants. Six et huit ans, je dirais, un garçon et une fille, bien coiffés, bien habillés, sages, trop sages, comme des images, c'est le cas de le dire, on dirait des images davantage que des vrais enfants. Je me penche un peu plus sur la photo et je comprends : il s'agit d'une photo de classe, les deux enfants posent assis à un bureau d'école, devant un tableau, c'est sans doute ce qui explique leur sourire trop sérieux.

Je retourne la photo.

Vous me manquez tellement

Je vous aime

Je vous aime tant

Illico, ça me fiche une frousse terrible de lire ces mots.

Vite, je retourne à nouveau la photo. J'ai l'impression que si je regarde trop longtemps ce garçon et cette fille, ils vont s'effacer, comme dans les films d'horreur. Avec leurs visages si blancs, leurs mains si pâles, on... on ne dirait pas de vrais enfants. On dirait des fantômes !

Vous me manquez tellement.

On dirait qu'ils sont morts. Aussi rapidement que je le peux, je replace la photo entre les pages, je replace le livre sur le chevet, je tire sur le drap du lit et je sors du bungalow Ua Huka, ne laissant derrière moi qu'une chaise au milieu de la pièce.

*
* *

Même façade, même toit, même trou, même poutre.
Bungalow Tahuata.
Chez Clem.

Cette fois, je parviens de moins en moins à repousser ce foutu sentiment de culpabilité. OK, Yann situe Clem tout en haut sur la liste des suspectes, mais moi je la place tout en bas. Elle est mon amie. Je lui aurais demandé, Clem m'aurait fourni ses empreintes sur n'importe quel bout de papier, pas besoin de venir fouiller dans son intimité. Je fourre mécaniquement dans un troisième sac un troisième dentifrice, une bouteille de plastique presque vide, un gobelet, un tube d'aspirine.

Impossible de ne pas jeter un coup d'œil supplémentaire aux étagères, les portes du placard sont grandes ouvertes. Chez Clem, c'est le bordel ! Si un jour elle se met en couple, elle sera du genre difficile à convertir à la cohabitation pacifique...

Un peu comme moi, j'espère. Clem, tu m'apprendras ?

Les étagères sont encombrées de plusieurs dizaines de livres. La valise de Clem devait peser une tonne, et aucune culotte en dentelle ou jupe légère pour équilibrer la balance, rien que des tenues confortables qui paraissent avoir été achetées sur Le Bon Coin à des légionnaires de retour d'un trekking dans le Sahara.

Je détaille rapidement les titres des livres, et j'identifie pêle-mêle quelques classiques, plusieurs livres de PYF, des anthologies de poètes, des dictionnaires de synonymes, de rimes, et une dizaine de carnets dont Clem a inscrit le titre sur la tranche.

Contes d'enfance et autres récits merveilleux 1996-2006

Nouvelles et poèmes adolescents 2007-2012

Scenarii Cinéma, Séries et BD tome 1

Scenarii Cinéma, Séries et BD tome 2
Romans achevés et inachevés, tomes I, II et III,
2013-...

Je suis impressionnée, il y en aurait pour des heures, des nuits, à tout lire... Je serais la pire des idiotes de vouloir commencer.

Je porte déjà une chaise au centre de la pièce, pressée de filer par les toits et de rejoindre Poe et Moana devant la télé, comme si de rien n'était, quand je repère le tiroir entrouvert de l'une des deux tables de chevet.

Je m'en veux, je vous jure que je m'en veux, mais une fois encore, la curiosité est trop forte. Je pose la chaise et tire la poignée du chevet. Ma petite main gantée se referme sur une nouvelle photographie. Une photographie que je reconnais, cette fois.

Titine !

Titine beaucoup plus jeune, elle doit avoir une trentaine d'années sur la photo, prise quelque part en Belgique. Il semble faire super froid. Bonnet blanc et joues bleues. Titine jeune est moins jolie que je l'avais imaginé, un peu boulotte, avec un visage rond, des seins ronds, mais son sourire emporte tout. Un sourire de schtroumpfette et des yeux qui pétillent de désir, offerts au photographe qui l'immortalise. S'agit-il de son fameux amoureux ? Celui qu'elle n'a jamais revu.

Encore une équation à trente-six inconnues !

Je serre le papier glacé entre mes doigts.

Pourquoi Clem possède-t-elle cette photo de Titine ?

Quel lien secret peut-il exister entre elles ? Martine devait avoir soixante-dix ans, Clem en a sûrement un peu plus de trente.

Mère et fille ?

Pourquoi pas, même si je n'y crois pas : aucune ressemblance entre les deux ne saute franchement aux yeux.

Je me replonge dans le cliché, traquant le moindre détail. Petit à petit, une nouvelle certitude s'impose, contre laquelle je tente en vain de lutter tant elle me semble stupide.

Cette photo a été prise il y a près de quarante ans, sur la place d'une ville de Belgique.

Je n'étais pas née il y a quarante ans, je n'ai jamais mis les pieds en Belgique... Et pourtant, je suis persuadée d'avoir déjà vu ce visage.

Celui de Titine, quand elle avait trente ans !

MA BOUTEILLE À L'OCÉAN
Chapitre 14

— C'est parti, mon tiki ! crie Marie-Ambre dans le Tacoma.

Yann vient de quitter la seule route bitumée de l'île pour s'engager sur la piste en direction de Puamau.

Vingt kilomètres. Quarante-cinq minutes de route cabossée.

Je suis assise derrière Yann, il conduit avec calme. Je me surprends à apprécier la force tranquille qui se dégage de lui, alors qu'à côté, les filles s'extasient. Marie-Ambre a déjà descendu sa troisième bière, les bouteilles vides roulent à l'arrière du pick-up, manquant de se briser à chaque ornière. Éloïse a tenu à s'asseoir sur le siège passager pour mitrailler tout ce qui passe à sa portée, les bananeraies, les pitons volcaniques en équilibre au-dessus du Pacifique, les chevaux sauvages funambules, le fouillis de la jungle tropicale encerclée par les lignes invasives des pins des Caraïbes. Comment est-il possible d'être plongée dans un endroit aussi sublime, pas la moindre trace d'habitation à trois cent soixante degrés, rien que l'affrontement millénaire entre la montagne et l'océan, et de se contenter de l'admirer dans un objectif de moins de un centimètre carré ?

De temps en temps, Éloïse quitte son viseur et tourne son profil vers le rétro intérieur. Histoire de me narguer ?

Je suis assise sur le trône de la reine à la place de Farèyne, tu as vu, Clem ?

Elle cherche visiblement à vérifier ma réaction. Si elle savait comme je m'en fiche ! J'ai d'autres soucis que la jalousie. Quelle jalousie, d'ailleurs ?

Je contrôle à mon tour chaque visage dans le Toyota. Toutes les passagères sont perdues dans leurs pensées, tournées vers l'océan et Moho Tani, l'île qui émerge de l'horizon bleu telle une baleine endormie. Je crois que nous sommes plus préoccupées par le meurtre de Titine que par une place au soleil à côté du seul homme coincé avec nous dans cette bouteille à l'océan. Aussi sexy soit-il.

Je n'arrive pas à me concentrer, pas plus sur le paysage que sur les visages. Je ne cesse de repenser à ma conversation avec Maïma, il y a quelques minutes, tout en repliant les draps du Soleil redouté. Elle s'est confiée, comme jamais auparavant, mais nous n'avons pas eu le temps d'évoquer les événements récents. Où en est-elle dans ses recherches ? Je suis certaine qu'elle profite de notre absence du Soleil redouté pour enquêter en toute liberté sur chacune d'entre nous. Comment lui en vouloir ? Nous nous ressemblons, toutes les deux ! Deux petites souris à la recherche de la vérité. Bien entendu, il nous faudrait collaborer, plutôt que d'enquêter chacune de notre côté en protégeant nos petits secrets… Mais il y a Yann entre nous deux. Les histoires policières, c'est comme les histoires d'amour, à trois, ça se complique toujours.

Lacets, descentes serrées, montées abruptes, quelques bulldozers sont garés sur le côté, laissant espérer que mètre après mètre, la piste sera un jour goudronnée.

234

Nous longeons des cocoteraies, dépassons de temps à autre de rares maisons isolées qui toutes possèdent leur séchoir à coprah, l'or blanc d'Hiva Oa ! Éloïse mitraille les grandes terrasses de bois sur lesquelles sèche la chair blanche des noix de coco, qui partira vers les parfumeries de Tahiti pour se marier avec les fleurs de tiaré et se transformer en huile sacrée : le monoï !

— Eh bé par ici, commente finement Marie-Ambre, c'est pas les révoltés du *Bounty*.

Les cocoteraies, bananeraies, pamplemousseraies glissent jusqu'aux plages en longues langues vertes géantes. Les arbres s'y tiennent debout, telle une armée prête à affronter un débarquement ennemi. Si les troncs du front tombent, tous les autres les remplaceront.

Je découvre une première plage. Motuua. Un premier village. Cette fois, la beauté du décor domine toute autre pensée. Trois pirogues, deux hamacs accrochés entre les cocotiers, une balançoire et quatre enfants qui courent autour. J'éprouve la sensation étrange d'entrer chez quelqu'un. Pelouse rase et verte, murets de pierre à hauteur de genoux et parterres de fleurs débordant de partout. Pluie d'hibiscus sous une tonnelle de frangipaniers. Ici, chaque village est un jardin. L'orgueil des Marquisiens, c'est son entretien. L'intérieur des maisons de lambris et de tôles compte peu, c'est seulement l'endroit où l'on dort. Ce qui importe, c'est le dehors.

On sort déjà du village. À nouveau, descentes vertigineuses, montées sèches et points de vue sur des criques inaccessibles se succèdent. La clarté de l'après-midi sublime les couleurs. Au détour d'un étroit replat, un troupeau de chèvres sauvages nous barre le passage. Yann ralentit et nous désigne du doigt, en contrebas de la corniche, un collier de maisons perdues en bord de plage dans un écrin de palmiers.

— Puamau !

Encore quelques kilomètres de pistes, il se gare en face d'une petite église blanche. Marie-Ambre est la première à sauter du Tacoma.

— Puamau, répète la millionnaire. Le plus beau site de l'île, à ce qu'il paraît.

Elle se tait un instant pour admirer entre les troncs la longue plage déserte. Au loin, l'île-tortue de Fatu Huku étire sa tête hors de sa carapace. On entend des rires d'enfants. Marie-Ambre se tourne vers Éloïse.

— Tu sais qu'à la mort de Gauguin, sa veuve est revenue habiter ici. Elle avait quatorze ans et portait son enfant. Toute sa descendance vit ici. Le village doit être plein de gamins qui ont du sang de génie.

Son regard s'arrête sur le mini-parc de jeux, un toboggan rouillé et un pneu accroché à une branche de banian.

— Des petits génies, continue-t-elle, qui vivent à une heure de piste de la première épicerie. Tu rajoutes quatre heures d'avion pour Tahiti, encore vingt-quatre heures pour Paris, autant te dire qu'ils ne verront sûrement jamais de leur vie la queue d'un pinceau, la file d'attente d'un musée, et encore moins un tableau d'arrière-grand-papa.

Éloïse ne répond pas. Nous sommes toutes descendues du pick-up. Marie-Ambre, bouteille d'Hinano à la main, regarde avec envie la plage, mais je me tourne à l'opposé, vers la vallée. La baie de Puamau est citée dans tous les guides touristiques comme abritant

236

Te l'Ipona, l'un des plus grands sites archéologiques du Pacifique. Il s'étend devant nous, à deux pas.

J'avance. Les panneaux explicatifs sont complexes et denses, le site est magique, les tikis effrayants, quoique moins que les cinq statues disposées autour du Soleil redouté. Nous errons tous les cinq de longues minutes sur le me'ae entièrement reconstitué. Je me laisse imprégner par l'histoire des lieux, les siècles de cérémonies, de chants, de danses, d'exécutions et de naissances célébrés par les tahu'a, les prêtres ou prêtresses qui avaient le droit de vie ou de mort. Est-ce que celui qui a assassiné Martine possédait ce mana ? Celui du tahu'a ?

Le silence des pierres est impressionnant. Je m'attarde devant un étrange tiki féminin, allongé, aux yeux exorbités, qui représenterait une femme en train d'accoucher, puis au pied du tiki rouge, un géant de deux mètres soixante, le plus grand de Polynésie. Une force animale, ancestrale, s'en dégage. Commencerais-je moi aussi à ressentir le mana ? Mon mana…

— Hou hou !

La magie s'évapore d'un coup.

— Hou hou, crie à nouveau Ambre, perchée sur un muret de pierres sculptées, on ne va pas y passer la journée ! C'est bon pour moi, la séance émotion chez les cannibales. Allez hop, toutes à l'eau ! J'ai soif et j'ai la dalle, mais avant ça, à poil !

Elle court vers les tables de pique-nique installées sur le front de mer. Le soleil couchant transforme les cocotiers en ombres chinoises. Les vagues blanches viennent mordre la plage déserte, telles des dents réclamant elles aussi quelques jambes, quelques bras, quelques ventres. Si celles qui atteignent la plage ne sont que de timides langues baveuses, à quelques mètres au large, l'écume roule en crocs aiguisés.

Marie-Ambre se retourne, évalue notre détermination et lit dans nos yeux que nous trouvons le site, en dépit de sa beauté, un peu dangereux.

— Allez, assure Ambre, on n'a pas fait une heure de piste pour se dégonfler.

Pour se donner du courage, elle pose sur la table de bois un litre de rhum Noa Noa et s'en sert un bon quart de gobelet. Yann s'est avancé sur le sable, surveillant l'océan, pieds nus, jambes écartées.

— N'ayez pas peur, ajoute Ambre en fixant l'ombre noire du gendarme. On a emmené notre maître-nageur. Allez les filles, avec moi !

Elle vide son gobelet et fait voler son tee-shirt Levi's par-dessus sa tête. Puis c'est au tour de sa jupe de tomber dans le sable. Ambre se retrouve en bikini ! Elle passerait pour maigrichonne aux Marquises, et pour un peu trop forte en Europe, trop de seins, trop de hanches, trop de fesses. La blonde pulpeuse pleine aux as connaît son jeu et maîtrise ses atouts, elle boit une nouvelle rasade de rhum, au goulot cette fois, puis fait sauter le haut.

— Venez ! insiste-t-elle, juste avant d'entrer dans l'eau.

De nous trois, seule Éloïse se laisse tenter.

Elle se déshabille beaucoup plus timidement, pliant ses habits sur la table, dévoilant un mini-maillot de bain bandeau torsadé.

— Waouh, commente Marie-Ambre sans aucune jalousie apparente, t'es canon, ma petite Gauguine !

Éloïse rougit. Je dois reconnaître, je l'avoue, avec jalousie cette fois, que la petite Éloïse est sacrément jolie. Taille fine, fesses rondes, seins mignons. Elle passe devant Yann, toujours à son poste de surveillant de plage. Il ne la quitte pas des yeux jusqu'à ce que les vagues l'avalent.

Avant de noircir pour une nuit son tableau, le soleil sature les couleurs de la baie. L'émeraude des cocotiers, le bleu saphir de l'océan…

— Allez, resurgit Ambre, seins blancs et peau cuivrée. Allez, Clem ! Allez, Farèyne ! Faites pas vos intellos, venez !

Je me rends compte que nous sommes restées toutes les deux devant le panneau explicatif du site d'Ipona. Nous échangeons un regard complice, quelques courtes secondes de solidarité entre intellectuelles, mais je dois admettre que nous avons lu tout ce qu'il y a à apprendre sur l'écriteau, deux fois pour moi, en français puis en anglais. Je ne vois pas d'autre solution que de me laisser tenter par la proposition.

Je me déshabille. Ma saharienne, mon short et mon collier de graines rouges rejoignent en vrac les vêtements d'Éloïse et Marie-Ambre.

Elles m'encouragent, me regardent, m'évaluent… Le verdict est sans appel, je ne lis aucune jalousie dans leur prunelle. Les vaches ! Je m'en fiche ! Je fonce, je ne me suis pas baignée en mer depuis des années. Les premières vagues emportent mes dernières appréhensions.

Ai-je déjà nagé un jour dans une eau aussi chaude ? Mes vieux réflexes de piscine, qui doivent remonter au lycée, me reviennent. Je plonge la tête sous l'eau, je remonte à la surface, je ferme les yeux, les ouvre, les brûle au soleil couchant, les lave dans l'océan, je suis bien, comme une renaissance, comme si déjà la température extérieure, plus fraîche que celle de l'eau, m'interdisait de ressortir.

Combien de temps suis-je restée ainsi ?

J'entends juste la voix de Marie-Ambre devenue étonnamment raisonnable.

— Désolée, les filles, faut y aller ! Servane Astine doit appeler la pension dès qu'elle sera levée, c'est-à-dire dès qu'ici le soleil sera couché. On a intérêt à se secouer le litchi, surtout si on veut avoir le temps de boire un dernier verre.

Elle file se rhabiller. Je m'aperçois qu'Éloïse est déjà sortie elle aussi, que je suis la dernière dans l'eau, avec Yann qui continue de surveiller l'horizon, les vagues, moi. J'ai un peu dérivé, j'aperçois à peine le toit du Tacoma. Yann m'a suivie en marchant sur la plage.

Qu'est-ce qu'il fait encore là ? Je m'attendais plutôt à ce qu'en capitaine délicat, il aille tenir la serviette d'Éloïse.

Je me laisse flotter. Vue en contre-plongée sur les montagnes et les cocotiers.

Yann me sourit, j'entends au loin les rires des filles, près du site archéologique. J'espère qu'Ambre n'a pas étendu ses habits sur les tikis.

Sans un mot, Yann se déshabille. Short, tee-shirt, lentement, regard rivé dans ma direction, comme s'il ne voulait rater aucune vague susceptible de m'emporter.

Il se tient un instant face à moi, vêtu de son seul shorty, musclé juste ce qu'il faut, il est de ces hommes qui n'ont jamais abusé du sport, qui n'y ont jamais non plus renoncé. Beau. Mes yeux descendent, malgré moi, jusqu'à l'endroit précis où ils ne devraient pas.

Une bosse explicite déforme son entrejambe de néoprène.

J'en bois la tasse. Une saloperie d'eau salée du Pacifique. Une pleine gorgée. Alors que Yann sans dire un mot s'avance et a déjà de l'eau jusqu'aux chevilles, jusqu'aux genoux, moi je ne vois que le renflement de son maillot qu'une première vague vient lécher.

Est-ce que les filles derrière lui se sont déplacées pour mater son cul ? Non, je n'entends aucun cri d'hystérie.

Yann s'approche, l'eau monte maintenant à hauteur de son pubis, il marche encore, même si les vagues tentent de le repousser. Et de m'emporter.

Je ne comprends plus. Je ne comprends pas.

Je croyais qu'il désirait Éloïse.

Avant cette baignade, son regard me fusillait dès qu'il me croisait. J'étais persuadée qu'il me suspectait, la première sur sa liste, qu'il ne voyait en moi qu'une tueuse dangereuse.

Les vagues ne sont pas assez fortes pour me protéger, Yann les fend comme on coupe un ruban.

Il est à un mètre de moi. Il ne prononce toujours pas un mot.

Que va-t-il faire ? M'accuser ? M'étrangler ? Me violer ?

Yann ne bouge pas.

Les vagues fouettent mon dos, n'importe laquelle peut me soulever et me jeter dans ses bras.

Elles n'en ont pas le temps.

Yann s'avance d'un pas, je sens son torse contre ma poitrine, je sens son sexe contre mon ventre. Pétrifiée, stupéfiée, je ne réagis pas.

Yann incline doucement la tête, ses lèvres se posent sur mes lèvres. Et y restent.

Je le gifle.

Yann recule d'un pas. Il me regarde, longuement, puis s'en va.

Personne n'a rien vu. Je crois.

JOURNAL de MAÏMA
Déjà-vu

Je tire Tanaé par le bras.

— Viens !

— Il fait presque nuit, proteste Tanaé, et tu as promis à ta mère de ne pas sortir du Soleil redouté.

— Avec toi j'ai le droit ! Viens avec moi.

Tanaé soupire. Elle stoppe le mouvement de son chiffon et abandonne les mini-tikis en noyer qu'elle est occupée à lustrer. Yann lui a envoyé un texto, ils ne seront pas de retour avant un quart d'heure. D'une minute à l'autre, Servane Astine peut appeler, elle a pour mission de la faire patienter.

— Je dois rester là, Maïma, je dois…

Elle m'énerve, à ne pas m'écouter ! Je me tortille et sors de ma poche une photo. Je la colle sous le nez de l'hôtesse.

— Tu la reconnais ?

Tanaé en reste le chiffon en l'air. Bouche ouverte. Muette.

Je clarifie, au cas où elle n'aurait pas compris.

— C'est Titine ! Titine quand elle avait trente ans. Toi aussi, tu as déjà vu ce visage, tu ne vas pas me dire le contraire ?

En un réflexe idiot, Tanaé porte le tissu couvert de cire à sa bouche.

— Non… je… peut-être… mais…

Je sais qu'elle ne peut plus refuser de m'accompagner.

— Suis-moi ! Je vais te le montrer, c'est tout près !

SERVANE ASTINE

— Allô allô ? Le paradis ? Z'êtes déjà tous au lit ?

— Non, répond une voix timide.

— C'est qui ?

— C'est Poe.

— Po ?

— La fille de Tanaé, la patronne du Soleil redouté.

— Et t'es pas encore au lit, toi ? Je croyais qu'on se couchait avec les poules dans ton île ? Et qu'on se réveillait avec les coqs ? Moi mon coq, il s'appelle Samsung Galaxy S10 et il a chanté ici à 5 heures du matin, alors passe-moi la dream team.

— Il n'y a personne ici, madame.

— ...

— Sauf ma sœur Moana. À côté de moi.

— ...

— ...

— Qu'ils me rappellent ! Qu'ils me rappellent dare-dare dès qu'ils sont rentrés. Avant que je fasse sauter Hiva Oa façon Mururoa ou Fukushima.

244

JOURNAL de MAÏMA
Tuf modèle

— Alors ?

J'agite à nouveau la photo devant les yeux de Tanaé et je répète :

— Alors, ce n'est pas elle ?

Nous avons simplement parcouru quelques centaines de mètres, en sortant de la pension puis en marchant en direction du port. Chacune une lampe torche en main.

— C'est… c'est troublant, comme ressemblance, admet l'hôtesse du Soleil redouté.

Quelle mauvaise foi !

Je m'énerve et hausse la voix.

— Ce n'est pas une ressemblance ! C'est elle ! Regarde ses yeux, sa bouche, la forme de son visage, y a pas de doute. C'est Titine ! Quand elle était jeune.

Tanaé prend à nouveau le temps de se concentrer. Un léger vent souffle au-dessus du port de Tahauku, on entend tout en bas le clapotis des bonitiers amarrés. De rares voitures, dont on ne distingue que les phares, éclairent fugitivement le talus avant de continuer de rouler vers le village.

Nos deux torches aveuglent la statue de pierre.

— Tu as raison, admet enfin Tanaé. C'est elle. C'est Martine qui a servi de modèle.

Nos lampes tremblent un peu, mais pas le tiki gris, qui nous fixe de son regard froid. On jurerait la stèle d'un caveau de cimetière, commandée par une femme quarante ans avant sa mort, lorsqu'elle était encore belle.

Les fleurs de pierre sont une couronne mortuaire.

Et la question reste entière.

Pourquoi ce tiki, sculpté il y a deux mois, a-t-il le visage de Martine, il y a plus de quarante ans ? Clem possédait une photo de Martine, jeune, dans sa table de chevet. Clem est passée plusieurs fois devant le tiki, elle l'a forcément reconnue elle aussi...

MA BOUTEILLE À L'OCÉAN

Chapitre 15

Sitôt le Tacoma garé au Soleil redouté, Marie-Ambre s'est précipitée pour allumer l'ordinateur portable sur la terrasse et se connecter à Skype. J'ai du mal à comprendre son empressement, même si je sais que Servane Astine nous a donné rendez-vous ce soir. Encore un petit mystère... Je pensais qu'Ambre allait dormir toute la route du retour, bercée par la demi-bouteille de rhum qu'elle avait vidée, mais au contraire, excitée comme jamais, elle n'a pas cessé de demander à Yann d'accélérer sur la piste, malgré les pièges mal éclairés par les phares du 4×4 bondissant à chaque pierre, à chaque ornière.

Elle a ordonné à Éloïse de lui laisser la place à l'avant. Personne n'a protesté, surtout pas moi. J'aurais été bien trop troublée pour m'asseoir à côté de Yann. Guetter son regard dans le rétroviseur était déjà assez glaçant. Lorsque nos yeux se croisaient, comment ne pas y penser ?

Son corps nu. Ses lèvres sur les miennes. Ma gifle.

Pourquoi ? Yann, aux yeux de tous, est un mari parfait.

Comment peut-il oser prétendre me désirer ? Pour ranimer la flamme de la passion, il a Éloïse. Éloïse, bien plus belle que moi. Éloïse qui ne demande que ça...

— Allô ? fait la voix de Servane Astine dès que Marie-Ambre a appuyé sur *appeler*.

Le visage de l'éditrice apparaît la seconde d'après. Un nez péninsulaire à quelques millimètres de l'écran, deux yeux sans fard, une bouche sans rouge, une tasse de café lointaine et en arrière-plan un appartement bourgeois avec parquet ciré et moulure au plafond.

— Ça va ? s'impatiente Servane Astine. Pas trop fatiguées ? La journée n'a pas été trop longue ? La gamine m'a dit que vous étiez parties à la plage vous baigner. Formidable, les filles, vous voyez, moi j'ai pas encore pris ma douche. Sinon tout va bien, mesdames les marquises ? Ça me ferait plaisir d'avoir quelques nouvelles, parce que naïve comme je suis, j'imaginais que j'allais être inondée de courrier, de cartes postales, de poèmes, de tout ce que vous voulez du moment qu'il y a des mots alignés, histoire de faire enrager les couillonnes comme moi qu'on bassine avec le réchauffement climatique et qui au mois de septembre ont déjà ressorti l'écharpe et le bonnet. Et rien… Rien sur Facebook, rien sur Instagram, rien sur Twitter, rien de rien… J'espère qu'elle a une bonne excuse, la Belge !

Yann se dévoue pour répondre.

— Elle est morte.

— Ah…

Le nez rétrécit, Servane boit son café, le nez repousse, quasiment collé à l'écran.

— Faut dire, à son âge… Un si grand voyage.

— Elle a été assassinée, précise Yann. Poignardée. La nuit dernière.

— Ah…

J'admire une nouvelle fois le calme de Yann. Le même que quand il conduisait, que quand il m'a embrassée. Jamais je n'aurais cru que ce petit gendarme puisse avoir de tels nerfs d'acier.

— On attend la BRJ de Tahiti. J'assure l'intérim pour l'instant et…

— Parfait, Cruchot, parfait. Mais il faudra me faire lire autre chose que le rapport d'autopsie… Passez-moi Pierre-Yves.

— …

Cette fois, c'est Marie-Ambre qui ose prendre la parole.

— On ne sait pas où il est. On sait seulement où il se cachait cette… cette nuit… et rien depuis.

J'ai l'impression que Servane va exploser. Son nez, en gros plan, ressemble à la truffe d'un chien qui chercherait à renifler l'odeur des gens qui bougent derrière l'écran. Elle se contente pourtant de reposer calmement son café. Et de demander :

— Vous savez ce qu'écrivait Melville ?

Elle laisse le temps que sa question fasse son petit effet. Avant de continuer.

— Herman Melville a écrit son premier best-seller aux Marquises. Le seul de son vivant, d'ailleurs. *Taïpi*. Il disait que le véritable cannibale, c'est l'île, pas ses habitants, parce qu'elle dévore votre âme. Alors vous allez méditer là-dessus, les filles. Et me pondre un best-seller à me faire passer Jack London, Stevenson et Pierre Loti pour des chroniqueurs du *Lonely Planet*. Un écrivain qui joue à cache-cache, un tueur géronticide en liberté sur l'île, ne venez pas dire que vous n'êtes pas gâtées.

Nous nous regardons toutes, consternées.

— Eh oh, faites pas cette tête-là. Si votre petite retraite de communion, je l'avais organisée sur l'île de Ré, je vous aurais déjà toutes rapatriées, alors profitez ! Et écrivez ! Et question intendance, Ambre chérie, tu vérifieras que la patronne de votre hôtel-club ne me facture pas la demi-pension de Martine Van Ghal une semaine complète. Ça me coûte autant que de corrompre la moitié de l'académie Goncourt, votre folie.

J'hésite à ouvrir la bouche pour protester, mais Marie-Ambre est la plus rapide cette fois. Dessaoulée d'un coup.

— Il est peut-être temps de mettre les points sur les « i », non ? Cet atelier ne vous a rien coûté, Servane ! N'oubliez pas que c'est moi qui finance tout. Les vols, les chambres, les repas, les...

— Je sais, ma belle, coupe l'éditrice, Pierre-Yves a tellement insisté, un atelier d'écriture au bout du monde, ça ne te coûtera même pas mon billet d'avion, Servane chérie, comment j'aurais pu lui dire non ? Il était si fier d'avoir déniché une jolie et richissime mécène polynésienne... Sinon, que serait-il allé foutre à Hiva Oa ?

Estomaquée !

Comme les autres, je tourne les yeux vers Marie-Ambre. Un nouveau masque vient de tomber. Ainsi, c'est elle qui finance l'atelier d'écriture ! Je réfléchis à toute vitesse. Pierre-Yves François voulait venir aux Marquises, pour achever son manuscrit, celui inspiré par l'affaire du tatoueur marquisien du 15e arrondissement, mais Servane Astine semble l'ignorer. Pour convaincre son éditrice, il fait sponsoriser l'opération par Marie-Ambre... parce qu'elle est sa maîtresse ?

Quelle autre explication possible ? À moins que Marie-Ambre ait un rapport quelconque avec ce tatoueur et ait tendu un piège à l'écrivain, ainsi qu'à tous ceux concernés, de près ou de loin, par l'affaire ?

Marie-Ambre tente de se défendre, Servane ne lui en laisse pas le temps.

— D'ailleurs, en parlant de billets d'avion, je te signale que c'est moi qui ai tout avancé, alors n'oublie pas de m'envoyer le remboursement, et pas par bimoteur si possible. (Servane Astine retrouve soudain son sourire.) Mais nous devons vous ennuyer avec nos petits problèmes d'intendance, les filles... Je ne sais pas laquelle d'entre vous couchera avec Pierre-Yves ce soir, mais qu'elle lui fasse une grosse bise de la part de son éditrice chérie, et qu'il prenne soin de son futur manuscrit !

Je remarque que Yann souhaite reprendre la parole, poser d'autres questions, à propos de Martine certainement, ou de PYF, ou de l'affaire du tatoueur dont l'éditrice ne paraît rien connaître, mais à ce moment précis surgit devant l'écran une boule de poils grise, impossible de distinguer s'il s'agit d'un chat, d'un caniche ou d'un lapin. Nous entendons tous Servane s'exprimer d'une voix dont nous ignorions qu'elle pouvait être aussi douce, prier plus que crier, attention Bibi attention, ne pose pas tes papattes sur le clavier.

Avant que la communication ne soit coupée.

JOURNAL de MAÏMA
Ti-qui ?

Je marche à côté de Tanaé en direction du Soleil redouté. J'ai tenté de bombarder l'hôtesse de questions.

Qui a sculpté ce tiki aux fleurs ?

Et les quatre autres, d'ailleurs ?

Tu dois bien le savoir ! Tu connais tout le monde sur l'île. Pas un qui ne soit ton cousin.

Tanaé a tout nié. Elle ne sait pas, elle n'est au courant de rien, elle n'avait jamais entendu parler de ces tikis avant qu'ils surgissent comme des champignons un beau matin, elle n'avait jamais vu Martine avant qu'elle débarque avec les autres lectrices à l'aérodrome Jacques-Brel, il y a trois jours.

Tu parles !

Je ne te crois pas, Tanaé. Je ne te crois pas !

Je repère le Toyota Tacoma garé dans l'allée de la pension. Ils sont donc tous rentrés, sans doute déjà en connexion avec l'éditrice azimutée. Je traîne le pas, je veux encore réfléchir. Ce tiki fleuri prouve que Titine avait un lien avec les Marquises. Tout comme Farèyne, qui enquêtait sur le tueur du 15e. Tout comme maman, qui a épousé un Marquisien. Restent Éloïse et Clem… Mais Clem a elle aussi un lien avec Martine, puisqu'elle possède une photo d'elle.

Lequel ?

Mère et fille ? Je rembobine tout le récit de Yann, le tueur-tatoueur retourné aux Marquises, sa petite amie à Paris dont on ne connaît pas l'identité, les victimes

252

Audrey et Laetitia. Yann a évoqué brièvement les parents de Laetitia Sciarra, sa maman qui a survécu seule, et la meilleure amie d'Audrey Lemonnier aussi. La mère de Laetitia aurait sûrement un peu moins de soixante-dix ans... La copine d'Audrey une trentaine d'années...

Clem ? Martine ? Ce seraient-elles ? Ce serait le lien ?

Et Éloïse dans tout ça ? Est-ce en rapport avec les deux enfants dont elle semble porter le deuil jusqu'à Hiva Oa ? N'ont-ils pas de papa ?

Une alerte s'allume quelque part dans ma tête.

Un mot, un seul, *papa*.

Je l'envoie valser, loin, au-delà des alizés, ce n'est pas le moment de se mettre à pleurer.

Il n'y a qu'une personne à qui je pourrais tout raconter.

Clem.

MA BOUTEILLE À L'OCÉAN
Chapitre 16

Marie-Ambre a sorti une bouteille de vin d'ananas pour accompagner le repas. Comme tous les autres pensionnaires du Soleil redouté, j'observe chacun de ses gestes. Maïma aussi, elle se tient debout à côté de moi et fixe avec un regard absent sa maman.

— Eh bien quoi ? se défend la millionnaire polynésienne. D'accord, c'est moi qui vous paye le voyage, le séjour, le couvert, le thon cru, les langoustes, les confitures de papaye et les bols de pistaches. C'est un deal avec PYF et son éditrice, vous n'allez pas vous plaindre. Je vous fournis même l'alcool !

Elle part à la recherche d'un tire-bouchon.

J'ai envie de lui répondre : *Personne ne se plaint, Marie-Ambre. Personne. Mais on aurait juste aimé être au courant…*

Pop !

Ambre a trouvé le tire-bouchon, elle remplit nos verres de vin jaune.

— Allez, on trinque, aux Marquises !

Elle en verse un fond à Maïma, qui refuse, tout comme Éloïse.

Je bois rarement de l'alcool, mais cette fois je me laisse tenter. Est-ce l'accumulation d'événements dramatiques ? Est-ce ainsi qu'on devient alcoolique ? Quand l'intensité de la vie augmente de plusieurs degrés ?

Nous buvons tristement. Est-ce que seuls l'alcool, l'amour et la mort rapprochent les êtres mélancoliques ?

Tanaé, aidée de Poe et Moana, apporte déjà les plats. Nous nous installons tous à table, Maïma s'assoit à côté de moi, Yann à côté d'Éloïse. Je devine ce que tous pensent.

Pauvre Farèyne ! Assise silencieuse au bout de la table à jouer avec son téléphone aux couleurs du Danemark, devant son verre de vin d'ananas, obsédée par son histoire de tueur-violeur qui remonte à vingt ans, elle va bientôt avoir autant de cornes qui lui poussent sur la tête que les chèvres de Puamau. Face à la belle Éloïse, la pauvre Farèyne ne fait pas le poids !

Je repense au baiser de Yann, à ses muscles salés, à son sexe dressé contre mon ventre, à ma gifle qui l'a frappé, plus forte qu'une vague.

Ils se plantent tous !

Je revois son regard trouble posé sur moi depuis hier, pour me suspecter autant que pour me désirer. J'ai compris. Yann joue la comédie avec Éloïse, pour mieux les tromper, pour me rendre jalouse. Car même si je ne suis qu'une romancière-aventurière qui n'a plus porté de jupes depuis son dixième anniversaire, obsédée par sa bouteille à l'océan qui ne sera sûrement jamais publiée, si je le veux, c'est avec moi que Yann couchera. À côté de moi, Éloïse, avec ses robes à fleurs et ses airs de diva, ne fait pas le poids !

La pluie se met à tomber au milieu du repas. D'un coup. Brutale et assourdissante. Frappant le toit de plastique de la terrasse, rebondissant sur les feuilles de bananier comme sur des plaques de métal, à se demander comment demain matin, quand tout sera calmé, il sera possible qu'autant de fruits et de fleurs soient encore accrochés aux branches.

Il est presque impossible de s'entendre pendant de longues minutes, jusqu'à ce que la pluie équatoriale se calme et se transforme en bruine tenace.

Tanaé a l'air bien décidée à ne pas laisser la pluie être seule à couvrir le silence, ni à ce que les rares conversations ne tournent qu'autour du meurtre, d'un disparu, et de l'attente des policiers de Papeete qui n'arriveront pas avant demain matin. C'est ce qu'a affirmé Yann. Même si un tueur en série liquidait la moitié des habitants de l'île, les flics ne se déplaceraient pas avant que le soleil soit levé : l'aérodrome Jacques-Brel n'est pas éclairé la nuit.

— Alors, cette balade à Puamau ? La plage ? Le site d'Ipona ? Le grand tiki ?

Tanaé nous avoue qu'elle n'y est pas retournée depuis au moins deux ans.

— Alors ?

Nous répondons toutes, enthousiastes, sincères. En tout cas moi je le suis. Les autres aussi, je pense. Comment rester indifférente à un tel paradis ? Tanaé doute toujours, pourtant.

— Vous savez, ici, à force de ne voir que des cocotiers, on finit par se demander ce que les touristes peuvent bien trouver d'original dans nos paysages. D'ailleurs la moitié des touristes qui viennent en Polynésie et font un crochet par ici sont déçus par les Marquises. Pas de lagon chez nous, pas d'hôtels-clubs, pas de restos, presque pas d'Internet, juste une bande de sauvages tatoués.

Tanaé laisse traîner son regard sur le tableau noir, *Avant de mourir, je voudrais...*

— Et l'autre moitié, continue-t-elle, voudrait ne jamais repartir ! Les Marquises, on les déteste ou on y reste. Elles dégoûtent ou elles envoûtent. Certains les considèrent comme un des derniers paradis terrestres, d'autres n'y voient que le jardin maudit du Tiaporo, le diable de Polynésie.

Je confirme.

Sur le panneau noir, un client sur deux a écrit :

Avant de mourir, je voudrais…

Revenir un jour ici

Rester pour toujours ici

Être enterrée ici

— Comme Brel, glisse timidement Éloïse. Comme Gauguin.

Ambre lève son verre, vidé et à nouveau rempli, à la santé des deux célébrités. Nous la suivons, trinquons encore, sans avoir fini le premier. Tanaé nous accompagne, sans enthousiasme.

— Vous avez raison, à la santé de Paul et Jacques ! Même si beaucoup vous diront ici que les Marquises ne se résument pas aux étrangers venus s'y faire enterrer. Qu'il y a aussi quelques Marquisiens, morts ou vivants, qui méritent qu'on s'intéresse à eux. Mais bon, c'est comme ça, on se plaint pas, on ne va pas rejeter les pèlerins à la mer.

Poe, Moana et Maïma font des allers-retours dans la cuisine, débarrassent les plats froids, apportent les fruits. Elles paraissent connaître par cœur le discours de Tanaé qu'elle ressert tous les trois jours à chaque nouveau pensionnaire.

— Y aurait tant à faire ici ! poursuit l'hôtesse du Soleil redouté. Recréer un village marquisien sur un paepae. Des sentiers, des musées… Faudrait pour ça qu'on ne soit pas un archipel oublié… même par l'Unesco. Faudrait juste un peu d'argent. Le peu qui arrive de France jusqu'à Papeete, il y reste ! Tiens, vivement que le Fenua[1] demande son indépendance et que nous on reste français. On sera mieux servis par Paris sans passer par Tahiti… (Tanaé lape une gorgée de son verre de vin d'ananas avant d'ajouter :) Comme quoi je ne suis pas rancunière !

Cette fois j'ose demander :

— Pourquoi ? Vous reprochez quoi à la France ?

Je regrette aussitôt ma question, je sens qu'elle va me dérouler, comme Manuarii le bellâtre de Tat'tout, le récit de l'ethnocide séculaire de la culture marquisienne par l'acharnement conjugué des institutions républicaines et chrétiennes. Tanaé ne me répond pourtant que par un seul mot.

— Mururoa.

Ça jette un froid !

Que je tente maladroitement de dégeler.

— L'argent des essais nucléaires ? Les millions versés par la France ont été confisqués par Tahiti, c'est ça ?

Tanaé tète une nouvelle gorgée de vin sucré. Ses mots tombent doucement sur nous, telles des gouttes de pluie. Comme une fatalité mouillée.

— Ce n'est pas une question d'argent. Toutes les vallées ont vu des hommes, et même des familles entières,

---

1. Nom usuel de la Polynésie française.

quitter les Marquises pour travailler à Mururoa. Près de deux cents essais nucléaires pendant trente ans. Mon mari en faisait partie, il s'appelait Tumatai, ça signifie *vent* en polynésien, il est mort à quarante-sept ans, Moana avait à peine quatre ans, cancer du poumon, lui qui n'avait jamais fumé de sa vie, comme des dizaines d'autres Marquisiens, mais de cela, la République ne parle jamais.

Je comprends à quel point j'ai gaffé. Tanaé ne m'en veut pas et trinque à nouveau avec moi.

— Les taux de radioactivité pour les travailleurs et les habitants étaient dingues, on le sait maintenant. Le nombre de cancers anormaux s'est chiffré en milliers. Mais comme tout était classé secret-défense par l'armée, et que ça l'est encore aujourd'hui, on ne dit rien et on oublie. C'est ainsi... Quelques années de vie en moins pour quelques Marquisiens, au fond, ce n'est pas grand-chose rapporté au nombre de morts depuis cent cinquante ans, aux dizaines de danses et de hakas oubliés, aux centaines de motifs de tatouages disparus à jamais, aux milliers de pétroglyphes, de pierres plates et de tikis abandonnés... Une civilisation sacrifiée, les beaux esprits français étaient trop loin pour s'en inquiéter. On a failli mourir, mais on renaît petit à petit, à notre manière, en luttant de toutes nos forces contre les grands hôtels, les grandes croisières. C'est l'avantage d'avoir tout perdu, il n'y a plus rien à piller. Et ce qu'il reste on le cache. Pour le trouver, il faut avoir la politesse de nous le demander.

La pluie continue de tomber à fines gouttes sur le toit de la pergola. Je comprends ce qu'elle veut dire. Moi aussi j'ai été surprise en débarquant à Hiva Oa, avec ma tenue de baroudeuse. Pas un seul panneau sur l'île, pas une seule carte de randonnée, pas un sentier balisé, pas un site archéologique indiqué. Si tu ne trouves pas, répondent les Marquisiens, tu demandes, et plus sûrement tu payes un guide. Est-ce une façon de protéger ses secrets ? D'éviter que les touristes ne viennent les voler sans payer ? Ou les deux ?

Pop !

Marie-Ambre vient de déboucher une seconde bouteille de vin d'ananas.

On tend tous nos verres, même Tanaé, sauf Éloïse.

L'alcool, l'amour, la mort.

Sauf Éloïse, et Maïma bien entendu. Ma petite confidente est restée bloquée dans la salle Maeva, le plat de popoï dans les bras. Je crois d'abord qu'elle lit pour la centième fois le panneau *Avant de mourir, je voudrais...*, mais non, elle est concentrée sur le tableau d'à côté, le portrait de Brel et Maddly devant l'*Askoy*. Et la perle de Martine suspendue au clou.

Maïma tremble comme une petite souris, je n'arrive pas à la quitter des yeux. Je vois lentement ses bras se baisser, le saladier s'incliner, elle ne le remarque pas. Ses pieds nus baignent d'abord dans une flaque de lait de coco, avant que la bouillie blanche ne se renverse d'un coup, telle une bouse de poney albinos. Elle pousse soudain un cri.

— Ce n'est pas la perle de Martine !

Je sursaute. Tanaé se lève, observe les dégâts, ne dit rien et se dirige vers la cuisine pour attraper une serpillière. Maïma l'intercepte alors que l'hôtesse passe devant elle.

— Ce n'est pas la perle de Martine !

— Bien sûr que si ! répond sèchement Tanaé. Il n'y a pas de voleur ici.

Étrange réponse, ne puis-je m'empêcher de penser. Il n'y a pas de voleur ici... mais il y a un assassin ! L'image du corps de Martine allongée sur son lit, sadiquement égorgée pendant la nuit, revient me hanter.

Maïma insiste, ses yeux brillent comme la perle noire qu'elle continue de fixer, luisants de larmes retenues. Elle pose avec violence la soupière vide sur le bureau.

— La perle de Martine était une top gemme ! Celle-ci est une catégorie B. Ou C. Regarde les inclusions dans la nacre, les creux. (Elle les désigne du bout du doigt.) Là, là et là. J'ai tenu la perle dans ma main, ils n'y étaient pas ce matin.

Maïma se retourne vers notre table et cherche un soutien dans le regard de sa mère qui, verre à la main, ne dit rien. Je tente de sourire à Maïma, je touche comme une idiote mon collier rouge de graines ni top gemme, ni catégorie B ou C. Je n'ai eu aucun moment de tranquillité pour échanger avec elle depuis que nous sommes revenues de Puamau, je devine qu'elle aimerait parler avec moi de tout ce qu'elle a découvert sur Titine, mais Tanaé revient déjà armée d'un balai-brosse et d'une serpillière, pousse Maïma avec agacement. La jeune Marquisienne ne bouge que de quelques centimètres ses pieds nus, comme si la purée de popoï s'était transformée en bloc de ciment. Alors que le balai contourne l'adolescente, Maïma attrape Tanaé par les épaules.

— Je ne suis pas folle ! Elle a été échangée ! Je croyais que c'était tapu, le bijou d'une personne décédée.

Les mains de Maïma se crispent sur les épaules de l'hôtesse, Tanaé tente de repousser l'ado.

— Laisse-moi, pousse-toi.

Maïma ne la lâche pas, se contente de reculer d'un pas, dérape sur le sol gluant, s'accroche.

La robe de Tanaé glisse sur son épaule.

Je vois, nous le voyons tous. Pour la première fois.

Un minuscule tatouage, sur l'omoplate de Tanaé.

Chacun le connaît.

Un Enata. Tatoué à l'envers.

JOURNAL de MAÏMA
Un, deux, trois

Personne n'a osé exprimer la moindre remarque sur le tatouage de Tanaé. Après tout, il n'a rien de surprenant, l'Enata est l'un des motifs marquisiens les plus fréquents.

N'empêche, j'ai quand même du mal à avaler la coïncidence… Il faut vraiment que j'en parle à Clem… De ce tatouage, et de Titine. Tout le monde a l'air de me prendre pour une folle, mais je sais bien que la véritable perle de Martine, celle qui vaut une fortune, a été échangée ! Il faut aussi que je demande à Clem pourquoi elle garde une vieille photo de Titine dans sa table de nuit. En passant devant le tiki aux fleurs, Clem a forcément remarqué qu'il ressemblait à Martine, rajeunie de plusieurs décennies.

Mais il y a plus urgent encore, je dois partager avec mon capitaine mon trésor, mes brosses à dents, dentifrices, gobelet et bouteille récupérés cet après-midi, si on veut connaître le nom de l'assassin avant que le soleil se lève.

D'ailleurs, avant que tout le monde quitte la table pour débarrasser, aller lire, écrire ou se coucher, Yann prend la parole, d'une voix ferme, comme s'il voulait faire croire qu'il tient encore la barre de notre île à la dérive.

— Personne ne devra rester seul cette nuit.

Si on y réfléchit deux secondes, sa recommandation ne concerne qu'Éloïse et Clem. Je dors dans le même bungalow que maman, et Yann dort avec Farèyne. Clem et Éloïse se regardent un long moment, puis tombent d'accord sur l'absence de logique de la consigne du gendarme : l'assassin peut être n'importe laquelle d'entre elles, et dormir avec quelqu'un est plus dangereux que de se barricader en n'ouvrant à personne. Yann l'admet, avec regret.

— Et pour encore plus de sécurité, annonce maman en sortant de la salle Maeva, je propose qu'on reste le plus de temps possible sur la terrasse. On doit pouvoir tenir le coup avec des produits locaux. Ananas et noix de coco.

Elle pose sur la table une bouteille de *piña colada* tout juste sortie du frigo. Personne sous la pergola, à l'exception d'Ambre, ne semble pressé de continuer à boire, mais aucun n'a envie de rentrer seul à son bungalow dans le noir. Même Clem !

Merci maman, l'occasion est trop belle.

Je tire discrètement Yann par la manche.

— Viens avec moi ! J'ai un truc à te montrer.

Ouf, il ne me pose pas de questions, comme s'il avait déjà tout deviné. On descend avec précaution l'escalier, rendu glissant par la pluie, pour atteindre le bungalow Nuku Hiva de Yann et Farèyne. Je jette à peine un regard aux étoiles délavées. Mon capitaine ouvre sa porte, se précipite pour la refermer derrière lui, mais debout à l'abri du toit de pandanus, je retiens son geste.

— Attends !

Je tends l'oreille, essayant d'entendre, entre les gouttes qui rebondissent de feuille en feuille, la suite de la conversation sur la terrasse. Je reconnais la voix de Farèyne-la-commandante. Au moins, tant que la femme de mon capitaine discutera, on sera tranquilles dans son bungalow pour faire le point. La question de la commandante, directe et sèche, résonne dans l'obscurité humide.

— Tanaé, ton mari, Tumatai, où est-il enterré ?

Je n'entends plus que la nuit s'égoutter. Je repense aux paroles de Tanaé, ces touristes étrangers qui ne viennent aux Marquises que pour visiter un cimetière, et encore, seulement deux tombes dans ce cimetière. Est-ce que cela suffit à expliquer l'étrange question de la commandante ?

— Au vieux cimetière de Teivitete, répond Tanaé, comme si l'interrogation de la policière n'avait rien d'étonnant.

« Le vieux cimetière ? » Je connais l'endroit, à deux kilomètres, au bout de la route qui sort du village, en grimpant droit dans la forêt. Je me souviens d'une sorte de clairière hantée, presque introuvable, où les touristes se rendent rarement, même si le cimetière est indiqué sur quelques guides.

Farèyne-la-commandante continue de monologuer, l'absence de son gendarme de mari paraît la libérer. Elle trouve stupéfiant que la BRJ de Tahiti ne soit toujours pas là, puis révèle qu'elle ne l'a pas attendue, et que sans rien dire, tout en restant discrète, elle a mené en parallèle son enquête.

Je tends plus encore l'oreille. La commandante a baissé d'un coup la voix. Je n'arrive plus à savoir à qui elle s'adresse, qui se trouve encore sur la terrasse. Je rate une partie des mots, pour n'entendre distinctement que les derniers.

— Je sais où se cache le tueur, il ne me manque plus qu'une ultime preuve.

Je répète dans ma tête, stupéfaite.

« Je sais où se cache le tueur. »

De quel tueur parle la commandante ? L'assassin de Martine ? Impossible, elle ne parlerait pas avec autant de légèreté d'un meurtrier dont tout semble prouver qu'il réside au Soleil redouté. Elle parle donc forcément du fameux tatoueur-violeur, Métani Kouaki, celui qu'elle est venue traquer. Mais comment aurait-elle pu le retrouver, sans pratiquement quitter la pension de la journée ?

J'espère entendre la suite, mais je ne capte plus que des bribes de conversation incompréhensibles, de plus en plus lointaines.

J'attends un moment, puis, résignée, j'entre dans le bungalow Nuku Hiva.

Yann ferme la porte derrière moi.

*
* *

J'étale, fière, les trois sacs plastique sur le lit conjugal de Farèyne et Yann.

— Voilà, mon capitaine. Ton adjointe n'a pas chômé cet après-midi pendant que tu jouais au coq avec tes quatre poules à l'autre bout de l'île.

Yann détaille les trois sacs transparents, et reconnaît dans le premier le dentifrice, la brosse à dents, le rouge à lèvres et le parfum de Farèyne. Il proteste pour le principe.

— Tu n'avais pas besoin de venir fouiller chez moi. Il suffisait que tu me demandes.

J'ai eu le temps de bétonner ma ligne de défense.

— On doit suivre le protocole, mon capitaine. Le même pour tous. Et je te rassure, je n'ai pas mis le bazar, tout est tellement super bien rangé chez vous. Chacun son côté. Chacun ses...

— OK, abrège, s'agace mon capitaine. Donc, dans ces trois sacs, tu as collecté des objets personnels de Farèyne, de Clem et d'Éloïse.

— Exact ! Il ne reste plus qu'à comparer les empreintes. Mais avant, si tu veux bien, j'ai plein de choses à te raconter. Et surtout, faut qu'on fasse le point.

Je sors un carnet de ma poche. Les mots de la commandante sur la terrasse, « Je sais où se cache le tueur, il ne me manque plus qu'une ultime preuve », m'ont motivée plus que jamais. Yann se rapproche.

— Tu m'arrêtes si je me trompe, mon capitaine, mais on a principalement deux questions à résoudre.

J'écris très vite, sur la première page blanche.

1. Où est PYF ?
2. Qui a tué Martine ?

Je tourne la page et je continue de raisonner à voix haute.

— Selon moi, nous disposons de trois séries d'indices : *les tatouages, les perles noires et les tikis.* Je commence par les tikis ?

Je raconte rapidement à Yann ma découverte : le visage de Martine a servi de modèle à l'une des cinq statues, celle aux fleurs, dressée sur le bord de la route du port. Pas le visage de Martine aujourd'hui, celui d'il y a quarante ans, trouvé sur une photo cachée dans les affaires de Clem.

267

Yann siffle entre ses dents, sans commenter. Je me doute de ce qu'il pense : Clem cache quelque chose, il l'avait flairé depuis le début.

— Donc, en résumé, mon capitaine, ça nous fait un nouveau paquet de questions.

Nouvelle page.

3. *Qui a sculpté les cinq tikis ?*
4. *Pourquoi les avoir disposés autour de la pension ?*
5. *Pourquoi avoir pris Martine comme modèle d'un des tikis ?*
6. *Quel est le lien entre Clem et Martine ?*
7. *Que représentent ces cinq tikis ?*

Je me redresse comme si je passais le grand oral pour entrer à l'École supérieure des détectives privés.

— Sur ce dernier point, dis-je presque sans respirer, j'ai peut-être une idée.

Mon capitaine s'est assis sur le lit, impressionné.

— Vas-y, t'as l'air bien partie.

— Cinq lectrices, cinq tikis, cinq manas. On peut penser que chaque tiki représente le mana supposé d'une lectrice. Martine associée au tiki de la gentillesse et de la sensibilité, ça colle assez bien !

— Continue…

— Maman pourrait être celui du fric et de la réussite, avec la couronne et les bijoux, et ta femme celui de l'intelligence, avec la grosse tête et l'œil unique.

— Merci pour elle !

De rien, mon capitaine.

T'as encore rien entendu… Je continue.

— Restent les deux derniers tikis, le mana du talent et le mana de la mort... et restent Clem et Éloïse. Qui est qui ?

— Tu connais mon avis.

— Ouais... Mais on peut aussi imaginer une autre théorie : pourquoi les cinq tikis ne représenteraient-ils pas un seul et même mana, celui qu'une femme devrait posséder pour devenir parfaite, un peu comme les super méchants qui veulent récupérer plusieurs talismans pour obtenir le pouvoir absolu.

Yann me fixe, admiratif. Pour la première fois, son compliment muet parvient à me troubler. Je m'empresse de poursuivre.

Une nouvelle feuille.

— On passe aux perles noires ?

8. Pourquoi Martine portait-elle autour du cou une perle top gemme valant le prix d'un diamant ?
9. Pourquoi ce jardinier louche, Pito (je rature et j'écris Charlie), *est-il entré dans un lieu tapu pour la lui voler ?*
10. Qui a volé une seconde fois cette perle, ou plutôt l'a échangée avec une autre sans valeur, alors qu'elle était accrochée dans la salle Maeva ?

Je lève mon crayon et le suçote. Est-ce ainsi que font les femmes sexy ?

— Si tu me permets, glisse Yann, visiblement indifférent à mes poses de Lolita, je rajouterai une onzième question.

Il prend le stylo et note à toute vitesse, d'une écriture à peine lisible.

11. Quel est le lien entre ce trafic de perles noires et Marie-Ambre ?

Je souris, récupère mon crayon, puis insère deux mots supplémentaires entre *Marie-Ambre* et le point d'interrogation.

et Maïma

Logique, non, mon capitaine ? J'explique pour que tout soit clair.

— Je m'y connais au moins autant que maman en perles noires. Donc pas de passe-droit, tu dois aussi te demander s'il y a un lien avec moi ! Rien d'autre ? On passe aux tatouages ?

Mon capitaine hoche la tête pour confirmer. Je tourne une page supplémentaire et commence à écrire en un peu plus petit.

12. Où est passé Métani Kouaki, le tueur-violeur-tatoueur du 15ᵉ ? Est-il encore à Hiva Oa ?
13. Qui était sa petite amie ?

Yann se prend au jeu et me dicte la suite.

14. Que signifie ce symbole, l'Enata à l'envers, retrouvé sur le corps des deux victimes ? Quels ennemis désigne-t-il ?

Je continue d'écrire, acceptant la partie de ping-pong.

15. PYF est venu à Hiva Oa pour découvrir la vérité sur ce double crime et achever son roman. Qu'a-t-il découvert ?

Au tour de Yann.

16. Est-ce en rapport avec ce galet retrouvé sur sa pile de vêtements et dans la chambre de Titine ?

À mon tour.

17. L'a-t-il révélé à cette femme qui se trouvait avec lui dans la cabane du maire ? Qui était cette femme ?

Yann, après un bref silence.

18. Tanaé porte ce même tatouage, est-ce un hasard ?

Bien vu ! Moi, euphorique.

19. Martine et Clem font-elles partie de la famille des victimes ?

Yann.

20. La solution se trouve-t-elle dans le manuscrit de PYF ? Où est passé ce manuscrit ?

Je repense à la pochette rouge, vide, rangée dans le placard face à nous, sous les chemises de coton. C'est la dernière question. Je me lève et je marche jusqu'à la fenêtre.

— Ça, tu pourrais demander à ta femme !

J'essuie la vitre d'un revers de main comme si je pouvais écarter la pluie, puis j'ajoute d'un ton presque joyeux :

— Ah non, trop tard !

Yann lui aussi a entendu un bruit. Des coups, forts et répétés, de plus en plus rapides, trop sonores pour être ceux des gouttes sur le toit de la pergola.

Mon capitaine ne se donne pas la peine d'essayer d'apercevoir des ombres à travers la fenêtre, il ouvre grande la porte du bungalow Nuku Hiva.

Ce ne sont pas des coups de marteau. Ce sont des bruits de sabots.

D'un cheval, au galop.

Entre les gouttes de la pluie traversière, sous les réverbères de l'entrée du Soleil redouté, j'ai juste le temps de pousser un long cri de surprise, de hurler quelques jurons et de repérer Farèyne, qui chevauche Avaé Nui, et disparaît.

*

* *

Yann scrute un moment l'obscurité, consulte son téléphone au cas où Farèyne lui aurait laissé un message.

J'ai le courage d'ironiser.

— Décidément, pour un gendarme, tu n'as aucune autorité sur ta femme !

Mon capitaine paraît perdu dans ses pensées. J'insiste, moins pour me moquer que pour le consoler.

— Tu l'as entendue comme moi. Elle vient de dire qu'elle savait où se cachait le tueur. Elle est partie chercher l'ultime preuve. Vous êtes toujours comme ça tous les deux, à jouer aux gendarme et policier, à qui arrêtera les méchants le premier ?

Ça n'arrache même pas un sourire à Yann. Il semble inquiet, il fixe dans la pénombre la pluie qui continue de tomber.

272

— Vous ne deviez pas vous réconcilier ? dis-je doucement en signe d'apaisement.

Yann répond enfin.

— Je fais des efforts, je t'assure, mais…

Il ne termine pas sa phrase. Devant nous, descendant de l'escalier, deux ombres traversent la nuit. Je ne reconnais Clem et Éloïse que lorsqu'elles s'approchent à quelques mètres de nous. Éloïse ne me voit même pas, elle se protège de l'averse sous un parapluie Air Nui que Tanaé met à disposition des pensionnaires. Clem à l'inverse semble se moquer de la pluie qui ruisselle sur ses cheveux plumes de corbeau, elle ralentit et me sourit. Elles se séparent quelques mètres plus tard, chacune se dirigeant vers son bungalow.

Désobéissant au capitaine elles aussi…

Avant que Clem disparaisse, je lui crie :

— Je passe te voir après, promis !

Pas sûr qu'elle m'ait entendue. Yann consulte encore son téléphone, espérant sans doute un SMS d'explication de sa femme, puis le range avec énervement dans sa poche.

— Allez, qu'on en finisse ! Relevons ces foutues empreintes !

Il claque la porte du bungalow Nuku Hiva derrière moi et désigne du regard les trois sacs plastique transparents posés sur le lit. Chacun porte une étiquette, *Farèyne*, *Clem*, *Éloïse*.

— Tu es certaine de ne pas t'être trompée ?

Prends-moi pour une pomme !

Je confirme avec assurance.

— Certaine ! Et j'ai même mieux que ça !

Je sors de ma poche, triomphante, trois cuillères enveloppées dans trois serviettes de papier.

— Je ne me suis pas fait prendre de vitesse cette fois. Je les ai directement récupérées après le repas. Je n'ai lâché aucune des filles des yeux, les empreintes dessus sont garanties cent pour cent.

Mon capitaine reste un moment sans réaction, impressionné. Il n'a rien repéré ce soir de mon tour de passe-passe sur la terrasse. Je profite de l'avantage.

— On commence par ta femme !

Yann ne proteste pas. Il sort tout le matériel nécessaire, l'encre noire, les feuilles blanches, les pinceaux, les rouleaux de scotch. Il étale avec minutie les empreintes collectées le matin dans la chambre de Martine, celles de la septuagénaire belge et celles de l'inconnu qui se trouvait avec elle, alors que j'enfile ses gants de plastique.

— Ça va bien se passer, dis-je en lui confiant une cuillère, une brosse et un dentifrice. (J'hésite à continuer, puis je me lance, ça fait trop longtemps que je rumine mon couplet.) Je vois bien que t'as la trouille que ta chérie ait pété un câble, ait enlevé le gros PYF par vengeance, ou par colère, et ait fait taire à tout jamais Titine parce qu'elle en savait trop. Ça ne m'étonnerait même qu'à moitié que tu n'aies jamais appelé la police de Tahiti, histoire de protéger ta petite femme tant que tout n'a pas été tiré au clair, je me trompe ? (Même si Yann reste muet, je lis une nouvelle lueur d'admiration dans son regard.) Mais je te rassure, je ne crois pas une seconde que ta chérie soit coupable. Réfléchis, une commandante de police ! Y a que dans les films où, au final, ce sont les flics ripoux qui ont fait le coup.

Mon capitaine ne répond rien. Ni un « Ferme-la, Maïma », ni un « Merci beaucoup ». Il se concentre sur sa préparation.

Poudre noire, pinceau, scotch, feuille blanche.

Nous répétons l'opération plusieurs fois, sur chaque objet. Je remarque que pendant l'ensemble des manipulations, la main de Yann n'a pas cessé de trembler. J'avoue, malgré mes théories, que je n'en mène pas large non plus.

Nous surmontons notre appréhension, nous baissons tous les deux les yeux vers les relevés d'empreintes, et les comparons.

Pas le choix, on doit savoir…

Le résultat est sans appel.

Les empreintes ne correspondent pas ! Farèyne-la-commandante n'était pas chez Martine le soir du crime.

Yeeeeesssss !!!

J'entends Yann pousser un long soupir de soulagement. Je devine aussi à quel point il doit se sentir stupide. Comment a-t-il pu une seule seconde penser que sa femme se trouvait chez Titine, qu'elle ait pu lui enfoncer une aiguille dans la gorge ?

Ce coup-ci, mon capitaine, tu n'oublieras pas d'appeler la BRJ de Tahiti, demain matin à la première heure ? Même si d'ici là, j'espère bien qu'on aura identifié le coupable.

Je romps le silence d'une voix presque joyeuse.

— On se retrouve donc avec deux finalistes. Les empreintes nous ont innocentés tous les deux, ainsi que ma mère et ta femme. Restent Éloïse et Clem.

275

Je continue de miser sur Éloïse, plus encore depuis que j'ai vu dans le livre posé sur sa table de chevet la photo de ses deux petits fantômes. Et toi ? Tu restes sur ta position ? Clem est la tueuse ? L'instinct du flic, t'en démords pas ?!

Yann prend le temps de réfléchir, comme s'il évaluait les chances de chacune, mais il ne me contredit pas.

— L'instinct, comme tu dis. On commence par qui ?

— Les deux, mon capitaine !

D'un commun accord, sans ajouter un mot, nous procédons au relevé d'empreintes sur les deux groupes d'objets, ceux d'Éloïse d'un côté, ceux de Clem de l'autre.

Silencieusement, méthodiquement, nous collons les morceaux de ruban adhésif transparent tatoués de poudre noire sur les deux feuilles blanches.

Sur l'une, j'ai écrit *Éloïse*, sur l'autre *Clémence*.

Je propose doucement :

— On regarde en même temps ?

On se penche dans le même mouvement.

Un
Deux
Trois

MA BOUTEILLE À L'OCÉAN
Chapitre 17

J'observe les gouttes de pluie se briser sur les feuilles de palmier, couler en rivières le long des tiges, et cascader jusqu'à terre comme des toits sans gouttières. Un déluge ! J'ai l'impression que sous la douche chaude et continue, la jungle va pousser de un mètre en une nuit. Je reste ainsi, sous la pluie tropicale, pas de danger que mes cheveux-baguettes poussent à la même vitesse.

Je penche la tête en arrière, l'eau coule sur mon visage. Les gouttes plaquent mes mèches sur ma nuque. Raides et courts comme du duvet. Je les lisse d'une main. J'aime cette sensation de pluie tiède sur ma peau, de vêtements collés sur mes bras, mes cuisses, mes seins. Tanaé m'a proposé un parapluie Air Nui quand je suis sortie de la pergola, comme à Éloïse.

Merci, Tanaé, mais pas pour moi !

J'ai aperçu Yann et Maïma devant le bungalow Nuku Hiva. J'ai entendu Maïma m'appeler, des mots indistincts noyés sous la pluie, mais je ne me suis pas arrêtée.

Plus tard, j'aurai le temps plus tard. Je les laisse enquêter, je sais ce qu'ils trament tous les deux… J'ai compris quand je suis entrée dans mon bungalow, avant le repas : il y avait une chaise au milieu de la pièce, sous la faîtière de bois. Le visiteur n'a même pas pris la peine de la replacer. La porte était fermée à clé, seule Tanaé, ou une de ses filles, en possède un double, mais si Poe ou Moana étaient venues se servir en produits d'hygiène dans ma salle de bains, pourquoi auraient-elles déplacé cette chaise ? Selon toute vraisemblance, le visiteur est passé par le toit, et a emprunté ma brosse à dents, mon parfum, mon dentifrice…

Je ne suis pas stupide, le vol, l'emprunt mettons, est signé !

Qui pourrait être assez fine et souple pour se glisser par le toit ? Qui pourrait vouloir récupérer des objets personnels sans valeur ? Une petite souris, bien entendu ! Maïma ! Pour comparer mes empreintes à celles trouvées chez Martine, et peut-être, si Yann a eu le temps de les relever, à celles dans la cabane du maire. Sa petite adjointe maligne était chargée de les rapporter au capitaine, elle a sûrement profité de son après-midi pour fouiller chaque bungalow.

Je continue d'avancer sous la pluie. L'eau du ciel lave mon front, mes pensées, mes idées.

Bien joué, ma petite chipie marquisienne ! Mais si tu m'avais demandé, Maïma, je te les aurais donnés, ces objets personnels, je t'aurais laissée les choisir, je t'aurais même offert une belle empreinte de mon doigt, de mes cinq doigts s'il le fallait, sur un encreur.

Aucun problème, puisque je n'ai pas mis les pieds chez Martine hier soir, et que je n'avais d'ailleurs jamais mis les pieds dans son bungalow avant qu'on découvre son cadavre ; ce matin, je n'ai touché à rien, obéissant aux consignes de Yann. À tes ordres, mon capitaine !

La pluie redouble, à croire qu'elle est mauvaise élève. Même si je l'adore, cette fois je vais tout de même devoir me mettre à l'abri. J'ai un roman à écrire, une bouteille à l'océan à remplir.

En ce moment même, je suppose que Yann et Maïma sont bien au sec dans le bungalow Nuku Hiva, et ont le résultat. Je suis tout de même un peu vexée qu'ils aient pu douter de moi.

Vous, au moins, rassurez-moi, vous ne doutez pas ?

Vous me croyez ? Vous me faites confiance, n'est-ce pas ? Vous n'allez pas imaginer des explications indignes d'un roman policier : la narratrice est schizophrène, bipolaire, ou simplement elle perd la tête.

Souvenez-vous, c'est la règle numéro 1 établie par Pierre-Yves François, celui qui raconte ne doit jamais mentir ! Il a seulement le droit de ne pas tout dire, ou de différer de quelques instants la retransmission des événements.

Par exemple, au moment précis où j'écris *La pluie redouble, je vais devoir me mettre à l'abri*, vous vous doutez que je ne peux pas faire les deux à la fois, laisser la pluie tomber sur moi et l'écrire. Je le vis d'abord, puis je vous raconte mes actions, mes émotions, dès que je trouve un moment, un papier et un crayon.

Mais sans jamais vous mentir. Ni faire passer pour une réalité un rêve, une hallucination ou un délire.

La règle d'or !

Sinon ce serait vous trahir.

Je ne vous trahis pas, croyez-moi. Je n'ai pas tué Martine, je n'ai pas enlevé PYF, acceptez juste que je décale, dans ce journal, quelques informations sur ma vie sentimentale… Rien que j'aie à me reprocher, je vous le promets, je ne suis pas celle que vous cherchez.

Je sens l'eau accumulée dans mes cheveux percoler en goutte à goutte dans mon dos, glisser jusque dans le creux de mes reins. J'aime cette sensation naturelle et sauvage. Cette terre est ainsi. Naturelle et sauvage. Je comprends Brel, Gauguin, c'est un joli endroit pour mourir.

Est-ce ce que l'assassin a pensé ? Que commettre ici un crime était moins grave aux Marquises, si près du paradis ?

Qui pourrait croire à une telle folie ?

Qui ?

Yann et Maïma, en ce moment précis, doivent le savoir, s'ils ont récupéré les empreintes digitales de chaque pensionnaire du Soleil redouté. Ils doivent connaître l'identité de celui ou de celle qui se trouvait dans la chambre de Martine, et en conséquence, qui l'a tuée.

Sont-ils, tous les deux, en danger ?

Je continue de regarder la pluie tomber, en gouttes si grosses que tous les moustiques ont fui. Cette fois, je le fais en même temps que j'écris. Je repense au baiser de Yann sur la plage de Puamau, à son shorty mouillé contre mon ventre. À son seul désir, je l'ai senti durcir.

Je souris. Je joue du bout des doigts avec les graines de mon collier rouge.

Ma vie sentimentale…

Elle est encore plus compliquée à démêler que cette histoire de meurtrier.

JOURNAL de MAÏMA
Impossible !

Un
Deux
Trois

Mes yeux, ainsi que ceux de mon capitaine, passent d'une feuille aux deux autres, celle des empreintes de l'inconnue dans la chambre de Martine, celle d'Éloïse, celle de Clem.

Il n'y a aucun doute possible. Deux feuilles sont identiques !

Nous savons. Nous savons désormais qui était dans la chambre de Martine la nuit où elle a été tuée, à qui elle a ouvert sa porte, à qui elle a offert un verre, qui était la dernière, la seule invitée à qui Martine ait parlé, avant d'être égorgée.

Cette invitée a laissé ses empreintes partout dans le bungalow.

Ces empreintes sont celles de Clem !

Je n'arrive pas à le croire. Je me suis assise sur le lit, les feuilles se brouillent, se troublent, se mélangent devant mes yeux. Je cherche où j'ai pu me tromper, comment quelqu'un aurait pu me tromper. J'ai pris le dentifrice, le gobelet, la bouteille d'eau, le tube d'aspirine au hasard dans la salle de bains du bungalow Tahuata : impossible qu'ils appartiennent à quelqu'un d'autre que Clem. D'ailleurs, ces empreintes digitales correspondent à celles relevées sur sa cuillère, que j'ai ramassée quelques secondes à peine après qu'elle a terminé son popoï.

Personne d'autre n'a touché son couvert, j'en suis certaine.

Il n'y a aucune faille dans mon protocole. Ce sont les empreintes de Clem !

Jumelles de celles retrouvées sur les portes, les tiroirs, les placards, les objets intimes de Titine.

Yann s'est levé et range dans une pochette plastique les feuilles blanches, uniquement noircies de quelques centimètres de ruban adhésif. Il ne laisse rien paraître, il a le triomphe modeste.

Et je dois m'avouer vaincue.

J'interpelle mon capitaine sans me lever du lit.

— Je vais te dire la vérité, depuis hier je croyais que tu détestais Clem parce qu'en réalité, elle te plaisait, et que tu savais qu'une fille comme elle n'en aurait jamais rien à faire d'un gendarme comme toi. Tu vois, la jalousie du macho face à la femme libérée. Mais non, t'avais raison, faut croire que Clem m'a manipulée depuis le début... Comme... comme une gamine ! J'arrive pas à le croire... Qu'est... Qu'est-ce qu'on fait maintenant ?

Yann ferme hermétiquement les pochettes plastique protégeant les pièces à conviction. Il improvise un scellé à l'aide d'une allumette et d'une bougie dont il fait fondre la cire.

— On prévient la BRJ de Tahiti, répond sobrement le gendarme. Immédiatement. On éclairera l'aérodrome avec des torches s'il le faut… Et d'ici à ce qu'ils atterrissent, on ne lâche pas Clem d'une semelle.

Je pâlis.

— Prévenir la BRJ ? Parce que c'est vrai, mon capitaine, tu ne l'as pas fait av…

Le portable de Yann sonne à ce moment précis.

Il se précipite pour répondre. Il a reconnu la sonnerie.

A-ha. *Take on Me.*

Farèyne.

— Farèyne ?

Elle crie tellement fort dans le combiné que j'entends tout ce qu'elle dit.

— Yann. Yann, ne m'interromps pas. Écoute-moi. Je… Je suis désolée. Désolée pour tout. Tu me connais, je n'ai pas pu rester les bras croisés. J'ai mené mon enquête et… et j'ai tout compris hier soir ! C'était tellement évident, comment ai-je pu ne pas y penser toutes ces années ? J'ai retrouvé la piste de Métani Kouaki. Plus que la piste, je l'ai retrouvé lui ! Là, tout près d'ici. Viens, Yann, vite. Je t'attends au vieux cimetière de Teivitete, tu remontes la vallée sur un kilomètre après Atuona. Je t'attends.

La voix de la commandante s'essouffle. Yann entend le bruit de la pluie tomber derrière elle. Il aimerait poser davantage de questions, des dizaines, mais elle a déjà raccroché.

— Je dois y aller, se contente-t-il de m'annoncer.

Avant même que je me lève, il attrape la sacoche où sont rangés ses papiers.

— Maïma, tu ne restes pas seule ici. Tu rejoins Tanaé et ses filles, et surtout, tu restes avec elles !

Je n'ai pas le temps de protester, Yann est déjà sorti. J'aperçois les clés du 4 × 4 Tacoma loué par Marie-Ambre briller entre les doigts de mon capitaine. La pluie fouette son visage creusé par l'inquiétude.

Je suis des yeux cet homme qui court au secours de sa femme. Une femme à qui il serait incapable d'offrir des mots d'amour, des fleurs, ou même son cœur, mais pour qui il est prêt à donner sa vie.

YANN

La pluie, soulevée par le vent, forme une vague plus qu'une cascade. Elle trempe le tee-shirt de Yann avant même qu'il ait atteint le Tacoma garé dans l'allée de gravier. En contournant la terrasse du Soleil redouté, faiblement éclairée par un réverbère noyé, il ne peut s'empêcher de jeter un regard en contrebas, en direction du champ d'où il a vu disparaître sa femme, au galop sur Avaé Nui. Dans la nuit mouillée, il croit voir des ombres s'activer, deux silhouettes frêles, sans doute celles de Poe et Moana, ainsi que celle d'un double poney, un seul.

Il n'a pas le temps de s'attarder, de se demander ce que fabriquent ces gamines en pleine nuit sous l'averse, il fait clignoter l'ouverture automatique du pick-up et s'engouffre à l'intérieur.

Les phares balayent les traits de pluie. Les essuie-glaces repoussent des rigoles d'eau. Il démarre sans même attacher sa ceinture. La buée, presque instantanément, l'empêche de voir quoi que ce soit de la descente vers Atuona. Il l'essuie d'un revers de main rageur, ce qui empire encore la visibilité. Il a l'impression d'être enfermé dans une cage de verre fumé.

Son doigt appuie sur le baisse-vitre électrique alors que son pied accélère encore.

Tant pis.

Des bourrasques d'eau s'engouffrent dans l'habitacle, le vent fait voler son tee-shirt, lui fouette la peau. Il s'en fiche, penche au contraire son visage, éclats de pluie pleine face, pour scruter le moindre repère masqué par le verre embué du pare-brise et des autres portières.

Il entre dans Atuona.

Piégé par les maisons, à ras de vallée, le vent se fait moins violent. Les essuie-glaces trouvent leur rythme, gagnent en efficacité, semblent sortir vainqueurs de leur combat contre l'armée de gouttes kamikazes. Après l'ancienne gendarmerie, à hauteur du tatoueur, Yann braque brusquement.

Il sent les pneus aquaplaner sur quelques mètres, une rivière éphémère a remplacé la route bitumée de la vallée. Il contrebraque. Les pneus s'allient aux essuie-glaces pour triompher de l'averse tropicale. La route s'élève, de plus en plus inclinée. Il devine des ombres de bananiers se resserrer au-dessus de lui, au fur et à mesure que la route rétrécit, pour n'être plus bientôt qu'une piste de terre boueuse dont chaque mare peut masquer un puits. Les branches des arbres paraissent s'accrocher les unes aux autres, de chaque côté du chemin, pour ne pas être arrachées. Elles le protègent momentanément de la pluie. La visibilité est un peu meilleure, ce qui ne rassure pas Yann : le chemin qui surgit devant lui grimpe en pente raide, il est impraticable en voiture. Un cul-de-sac !

Son premier réflexe est de regarder le compteur kilométrique : un kilomètre et demi depuis l'Au soleil redouté. Il lui reste à peine cinq cents mètres à parcourir, même s'il ignore l'ampleur du dénivelé. Il n'hésite pas, ne prend pas le temps de fermer la vitre de la portière. Les sièges sécheront, comme tout ici, demain, avant que la pluie rancunière se venge et retombe. Les phares éclairent une centaine de mètres devant lui. Il laisse le moteur tourner. Ce sera toujours ça de gagné, un spot improvisé. Il finira le reste du chemin à la lueur de la torche de son portable.

Ses sandales pèsent une tonne après quelques pas, boue et trous, Yann tente tout de même de regarder où il pose les pieds, repère distinctement, dans la terre gorgée d'eau, des traces de fers à cheval. Au moins il ne s'est pas perdu ! Il ne trouvera personne pour lui indiquer le chemin, mais il n'y a qu'une seule route.

Il a la sensation d'avoir marché à peine cinq minutes, d'avoir gravi une pente moins raide que celle du Soleil redouté, lorsqu'il aperçoit une clairière. Son téléphone éclaire un vieil écriteau de bois.

Vieux cimetière de Teivitete

— Farèyne ! hurle Yann. Farèyne ?

Le rayon de sa torche balaye un site terrifiant. Des pierres tombales en tuf couleur sang sont surveillées par de petits tikis rouges luisants. Chaque pierre semble gravée de motifs étranges, comme autant de Marquisiens tatoués, puis pétrifiés. Des croix lépreuses s'agitent sous la pluie, chaque goutte leur arrache de nouveaux points de rouille.

— Farèyne ? Farèyne ?

Il se retourne, cherche ailleurs, contourne les tombes qu'il distingue mal des rochers qui ont roulé de la montagne jusqu'ici. Un énorme tronc d'arbre a été sculpté devant lui.

— Farèyne ! C'est moi, Yann !

Deux kilomètres plus bas, plein sud, il aperçoit les lueurs du village d'Atuona, et imagine les quelques Marquisiens veillant chez eux devant la télévision, barricadés, protégés des colères et des morsures de la nature.

Elle se venge sur Yann. L'eau ruisselle jusque dans son pantalon, coule en rivière dans son dos, l'inonde au plus profond. Le vent pousse les gouttes à l'horizontale, elles fusillent le gendarme comme autant de balles.

— Far...

Yann a entendu un hennissement. Il braque sa torche, sur sa gauche, un peu plus loin dans la forêt. Avaé Nui attend là, stoïque, bravant les éléments en se protégeant autant qu'il le peut sous les feuilles d'un banian géant, mâchonnant l'herbe mouillée sous ses pieds. Le gendarme s'approche du double poney, tout en tentant de repousser un entêtant pressentiment.

Tout lui revient. La voix de Maïma. Le testament, sur le lit de Martine, dans le bungalow Ua Pou.

« Ta femme est la prochaine. »

La lettre de menaces, envoyée par Farèyne à Pierre-Yves François.

D'une façon ou d'une autre, c'est moi qui écrirai le mot fin !

Ses derniers mots, il y a quelques minutes.

« J'ai retrouvé la piste de Métani Kouaki. Plus que la piste même, je l'ai retrouvé. Lui ! »

Le rayon de lumière de son téléphone fouille l'obscurité, éclairant tour à tour les manguiers, les pamplemoussiers, avant de s'arrêter, à travers le rideau de lianes du banian, sur un empilement de feuilles de pandanus et de bambous. Un enchevêtrement trop serré, trop ordonné, pour que l'homme n'ait pas aidé les branches et racines à s'organiser.

Une cabane !

C'est ce que pense tout de suite Yann, une sorte de hutte parfaitement dissimulée. Est-ce que Farèyne s'y est réfugiée ? Pourquoi n'a-t-elle pas répondu ?

Il enjambe une tombe, s'appuie sur un tiki rouge sans s'excuser, le seul mana qu'il ressent est celui de la peur. Une peur qui rend l'averse tropicale plus glacée qu'une pluie norvégienne.

C'est bien une cabane ! Avaé Nui s'est écarté de deux mètres du banian, dévoilant la porte de feuilles de pandanus tressées d'une petite grotte de verdure. Le cœur de Yann bat à tout rompre.

— Farèyne ? crie-t-il de toutes ses forces.

Aucune réponse.

Le gendarme s'arrête les deux pieds dans la mare de boue qui s'est formée au pied des arbres, mélange de terre brune et d'eau piégée par une série de pierres levées, vestiges sinistres d'anciennes sépultures. Son téléphone trempé manque de glisser de sa main. Il rétablit son équilibre en s'accrochant à l'une des lianes du banian. Il n'a plus le temps de se poser de questions.

Il extrait son pied droit de la glu ocre et le lance en avant, frappant la porte de plein fouet.

Elle cède, libérant une ouverture sombre. Avant que Yann ait pu réagir, le vent s'y engouffre.

La première impression du gendarme est qu'une nichée d'oiseaux s'est abritée dans la caverne de branches et s'envole d'un même mouvement à son arrivée. Des dizaines d'ailes blanches affolées...

Avant de réaliser.

Des feuilles de papier, par centaines peut-être, sont soulevées par les alizés et voltigent autour de lui, recouvrent les pierres tombales, coiffent les tikis, torchent la boue, s'agrippent aux croix, ou disparaissent déjà plus loin vers Atuona, vers le Pacifique. Yann arrache celle qui vient de se coller à son torse trempé, la parcourt des yeux même s'il a déjà compris.

Personne n'a rien entendu, cette nuit du 29 juin 2001, rue Lakanal. Il faudra attendre 6 h 27 du matin pour que le corps d'Audrey Lemonnier, sans vie, soit...

C'est le manuscrit.

Terre des hommes, tueur de femmes.

On ne peut pas mourir pour des mots, hurle Yann dans sa tête. Il se fiche de ce roman. Seuls comptent les gens. Vivants.

Il éclaire l'intérieur de la cabane.

Si ses pieds n'avaient pas écrasé un tapis de feuilles blanches, s'ils avaient simplement dérapé sur la boue de terre rouge, sans doute le gendarme aurait-il perdu l'équilibre.

Il se contente de chanceler.

Un corps. Un corps est allongé dans la cabane.

Immédiatement, Yann comprend qu'il est mort.

Sa position de poupée disloquée, l'odeur portée par les alizés.

Un cadavre.

Yann ne sait pas s'il doit rire ou pleurer. Remercier le ciel ou le maudire.

C'est le corps de Pierre-Yves François que sa torche éclaire.

Recroquevillé dans la cabane comme un sac trop lourd qu'on a renoncé à ranger, qu'on a juste abandonné là, tassé sur lui-même, jusqu'à ce qu'il cesse de bouger.

Pierre-Yves François ne bouge plus. Depuis longtemps. Sa peau est d'une blancheur effrayante, rendue plus blafarde encore par l'éclairage aveuglant. Seul son cou paraît plus rose, piqueté de points écarlates où le sang a coagulé, tel un tuyau percé.

— Farèyne ? tente de crier encore Yann.

Sa gorge ne laisse passer qu'un mince filet de voix. Sa femme n'est pas là.

Le gendarme se penche, prend soin de ne rien toucher, se contente d'observer. Un hématome violacé déforme la tempe droite de l'écrivain. Une feuille solitaire est coincée sous son bras. Trop isolée pour faire partie de celles du manuscrit envolé. Quelqu'un l'a placée là, pour qu'on la trouve avec le cadavre, pour qu'on la lise.

Avec une infinie précaution, Yann change son téléphone de main, puis, de la droite, tire, par un coin, la feuille de papier.

Ses yeux se baissent, au moment même où un bref carillon sur son téléphone résonne.

Un message ! Qui s'affiche en temps réel. Un message de Farèyne, c'est ce qu'il croit avant de le lire.

Jusqu'à présent, tu t'es très bien débrouillé tout seul.
Continue, n'appelle pas la police.
Si tu veux revoir ta femme vivante.

Un message que n'importe qui a pu envoyer avec le téléphone de sa femme.

Yann se balance quelques secondes, telle une quille qui hésite à tomber, puis prend appui au tronc du banian. Les nœuds du bois, les branches aiguisées s'enfoncent dans son dos, anesthésient sa douleur, sa peur, sa colère, sa soif de vengeance et de justice. Le message s'efface d'un coup alors que le portable se met en veille, à l'exception de la torche toujours braquée sur la feuille blanche qu'il tient stupidement dans sa main.

Ses yeux lisent malgré lui.

Quelques lignes. Un nouveau testament.

MA BOUTEILLE
À L'OCÉAN

Partie IV

Récit de Marie-Ambre Lantana

Avant de mourir je voudrais
Rester belle, jusqu'au bout, être de ces femmes qui ne se fanent pas, dont on n'a pas pitié, dont on ne regarde pas avec ironie les photos du passé.
Être de ces femmes qu'on ne quitte pas.

Avant de mourir je voudrais
Qu'un homme me dise *Je t'aime*. Pas *J'ai envie de toi*, pas *Tu es la plus belle*, juste *Je t'aime*.

Avant de mourir je voudrais
Quitter Tahiti.

Avant de mourir je voudrais
Vieillir en bonne santé comme une adorable mamie, ou me suicider dès qu'un truc commencera à déconner, soit l'un, soit l'autre, sans aucun compromis.

Avant de mourir je voudrais
Avouer tous mes péchés.

Avant de mourir je voudrais
Être possédée par un homme de talent (mais puisque cette prose t'est uniquement destinée, tu sais que ce vœu est déjà exaucé, mon chéri... et plusieurs fois par nuit). Être ta muse, t'inspirer un roman, conserver en secret tes aveux coquins, te survivre et les publier,

faire fantasmer les jalouses, devenir immortelle par la grâce de tes mots, mon poète.

Avant de mourir je voudrais
Être maman, pour de vrai.

Avant de mourir je voudrais
Être qui je suis, pour de vrai.

MA BOUTEILLE À L'OCÉAN
Chapitre 18

Nous sommes toutes venues, en pleine nuit, dès que Yann a appelé au Soleil redouté.

« Non, Tanaé, ça ne peut pas attendre. Oui, il faut réveiller tout le monde. » Yann nous attendait, sous la pluie, au vieux cimetière de Teivitete.

Je me suis réveillée quand Tanaé a tambouriné aux portes.

— Debout, Clem !

Sans rien comprendre à ce qui se passait.

— Debout, Éloïse !

Sans oser croire un mot de ce que Tanaé expliquait. Des bouts de phrases pas terminées.

« Le corps de PYF retrouvé au vieux cimetière. Mort. Yann déjà sur place, parti en pleine nuit. Farèyne aussi, disparue depuis. »

Tanaé nous a toutes entassées dans son vieux Hilux Toyota. Trois lectrices, trois adolescentes et elle. On a suivi, sans discuter, comme si on vivait une sorte de cauchemar, tels des enfants que les parents réveillent en pleine nuit après une soirée chez des amis et portent jusqu'à la voiture, entre sommeil et semi-réalité.

Dans mon demi-sommeil, j'ai essayé de me rappeler la soirée de la veille : la pluie qui tombe, moi qui marche dessous au milieu des palmiers, jusqu'au bungalow, trempée jusqu'aux os ; moi qui attends que Maïma passe me voir avant de se coucher, j'avais besoin de discuter avec elle, de Titine et du reste, de tout ce que je n'ai pas encore osé lui avouer, mais elle n'est pas venue, elle est restée devant la télé avec Tanaé et ses filles, comme si soudain elle n'avait plus envie de parler à personne, pas même à sa vieille copine Clem, pas plus qu'à sa maman. Pourquoi ? Que lui a-t-on raconté ? Qu'a-t-elle trouvé ?

Tanaé s'est arrêtée à cinq cents mètres du vieux cimetière, derrière le Tacoma de location qui bloquait la route, toutes vitres ouvertes.

L'averse s'était calmée, adoucie en une bruine fine dont on pourrait croire que les gouttes, portées par le tourbillon des alizés, n'atteindraient jamais le sol. Nous sommes montées, réveillées par la vapeur de gouttelettes tièdes sur nos visages, attentives aux pièges du sentier transformé en un toboggan de boue à escalader. Arrivées à la hauteur du cimetière, la faible torche de Yann nous a guidées. Des feuilles de papier voltigeaient dans la nuit, aussi nombreuses qu'une volée de frégates derrière un chalutier. Des feuilles dactylographiées. Les pages échappées d'un manuscrit, c'est aussitôt ce que j'ai pensé.

Pierre-Yves… Mort ?

Un manuscrit… Inédit ?

Est-ce pour cela qu'il a été assassiné ?

Tour à tour, une par une, nous sommes entrées dans la cabane sous le banian, entre les murs de pandanus, avec le sentiment de patienter devant un mausolée. Je me suis chargée, avec Tanaé, de garder Maïma, Poe et Moana. Les seules à ne pas participer au cortège funèbre. Puis nous sommes toutes sorties. Tout au bout, plein sud, vers l'île de Tahuata, le ciel commençait à s'éclaircir. Une lueur presque impossible à distinguer dans l'obscurité, mais à laquelle je m'accrochais.

La nuit finira. Les ombres s'estomperont. Ce décor de lieu hanté, ces pierres sacrificielles, ces tikis grimaçants, ces croix grinçantes ne seront bientôt plus qu'une clairière noyée de soleil que des touristes courageux viendront photographier.

Même si les morts resteront morts.

Même si Pierre-Yves ne se réveillera pas.

Machinalement, j'ai touché les graines rouges du collier autour de mon cou. Il est censé porter bonheur, peut-être faut-il beaucoup insister, accompagner le geste de longues prières, comme un chapelet. Puis je me suis adossée à une croix de fer du cimetière, elle bloque mes reins, ma nuque, mes deux épaules, c'est tout, je suis trop grande pour être crucifiée.

Je pleure.

Réveillée en pleine nuit, je n'ai qu'eu le temps d'attraper un pantalon et un pull. Trop chaud. Trop épais. J'ai l'impression de porter un peignoir trempé.

De mes larmes.

Pierre-Yves est mort.

Je pensais qu'il jouait, je pensais qu'il se cachait, qu'après la nuit où il s'était battu avec une inconnue dans la cabane du maire il avait trouvé une autre planque. Je pensais que depuis le début, il contrôlait la situation, j'espérais même, au fond, que le meurtre de Martine n'en était peut-être pas vraiment un, qu'elle était atteinte d'une maladie incurable et avait accepté de jouer un rôle macabre dans une *murder party*, que toute cette enquête qu'il nous imposait n'était qu'une histoire à tiroirs conçue par lui.

Je guette les premiers rayons de soleil qui percent en laser l'épaisse canopée. La forêt, à peine réveillée, s'est déjà parfumée. La terre mouillée sent le santal et la muscade.

Je dois vous avouer quelque chose. C'est le moment, je crois, même si c'est difficile et que vous allez sûrement m'en vouloir.

J'ai été fidèle à ma promesse, je ne vous ai jamais menti… Mais je ne vous ai pas tout dit.

C'était mon secret. Personne, à part lui et moi, ne savait.

Pierre-Yves était mon amant.

Voilà, vous savez maintenant.

J'ignore tout le reste. J'ignore même si j'étais sa seule maîtresse.

J'ignore qui l'a tué, qui a tué Martine, qui a enlevé Farèyne.

Je sais simplement la douleur qui me brise le cœur.

Pierre-Yves, assassiné.

Je n'ai pas eu le temps de l'aimer.

Bien sûr, s'il n'avait pas été écrivain, célèbre, talentueux, jamais je n'aurais couché avec lui. Bien sûr c'est moi que j'aimais, pas lui, en acceptant de m'allonger et de partager mon lit avec son gros corps de génie. Il espérait sans doute voler un peu de ma prétendue beauté, et moi un peu de son talent. Pour faire briller mon roman, ma dérisoire bouteille à l'océan. On se complimentait, à défaut de s'aimer.

Nous nous sommes vus peu souvent, à chaque fois peu longtemps, mais notre histoire aurait duré, je le sais. Du moins j'aurais tout fait pour la faire durer.

On cesse d'aimer l'autre le jour où l'on cesse de l'admirer. Jamais je n'aurais cessé de l'admirer.

J'observe les sept silhouettes tremblantes sous la pluie fine : deux lectrices, un gendarme, une adolescente, une hôtesse et ses deux filles. L'une d'elles, forcément, a tué Pierre-Yves.

Laquelle ? Vous miseriez combien ? Sur qui ?

J'étais son amante, j'ai avoué, je dois certainement être remontée très haut sur votre liste des suspects. Avouez, vous parieriez volontiers, et beaucoup, sur moi.

Dépêchez-vous, le pari va de moins en moins rapporter, au fur et à mesure que la liste des coupables va se rétrécir.

Les innocents vont-ils tous mourir ?

J'ai peur, je vous l'avoue aussi.

Dans le vieux cimetière de Teivitete, des voix résonnent, cotonneuses, chuchotées puis tamisées par la brume d'humidité. Tanaé murmure qu'il faut appeler le curé et rendre la cabane tapu. Éloïse, cheveux noués en une queue de cheval improvisée, soutient d'une toute petite voix qu'il faut rappeler la police, à Tahiti, même en pleine nuit, ou n'importe où s'ils ne répondent pas, Tuamotu, Hawaï ou l'île de Pâques, même si Yann tergiverse encore, je ne comprends pas pourquoi.

Elle fait trois pas pour caresser Avaé Nui, le double poney réfugié sous un flamboyant.

Je reste silencieuse, toujours appuyée à ma croix. Sa marque rouillée doit s'être imprimée sur mon pull couleur sable, dessinant sur lui le motif d'une nouvelle secte satanique.

Est-ce cette croix que fixe Maïma dans mon dos ?

Elle s'est éloignée de moi, depuis hier soir, comme si elle me fuyait, comme si… elle avait peur de moi.

Elle est partie se réfugier, entourée de Poe et Moana, dans les bras de Tanaé.

Ça ne me rend pas jalouse.

Je ressens juste une gêne, une dérangeante impolitesse.

Cette fois, dans des circonstances pareilles, c'est dans les bras de sa mère que Maïma aurait dû se réfugier.

JOURNAL de MAÏMA
Pour de vrai

Le jour s'est levé.

La pluie a cessé.

Le ciel semble avoir été lavé. Les nuages sèchent, plus blancs qu'avant, étendus sur le fil de l'horizon. Je suis assise sur la digue à côté de Yann. Quelques bonitiers quittent le port de Tahauku vers Tahuata. Des chevaux courent sur la plage à marée basse. Aveuglée par le contre-jour du soleil naissant, je ne vois que leurs silhouettes noires. Un décor de cinéma. Mes yeux les suivent en un long travelling, comme s'ils pouvaient filmer le galop des chevaux sauvages au ralenti.

La plage est déserte, le terrain de foot vide, l'espace Jacques-Brel silencieux. Seules les vagues, inlassables fossoyeuses, charrient les galets noirs.

La boule de feu, à peine apparue, se cache déjà derrière le rocher Hanakee, lui donnant des allures de volcan réveillé. Je lève les yeux, cherchant entre les nuages la moindre cicatrice blanche lacérant le ciel tropical.

— Il fait jour. Cette fois les policiers de Tahiti ne devraient pas tarder à arriver.

Je fixe toujours le ciel vide alors que Yann me répond d'une voix traînante.

— Ils n'arriveront pas, Maïma. Je ne les ai pas appelés.

J'étouffe un cri.

« Les flics n'arriveront pas ? »

J'étais persuadée qu'aux premières lueurs du jour, le cauchemar prendrait fin. Toutes les filles sont rentrées avec Tanaé au Soleil redouté. Yann, seul, a insisté pour s'arrêter ici, sur la plage d'Atuona, avec son adjointe comme il a dit, pour faire le point. Maman a un peu protesté, a évoqué le tueur en liberté, le danger, puis a accepté. Le village est peut-être l'endroit où l'on se trouve le plus en sécurité. Clem n'avait pas l'air non plus ravie, est-ce parce que depuis hier soir je la fuis ? Ou parce qu'elle veut me protéger, elle aussi ? Je n'arrive toujours pas à croire à ces empreintes qui l'accusent, et encore moins à sa culpabilité.

« Les flics n'arriveront pas ! »

Je m'apprête à balancer à la figure de Yann tout ce que je pense : *Tu n'es pas Bruce Willis, mon capitaine, tu ne vas pas sauver la planète à toi tout seul, tu as besoin de la police, pense à ta femme qui…*, quand il lève son téléphone à hauteur de mes yeux, m'obligeant à lire le SMS qui s'affiche sur fond bleu.

Jusqu'à présent, tu t'es très bien débrouillé tout seul.
Continue, n'appelle pas la police.
Si tu veux revoir ta femme vivante.

Je ne retiens pas mon cri cette fois.

— Putain !

Je relis chaque détail du message, chaque mot, l'heure de l'envoi, 23 h 29 hier soir, le nom de l'expéditeur…

— Il a été envoyé avec le téléphone de ta femme ?

Yann confirme de la tête, je reste muette quelques secondes, le temps d'évaluer la situation, et de parvenir à la conclusion que cette menace aurait dû pousser

304

Yann à demander plus vite encore des renforts : le meurtrier cherche à gagner du temps, c'est évident.

— Maïma, dit doucement Yann, j'ai autre chose à te faire lire. Je l'ai trouvé au vieux cimetière, le meurtrier l'avait laissé.

De la poche arrière de son jean, encore trempée de la pluie de la nuit, mon capitaine sort une feuille de papier qu'il déplie avec précaution, espérant que l'encre n'ait pas trop coulé.

Je me penche.

Récit de Marie-Ambre

Avant de mourir je voudrais

Les lettres ont un peu bavé sur le papier gondolé, mais restent parfaitement lisibles. Je lis. Lentement. Silencieusement.

Avant de mourir je voudrais

Rester belle, jusqu'au bout, être de ces femmes qui ne se fanent pas.

Être de ces femmes qu'on ne quitte pas.

Avouer tous mes péchés.

Être possédée par un homme de talent (mais puisque cette prose t'est uniquement destinée, tu sais que ce vœu est déjà exaucé, mon chéri... et plusieurs fois par nuit)

La feuille tremble au bout de ma main. Je sais que Yann me regarde. Tout mon corps se tord dans un petit rire nerveux, trop léger pour être naturel.

— C'est le testament de maman ? Elle couchait avec ce gros porc de PYF ? Elle voulait devenir sa muse ?

Tu parles ! Son fric, oui, son fric, c'est tout ce qui l'intéressait. Son fric et son cul ! Et je suis sûre que maman ne devait pas être la seule à postuler pour le rôle. Il devait les copier-coller, ses vers d'amour, le Casanova d'Hiva Oa.

Je me tourne vers Yann en crachant ma haine.

— Combien y en a d'autres ? Toutes ? Clem, Éloïse, et pourquoi pas Farèyne ? Il a ramené toutes ses maîtresses sur l'île pour qu'elles se tuent entre elles !

Mon capitaine pose sa main sur ma main. Il fait ça très bien.

Des larmes perlent au coin de mes yeux, trop lourdes pour ne pas être naturelles.

— Je… suis désolée. C'est nul de dire ça de ta femme alors qu'elle…

Mes yeux humides continuent de descendre sur la page mouillée.

Avant de mourir je voudrais
Être maman, pour de vrai.

Ma main se crispe sur la feuille. Yann la reprend doucement en la faisant glisser entre mes doigts, avant qu'elle ne soit plus qu'une boule de papier que je balancerai dans les vagues noires.

Autour du rocher Hanakee, les îlots sont brouillés de sanglots. Je répète à haute voix :

— *Être maman, pour de vrai.* Parce que je ne suis pas sa fille pour de vrai ? C'est ça ? (J'ai du mal à respirer, alors je hurle à l'océan.) Tu sais quoi ? Je m'en fiche, maman ! Je m'en fiche, tu m'entends ? Puisque tu es la prochaine sur la liste !

Je saisis un galet au creux de ma paume. Yann m'interroge du regard, sans prononcer aucune parole.

Ma colère, ma méchanceté me poussent à en rajouter.

— Tu ne regardes pas les séries télé ? C'est la méthode du tueur, son *modus operandi*, on ne te l'a pas appris ? Le testament d'abord... Puis ensuite, la mort. Comme Titine ! Comme ta femme !

Je balance la pierre dans l'eau.

— Farèyne n'est pas morte ! réplique Yann.

La pierre s'enfonce sans le moindre ricochet.

— Qu'est-ce que t'en sais ? L'assassin te manipule depuis le début, pour que t'appelles pas les flics, pour pouvoir tous nous liquider, tranquille, comme dans *Dix petits nègres*.

Je ramasse un nouveau galet.

— On connaît l'assassin, Maïma, argumente calmement Yann. C'est Clémence... Je la surveille, je vais fouiller, je vais trouver. Je vais profiter de notre avantage pour la coincer, elle ne sait pas que nous l'avons identifiée.

Tu m'as l'air bien sûr de toi, mon capitaine...

— Si t'y crois... Mais méfie-toi, dans *Dix petits nègres*, l'assassin n'est pas assez con pour laisser ses empreintes. Il se fait passer pour mort et...

Je vais jeter la pierre. Yann, de sa main libre, retient mon bras.

— Martine est morte, Maïma ! Pour de vrai. Et Pierre-Yves François aussi, il n'y a aucun doute. Il ne se fait pas passer pour mort, son cadavre était déjà rigide. Bien rigide. Trop pour avoir été tué cette nuit, d'ailleurs. Il a sûrement été assassiné la nuit d'hier, dans la cabane du maire.

Je réfléchis, mon bras se raidit encore.

— Hier ? Dans la cabane du maire ? C'est maman qui était avec lui ! Logique, non, puisque c'est elle qui couchait avec lui ? Donc c'est maman qui l'a tué !

Tant mieux. Tant qu'à faire, je préfère que ce soit elle que Clem !

Mon capitaine serre plus fort encore mon poignet. Ma main se crispe sur le galet, à le briser.

— Ne te mets pas de telles idées en tête. Marie-Ambre n'est peut-être pas ta mère naturelle, mais elle t'aime. Elle tient à toi. Elle s'occupe de toi. Elle est fière de toi. Elle...

— Elle n'a pas eu un mot pour moi dans son testament ! Pas un. Ni pour moi, ni pour papa.

Je m'arrache à la poigne de Yann et je me lève. Trop vite. Je glisse sur les galets mouillés, je lâche la pierre et un juron, puis me redresse.

— J'ai faim. Je vais déjeuner.

Yann se lève à son tour. Son ombre fait fuir les crabes noirs qui squattent les rochers.

— Promets-moi de ne pas rester seule avec Clem.

— Je croyais que tu voulais la surveiller sans qu'elle se doute de rien ? Si je ne lui parle pas, elle va se méfier ! De toute façon, ta théorie ne tient pas la route. Comment Clem se serait retrouvée à la cabane du maire ? Et au vieux cimetière ?

— D'accord, concède Yann, ne change rien, tu continues de discuter avec elle, mais toujours au Soleil redouté, avec toujours un adulte à côté. Cela dit, tu as raison sur un point, il ne s'est déroulé que quelques minutes entre l'appel de Farèyne et mon arrivée au vieux cimetière de Teivitete. Comment l'assassin, s'il dormait au Soleil redouté, a-t-il pu arriver le premier ?

On attaque la montée vers la pension. Après la nuit d'orage, les falaises couvertes de palmiers brillent d'un vert si pur que le paysage en paraît irréel, telle une photographie aux contrastes exagérés. Je donne la solution d'une voix qui n'exprime aucune fierté.

— Facile !

— Quoi, facile ?

Je continue de parler, sans m'essouffler, sans me retourner.

— Y a trois chevaux au Soleil redouté. Farèyne en a pris un, Avaé Nui. Quand tu es parti sous la pluie en 4 × 4, si tu avais fait attention, tu te serais aperçu qu'il ne restait plus que Fetia dans le champ. Je te répète : facile ! L'assassin, pour suivre ta femme, a emprunté Miri, le troisième double poney.

MA BOUTEILLE À L'OCÉAN
Chapitre 19

J'ai aperçu avec soulagement la silhouette de Maïma surgir dans l'allée du Soleil redouté. Yann marchait deux pas derrière elle, tel le grimpeur d'une étape de montagne incapable de sprinter sur la ligne d'arrivée.

Nous sommes toutes déjà attablées sur la terrasse, Tanaé, Poe et Moana traversent la salle Maeva, de la cuisine à la pergola, encombrées de plats pour le petit déjeuner que personne ne touchera. Peut-être un café, pour moi. Je crois que personne n'a parlé de tout le repas. Parfois l'une de nous scrute le ciel en se demandant pourquoi la police n'est toujours pas arrivée. Personne n'a eu la force de questionner à nouveau Yann, il nous a fait un point précis cette nuit : le meurtre de Pierre-Yves, commis vraisemblablement la même nuit que celui de Martine, la disparition de Farèyne. Il nous a assuré qu'un avion de la BRJ de Tahiti atterrirait à Hiva Oa sitôt le soleil levé.

Le soleil est levé !

Pas de flics, juste un meurtrier.

Je souris à Maïma, je lui ai gardé une place à côté de moi, mais elle passe sans me regarder et va s'asseoir à l'autre bout de la table. Dévore un firi firi sans me regarder.

On fixe toutes nos bols, vides ou noirs, étranges miroirs. Brel ne s'est pas invité pour nous faire pleurer, Tanaé n'a pas eu le courage, comme les autres matins, d'accompagner le petit déjeuner d'un CD. Seuls les cocoricos d'Oscar et Gaston brisent le silence en insupportables lamentos.

Je ne renonce pas, j'essaye de capturer le regard de Maïma.

Elle tente de paraître naturelle, autant que peut l'être une ado dans un moment pareil, après avoir croisé la mort, après avoir affronté pour la première fois la gravité. Je connais Maïma. Ses yeux ne sont pas seulement troublés d'un voile inédit de sérieux, d'une compassion d'adulte pour la douleur. J'y perçois aussi un mélange de colère et de peur.

Envers moi.

Pourquoi ?

Le petit déjeuner est vite expédié. Personne ne repousse Gaston et son harem emplumé lorsqu'ils escaladent la table de la terrasse, que Moana et Poe ont nettoyée avec négligence, pour finir les beignets de coco et les miettes de pudding à la banane. Nous nous levons tous, chacun se disperse, personne ne s'éloigne, à l'exception de Yann qui se dirige vers le faré de Tanaé, dans l'allée de la pension, téléphone à la main.

Chacun surveille tout le monde, comme dans le pire des films d'épouvante. Je me sens dans la peau de celle qui va mourir, comme toutes les autres innocentes.

Ce n'est pourtant pas pour moi que j'ai le plus peur.

— Maïma ?

Maïma est la seule à être restée à table. Elle joue avec les tranches de pain, dont elle roule la mie en boulettes, du bout de ses doigts. Je m'assois à côté d'elle. Je pose une main sur son épaule.

Elle ne la repousse pas mais elle tremble, elle tremble comme si mon seul contact la tétanisait.

— Maïma… Si tu as besoin de quoi que ce soit. De parler, de te confier… Je suis là.

Elle ne repousse pas mon aide, elle se contente de s'enfermer dans un lourd silence.

Ça m'exaspère !

— C'est Yann, c'est ce gendarme, qui t'a mis des idées dans la tête ? De se méfier de tout le monde ? Même de moi ? Surtout de moi ? Il te fait croire que je suis la criminelle ? Il ne t'a prise pour adjointe que pour te faire avaler ça ?

Je me rends compte que j'ai un peu élevé la voix. Tanaé s'est retournée. J'entends les autres parler dans la salle Maeva sans que je les voie. Maïma ne répond pas. Je la connais, je sais qu'elle retient ses larmes, comme si j'avais trahi sa confiance.

Pourquoi ? À cause de cette histoire d'empreintes digitales, c'est ça ? Elles ne peuvent pourtant pas être les miennes.

Je ne comprends plus rien à ce qui arrive sur cette île, Pierre-Yves et Martine assassinés, Farèyne envolée. Je ne parviens plus à emboîter les autres indices, ces histoires de tatouages, de tikis, de manuscrit, je constate simplement que Yann passe beaucoup de temps seul avec Maïma et que cette nuit, il était le premier sur le lieu du crime, au vieux cimetière de Teivitete. Qu'il peut y avoir déposé le corps de Pierre-Yves, après s'être débarrassé de sa femme, je suis bien placée pour savoir qu'il n'est pas un modèle de fidélité, que les policiers qu'il prétend avoir appelés ne sont toujours pas arrivés...

— Tu traînes trop avec ce gendarme, dis-je.

Pour la première fois, Maïma plante ses yeux dans les miens.

— Il est flic, on a besoin d'un flic.

— Je préférerais qu'il y en ait plus qu'un. Et venu d'une autre île, si tu vois ce que je veux dire. Je ne lui fais pas confiance.

— Parce que toi, on peut te faire confiance ?

J'encaisse l'attaque. Elle me fait mal. Éloïse traverse la terrasse derrière nous, sortant de la salle Maeva, feuilles blanches et pastels gras sous le bras, un crayon noir retenant ses cheveux en chignon. A-t-elle entendu ?

J'avale ma salive. Je parle plus doucement, presque un chuchotement.

— On a tous des secrets, Maïma, tous les adultes ont des secrets.

Je repense aux heures volées dans les bras de Pierre-Yves, je repense à ma dette inavouable envers Titine, autant de secrets que je croyais bien cachés, à l'abri dans ma bouteille à l'océan.

Maïma élève encore la voix.

— Toi un peu plus qu'une autre, non ?

— Peut-être. Mais ça ne fait pas de moi une meurtrière.

Maïma me croit. Je sais qu'elle me croit. Il faut qu'elle me croie. Le véritable tueur rôde, si Maïma concentre ses soupçons sur moi, elle deviendra une proie, elle ne verra pas d'où le véritable danger peut arriver.

— Je n'ai tué personne, Maïma. Je te le jure. Et je veux te protéger.

Et je le ferai, Maïma, je te le jure ! Mais je dois agir vite, je dois réfléchir, reprendre tous les éléments, toutes les questions depuis le début, les ordonner autrement, je dois trouver qui ment, qui joue la comédie, démasquer ce monstre tapi qui vole une à une nos vies.

Maïma s'est levée, elle se dirige vers la salle Maeva où Poe et Moana ont allumé en sourdine la télé sur une chaîne musicale qui diffuse de la K-pop. Elle ralentit devant le tableau noir.

Avant de mourir je voudrais...

Avoir au moins sept enfants, vingt petits-enfants, cinquante petits-petits-enfants, cent petits-petits-petits-enfants...

et connaître au moins l'un des cent

Je devine qu'elle va foncer dans les bras du gendarme. J'ai le sentiment qu'il a fait d'elle son instrument. Dans quel but ? Est-ce lui, le cerveau machiavélique qui a tout programmé depuis que l'on est arrivés sur Hiva Oa ? Ou, comme moi, n'est-il qu'une victime qui cherche à dénouer cette toile d'araignée ? Je me contente de répéter, plus fort cette fois :

— Je veux te protéger, Maïma !

Elle ne prend même pas le temps de s'arrêter, juste de se retourner, et de me lancer :

— Laisse tomber. T'es pas ma mère !

YANN

— Servane Astine ?

— …

— C'est Yann Moreau, le mari de Farèyne Mörssen, l'une des lectrices de l'atelier d'écriture d'Hiva Oa.

— Ah, le gendarme ? OK, attendez.

Yann entend des bruits de conversation derrière l'éditrice. Il est 7 heures du soir en métropole, il a sans doute dû déranger Servane au beau milieu d'un cocktail parisien. Les sons parasites s'estompent peu à peu. Il s'est arrêté devant le faré de Tanaé, suffisamment éloigné de la terrasse pour que personne ne l'entende parler.

— Cruchot ? Vous êtes toujours là ? Désolée, je suis dans le trou du cul du monde, encore pire que chez vous. Le pays d'Ouche, ils appellent ça. Dans un train, entre Le Boulay et La Pichotière. Je ne vous mens pas, c'est le vrai nom des gares ! Je suis censée aller proposer un contrat à un petit génie dont le manuscrit a obtenu toutes les notes maximales par notre comité de lecture, avant que les autres maisons d'édition lui mettent le grappin dessus. Sauf que j'aurais préféré qu'il soit prof au lycée Henri-IV et qu'il habite entre Sorbonne et Luxembourg, le nouveau Mbappé de la littérature, on n'a pas idée d'avoir du talent et d'être facteur à Magny-le-Désert.

La communication est mauvaise. Les mots saignants de Servane Astine sont hachés et régulièrement couverts par le roulis du train. Yann en conclut qu'elle a dû se réfugier sur la plate-forme entre deux wagons. Il tente d'abréger.

— Madame Astine, j'ai besoin de savoir comment ont été sélectionnées les cinq lectrices.

— Et moi, j'ai besoin de savoir si vous avez retrouvé PYF !

Bien reçu, pas une coupure cette fois, uppercut plein ventre.

Yann hésite. S'il révèle à l'éditrice que Pierre-Yves François est mort, assommé puis carotide tranchée avec une aiguille de tatoueur, dans la minute qui suivra, toute la presse nationale ne parlera que de ça. Le monde se fiche de l'assassinat de Martine Van Ghal, à l'exception des quarante mille abonnés de son blog, et encore, mais la mort de PYF, même s'il n'était ni Johnny ni d'Ormesson, fera l'effet d'une bombe dans le petit monde de l'édition, et sans doute un peu au-delà. Il repense au texto reçu sur son téléphone, *N'appelle pas la police si tu veux revoir ta femme vivante*, il doit gagner un peu de temps, quelques heures au moins.

— Non. Aucune trace.

Servane Astine encaisse la réponse en silence, Yann entend que le train entre dans la gare de Sainte-Gauburge. Une seconde de silence supplémentaire. Les paroles de l'éditrice deviennent un peu plus audibles au fur et à mesure que le train ralentit.

— Alors pour répondre à ta question, Navarro, sur les sept petits privilégiés à qui j'ai offert gracieusement le voyage pour les Marquises, on a pris soin de choisir deux flics, ta femme et toi. Deux sur sept, c'est un sacré pourcentage, non ? Ça devrait être suffisant pour retrouver la trace de mon écrivain et l'assassin

316

de la vieille Belge ? Je suppose qu'en plus, la brigade tropicale a dû débarquer. Ils ont des pistes ?

Yann s'adosse au mur blanc du faré de Tanaé. Il bafouille des explications qu'aucune interférence sur la ligne ne l'aide à fractionner.

— Ils... Ils m'ont confié la responsabilité de l'affaire. Avec ma femme... Nous avons déjà... Disons... Plusieurs hypothèses.

Le train redémarre. L'éditrice hausse la voix.

— Écoute-moi bien, Columbo, et passe le message à madame, vous allez tout laisser tomber et me retrouver mon écrivain. Je veux bien que PYF soit malin, mais question imagination, je connais le bonhomme, il a pas inventé le mystère de la chambre jaune !

Yann tente à son tour de faire preuve d'autorité.

— Si on en revenait à ma question de départ, madame Astine ? Les candidates à l'atelier d'écriture devaient rédiger une lettre de motivation, originale et manuscrite. Vous avez parlé de plus de trente mille réponses. Comment s'est fait le choix ? Il y a eu un jury ? Un comité de sélection ?

Yann entend l'éditrice rire au bout du téléphone, puis crier :

— Marleau, tu ne vas pas me croire, y a des vaches le long de la voie ! Des vraies vaches ! En liberté ! Enfin dans un champ, évidemment, derrière des barbelés, mais même pas attachées !

Il insiste.

— Pierre-Yves François faisait partie du jury ? Il était seul à lire toutes les lettres ou...

— PYF n'a rien lu, précise soudain l'éditrice. Est-ce que tu crois qu'il avait le temps de déchiffrer les hiéroglyphes de trente-deux mille lectrices ? On a fait le tri pour lui. Sur l'ensemble des réponses, des stagiaires de la maison ont sélectionné huit lectrices et deux lecteurs particulièrement doués. PYF n'avait plus qu'à en choisir cinq parmi les dix petits génies.

Yann se mord les lèvres. Les lectrices du Soleil redouté ont donc bien été choisies à partir d'une sélection anonyme, en fonction de leur talent littéraire supposé… Toutes… sauf Farèyne !

Le train semble s'être encore arrêté. La gare du Merlerault est annoncée.

— C'est ce qui était prévu, continue Servane, mais cette tête de mule de PYF n'en a retenu qu'une seule sur les dix. Bon sang, ce train va vraiment s'arrêter partout ?

Le cœur de Yann bat à tout rompre. *Une seule sur les dix ?* Ça change tout ! Cela signifie que parmi les cinq lectrices invitées à Hiva Oa, une seule a été retenue parce qu'elle possédait une écriture prometteuse. Toutes les autres ont donc été choisies par PYF personnellement, pour d'autres raisons. Parmi les cinq, quelle est la surdouée ? Pas Farèyne, Yann sait qu'elle a été du voyage uniquement parce qu'elle a menacé Pierre-Yves François d'un procès en plagiat. Marie-Ambre a sûrement gagné sa place en couchant avec lui, et en payant le séjour aux quatre autres. Titine servait à la promo sur les réseaux sociaux… Restent, comme toujours, Clem et Éloïse…

— T'es toujours là, Serpico ? Moi je ne bouge pas, j'ai le temps de compter les pommiers. Dire qu'ils nous bassinent avec les lignes de campagne qui ferment les unes après les autres. Tu parles, y a pas un bled en

318

province où le train ne s'arrête pas ! Sinon, viens pas me demander sur quel critère Pierre-Yves a sélectionné les autres élues, y compris ta commandante de femme, lui seul le sait, tout comme cette lubie de se mettre au roman policier. Pas la meilleure de ses idées, si tu veux mon avis... Il est bien meilleur en psychologie, féminine de préférence.

Gare de Nonant-le-Pin.

— Vous avez son nom ? demande Yann. La seule lectrice parmi les dix choisie par PYF. Celle qu'il a fait venir pour son talent ?

— Hou là, te dire ça entre Les Pâtures et Saint-Symphorien-des-Bruyères... Je suis même pas certaine d'ailleurs qu'on puisse la retrouver. Trente-deux mille lettres, t'imagines, on a dû tout bazarder.

Yann balance un coup de pied rageur dans les graviers de l'allée du Soleil redouté.

— Merci quand même. Si jamais vous la retrouvez...

— De rien, Poirot. Je vais devoir te laisser. Je descends à Magny-le-Désert. Et si jamais de votre côté vous ne retrouvez pas mon écrivain, essayez au moins de dénicher son manuscrit, ainsi que tous ceux que les lectrices auraient écrits. Un cadavre de blogueuse, un auteur de best-sellers évaporé, une île de cannibales tatoués, un flic raté... Signé PYF ou pas, ça va cartonner !

319

JOURNAL de MAÏMA
Le diable tatoué

— Tu téléphonais à qui ?
— Servane Astine, l'éditrice de PYF.
— Et alors ?
— Et alors rien. Rien de rien.

Je me tiens derrière Yann. Je me suis rapprochée à pas de souris. Après son coup de téléphone, mon capitaine s'est directement rendu dans la salle Maeva et a d'autorité réquisitionné le poste informatique de la réception installé près de la Livebox, et en conséquence le seul au Soleil redouté à peu près connecté à Internet.

Je sens que mon capitaine, à l'inverse, est de moins en moins connecté. À moi du moins. Comme s'il n'avait plus de temps à perdre avec une gamine, maintenant qu'il est persuadé de savoir qui a commis ces crimes. Et qu'il est persuadé de m'avoir persuadée.

La tueuse, c'est Clem.

Les conseils que je n'ai pas voulu écouter, il y a quelques minutes, reviennent cogner dans ma tête.

Tu traînes trop avec ce gendarme. Je ne lui fais pas confiance.

Est-ce que je devrais faire confiance à Clem ?

C'est cinquante-cinquante au fond, Yann aurait très bien pu trafiquer les empreintes, échanger celles qu'il a relevées, pour la faire accuser.

Qui je dois croire ? L'un des deux, forcément, ment.

Est-ce que la seule personne à qui je peux faire confiance est tout simplement… maman ?

320

Ça semble agacer Yann que je reste ainsi, debout dans son dos, à cogiter sans un mot. Il marmonne sans quitter son écran des yeux.

— Tu as autre chose à me demander ?

— Oui... Est-ce que tu as du nouveau ? Est-ce qu'on l'a retrouvé ?

— Qui ça ? sursaute mon capitaine en se retournant.

Une lueur d'espoir a brillé dans ses yeux. Je précise ma question, m'étonnant qu'il n'ait pas tout de suite compris.

— Miri ! Le troisième double poney.

La flamme s'est consumée sitôt allumée.

— Ah, le cheval fugueur ? Oui, il est rentré à l'écurie. Il gambade dans le champ avec Fetia et Avaé Nui.

Il m'énerve à faire celui qui répond à côté.

— Je sais ! Mais je te parle de cette nuit !

Yann sourit tristement tout en se frottant les tempes, lassitude et patience réunies, comme si ses pensées tournaient au ralenti ou que, trop nombreuses, elles bouchonnaient dans son esprit.

— J'ai compris, Maïma. J'ai réfléchi, tu as raison, le tueur s'est sûrement rendu au vieux cimetière avec Miri, puis l'a ramené ici, entre le moment où je suis parti avec le Tacoma et celui où j'ai appelé Tanaé pour qu'elle réveille tout le monde au Soleil redouté. Cela peut être n'importe qui... Je vais discuter avec Poe et Moana dès qu'elles seront douchées et habillées. Apparemment, elles étaient dehors sous la pluie, dans le champ, une partie de la nuit.

Mon capitaine fait pivoter sa chaise vers l'écran et se remet à pianoter sur le clavier.

— Tu cherches quoi ?

Cette fois, il me répond sans tourner autour du pot.

— Métani Kouaki. C'est la dernière chose que Farèyne m'a dite hier, au téléphone. Elle l'a retrouvé, tout près d'ici. Elle poursuivait son enquête et une évidence a surgi.

Sur l'écran, des mots défilent. Yann explore toutes les combinaisons possibles grâce au moteur de recherche. *Métani Kouaki Hiva Oa Tatoueur Atuona Crime Viol Étranglement Tueur en série Audrey Lemonnier Laetitia Sciarra Enata Marquises 15ᵉ arrondissement*

Je reste un moment à lire les résultats par-dessus son épaule. Mon capitaine ne me chasse pas, on dirait qu'il a oublié que j'étais là. De toutes les façons, ses requêtes ne donnent rien. Il revient toujours aux mêmes articles qui recyclent en boucle l'histoire du double meurtre d'il y a vingt ans, mais aucun ne donne la moindre indication sur ce qu'est devenu Métani Kouaki.

Yann s'énerve tout seul.

— Farèyne avait pourtant découvert quelque chose ! « Là, tout près d'ici. » Kouaki habite dans le coin, c'est certain.

Il fixe toujours l'écran, mais j'ai presque l'impression qu'il s'adresse à moi.

— Il a sûrement changé de nom, bougonne-t-il. Comment trouver sous quelle identité il se cache aujourd'hui ? À part qu'il doit avoir une soixantaine d'années, on ne sait rien de lui.

Yann teste une nouvelle combinaison, plus large, à partir des deux seuls mots *Marquises* et *Tatouage*. Des centaines de réponses s'affichent. Il choisit de n'ouvrir que celles qui correspondent à une page Facebook, en commençant par les profils de femmes habitant Hiva

Oa. Une fois entré sur la page, il prend le temps de regarder chaque photo et de lire tous les commentaires associés. Il surfe ainsi de vie en vie, pénétrant dans l'intimité de dizaines de Marquisiens tatoués, traquant le moindre indice sur leur peau.

Je reste un moment à regarder défiler les photos d'épaules, de dos, de cuisses, de fesses, toutes recouvertes d'arabesques noires, avant de m'éloigner lentement vers la cuisine.

*
* *

— Tanaé ?
— Oui, ma chérie ?

La patronne du Soleil redouté est assise devant la table de la cuisine et a étalé devant elle des piles de papiers où se mélangent courriers officiels estampillés *République française* et *Polynésie française*, factures, devis, demandes de réservation.

J'attends, silencieuse, hésitant sur la façon de formuler ma première question.

Tanaé porte sur son nez d'inhabituelles petites lunettes, et sa traditionnelle longue robe marquisienne. Elle a senti ma présence sans lever la tête. Du coup, elle me devance.

— Un conseil, ma petite, n'ouvre jamais de gîte ! Tu passes plus de temps à remplir des papiers qu'à faire la conversation aux invités.

Tant pis, je me lance.

— Tanaé, tu as déjà entendu parler de Métani Kouaki ?

Elle redresse la tête. Ses lunettes s'accrochent au bout de son nez, ses yeux dansent comme des moustiques enfermés derrière une fenêtre.

— Non, non, jamais.

Elle a hésité. Je suis certaine que Tanaé a hésité ! Juste une fraction de seconde de trop. Assez pour que j'aie le courage d'insister.

— Tanaé, cet Enata, tatoué sur ton épaule, il représente quoi pour toi ?

La patronne se fige, stylo en l'air, lunettes en l'air, nez en l'air, aussi gênée que si je lui avais demandé la couleur de sa culotte. Je comprends dans l'instant que j'ai ouvert une faille, où je vais pouvoir me glisser. C'est dans cette même faille que Farèyne s'est engouffrée hier soir, après que le tatouage de Tanaé a été dévoilé par accident. Tout s'est éclairé pour la commandante en le voyant.

J'essaye de réfléchir le plus vite possible, pas assez vite pourtant, et trop fort, mes pensées ont dû faire trop de bruit, je n'ai pas entendu les pas dans mon dos…

Une ombre cache les rares rayons de soleil qui se faufilent dans la cuisine.

Je me retourne trop tard.

Le diable. Le diable est de retour. Il se tient devant moi.

YANN

Yann en a assez des tortues tatouées sur des fesses dodues, des serpents noirs enroulés autour des tétons bruns, des geckos arrondis sur les ventres plats. Même si Métani Kouaki se cachait derrière l'un de ces commentaires enthousiastes, moqueurs ou coquins, d'admirateurs anonymes, comment pourrait-il l'identifier ? Comment Farèyne y est-elle parvenue ? Il en vient à douter de tout. À la réflexion, est-on vraiment certain que Métani Kouaki est le tueur en série ? Farèyne en était persuadée, mais le tatoueur n'a jamais avoué. Toute l'accusation ne reposait que sur un seul témoignage, cette Jennifer Caradec, que tout le monde a oubliée depuis...

Il abandonne temporairement les réseaux sociaux. Une autre idée lui est venue. Il repense à la liste des questions qu'il a dressée avec Maïma, une liste organisée autour de trois mystères : les tatouages, les tikis et les perles noires.

Sans réfléchir davantage, Yann tape, à la vitesse maximale que peuvent atteindre ses deux index, deux mots-clés.

Perle noire Marie-Ambre Lantana

Il lance le moteur de recherche. Le résultat tombe quelques secondes après qu'il a relevé son doigt.

Mot non trouvé *Marie-Ambre*

Une bonne dizaine d'articles contiennent les deux autres.

Perle noire Lantana

Le gendarme ne parvient pas à croire ce qu'il lit. Tout était là, à portée de clic, devant leurs yeux, et personne, absolument personne, n'a vérifié. L'évidence apparaît, telle une vérité crue derrière un rideau déchiré.

Depuis le début de cet atelier d'écriture, tout le monde, y compris Servane Astine, a été manipulé.

JOURNAL de MAÏMA
Le camion des vampires

Le diable porte une fine moustache grise, des cheveux frisés, et se déplace avec une canne.

Charlie !

Je bondis.

Qu'est-ce qu'il fait ici ?

Tanaé a profité de la diversion, elle a posé son stylo, laissé pendre ses lunettes accrochées à un fin collier sur sa large poitrine, remonté sa robe sur ses épaules, et elle sourit à l'homme qui vient d'entrer.

— Alors ? T'as trouvé de l'aide ?

— Ouais, répond Charlie. Manuarii le tatoueur devrait m'aider, et Noa le menuisier va me prêter son fourgon noir. Ça fera davantage corbillard.

Tanaé hoche la tête, puis se tourne vers moi. Je me suis écartée d'un saut de panthère supplémentaire, en direction de la salle Maeva et de la photo de Brel.

— J'ai demandé à Pito de s'occuper du corps de Pierre-Yves, précise l'hôtesse. En attendant l'arrivée de la police, on le descendra à la cave, à côté de celui de Martine. Je demanderai au curé de passer.

— Tu crois que c'est la peine ? demande bizarrement Charlie.

Pour la première fois, j'entends sa voix. Elle est belle et grave, comme celle des chanteurs noirs.

Raison de plus pour me méfier ! Je ne dois pas me laisser charmer.

— Quitte à mourir dans un cimetière, continue le Marquisien tatoué, autant y rester pour y être enterré.

Je n'arrive pas à déterminer si c'est du second degré, ou juste l'expression du sens pratique d'un croque-mort jardinier.

Je me force à rester concentrée sur mes pensées.

Le tatouage de Tanaé.

L'Enata, à l'envers.

Le même que celui d'Audrey et Laetitia, les victimes de Kouaki.

Le symbole de l'ennemi.

Farèyne-la-commandante a compris hier, elle l'a dit à Yann, elle l'a dit sur la terrasse aussi, je me souviens des mots difficilement captés sous la pluie, « je sais où se cache le tueur, il ne me manque plus qu'une ultime preuve », et de la question posée juste avant par la commandante, une question à laquelle je n'ai pas eu le temps de repenser mais qui, à y réfléchir, paraissait bien étrange : « Tanaé, votre mari, Tumatai, où est-il enterré ? »

Au vieux cimetière de Teivitete, a répondu Tanaé, et Farèyne s'y est rendue, juste après, sous la pluie, en lançant Avaé Nui au galop.

« Tanaé, votre mari, Tumatai, où est-il enterré ? »

Un Enata, à l'envers, un autre à l'endroit.

« J'ai tout compris hier soir ! » a hurlé Farèyne dans le téléphone. « C'était tellement évident. »

Qu'as-tu compris, commandante ? Tu disposais des mêmes indices que moi. Je dois trouver ! Je ne suis pas plus bête que toi…

Charlie a disparu dans l'allée du Soleil redouté. Tanaé s'est remise à cocher des cases et signer des papiers, comme si ma dernière question, sur la signification de son tatouage, était déjà oubliée.

Je suis persuadée qu'elle joue la comédie ! Tanaé connaît le nom de Métani Kouaki,

Métani Kouaki. L'ennemi. Le tatoueur d'Enata.

Je laisse soudain échapper un cri. Je me retiens in extremis de danser sur place ou d'improviser un haka.

J'ai compris !

Tu avais raison, commandante ! La solution était évidente. Tous les indices étaient là. Un jeu d'enfant ! C'est le cas de le dire, un jeu d'enfant !

Mon cri a dû intriguer Tanaé. Je quitte la cuisine en courant, avant qu'elle lève à nouveau les yeux et réajuste ses lunettes.

*
* *

Je dévale la descente jusqu'à Atuona. Je traverse le village à toute vitesse, pieds nus, j'ai envoyé valser un peu plus haut les sandalettes avec lesquelles je dérapais. J'aurais dû faire comme la commandante hier, prendre un cheval… Tant pis, le vieux cimetière de Teivitete n'est qu'à deux kilomètres, j'y serai en un quart d'heure. Je double les pick-up garés devant le magasin Gauguin. Les Marquisiens me regardent passer en cavalant comme si je fuyais la vague d'un tsunami. Ça ne semble pas les inquiéter.

Je dépasse le monument-aux-deux-morts, j'effectue un virage serré en coupant par le talus, sous un cocotier, en prenant soin de ne surtout pas ralentir au cas où

329

l'une des noix se détacherait, depuis que je suis née, on me raconte qu'elles font plus de morts que les requins, puis j'accélère de plus belle. Une longue ligne droite !

Je prends juste le temps de jeter un œil sur ma droite pour vérifier si la boutique Tat'tout est ouverte, jardin désert, volets clos, personne, je continue sans ralentir, même si la pente commence à s'élever. Mon cœur cogne de plus en plus fort, mes jambes frappent de plus en plus lourdement le sol, je m'efforce de garder le rythme, mais un point de côté m'oblige à m'arrêter.

Une ou deux secondes, pour reprendre mon souffle.

Je me rends compte seulement alors que je suis seule sur cette étroite route bitumée qui s'achève un peu plus loin par un chemin en pleine forêt, et que je n'ai prévenu personne, parce que je ne peux faire confiance à personne.

Je réalise qu'il serait plus raisonnable de faire demi-tour, de ne revenir au vieux cimetière qu'une fois accompagnée, de retourner au village, je l'aperçois en contrebas, là-bas je serai en sécurité, entourée des commerçants, des habitants, des véhicules qui circulent, qui stationnent devant le magasin Gauguin, qui montent voir la tombe de Brel, qui tournent après le monument-aux-deux-morts, qui…

Une voiture fonce droit vers moi !

Je la vois s'engager, quelques centaines de mètres plus bas, sur cette route qui se termine en raidillon dans la jungle. Qu'est-ce qu'elle viendrait faire dans une impasse, sinon…

Plus le temps de se poser des questions. Je sprinte !

J'écrase les gardénias sur le talus. Les pétales blancs volent en flocons autour de mes pieds nus. Je dois atteindre la fin de la route avant que la voiture m'ait rejointe, ensuite personne ne pourra me rattraper. J'entends le moteur gronder derrière moi, un fauve dont la respiration est de plus en plus rapide, de plus en plus proche. Je n'ai que quelques secondes d'avance. Pas assez pour échapper au monstre d'acier.

En un instant, je comprends que je dois me jeter sur le côté. La forêt est un mur dense de branches de fougères arborescentes entre les bananiers, mais si je reste sur le bitume... Je m'écarte une seconde avant que la voiture ne me dépasse et je plonge entre les troncs.

La forêt sera mon refuge !

Je me relève, je vais disparaître entre les arbres, je suis sauvée, je suis un animal sauvage insaisissable, je suis...

Stupide !

Je ne m'aperçois pas que mes pieds s'enroulent autour d'une liane. Je m'étale de tout mon long dans les fougères, comme la plus crétine des citadines qui n'a jamais mis les pieds dans la jungle. J'essaye de me relever, mais ces foutues branches ligotent mes chevilles.

J'entends le bruit des portières qui s'ouvrent. J'aperçois quatre jambes noires. Je lève les yeux, panique, pleure, implore.

Derrière un écran de larmes, la dernière image que je vois est un fourgon garé au milieu de la route, noir, de la couleur des camions-cages des vampires qui ramassent le long des chemins les petites filles perdues qu'on ne retrouve jamais.

MA BOUTEILLE À L'OCÉAN
Chapitre 20

Je me suis isolée, je suis assise sur un banc au milieu du village, juste en face de la Maison du Jouir de Gauguin, loin du Soleil redouté. Isolée des autres pensionnaires, mais pas seule. Un jardinier armé d'un Rotofil tond la pelouse derrière moi, quelques rares touristes passent du musée à la maison du peintre, des femmes de ménage astiquent les boiseries.

Je repense à ma conversation avec Maïma, il y a quelques minutes, sous la pergola, à son étrange changement d'attitude, à ses mots coupants : « Parce que toi, on peut te faire confiance ? On a tous des secrets mais toi plus qu'une autre ! »

J'en ai pris conscience au regard de Maïma, Yann m'a désignée comme la tueuse. Il en fallait bien une, c'est tombé sur moi ! Est-ce une petite vengeance mesquine de mâle frustré ? Parce qu'il a compris que je préférais coucher avec un écrivain bedonnant plutôt qu'avec un bellâtre comme lui ?

Il a fabriqué des preuves, ou les a interprétées dans le sens qui l'arrangeait. J'ai continué de réfléchir, il a sûrement fait parler des empreintes digitales retrouvées sur la scène de crime : son numéro de flic qui se la joue scientifique, hier soir, correspond au changement d'attitude de Maïma.

« Laisse tomber. T'es pas ma mère. »

Non, Maïma, non, je ne te laisserai pas tomber !

Pour ce qu'elle s'occupe de toi, ta mère…

Et pour les soupçons de Yann, je m'en fiche, je ne crains rien, je m'expliquerai devant la police, tout comme je m'explique devant vous, puisque je verse tous les éléments dans ma bouteille à l'océan.

C'est pour fuir ces accusations muettes que je suis descendue. Ici, au cœur du village, je suis en sécurité. Au Soleil redouté, je me sentais sans cesse espionnée, suivie, accompagnée, comme si Yann avait ordonné à toutes les autres de ne pas me lâcher d'un pétale de tiaré, de me suivre chacune leur tour, à la manière de flics qui se relaient lors d'une filature.

Du hangar de l'espace Brel s'échappent les rimes du chanteur et les notes de piano. Elles se déversent chaque jour, depuis vingt ans, sur le cœur du village d'Atuona, telle une radio locale qui ne diffuserait qu'un seul artiste, les alizés en réglant le volume.

Médium, ce matin.

On est deux, mon amour, et l'amour chante et rit
Mais, à la mort du jour, dans les draps de l'ennui
On se retrouve seul

J'étais descendue au village pour écrire, continuer mon roman, m'accrocher comme une bouée à ma bouteille à l'océan. Finalement, je change d'avis, je préfère lire, comme un dernier hommage à Pierre-Yves. Relire *Loin des villes soumises,* forcément, son meilleur roman.

Autant me noyer dans la lecture. Je n'ai plus la force d'enquêter. De penser tatouages, tikis ou perles noires. D'ordonner les pièces du puzzle. J'ai juste celle d'attendre la police, la vraie, celle de Papeete, ils finiront bien par atterrir à Hiva Oa, le monde finira bien par être au courant. On ne meurt pas, on ne tue pas, impunément, même sur l'archipel le plus isolé du monde.

On est dix à défendre les vivants par des morts
Mais, cloué par leurs cendres, au poteau du remords
On se retrouve seul

Sitôt plongée dans les pages, les phrases de Pierre-Yves me happent. PYF était un sorcier. Un sorcier dangereux. Je sais que la plupart des critiques littéraires le considéraient comme un écrivain sans intérêt, un habile brasseur de bons sentiments, un charlatan. Ils se trompent. J'en suis la preuve, son pouvoir agissait sur moi. Au moins sur moi. Il écrivait si bien, ce salaud, tellement mieux que moi.

Tiens, voilà Éloïse.

C'est donc son tour de filature ?

Elle prend la garde de 9 heures à midi ? Au cas où j'aurais envisagé de me sauver, en pirogue, jusqu'à Tahuata.

La jolie brune se contente de me sourire, de m'adresser un petit signe de main, puis déplie son chevalet et y pose sa feuille blanche, ses pastels, concentrée sur les formes opulentes des Marquisiennes sculptées sur les murs de bois de la Maison du Jouir. Leurs profils primitifs contrastent étrangement avec celui, si fragile, de la délicate Éloïse. Fleur de tiaré sur l'oreille et tresse bohème posée sur son épaule bronzée, elle paraît ne pas s'intéresser à moi.

Ne te fatigue pas, ma belle !

On reste là toutes les deux, moi mon livre à la main, elle ses crayons gras. De temps en temps, quand je plonge dans le roman, je devine qu'elle m'épie. Et quand c'est à son tour de froncer les sourcils, de coincer quelques mèches derrière son oreille fleurie et de mordiller ses lèvres tout en étalant ses couleurs, je l'espionne. Son tableau représente toujours le même motif, deux enfants raturés, sans aucun rapport avec la fresque sensuelle de la Maison du Jouir, celle que Gauguin lui-même a baptisée *Soyez amoureuses, vous serez heureuses*.

Notre jeu de chat et de souris dure un bon moment, je me surprends à penser qu'on agit toutes les deux comme deux amoureux qui s'apprivoisent. Contre toute attente, c'est Éloïse qui fait le premier pas. Ses yeux ne me regardent pas, ils s'attardent sur le livre qui pend au bout de ma main.

— Je l'ai lu moi aussi.

Loin des villes soumises.

Je réponds avec une pointe d'ironie.

— Je me doute. Il faisait partie des lectures obligatoires pour entrer à l'académie d'Hiva Oa, non ?

J'ai gagné un sourire ! Je rejoue.

— Je fais du zèle. Je le relis pour la quatrième fois. C'est de loin son meilleur.

Éloïse confirme d'un délicat mouvement de la tête. Ses yeux clairs fixent un point au-dessus du livre posé sur mes genoux, comme si elle suivait l'envol de mots invisibles s'échappant d'entre les pages.

— Son meilleur, tu as raison. Et d'une certaine façon, son pire aussi. Enfin, plutôt, son plus dangereux. Tu ne trouves pas ?

Je ne sais pas quoi répondre à ça. Je ne sais d'ailleurs même pas si Éloïse attend une réponse. Elle enchaîne presque immédiatement.

— Je… Je t'ai entendue parler tout à l'heure avec Maïma. Je… Je voulais te dire qu'elle a aussi fouillé chez moi. Elle a laissé la chaise au milieu de la chambre, pour grimper sur la poutre et se faufiler sous le toit. Je voulais aussi te dire que je n'en veux pas à Maïma. On a tous nos secrets, non ? Elle croit bien faire. Elle enquête, elle joue à la policière. Enfin, ce n'est plus vraiment un jeu, évidemment. Mais je voulais te dire que je l'aime bien. Elle… Elle me rappelle…

Les yeux d'Éloïse quittent mon livre pour revenir sur son dessin.

Deux enfants gris.

Gris-bouillie.

Des traits de crayon sombres et désordonnés formant deux ombres macabres et juvéniles.

Un silence.

Maître Jacques le meuble avec mélancolie.

On est cent qui dansons, au bal des bons copains
Mais au dernier lampion, mais au premier chagrin
On se retrouve seul

Alors que je replonge dans mon livre, Éloïse se concentre à nouveau sur la fresque de Gauguin, et soudain lit à haute voix.

Soyez amoureuses, vous serez heureuses.

— C'est facile, non, m'interpelle-t-elle, pour les artistes, de balancer ce genre de phrases. Ils les inventent, ils les gravent. Elles restent et ils s'en vont.

C'est presque un jeu pour eux, une façon de laisser une trace, pour quand ils ne seront plus là. Mais nous, on y croit !

Éloïse n'a jamais parlé autant. À personne. À ma connaissance du moins. Pourquoi aujourd'hui ? Pourquoi à moi ? Parce qu'elle veut devenir mon amie ?

Parce que… je lis ce roman ?

— Ce livre de Pierre-Yves, continue Éloïse en caressant sa tresse bohème tel un petit animal soyeux lové contre son cou, c'est la même chose, non ? Pierre-Yves dépose tout ça sur notre table de chevet, l'hymne à l'amour, notre vie ratée si on ne vise pas la lune, l'atterrissage dans les étoiles, les comètes qu'on ne doit pas laisser filer. Quand un livre est bien écrit, c'est comme un miroir, un miroir de notre vie, de notre vie en mieux, de notre vie si elle n'était pas loupée. Et les livres de Pierre-Yves le sont, bien écrits. Il sait parler des femmes, parler de la place des femmes, parler aux femmes. Pour mieux les tromper !

Une violente balafre noire déchire la toile blanche, ponctuant les quatre derniers mots d'Éloïse.

— Pourquoi tu dis ça ?

Les yeux d'Éloïse s'aimantent encore au livre, puis remontent sur moi.

— Nous sommes semblables toutes les deux, non ? Pierre-Yves nous a brisé le cœur avec ses fausses promesses. Nous avons tout perdu à cause de lui. Et pourtant, ni toi ni moi ne lui en voulons. Ce n'est pas sa faute. Ce n'est jamais la faute d'un miroir… Personne ne nous force à nous regarder dedans.

J'essaye de figer dans le bois de séquoia mes émotions. Pierre-Yves t'a brisé le cœur, ma chérie ?

Alors toi aussi, Éloïse, tu couchais avec lui ? C'est ce que je dois comprendre ? Une maîtresse de plus ! C'est ce que tu voudrais me faire croire ? Une maîtresse bien plus désirable que moi.

Je repense aux serments de PYF, après l'amour, toujours après l'amour, j'étais son trésor le plus précieux, moi sa fiancée secrète rêvant de la plus belle bouteille à l'océan, sa bible en un seul exemplaire, l'unique issue du labyrinthe de sa vie torturée… Est-ce qu'il versait à toutes ses maîtresses les mêmes promesses ?

J'ai soif, j'ai soudain soif. Comme si j'avais anticipé les confidences d'Éloïse, j'ai apporté avec moi deux bières Hinano.

— Tu en veux ?

Je sais qu'Éloïse n'en prendra pas. J'en décapsule une. Depuis hier, depuis ce matin, je dois lutter contre cette envie de boire. Est-ce que ça commence ainsi, la dépendance à l'alcool ? Pour compenser la dépendance à un homme ?

— Non merci, me répond doucement Éloïse.

De quoi est-elle dépendante ? De ces deux petits fantômes noirs ?

On est million à rire du million qui est en face
Mais deux millions de rires n'empêchent que dans
la glace
On se retrouve seul

Je porte le goulot à mes lèvres avant de continuer.

— Si, Éloïse. Si. Nous sommes forcées de nous regarder dans le miroir. Nous sommes programmées ainsi. Nous devons être parfaites. Tu crois que

Pierre-Yves nous a réunies ici pour cela ? Rassembler cinq lectrices pour composer la femme parfaite ? Ça lui ressemblerait bien, non ? On s'est toutes crues la femme idéale, la petite fiancée préférée, la favorite, la privilégiée, n'est-ce pas ? Toi aussi tu as dû ressentir ça, qu'il écrivait pour toi, uniquement pour toi ?

Éloïse confirme en inclinant la tête.

Elle est redevenue timide et moi volubile.

— Mais en réalité, aucune de nous n'était assez parfaite pour lui. Aucune ne possédait toutes les qualités. La femme idéale, Pierre-Yves l'a forgée comme on fusionne un alliage précieux, comme on compose un élixir, en assemblant plusieurs personnalités.

— Comme les tikis, murmure Éloïse.

Je comprends ce qu'elle veut dire. Je bois encore.

— Exact, comme les tikis ! C'est sûrement lui qui les a commandés. Pour nous prévenir. Aucune femme ne possède toutes les qualités. Aucune femme ne possède tous les manas à la fois. Mais lui les veut tous, égoïste qu'il est... Et chacune d'entre nous croit pouvoir les lui donner, égocentriques que nous sommes...

On est deux à vieillir, contre le temps qui cogne
Mais, lorsqu'on voit venir, en riant, la charogne
On se retrouve seul.

Les doigts d'Éloïse jouent nerveusement avec sa tresse, l'avancent jusqu'à ses lèvres qui la mordillent. Je devine qu'elle hésite à la lever plus haut pour essuyer ses yeux mouillés. Elle se retient de sangloter.

— Tu crois que Pierre-Yves nous a trompées ? Tu crois que ses livres mentent ? Tu crois que tous les livres mentent ? Tu crois que c'était le fantasme de Pierre-Yves, nous rassembler ici pour toutes nous posséder, à sa façon ?

— Je crois que c'est le fantasme de tous les hommes.

Un crissement de pneus !

Nous nous retournons, dans le même mouvement, toutes les deux. Nous entendons d'abord un moteur poussé à fond, puis nous voyons, sur la route du village au-dessus de nous, passer un étrange fourgon noir.

À toute vitesse.

JOURNAL de MAÏMA
Le haka de l'oiseau

Yann m'aide à me relever. Il s'est accroupi au bord de la route alors que je dénoue avec difficulté les lianes enroulées autour de mes chevilles, sans cesser de surveiller avec méfiance le fourgon noir garé au bout de la route.

— Eh bé, commente mon capitaine, si tu avais été poursuivie par une tribu de cannibales de la vallée d'en face, tu n'aurais pas été loin avant de finir sacrifiée sur le paepae.

J'arrache les dernières lianes, vexée. J'observe, près du fourgon, la silhouette boiteuse de Charlie entamer l'ascension sur l'étroit sentier boueux qui prolonge la route, en direction du vieux cimetière de Teivitete. Il est accompagné d'un homme plus jeune, beau gosse, jean slim noir et chemise blanche. Manuarii ? Le tatoueur à qui Tanaé a confié la mission d'aider Pito le jardinier à transporter le corps de PYF jusqu'à la cave du faré du Soleil redouté. Ils sont ici pour ça, pas pour moi, c'est ce qu'ils ont raconté... Mais que se serait-il passé si Yann n'était pas arrivé ? C'est Tanaé qui les a envoyés, et Tanaé ment ! Elle ne veut pas qu'on sache ce qui se cache au vieux cimetière, ce que Farèyne avait découvert hier.

Le soleil du matin joue au pompier et assèche en vapeur tiède le goudron encore mouillé. J'accepte la main tendue de Yann et je me redresse, pieds nus sur le bitume qui fume.

— Comment m'as-tu retrouvée ?

— Tanaé m'a prévenu aussitôt que tu as disparu.

— Et t'as couru derrière moi ?

— Qu'est-ce que tu crois ? Que je vais te laisser te promener toute seule à Hiva Oa ? Tu aurais pu tomber sur n'importe qui, des types pas aussi gentils que Pito et Manuarii.

Les deux hommes ont déjà disparu, là où le chemin se perd dans la forêt. Sont-ils envoyés en mission commando par Tanaé pour tout nettoyer ? Ils ne voulaient pas m'écraser, juste m'éviter alors que je courais sur la route, c'est la version que mon capitaine a avalée !

Ils m'énervent tous, depuis ce matin, à essayer de me protéger. Je me retiens de balancer à Yann : « Laisse tomber, t'es pas mon père ! » Je me contente de serrer les poings et de lui montrer le chemin.

— OK, mon capitaine, c'est cool que tu sois là. Tu m'accompagnes au vieux cimetière ?

— Je crois qu'il y a plus urgent avant.

Il ne comprend rien ? Je prends sa main.

— J'ai trouvé, Yann ! J'ai trouvé ce que signifie l'Enata à l'envers. La solution est là-bas !

Je tire sur son bras, j'ai l'impression d'être une enfant qui veut montrer un trésor à un adulte qui ne la croit pas.

— Plus tard, Maïma.

Plus tard ? J'ai envie de mordre son poignet qui serre plus fermement encore ma main, et déjà me force à rebrousser chemin. Est-il jaloux de s'être fait doubler par son adjointe ? Après s'être fait devancer par sa femme hier…

— Il faut qu'on parle, ajoute Yann. Tu m'as menti, Maïma, tu m'as menti depuis le début.

Toutes mes forces cèdent d'un coup. Seuls mes mots luttent encore.

— Qu'est-ce que tu racontes ? Qu'est-ce que tu...

— Le 20 mai 2017, Huahine Pearl Farm, ça te rappelle quelque chose ?

Je ne dis plus rien. Même mes mots ont capitulé. Je reste silencieuse pendant tout le chemin, à réfléchir, à peser ce que j'ai à perdre, au fond. Alors qu'on entre dans le village, j'ai pris ma décision : tout expliquer, puisque mon capitaine a tout deviné.

Nous tournons sur la droite après la boutique Tat'tout, laissons passer un pick-up chargé de sacs de jute bourrés de coprah, et nous nous installons sur le tohua, la grande place du village, rénovée à l'occasion du Festival des arts des îles Marquises de 2003. Avec sa pelouse rase, ses gradins de pierres rouges, les grands tikis roses qui en gardent l'entrée, on dirait un stade de foot pour extraterrestres.

La dernière fois que j'y suis entrée, c'était dans une autre vie. J'étais en CE1 je crois, j'avais sept ans. J'y avais dansé le haka de l'oiseau pour la fête de l'école, devant tout le village, devant papa et maman aussi, évidemment, ma maman d'avant, je veux dire.

Je serais encore capable de danser ce haka, aucune Marquisienne n'oublie cette chorégraphie. On n'oublie rien quand on grandit, c'est juste qu'on n'en a plus envie. Tout ce dont j'ai encore envie aujourd'hui passera aussi : rire, courir, se foutre de tout et surtout des sous, marcher pieds nus. Je deviendrai comme maman, ma maman d'aujourd'hui, avec comme seule préoccupation en me levant le matin la couleur de mes chaussures et du vernis à orteils assorti.

Je me tourne vers mon capitaine, les yeux mouillés de larmes.

— Ne m'interromps pas, Yann. S'il te plaît, ne m'interromps pas. Je vais commencer par le commencement.

« Maman. Marie-Ambre, je veux dire, mais tu as compris. Tout le monde prend Marie-Ambre pour une idiote, une de ces popa'a super riches qui se prélassent à Bora-Bora en matant les jeunes Polynésiens musclés, qui boivent et fument trop, qui dépensent sans compter, une victime sans défense des guides et des moniteurs de plongée, une gentille arnaquée… Sauf que tout le monde se trompe. Marie-Ambre appartient à l'autre camp ! Celui des arnaqueuses !

« Mais revenons au début, par le point le plus important. Alors tu as compris, mon capitaine ? Marie-Ambre n'a pas d'argent ! Rien ! Même pas 1 000 francs Pacifique sur son compte. Tout est bidon ! Ses fringues de marque, son sac Dior, ses lunettes de soleil Cartier, ses maillots de bain Eres. Ce ne sont que des contrefaçons achetées au marché aux fripes à Papeete. Autant te dire que toutes ses promesses à Servane Astine sont en plomb ! Le remboursement des billets d'avion, l'ardoise de la pension, une semaine complète pour sept invités au Soleil redouté, c'est pas maman qui va les régler ! Elle m'avait fait jurer de ne rien dire, et tu te doutes bien que je n'allais pas la dénoncer.

« D'après ce que je sais, maman a contacté Pierre-Yves François sur les réseaux sociaux, alors qu'il était encore en France et s'intéressait aux Marquises.

344

Il cherchait des infos pour son prochain roman. Elle a flairé le bon plan, PYF aussi, sûrement, vu le diaporama de photos d'elle en maillot de bain que maman laissait en accès libre sur sa page Facebook. Elle lui a joué le coup de la groupie raide dingue de ses livres, et lui a proposé de financer intégralement un atelier d'écriture au bout du monde, au cœur du décor de son futur roman, à Hiva Oa. Une jolie façon de joindre l'utile à l'agréable !

« PYF n'a pas eu de mal à convaincre son éditrice de monter une telle opération qui ne lui coûtait pas un rond. Je suppose que le plan de maman était, une fois sur place, de séduire l'écrivain millionnaire et célibataire. Elle y a mis du cœur à l'ouvrage, je peux te le dire, elle que je n'avais jamais vue ouvrir un livre les a dévorés, jusqu'à l'indigestion, en quelques semaines, avant que toute la petite troupe débarque à l'aérodrome Jacques-Brel.

— Et ton papa ? demande doucement Yann. Et ton papa dans tout ça ?

Et mon papa ? Il faut aussi que je raconte cela ?

Je regarde la terre ocre du tohua devant moi, l'estrade gardée par les tikis roses. Je me souviens, je dansais devant tous les parents de l'école, pas seulement papa et maman, je portais un tapa blanc, le costume traditionnel en écorce que papa était allé tailler pour moi, dans la forêt, sur un tronc de mûrier.

Un voile passe devant mes yeux. Je les baisse et les laisse traîner sur les sandales poussiéreuses de mon capitaine.

— Pour papa, si tu as lu la presse, tu sais déjà... Il habite à Tahiti aujourd'hui, en colocation, dans un

345

cinq mètres carrés, à la prison de Nuutania. Il a signé un bail qui court encore pendant neuf ans. Marie-Ambre ne vous a pas menti sur un point, sur un point au moins, il a réellement fait fortune dans la culture de perles noires ! Une fortune colossale. Estimée à 100 millions de francs Pacifique. Il l'a tenue entre ses mains pendant dix-sept jours exactement.

« Son idée était géniale, vraiment ! On habitait Faie, un petit village de moins de cinquante habitants, je passais mes journées à nourrir les anguilles sacrées aux yeux bleus, sous le pont, ça amusait les touristes, ça payait bien en pourboires, mais mon père était plus ambitieux. Il fallait qu'il fasse fortune, vite, s'il voulait que la belle Ambre continue de regarder son ratisseur de plage avec des yeux amoureux.

« À moins de un kilomètre de notre village, au beau milieu du lagon, était installée la seule ferme perlière de l'île. Huahine Pearl Farm. On y amène les touristes uniquement par pirogue. Trois minutes de traversée. Vue paradisiaque. Explication souriante sur la greffe des huîtres et la sélection des nacres. Musée-boutique sur pilotis. Les touristes achètent sans compter…

« L'idée a germé dans la tête de papa. Il y avait dans cette ferme sur l'eau pour plus de 100 millions de bijoux. Et pas un vigile, pas un signal d'alarme, pas une caméra de surveillance, n'importe qui pouvait louer un bateau, acheter une cagoule, une arme factice et venir se servir. C'est ce qu'a fait mon père, ce 20 mai 2017, à la nuit tombée. Tout a fonctionné à merveille, il est reparti avec des sacs contenant un butin de plusieurs millions, sans un seul coup de feu tiré. Il avait juste

346

oublié un détail. Un détail de rien du tout, mon génie de papa.

« Huahine est une île ! Une petite île, dix kilomètres sur cinq, avec un tout petit aéroport, de tout petits bateaux. Impossible de la quitter autrement, et tu te doutes qu'à défaut de pouvoir coffrer le braqueur, la police s'est mise à fouiller les bagages de chaque voyageur avec plus de vigilance que les douaniers de JFK après le 11-Septembre. Papa était coincé, à moins de faire sortir les perles une par une en les portant autour de son cou.

« Il a quand même fini par tenter le coup. Il a bourré de perles un tube de dentifrice, des flacons de shampooing, une petite bombe de mousse à raser bricolée, et a essayé de passer. Raté ! C'est pile ce à quoi les flics s'attendaient. Il a dû rendre toutes les perles, jusqu'à la dernière. Marie-Ambre n'a même pas pu en garder une seule autour de son cou, elle a dû se contenter d'une malheureuse catégorie C achetée sur un marché pour donner le change à Hiva Oa. Heureusement, les policiers ont reconnu son innocence, et la mienne… Ce qui était vrai. Papa avait monté son plan foireux tout seul comme un grand !

Mon capitaine s'est assis à son tour sur le rebord du tohua.

— La perle de Martine, la top gemme accrochée dans la salle Maeva, c'est ta maman qui l'a volée ?

— Évidemment. Je l'ai compris juste après avoir mis les pieds dans les plats. Maman a toujours rêvé de porter une perle noire d'exception. Peut-être que papa a monté son braquage rien que pour ça. Peut-être que les flics se sont trompés, qu'elle n'est pas si innocente que ça.

— Tu lui en veux ?

Grande question...

Je me lève et j'avance de quelques mètres dans le tohua. J'esquisse un pas de danse sur l'herbe rase, je serais encore capable de reproduire chaque mouvement du plus beau des hakas marquisiens, du plus beau haka du monde, danser, tourner, voler, visage de profil et cou gracile, pour ne jamais quitter des yeux l'oiseau imaginaire au-dessus de mon épaule.

Grande question, mais Yann attend une réponse.

Elle tient en trois lettres, mon capitaine.

— Oui... Oui et non ! Quand papa s'est retrouvé en prison, Marie-Ambre aurait pu me larguer, me renvoyer à ma mère qui ne voulait plus entendre parler de moi, me confier à des cousins aux Tuamotu, aux Australes ou aux Gambier. Elle m'a gardée. Parce qu'elle m'aimait... Enfin c'est ce que je croyais. En fait elle avait surtout besoin de moi, pour son plan, un nouveau mec à qui s'accrocher. Une petite Marquisienne, c'était l'idéal pour attirer le gros Pierre-Yves François à Hiva Oa.

Yann se lève à son tour, il marche sur le tohua. Son regard semble fixer l'oiseau invisible au-dessus de mon épaule.

— Ne dis pas ça, Maïma. Tu sais bien que...

C'est gentil, mon capitaine, mais j'ai plus l'âge de croire aux princesses charmantes qui recueillent les petites filles abandonnées.

— Elle ne m'a pas citée sur son testament, pas une fois ! Elle voulait être maman, pour de vrai... comme si je n'existais pas ! Pour une popa'a, le fa'amu n'existe pas. C'est bête, non ? J'ai deux mamans, mais aucune ne veut de moi.

Yann essaye encore de me contredire, mais je me faufile et sautille sur le tohua. Je suis légère, insouciante, j'ai sept ans.

Je souris, j'agite les mains pour faire s'envoler l'oiseau imaginaire.

— T'en fais pas, c'est ainsi sur les îles. Et tu sais, j'ai seize ans, j'ai l'âge de faire un enfant. C'est cool, je me vengerai sur lui en l'abandonnant ! Allez, viens.

Je prends appui sur l'un des tikis grimaçants qui gardent l'entrée du tohua, j'escalade les gradins de pierres de tuf et je me retrouve dans la rue principale du village.

— Assez parlé de moi, tu ne voulais pas connaître le secret du fameux Enata ?

Yann marche quelques mètres derrière moi. Je me hisse en équilibre sur le muret de pierres noires du petit parking de la banque Socredo et joue les funambules.

— Ce n'est pas difficile, mon capitaine, si une gamine de seize ans a trouvé. Enata, à l'envers...

— Il signifie l'ennemi.

Allez, je vais t'aider !

— Je te donne un indice : Métani Kouaki avait une petite amie qui a rompu avec lui. Les rapports des psychiatres estiment que cette rupture a tout déclenché, qu'il transférait sur ses victimes son désir pour elle, une petite amie introuvable dont on ignore le nom, mais dont on peut supposer...

Les yeux de Yann s'éclairent.

— Qu'elle porte le même tatouage ?

— Un Enata ! Capitaine, un E-NA-TA.

Je saute dans l'herbe et de la pointe de mon orteil, je trace les cinq lettres dans la terre brune.

E-NA-TA.

Mon capitaine me regarde, sans comprendre. Il est vraiment policier ? J'insiste.

— À l'envers ! Un jeu d'enfant !

Mon pied nu efface le E et le NA.

Reste le TA.

Mon orteil retrace les mêmes lettres, à l'envers.

NA et E.

— Putain, murmure Yann. C'était là, devant nos yeux.

Ah, enfin !

J'épelle lentement les trois syllabes, en imitant la diction maladroite d'une enfant de sept ans.

— TA-NA-E.

*
* *

Yann et moi marchons doucement en remontant vers l'Au soleil redouté. Un nœud vient de céder.

Tanaé est l'ancienne petite amie de Métani Kouaki.

Nous tentons de tirer tous les fils qui viennent de se libérer.

Nous savons que Tanaé a suivi une école hôtelière à Paris, avant de rentrer aux Marquises, sans doute plusieurs mois avant que Métani ne commette son premier crime. Elle n'est donc coupable de rien. Mais Kouaki, après avoir purgé sa peine de prison, est retourné à Hiva Oa. En 2005. Tanaé s'était mariée. Poe et Moana étaient déjà nées. Tanaé l'a-t-elle protégé ? Était-elle

350

au courant de son passé ? L'a-t-elle aidé à disparaître ?
À changer de nom ?

La solution repose-t-elle dans le vieux cimetière
de Teivitete, là où Tumatai, le mari de Tanaé, est
enterré ? Métani Kouaki aurait une soixantaine d'années aujourd'hui. Est-il un de ces Marquisiens indo-
lents et souriants qu'on croise tous les jours ? Est-ce
lui qui a tué Pierre-Yves François, parce qu'il s'était
approché trop près de la vérité ? Sa nouvelle identité ?
Tout comme Farèyne après lui ? Tout comme Martine
avant eux ? Si c'était le cas, si elle était au courant,
comment la dévouée Tanaé aurait-elle pu ne pas le
dénoncer ?

— Capitaine ! Capitaine !

Deux voix fluettes interpellent Yann, à tue-tête,
« Capitaine ! Capitaine ! », pile au moment où nous
longeons le champ où broutent sagement Miri, Fetia
et Avaé Nui.

Avant que j'aie le temps de réagir, les deux filles de
Tanaé surgissent côte à côte derrière les trois doubles
poneys : Moana, main glissée dans la bandoulière
d'une brosse à crins ; Poe, bottes aux pieds et fourche
à la main.

Yann s'approche du fil barbelé clôturant le champ.

— C'est rapport à cette nuit, crie Moana en agitant
sa brosse. Tu devais revenir nous voir.

— Je suis là, assure Yann. J'ai fait aussi vite que
j'ai pu, tout se précipite un peu.

Un peu... Il fait dans l'euphémisme, mon capitaine.

Moana me jette un regard méfiant, mais ne me
demande pas de m'éloigner. Respect de l'autorité !

J'ai deux ans de moins qu'elle, mais je suis l'adjointe officielle.

— On est sorties hier soir, raconte Poe, sous la pluie, quand on a entendu Avaé Nui partir au galop avec la commandante sur son dos. On a essayé de rassurer les chevaux. Il faisait nuit, y avait du vent.

— Quand on est arrivées dans le champ, continue Moana, c'était la panique, on a juste eu le temps de voir Miri détaler à son tour. Quelqu'un l'avait détaché, sellé, et le montait.

— Vous avez eu le temps de voir qui c'était ?

Poe relève sa fourche et reprend la main.

— Oui, même s'il faisait sombre, j'ai aucun doute.

— D'autant plus, ajoute Moana, qu'elle est revenue une heure plus tard. Elle a poussé la barrière et a lâché Miri dans le bas du champ. Elle a juste allumé la torche de son portable, elle ne pouvait pas savoir qu'avec Poe, on se planquait de la pluie derrière la grange.

Je m'approche moi aussi du fil barbelé.

— Donc vous l'avez reconnue ? s'impatiente Yann.

— Oui, certifie Moana. C'était le téléphone portable de la commandante ! Le rouge à croix blanche.

Même si je sais que je devrais me taire, j'interviens.

— Idiote ! Le capitaine te demande si tu as reconnu celle qui le tenait.

Poe et Moana me jettent quatre yeux noirs.

— Celle qui est partie avec Miri, reprend patiemment Yann, juste après ma femme, et qui a ramené le poney à la pension une heure plus tard, pendant que je découvrais le cadavre de l'écrivain au vieux cimetière.

Poe et Moana semblent noyées par le flot de questions. Je ne peux pas me retenir de les secouer. Je demande en haussant le ton :

— C'est la même ? Celle qui a pris le cheval, qui l'a ramené, qui a volé le portable de Farèyne ?

— Laisse-les répondre, me calme Yann.

Pour la première fois depuis que je les connais, leurs quatre mains semblent désynchronisées. Poe s'accroche à sa fourche. Moana à la crinière de Miri, qui s'est approché comme pour venir aux nouvelles.

— Oui, arrive enfin à placer Poe, c'est la même.

— On l'a reconnue toutes les deux, confirme Moana. On n'a rien dit, à personne, pas même à maman, on voulait vous en parler en premier, capitaine.

Poe plante d'un coup sec sa fourche dans la terre. Son geste est si violent que Miri s'écarte un instant. Je me recule dans le même mouvement, avant que les derniers mots de Poe me pétrifient.

— C'est Clem ! C'est elle qui est partie et revenue avec Miri cette nuit. C'est elle qui avait le téléphone de votre femme à la main, capitaine.

MA BOUTEILLE À L'OCÉAN
Chapitre 21

— Clem ! Clem !

Tout s'accélère.

Je le sens.

C'est comme si un volcan se réveillait sous mes pieds, ou au contraire, qu'il allait s'enfoncer dans l'océan pour ne plus laisser derrière lui qu'un trou bleu entouré de corail, comme si les nuages complotaient avant de fondre sur le sommet des montagnes pour les raboter, comme si le calme quotidien enveloppant chacun des matins marquisiens cédait pour une fois à la panique.

— Clem ! Clem !

Après être remontée avec Éloïse de l'espace Gauguin jusqu'au Soleil redouté, j'ai cru reconnaître la voix de Maïma, j'ai cru qu'elle appelait au secours.

— Clem ! Maman ! Tanaé !

Mais non, je rêvais. Dans ma tête se mélangeaient peur et réalité. Mon envie de protéger Maïma qui se heurtait à son indifférence. Pire, à son hostilité. J'aurais voulu que ma petite souris se jette dans mes bras, mais je n'entendais que le bruit de ses pas, et ceux de son gendarme, qui s'éloignaient déjà. J'ai eu seulement le temps d'apercevoir leurs ombres qui couraient sous la pergola, comme si elles fuyaient un cataclysme.

Ou moi.

— Poe, Moana !

Je n'ai pas rêvé, cette fois. C'était la voix de Tanaé, énervée, qui appelait ses filles, sûrement parce qu'elles traînaient.

En un réflexe stupide, j'ai levé les yeux au ciel. J'ai cru que les flics débarquaient enfin, que c'est ce qui provoquait toute cette agitation : un avion avait atterri, une dizaine d'agents de la BRJ de Tahiti à son bord. Ils seraient là dans un quart d'heure.

Un instant, je me suis sentie soulagée. Le cauchemar était terminé !

Mais non, toujours aucun flic à l'horizon.

J'ai peur.

Je dois vous l'avouer, j'ai peur.

J'ai tenté de rejoindre Maïma, elle était installée dans la salle Maeva, avec son capitaine qui tournait comme un chien de garde autour d'elle. Elle a refusé de me parler, elle m'a regardée une nouvelle fois comme si j'étais la pire des menteuses. Ou, pour être plus précise, comme si j'étais la tueuse !

Parce qu'on lui a dit ? Parce que c'est ce qu'on veut lui faire croire ?

Ce n'est pas moi, Maïma ! Je te le jure ! Je n'ai jamais tué personne. Tout ce qu'on t'a raconté est un coup monté.

Il faut que tu me croies. Il faut que vous me croyiez.

Je dois protéger Maïma, c'est l'absolue priorité.

Pour la première fois depuis quelques jours, je me suis retrouvée seule, avec la sensation que tous les autres pensionnaires, sauf moi, étaient invités dans la chambre des secrets. Telle une pestiférée, la cinglée qu'on évite, qu'on isole, avant de lui enfiler la camisole.

Suis-je folle ?

Ou veut-on me le faire croire ?

Je me sens dans la peau de la condamnée que, d'une minute à l'autre, on va venir chercher. On lui laisse encore quelques instants de liberté… de liberté surveillée.

Dois-je tenter de me sauver ?

Pourquoi le ferais-je ? Ce serait comme avouer… avouer des crimes que je n'ai pas commis.

Éloïse s'est installée pour dessiner sur l'un des canapés de la salle Maeva, Tanaé s'active dans la cuisine, Yann et Maïma se sont assis devant l'ordinateur de la réception. Je n'ai pas envie de m'enfermer. J'ai besoin de marcher.

Je sors, sans m'éloigner, je fais quelques pas vers la bananeraie, juste au-dessus du Soleil redouté. Je m'enivre de l'odeur des fruits, mûrs à point pour être cueillis.

Bouc émissaire, solitaire.

Seule.

Du moins je le crois...

Derrière moi, j'entends des bruits de pas !

Je me retourne, paniquée. Je découvre un sourire inquiet, en miroir au mien.

La rencontre de deux des dernières coupables potentielles !

Marie-Ambre et Clem.

Elle et moi.

Je reste sur mes gardes, j'ai l'impression d'être le personnage d'une pièce de théâtre, d'un jeu d'ombres et de masques, dont je suis la seule à savoir qui je suis.

Elle s'approche de moi.

— Je voulais te parler, mais pas ici.

Plus encore, je me méfie. Depuis le début, elle est tout en haut sur ma liste des coupables possibles. Elle aussi était la maîtresse de Pierre-Yves. Mais c'est elle, pas moi, qui était avec lui dans la cabane du maire, la nuit où il a été tué. Dès le départ, j'en ai été persuadée. Je tremble. Je repense à l'odeur dans la cabane au petit matin, *24 Faubourg* d'Hermès, tellement facile à identifier. Je ne dois pas m'éloigner, je dois rester à proximité du Soleil redouté. S'il y a le moindre risque, je peux crier.

— Que veux-tu ?

— Protéger Maïma. Avec toi. Il faut que tu m'aides. Elle est en danger avec ce gendarme. Il n'est pas clair. Il monte un complot de toutes pièces.

Je suis d'accord ! Cent fois d'accord ! Si Yann n'avait rien à cacher, les flics de Tahiti seraient là depuis longtemps. Rien d'ailleurs ne nous prouve qu'il soit gendarme, sinon sa parole et celle de sa femme. Rien ne nous prouve non plus qu'elle soit commandante de police. Grâce à leur statut d'enquêteurs, ils contrôlent tout, ont pris l'ascendant sur nous, sur Maïma... Et restent au-dessus de tout soupçon, tout en étant les seuls à manipuler chaque preuve. Sans parler de son jeu étrange de séducteur dès que sa femme a le dos tourné.

Sans même que je m'en aperçoive, nous nous sommes éloignées de quelques mètres du Soleil redouté, sous les bananiers. Je demande en m'efforçant de ne pas trembler :

— Tu proposes quoi ?

— On s'associe, sans rien dire aux autres.

Non, m'intime une voix dans ma tête. C'est trop risqué. C'est peut-être elle qui me manipule. Et Yann est un brave capitaine à qui un tueur rusé fournit de faux indices.

— La première chose à faire, dis-je, c'est de prévenir la BRJ de Tahiti. Le faire nous-même en arrêtant de faire confiance à Yann pour jouer les intermédiaires.

— Bonne idée, mais de toute façon, même si on les appelle maintenant, ils ne seront pas là avant quatre heures. On doit agir avant.

Elle a raison, sur toute la ligne. Mais je sais que je dois rester sur mes gardes. Nous avons continué de marcher, sans perdre de vue l'Au soleil redouté. Sans l'avoir prémédité, nous nous retrouvons devant le tiki couronné. Celui de la beauté, avec ses bagues sculptées aux doigts, ses boucles aux oreilles et ses bijoux au cou. Celui, d'après l'avis général, baptisé tiki de Marie-Ambre.

Évidemment...

Elle s'arrête devant la statue de pierre, vérifie d'un regard affolé que personne ne nous espionne, puis parle d'une voix pressée.

— Il faut agir vite. Tout à l'heure, Poe et Moana ont raconté à Tanaé qu'elles étaient dehors la nuit dernière, qu'elles s'étaient abritées derrière la grange et qu'elles ont vu quelqu'un partir et revenir sur un second poney. J'ai tout entendu, j'étais dans la salle

Maeva avec Éloïse. Elles ne voulaient en parler qu'au gendarme, c'est peut-être déjà fait.

Je ressens d'un coup un profond soulagement. S'il y a bien deux personnes au Soleil redouté à qui je puisse faire confiance, c'est Poe et Moana. Deux ados sans histoire. Elles n'ont aucune raison de mentir. Si elles ont vu le coupable, alors il sera démasqué... et je serai définitivement innocentée ! J'étais dans mon lit cette nuit. Je n'ai jamais volé de cheval. Je ne suis d'ailleurs jamais montée sur un cheval de ma vie.

— Ce n'était pas moi, dis-je.

— Ni moi, assure-t-elle. Je te crois. On doit se faire confiance. J'ai une bonne raison de te faire confiance.

Elle s'appuie contre le tiki couronné, puis me lance un sourire figé, le même que celui de la Marie-Ambre de pierre, avant d'ajouter :

— J'ai... j'ai quelque chose à te montrer.

Le tiki nous observe toujours, témoin muet d'une conspiration désespérée. Elle fouille la poche de son short, sans cesser de me parler.

— Cela fait plus de vingt-quatre heures qu'on a découvert Martine assassinée, et il n'y a encore aucune enquête officielle de lancée. Il faut qu'on ouvre les yeux, c'est évident, le prétendu gendarme et la prétendue commandante cherchent à gagner du temps. Tu te souviens de *Dix petits nègres* ? Le coupable se fait passer pour mort. Eh bien ils ont légèrement modifié le scénario, Farèyne fait croire qu'elle a disparu, pour frapper où elle veut, quand elle veut. Tout est peut-être lié à cette histoire de tueur-tatoueur, Pierre-Yves voulait écrire un roman sur cette affaire, c'est son manuscrit qu'on a découvert, éparpillé, au vieux cimetière.

Ils nous font croire que Farèyne enquêtait dessus, mais si ça se trouve, elle n'est pas plus commandante que moi et ils cherchent juste à ce qu'on ne se doute jamais de la vérité. Regarde…

Elle tient quelque chose dans la main. Elle l'ouvre lentement.

— Il était dans le sac de Yann. Il y a une demi-heure. Il l'avait laissé dans la salle commune. J'ai… J'ai fouillé.

Je reconnais, au creux de sa paume, le téléphone. Coque rouge barrée d'une grande croix blanche. Sans aucun doute, c'est celui de Farèyne.

Mes pensées se bousculent. La commandante est supposée avoir été enlevée, avec son portable, par l'assassin de Pierre-Yves François, alors qu'elle attendait Yann au vieux cimetière.

Celui en possession du portable est forcément le coupable.

Soit c'est Yann, soit c'est…

— Tu as entendu ?

Elle s'est brusquement figée et s'est mise à chuchoter.

— Quoi ?

— Une respiration, juste à côté de nous, derrière le tiki.

Je coupe ma propre respiration, écoute chaque bruit de la forêt. Je n'entends rien. Rien d'autre que les fantômes dans ma tête, les fantômes qui prennent la voix de Maïma et qui appellent à l'aide : « Clem ! Maman ! »

— Là ! hurle-t-elle soudain.

Je n'ai le temps que de deviner un mouvement dans la pénombre, que de crier :

— Il ne faut pas qu'on se sépare !

Elle commence à courir, affolée, et disparaît entre les branches de bananiers, à l'opposé du Soleil redouté.

La dernière chose à faire !

Je cours à mon tour, vers la pension. Je dois y retourner ! Tant pis s'ils y ont organisé un coup monté pour m'accuser, je suis innocente, j'aurai tout le temps de le prouver.

Mon collier bat sur ma gorge, il est censé me porter bonheur.

Je dois rester vivante.

Pour Maïma, c'est ma dernière pensée avant de ne plus faire que courir à travers les branches et les feuilles qui me fouettent visage et jambes.

Pour Maïma.

YANN

Éloïse essaye de suivre Yann, mais il marche trop vite. D'ailleurs il court plus qu'il ne marche, écartant les fougères et les lianes, coupant celles qui se placent en travers de son chemin d'un coup rageur de machette, bondissant de rocher en rocher sans prendre le temps de vérifier s'il écrase un pétroglyphe ou une pierre sacrée. Le gendarme trace une route dans laquelle elle s'engouffre pour ne pas le perdre de vue.

Ils ont tous entendu le coup de feu, il y a moins de cinq minutes.

Une détonation sèche, tirée à quelques centaines de mètres de la pension, au-dessus, dans la forêt.

Tous se sont immédiatement regroupés sur la terrasse. Tanaé est sortie de la cuisine, alors que Poe et Moana remontaient en galopant du champ ; installées dans la salle Maeva, Éloïse a cessé de lire et Maïma a coupé les écouteurs de son lecteur MP3. Yann a surgi, téléphone encore à la main.

Seules manquaient Clem et Marie-Ambre.

— Aucun Marquisien ne chasse aussi près de la pension, a affirmé Tanaé pendant que Poe et Moana se blottissaient contre elle.

Yann a regardé dans la direction de la déflagration. Tout droit. Plein nord.

— J'y vais.

Il a ordonné à Maïma de ne pas le suivre, de rester avec Tanaé et ses filles, même si la jeune Marquisienne l'implorait de ses grands yeux inquiets.

Tanaé. L'Enata à l'envers. L'ennemi.

— C'est ici que tu seras le plus en sécurité, a pourtant assuré le gendarme.

Le temps qu'il s'arme de la machette de coupeur de coprah pendue dans la cuisine, Éloïse l'avait suivi.

— J'y vais aussi. Aucun d'entre nous ne doit rester seul. Jamais.

Yann n'a rien répondu. Ni non ni oui.

Il est parti.

Yann continue de progresser dans la forêt, il a rejoint un premier tiki, celui à la couronne et aux bijoux, témoin muet à l'œil unique que le gendarme ne prend pas le temps d'interroger. La détonation venait de plus haut, quelques dizaines de mètres au-dessus, là où la pente devient plus douce, creusée en trois terrasses, vestiges d'un ancien me'ae dont il ne reste que des dalles volcaniques grossièrement posées et recouvertes de mousse. Là où ont été installés les deux tikis aux vingt doigts, celui des arts caressant sa plume, et celui de la mort étranglant un oiseau.

Le gendarme tranche le dernier rideau de lianes de banians occultant la scène du me'ae. La plate-forme sacrée s'ouvre devant lui, reconquise par la nature. Sombre, humide, simplement éclairée de quelques traits de lumière qui percent la canopée comme les poursuites d'un théâtre de verdure.

La commedia d'Hiva Oa.

Yann gravit en deux pas les hautes marches des deux premières terrasses. Il se fige sur la troisième.

Il les voit. Veillés par les deux tikis gris.

Allongés à leurs pieds.

Deux corps. Sans vie.

Leur assassin n'a pas pris le temps de leur planter une aiguille dans le cou cette fois, il s'est contenté d'un meurtre plus radical. Tout aussi brutal.

Deux coups de fusil.

L'un a frappé Farèyne en pleine poitrine, lui explosant le cœur.

L'autre a fauché Marie-Ambre de dos, perforant ses poumons.

Des traînées de sang écarlate rougissent les pierres grises du me'ae, comme elles n'en ont pas connu depuis des siècles, comme si, après des années de privation, elles réclamaient d'être nourries à nouveau de chair sacrifiée.

Éloïse a rejoint Yann. Elle se tient à côté de lui, cheveux libérés, fleur de tiaré sur l'oreille envolée. Elle fixe, épouvantée, les cadavres de Farèyne et Marie-Ambre, titube, ne dit rien, se retient de s'enfuir, une bile acide inonde sa gorge, se retient de vomir. Sans réfléchir, elle prend la main de Yann.

Sa machette pend au bout de son bras.

Du dos de Marie-Ambre, un filet rouge coule lentement sur la dalle, rejoignant un sillon dans la roche, une invisible gouttière que d'ingénieux prêtres marquisiens ont dû creuser jadis pour faciliter l'écoulement du sang des victimes.

— Elles… Elles viennent d'être assassinées ? demande Éloïse.

— Marie-Ambre… Marie-Ambre seulement. Fa… Farèyne est morte depuis plusieurs heures. Depuis… Depuis cette nuit sûrement.

Éloïse détaille la peau blafarde du visage de la commandante danoise, la croûte de sang noir à hauteur de son cœur. Puis ses yeux se posent sur les deux tikis qui gardent les corps avec la même solennité. Celui de droite l'hypnotise. Elle sent qu'il assiste à la scène avec un plaisir sadique, elle sent les os brisés de l'oiseau étranglé par les vingt doigts de pierre, elle sent les écailles froides du serpent qui ondule des pieds au cou de la statue sacrée.

Elle sent son mana. Celui de la mort.

La main de Yann se crispe sur le manche de sa machette.

Sont-elles toutes condamnées ?

Le sang ne cessera-t-il de couler que quand toutes auront payé ?

Yann a fait un pas en avant. Éloïse le suit, ne lâche pas sa main. Ils avancent tels deux amants maudits vers un autel sacrificiel ; c'est l'image qui vient à Éloïse.

Une cathédrale de verdure, des vitraux de mangue et de coco, et la vie devenue tapu. La mort pour seule purification. Lavée de tous ses péchés.

Elle repense à Nathan et Lola.

Pourront-ils un jour lui pardonner ?

Yann lâche sa main.

Il s'accroupit, comme s'il priait, implorait les dieux marquisiens, comme s'il laissait lui aussi le mana de la mort l'imprégner. La lame de sa machette touche la pierre, une ultime façon de l'aiguiser, avant qu'elle ne fende l'air, qu'elle ne tranche à son tour la chair ?

Yann, doucement, pose l'arme blanche sur la pierre grise.

— Regarde.

Une feuille de papier est coincée sous la poitrine rouge de Marie-Ambre.

Éloïse se penche à son tour.

Elle manque de tituber.

Elle a résisté à la mort, elle a résisté au sang, mais elle s'effondre devant l'encre.

Elle vomit, à ses pieds.

Yann s'écarte, fait glisser la feuille et la tient par le seul coin qui n'est pas imbibé de sang. Éloïse relève le bas de son tee-shirt jusqu'à sa bouche, elle n'a aucun mouchoir, pas même une manche pour essuyer le goût de gerbe sur ses lèvres. Nombril et soutien-gorge dévoilés. Elle s'en fiche. Yann ne lui adresse d'ailleurs aucun regard, concentré sur les lignes écrites à la main.

La sienne.

Yann tient entre ses mains son testament.

MA BOUTEILLE
À L'OCÉAN

Partie V

Récit d'Éloïse Longo

Avant de mourir je voudrais savoir s'il existe un seul chemin, ou plusieurs. Si tout est déjà écrit, par quelqu'un, notre destin, ou si l'on peut le changer, si ça vaut le coup de se battre, de gesticuler, de ne pas renoncer, de tout quitter, si c'est mieux ailleurs, s'il existe une autre vie, si ça vaut le coup de la chercher, si on peut la trouver, comme un trésor caché.

Avant de mourir je voudrais savoir si ce n'est qu'une question de courage, de volonté, ou si tout ça n'est qu'un piège, si on transporte tout avec nous, un balluchon de misère, on a beau partir au bout du monde ou sur une autre planète, on reconstruira la même maison, la même prison, parce qu'elle est dans notre tête, et que l'ailleurs n'est qu'un leurre.

Avant de mourir je voudrais savoir s'il y a quelque chose de l'autre côté de la colline, de l'autre côté de la mer, s'il y a un homme qui m'attend, celui que j'attendais, si cela marche comme cela l'amour, un seul homme au monde est pour vous, comme un seul bon numéro au loto, mais pour le gagner il faut jouer, jouer, jouer, espérer, s'accrocher, s'écorcher, saigner, pleurer, s'en foutre, continuer, jouer, jouer, jouer, jusqu'à gagner.

Avant de mourir je voudrais savoir si la petite voix qui me hante dit la vérité, quand elle me souffle comme un serpent : Vas-y ma petite, écris, écris, tu es douée, c'est cela ta vie, peindre, créer, imaginer, mais pour cela tu dois tout abandonner, tu dois tout risquer, crois-tu que les grands artistes font les choses à moitié ? Regarde Gauguin, regarde Brel, ils ont tout quitté, femme, enfants, amis. Ils sont morts si jeunes, c'est le prix de l'éternité.

Avant de mourir je voudrais savoir si c'est le diable qui me souffle cette folie. Pour un Gauguin, combien d'artistes obsédés, oubliés, maudits par leurs héritiers, ridicules d'avoir cru que la vie leur offrait autre chose que l'anonymat et la médiocrité.

Avant de mourir je voudrais
Aimer un homme qui vaille la peine de tout quitter.

Avant de mourir je voudrais
Trouver un homme qui m'accepte comme je suis, sans me juger,
qui m'aime comme certaines femmes sont capables d'aimer les hommes égoïstes.

Avant de mourir je voudrais
Que Nathan et Lola puissent, un jour, me pardonner.

MA BOUTEILLE À L'OCÉAN
Chapitre 22

Je suis enfermée, avec tous les autres, dans la salle Maeva.

Tous les sept.

Portes closes, volets fermés, emprisonnés, même si le jour parvient à se glisser entre les lattes de bambou mal ajustées et à éclairer la pièce d'une pénombre qui rappelle les jours de grande canicule où l'on vit reclus.

Tous les sept, donc.

Un homme, Yann, et six femmes.

Dont trois adolescentes, Maïma, Poe et Moana.

Une femme d'expérience pour s'occuper d'elles, Tanaé.

Restent deux jeunes lectrices...

Face à face, une sur chaque canapé.

Éloïse, Clémence.

Elle et moi.

Parmi les sept survivants, emmurés tels les derniers humains après l'apocalypse nucléaire, l'un, au moins l'un d'eux, a du sang sur les mains. N'a pour objectif que d'éliminer tous les autres.

Qui ?

Je suis rentrée à bout de souffle au Soleil redouté, je me suis effondrée sur la terrasse, je tremblais encore de peur. Incapable de bouger. Je le croyais.

Yann ne nous a pas laissé le choix. Debout ! Et à l'abri !

Ses ordres étaient clairs. Que plus aucune d'entre nous ne sorte. On se barricade, tous, dans la salle commune, et on attend.

Comment le capitaine aurait-il pu agir autrement ?

Nous étions cinq lectrices, trois sont mortes, assassinées.

À qui le tour ?

Le mien ?

Assise dans le canapé au velours beige élimé, je joue machinalement avec les graines de mon collier rouge. Il m'a protégée, jusqu'à présent. Pourquoi moi ? Pourquoi la foudre est-elle tombée sur Martine, Farèyne et Marie-Ambre, et pas sur moi ? Je regarde Maïma à l'autre bout de la pièce, immobile sur sa chaise, les yeux dans le vague. Elle n'a pas dit un mot depuis que Yann lui a appris l'assassinat de sa mère. Elle n'a pas lancé le moindre regard. Même noir. À personne.

Que peut-elle ressentir ? J'éprouve le besoin morbide d'écrire, de tout écrire, de remplir jusqu'au goulot ma bouteille à l'océan. Si l'on doit tous mourir, si je suis la prochaine, assassinée, ou abattue après avoir été accusée, il restera ce cahier. Tout y est consigné. La vérité.

Vous le confirmerez ? Vous témoignerez ? Vous êtes mon espoir, le dernier.

Yann a pris la parole, mains jointes dans le dos et démarche de gardien de prison. Sa voix n'exprime aucune émotion, glaciale et minérale, celle d'un flic devenu robot. Il a précisé que le corps de Marie-Ambre était encore chaud, que son sang n'avait pas coagulé, qu'elle venait donc d'être abattue, ce qui innocentait toutes les personnes présentes au Soleil redouté lorsque le coup de feu a été tiré. En clair, précise-t-il au cas où nul ne l'aurait compris :

— L'assassin de Marie-Ambre ne peut être ni l'une des adolescentes, ni Tanaé, ni Éloïse.

J'ai eu l'impression que tous les regards se tournaient vers moi, une fraction de seconde, avant qu'ils ne continuent de papillonner dans la pièce, tels des insectes paniqués par l'orage avant même qu'un éclair ait zébré le ciel. Personne ne semble regarder personne, mais chacun s'espionne. Comme dans ces jeux, le Chef d'Orchestre, le Loup-Garou, où les participants forment un cercle et traquent le geste par lequel le coupable se trahira... lorsqu'il sera persuadé qu'on ne le regarde pas.

J'ai compris, personne ne me regarde.

Tu vois, Yann, ne t'inquiète pas, ton message est bien passé.

Cinq lectrices, trois sont mortes, la quatrième a un alibi en béton... Même si tu prends soin de ne pas la désigner, il n'est pas compliqué de savoir laquelle doit être condamnée...

Yann me surprend pourtant. Il continue de tourner en rond dans la pièce, sa voix demeure d'une froideur métallique, mais il refuse apparemment de céder à la facilité.

— Même si les faits nous permettent d'innocenter plusieurs d'entre nous, pour l'un ou l'autre des quatre crimes, nous ne possédons aucune preuve formelle pour désigner une coupable unique... Seulement des faisceaux d'indices ou de témoignages qui vont dans une certaine direction.

Le regard de Yann glisse sur moi, du moins c'est ainsi que je le perçois. Lui seul connaît la nature de ces indices et de ces témoignages. Lui seul et Maïma ? Ces empreintes digitales qu'ils ont subtilisées dans chacun des bungalows ? Le témoignage à charge de Poe et Moana ?

Impossible ! ai-je envie de crier. Je n'ai jamais mis les pieds dans le bungalow Ua Pou de Martine, je ne suis jamais montée à cheval de toute mon existence.

— Je dois aussi vous avouer une chose, annonce soudain le gendarme sans cesser de me fixer.

Sa voix laisse enfin filtrer une émotion. Quel que soit son aveu, il semble terriblement lui coûter.

— J'ai, reprend Yann, j'ai longtemps soupçonné ma femme. La commandante Farèyne Mörssen. Parce que... Parce qu'elle avait un grave contentieux avec Pierre-Yves François. Pour cette raison, après la mort de Martine, je n'ai pas prévenu la police.

Plus personne ne parle dans la salle Maeva. Le gendarme a cessé de s'agiter comme une toupie. Sa voix devient grave, révélant un trouble de plus en plus profond.

— Après la découverte du cadavre de Pierre-Yves, j'ai reçu des menaces, un chantage, ma femme serait exécutée si je prévenais la police. C'était il y a presque douze heures. En réalité, elle était déjà morte, alors j'ai... J'ai commis une grave erreur d'appréciation.

Yann parle très lentement, chaque mot paraît peser une tonne.

— Je les ai prévenus, cette fois, affirme le gendarme. Ils seront là dans un peu moins de quatre heures, ils viennent de décoller de l'aéroport Tahiti-Faaa de Papeete.

Yann semble sincère, au bord des larmes, il vient de perdre sa femme. Mais… est-il encore possible de lui accorder notre confiance ? De quelles preuves disposons-nous pour affirmer qu'il nous dit la vérité, après nous avoir tant menti ? Sur quelles certitudes pouvons-nous nous baser, pour être certaines que les flics vont arriver ?

— D'ici là, conclut le capitaine, nous resterons tous enfermés.

JOURNAL de MAÏMA
Charlie

— Poe, Moana, venez m'aider !

À moi, on ne demande rien.

Poe et Moana abandonnent les jetons jaunes posés sur les grilles de bingo, elles jouent pour tuer le temps, silencieusement, et se lèvent pour rejoindre leur mère dans la cuisine.

Personne n'ose plus rien me demander. Pas même Yann. J'ai tout refusé, depuis qu'il est rentré et m'a annoncé.

Maman. Assassinée. Sur le me'ae.

J'ai refusé qu'on me touche, j'ai refusé qu'on me parle, j'ai refusé qu'on me mouche, qu'on me console, qu'on me plaigne, qu'on m'explique, qu'on me questionne, qu'on me raisonne.

Je porte malheur. Qui m'aime meurt.

Ma première maman est partie ; la seconde a été assassinée d'un coup de fusil ; celle qui aurait pu devenir la troisième, Clem, m'a trahie.

M'a menti. Comme tous les autres. Tout le monde ment sur cette île. Même les pierres, même les statues, même le silence.

La matinée n'en finit pas dans la salle Maeva. On dirait le dernier acte d'une pièce de théâtre, d'une tragédie, muette, à l'exception des numéros de bingo chuchotés par Moana et Poe. Je n'ai jamais compris cette passion des Marquisiens pour ce jeu de loto idiot.

Parce qu'il n'y a pas besoin de penser pour gagner ?

C'est ça la solution, ne plus penser ?

Je voudrais fermer les yeux, mais ils ne m'obéissent pas. Malgré moi, ils observent. Tout.

Clem et Éloïse sont assises à l'autre bout de la pièce, face à face, chacune sur son canapé, Éloïse griffonne sur son cahier à dessin des symboles ressemblant vaguement à des tatouages marquisiens et Clem tente de se concentrer sur le guide Lonely Planet trouvé dans la bibliothèque. Je devine qu'elle meurt d'envie d'écrire son foutu roman, celui où elle cache ses secrets, où elle vole nos pensées, mais elle n'ose pas. Pas devant tout le monde et impossible pour elle, cette fois, de s'isoler.

Mes yeux se dirigent ensuite vers la cuisine, où par la porte ouverte, j'aperçois Tanaé s'activer et préparer le déjeuner. Une robe d'iris mauves recouvre ses épaules. Tatouage caché. Tout comme son passé.

Ne plus penser ? Impossible ! J'ai une dernière mission : maman doit être vengée.

Yann, après son beau discours, « les flics vont arriver, nous devons tous rester enfermés », est sorti de la salle Maeva. Je ne sais pas où il est allé, je ne comprends pas pourquoi il nous a abandonnées, seules, avec Tanaé, alors que nous avons la preuve qu'elle était la petite amie de Métani Kouaki. Qu'elle est peut-être sa complice depuis le début.

Plus j'y pense et plus je suis persuadée que je tiens le fil de la vérité. Tout pourrait ainsi s'expliquer. Kouaki a changé de nom, il se fait désormais appeler Pito, se fait embaucher comme jardinier et en profite pour assassiner les pensionnaires. Tanaé le protège, lui prête le double des clés, ordonne à ses filles de mentir, profite du ménage quotidien pour échanger des objets banals entre les bungalows, un dentifrice, une brosse à dents, et ainsi intervertir les empreintes digitales entre les résidents.

Cette pension est un piège, une auberge rouge, tellement isolée que personne ne pourrait se douter. Rien que ce nom en est une preuve… *Au soleil redouté.*

Yann a parlé longuement avec Tanaé avant de s'en aller. Je les ai vus entrer dans la cuisine, puis refermer la porte derrière eux.

Qu'est-ce qu'ils se sont dit ?

Mon capitaine s'est-il fait embobiner ?

C'est vrai qu'à observer Tanaé s'activer, se dévouer pour ses pensionnaires, passer ses journées à les transporter, courir de l'aéroport jusqu'à la pension, de la pension au village, et le reste du temps préparer les repas pour une tablée de dix affamés, matin, midi et soir, comment pourrait-on imaginer qu'elle soit impliquée dans cette série de crimes ? Tanaé l'hôtesse parfaite, Tanaé la maman énergique de Poe et Moana, Tanaé et ses anecdotes marquisiennes, Tanaé l'hospitalité et la bonne humeur incarnées.

Yann s'est-il laissé influencer ? Ou bien… est-il lui aussi complice ?

Plus je tire sur le fil de la vérité et plus tout me semble s'éclairer. D'une lumière mortelle.

Si Tanaé est l'ex-petite amie de Kouaki, c'est donc qu'elle habitait en France alors. Yann peut l'avoir connue, croisée, surtout s'il s'intéressait lui aussi à l'affaire de ce tatoueur-violeur. D'ailleurs, à part ce qu'a raconté Yann, rien ne prouve qu'il soit vraiment

378

enquêteur. Je ne l'ai toujours vu qu'en short et tee-shirt, jamais en uniforme.

— Maïma.

La voix vient de la cuisine.

— Maïma, viens m'aider.

Je me lève difficilement, comme une petite vieille ratatinée par le poids des douleurs accumulées.

Ni Éloïse, crayon noir en l'air, ni Clem, qui continue de tourner ses pages sans les regarder, n'ont bougé.

Je traîne les pieds. Tanaé a sorti une cagette de légumes, Poe et Moana sont déjà équipées de couteaux et de tabliers. Elles nous préparent un nouveau banquet. *Personne n'a faim, Tanaé !* ai-je envie de crier. *Personne ne pourra rien avaler. Tes pensionnaires, plutôt que de les nourrir, tu ferais mieux de les empêcher de mourir.*

— Ferme la porte, Maïma.

J'hésite.

Yann nous a recommandé de rester toutes ensemble, dans la salle Maeva, entre le salon, la réception et la cuisine, jusqu'à ce que les policiers de la BRJ de Tahiti atterrissent. Si Yann n'a pas menti, ça semble le plan le plus raisonnable possible. Si tout le monde veille en permanence sur tout le monde, le tueur ne peut plus agir.

— Ferme la porte, je te dis.

Fermer la porte, c'est couper le son, c'est couper l'image. Je jette encore un œil à Éloïse et Clem, perdues dans leurs pensées. Bien sûr, tout accuse Clem, c'est elle qui était chez Titine, c'est elle qui est partie avec Miri cette nuit, c'est elle qui se promenait dans la forêt avec Marie-Ambre quand elle a été abattue. Et la belle Éloïse, avec sa fleur de tiaré dans ses cheveux, est la prochaine sur la liste, puisque c'est son testament qu'on a retrouvé sur la scène de crime. C'est signé ! Seul manque celui de Clem !

Un sacré faisceau d'indices, comme l'a rappelé Yann avant de nous quitter. Pourtant une petite voix dans ma tête refuse toujours d'admettre la culpabilité de Clem. Je m'accroche à cette autre explication possible : un complot minutieusement organisé, un piège, tendu par Tanaé, sous l'emprise de Métani Kouaki, auquel Poe et Moana seraient mêlées.

J'observe les deux ados marquisiennes éplucher les patates douces avec la virtuosité de deux concertistes assises devant le même piano. Je me sens si ridicule de les soupçonner ! Je suis cinglée, je me monte un film débile pour ne pas accepter la vérité. Toute simple. Toute bête. La tueuse est cette popa'a, Clem, qu'il y a encore trois jours, je ne connaissais pas. Les preuves sont là ! Tout le reste n'est que délire d'une gamine qui a un peu trop regardé *Totally Spies* et *Scoubidou*. Je dois me contenter d'obéir aux adultes ! Si je veux vieillir. Si je ne veux pas mourir.

— D'accord, Tanaé.

Je ferme la porte, je coupe le son, je coupe l'image.

De quoi ai-je peur ? Tanaé est comme une autre maman. Poe et Moana comme mes sœurs.

Tout se passe alors très vite.

Je ne vois qu'une ombre, immense, surgir de la porte du placard à balais où elle attendait, cachée.

Charlie !

Je pense avoir le temps de crier, mais une infecte main poilue emprisonne ma bouche, jusqu'à l'étouffer.

Je pense avoir le temps de me débattre, de frapper des pieds, des mains, de faire un carnage dans la cuisine. Éloïse, Clem ou même Yann seront alertés par un tel remue-ménage... mais Charlie m'empoigne comme un vulgaire sac, me soulevant tout en coinçant mes jambes et mes bras.

Je pense que Charlie cédera le premier. Je me débats avec une si furieuse énergie, s'il veut me calmer, il devra me tuer...

Me tuer, c'est ma dernière pensée.

Je n'ai pas le temps de voir, dans mon dos, Tanaé ramasser la canne de Charlie et, d'un geste déterminé, m'assommer.

MA BOUTEILLE À L'OCÉAN
Chapitre 23

— Maïma ?

J'ai entendu la porte de la cuisine claquer, alors que Yann nous avait recommandé de tous rester ensemble. J'ai entendu du bruit derrière la porte de la cuisine.

— Maïma ?

Aucune réponse.

J'aimerais tant qu'elle ne s'enferme pas dans le silence, qu'elle pleure, qu'elle crie, qu'elle nous insulte, mais pas ce mutisme. Qu'elle appelle à l'aide. Sa maman ne lui manquait pas lorsqu'elle était là. Jamais elle ne se réfugiait auprès d'elle. Peu importe aujourd'hui quelle épaule elle choisira pour se reposer, je voudrais juste l'entendre murmurer : « J'ai besoin de toi, mon capitaine, j'ai besoin de toi, Clem ! J'ai besoin de toi… »

J'hésite à me lever.

— Maïma ?

Ne vais-je pas me jeter dans un nouveau piège ?

La salle Maeva est toujours baignée dans une étrange pénombre, volets clos, portes closes, comme si la pension n'avait jamais aussi bien porté son nom, Au soleil redouté, comme s'il fallait se barricader contre ses rayons, tout fermer, tout clouer, le soleil est le meurtrier, prêt à frapper.

La pire des folies ! Nous le savons, le tueur est à l'intérieur.

Je ne perçois plus aucun bruit derrière la porte de la cuisine.

Mes yeux balayent la pièce, saluent Jacques et Maddly devant l'*Askoy*, glissent sur le tableau noir de l'entrée, *Avant de mourir je voudrais*, puis reviennent se poser sur cette porte fermée.

Le silence sonne faux. Quelque chose dérape. Pourquoi Tanaé s'enferme-t-elle dans la cuisine, avec ses filles, avec Maïma ? Pourquoi nous laisse-t-elle seules toutes les deux ?

Pour qu'on s'entretue ? Qu'il n'en reste qu'une ?

Ainsi, ils sauront avec certitude qui est celle qui a éliminé toutes les autres ?

Est-il possible qu'ils se trompent, que nous soyons toutes les deux innocentes ?

Mes yeux, à regret, se détournent de la porte de la cuisine. Je ne parviens pas à imaginer que Tanaé puisse faire du mal à Maïma, encore moins devant ses filles. Impossible !

Je dois éviter de me disperser. Je dois me concentrer... sur nous.

Les deux finalistes de la loterie macabre d'Hiva Oa.

Clem et Éloïse.

Nous sommes toutes les deux assises, chacune sur un canapé, face à face, une simple table basse pour nous séparer, et derrière nous, les deux grands miroirs, un sur chaque mur.

Je lève les yeux.

L'illusion est étrange : nous paraissons assises à côté l'une de l'autre, l'une dans le canapé et l'autre dans le miroir, tels deux couples jumeaux qui se font face et se touchent presque, comme si nous avions toutes les deux créé un double, un avatar envoyé pour apprivoiser l'ennemi supposé.

Dès que mes yeux quittent ma feuille de papier, je ne peux pas m'empêcher de nous comparer. Agit-elle de même de son côté ?

La brune aux cheveux longs et la brune aux cheveux courts.

La fille en robe et la fille en short.

La féminine et la masculine.

La dépressive et l'expansive.

Jolies toutes les deux, à ce qu'il paraît…

Les deux survivantes.

N'a-t-on supprimé toutes les autres que pour ce moment : notre affrontement ?

Chacune son tiki, chacune son mana, les deux derniers ne sont pas encore attribués.

Celui du talent… et celui de la mort.

Je pose mon livre, je ne peux m'empêcher de tortiller le chapelet de graines rouges de mon collier.

Lequel est mon mana, lequel est le sien ?

Si j'y réfléchis, si Pierre-Yves François a fait ériger pour chacune d'entre nous un tiki, c'est donc qu'il considérait que l'une d'entre nous était douée, une seule… Et qu'il ne resterait à l'autre que la déception, la jalousie, l'oubli.

La jalouse est la tueuse ? Et la douée sera éliminée ?

Est-ce le seul résultat possible de l'équation ainsi posée ?

Non, j'en suis la preuve, je ne suis ni l'un ni l'autre. Ni jalouse ni douée.

Je regarde à nouveau nos deux corps voisins, collés, serrés, par le miracle de la perspective d'un miroir.

Existe-t-il un autre résultat possible à l'équation ainsi posée ?

Que nous soyons toutes les deux innocentes ?

Qui tue, alors ?

J'entends à nouveau des bruits derrière la porte fermée de la cuisine, des coups, mais aucun cri. Je me raisonne, je ne vais pas ajouter Tanaé à la liste des suspects.

Qui tue, alors ?

Un seul nom me vient, celui qui depuis le début tient chaque bout de cette enquête, en tire les ficelles, celui qui a tenté de me séduire, de toutes nous séduire, celui qui depuis le début se dispense des règles qu'il a pourtant veillé à nous imposer.

Yann.

YANN

Yann n'a pas pensé à demander de clés à Tanaé. Il reste un instant devant la porte du bungalow Ua Huka et observe l'ouverture entre la faîtière et le toit de pandanus : le fameux trou de souris où Maïma parvient à se faufiler.

Il sourit. Impossible d'y glisser son mètre quatre-vingts et ses quatre-vingts kilos.

Tant pis. Il jette un œil à la baie des Traîtres, au rocher Hanakee, au mont Temetiu, et d'un geste déterminé, lance son pied en avant. La porte cède d'un coup. Les planches de bambou composant la fragile cloison sont arrachées sous le choc et pendent en longs filaments. Une image étrange lui vient, celle du loup s'introduisant dans la maison de paille des trois petits cochons, profitant de sa fragilité. Et de leur naïveté.

Il entre dans la pièce. Il n'a plus le temps de ruser, d'avancer masqué, de rechercher des complicités tout en se méfiant de tout autre enquêteur qui pourrait se mêler de l'affaire. Il doit agir, au plus vite.

Il doit en finir.

Il a hésité entre le bungalow Tahuata de Clémence et le Ua Huka d'Éloïse, puis a décidé de commencer par celui d'Éloïse. Il essaie de chasser toute pensée parasite, mais chaque objet dans la pièce, chaque odeur, chaque bouquet cueilli autour du Soleil redouté et conservé dans de petits vases de bois de santal lui renvoie l'image obsédante d'Éloïse, des fleurs qui poussent dans ses cheveux-lianes, qui s'impriment sur ses robes, qui affinent sa taille, qui compriment sa poitrine, cette délicatesse de brindille, cette mélancolie de branche stérile, trop fragile pour supporter le moindre fruit.

Tant pis.

Le capitaine se dirige vers le lit et en tire nerveusement les draps, les roule en boule sur le sol puis retourne le matelas. Rien ! Il se dirige vers le placard, les robes, maillots, jupes, chemises, sous-vêtements volent dans la pièce. Les paréos sont les derniers à se poser, avec lenteur, recouvrant le saccage d'un voile coloré. Rien ! Direction la salle de bains. Les crèmes, parfums, mascara, fond de teint basculent dans l'évier. Le gendarme vide le vanity sans davantage trouver ce qu'il cherche.

Il revient à pas rapides dans la pièce principale, saisit le seul livre sur le chevet, *Loin des villes soumises*, en feuillette les pages si rapidement que le livre paraît pouvoir s'envoler. Il termine au contraire sur le matelas renversé. Une seule photo s'en échappe, deux enfants trop sages, six et huit ans, et onze mots griffonnés au dos.

Vous me manquez tellement

Je vous aime

Je vous aime tant

Il doit en découvrir davantage. Éloïse a forcément laissé traîner un autre indice dans ce bungalow.

Quand on aime, quand on aime tant, on ne se contente pas d'une photo.

MA BOUTEILLE À L'OCÉAN
Chapitre 24

La porte de la cuisine s'ouvre. Je m'attends à ce que Maïma surgisse, je me prends à espérer qu'elle crie d'un ton enjoué : « T'es passé où, mon capitaine ? J'ai besoin de te parler, Clem ! »

Je fixe la porte ouverte.

Seule Tanaé apparaît. Visage fermé. Depuis mon arrivée au Soleil redouté, j'ai toujours vu Tanaé occupée, active, une de ces femmes qui pagaient plus vite que le courant de la vie pour ne pas se laisser emporter, toujours un torchon à la main, un balai dans les pieds, un sourire aux lèvres, un mot pour chacun, une femme à écrire : *Avant de mourir, je voudrais seulement me reposer*.

La Tanaé qui se tient devant nous n'est pas celle que je connais. Poe et Moana sont debout derrière elle. Muettes et figées.

— On vous laisse, se contente de prononcer l'hôtesse.

Ai-je bien entendu ?

— On vous laisse, répète Tanaé. Nous vous avons préparé tout ce qu'il faut dans la cuisine. Vous savez où sont les verres, les couverts et les assiettes. Vous arriverez à vous débrouiller.

Où est Maïma ?

Tanaé lance un signe discret à Poe et Moana, qui la suivent en direction de la porte d'entrée. Le visage de la patronne du Soleil redouté se fait plus dur encore.

Un mana de colère, hérité de trente générations de guerrières.

— Je vais mettre mes filles à l'abri, il y a eu assez de morts ici. Vous n'êtes plus que toutes les deux. Entretuez-vous si vous le désirez. Vous avez trois heures, le capitaine n'a pas menti cette fois, il a vraiment prévenu la police de Tahiti.

Où est Maïma ?

Tanaé ouvre la porte, laisse passer Poe et Moana, sort à son tour, et ne referme pas la porte. La lumière s'engouffre dans la pièce, à la vitesse d'un soleil confus qui aurait oublié de se réveiller. Aveuglant. Violent.

Les derniers mots de Tanaé rebondissent dans ma tête.

Je regarde dans le miroir en plissant les yeux. Nous ne sommes plus que deux. Face à face. Côte à côte.

Je serre mon collier de graines rouges à m'en étrangler.

« Entretuez-vous toutes les deux si vous le désirez. »

YANN

Yann continue de mettre à sac le bungalow Ua Huka d'Éloïse. Sans retenue. Il ouvre portes, tiroirs, placards, et en vide le contenu.

Il n'a plus qu'une obsession.

Il doit protéger Éloïse. Au fur et à mesure qu'il fouille chaque poche de vêtement, qu'il fait défiler chaque page de carnet à dessin, il se persuade qu'elle est tout ce qu'il lui reste à sauver.

Puisqu'il n'a pas su protéger les autres. Pas même sa femme.

Il revoit le corps de Farèyne, étendu sur le me'ae, abattue d'une balle en plein cœur. Il entend et réentend ses derniers mots, « Viens, Yann, vite. Au vieux cimetière de Teivitete. Je t'attends. »

Il est venu aussi vite qu'il a pu. Pas assez, pas assez.

Parce qu'il ne l'aimait déjà plus assez pour la sauver ?

Il a tout fait à l'envers. Il aurait dû d'abord prendre soin de Farèyne, puis, ensuite seulement, lui annoncer que tout était terminé. Comment quitter quelqu'un qui est parti ? Comment avouer que l'on n'a plus de sentiments à quelqu'un qui n'est plus vivant ?

Le capitaine fouille encore de longues minutes la pièce, feuilletant livres et carnets, retournant chaque vêtement. Il a recueilli assez d'indices pour prouver la culpabilité de Clémence, les policiers feront le même constat que lui dès qu'ils seront arrivés. Il doit prouver qu'elle n'avait pas de complices, qu'Éloïse n'a rien à se reprocher. Percer son secret.

Il trouve la lettre dans la poche intérieure de la valise, glissée derrière une couture déchirée. Il a dû passer la main plusieurs fois avant d'en sentir le papier, et le saisir avec délicatesse entre son index et son majeur pour l'extirper. C'est une longue lettre, pliée dans une enveloppe blanche.

Nathan et Lola Longo
29, sente du Petit-Bois
78260 Achères

Jamais envoyée.

Plage noire d'Atuona, les Marquises

Mes amours,
Pourrez-vous un jour me pardonner ? Pourrez-vous un jour pardonner à votre maman ? Quels souvenirs garderez-vous d'elle, mes anges ? Évidemment, vous n'en garderez aucun de celle qui vous a portés dans son ventre, pas davantage de celle qui vous a donné son sein, qui toutes ces années vous a lavés, nourris, habillés, qui a rangé derrière vous vos jouets, qui a tenu en ordre une maison pour qu'elle ne soit plus que rire et propreté quand votre papa rentrait.

Vous vous souviendrez peut-être de cette maman qui le soir, dans votre lit, vous lisait des histoires, qui essayait autant qu'elle le pouvait d'éloigner de vous les écrans malfaisants, cette maman qui vous glissait des livres entre les mains, cette maman qui projetait sur vous un avenir coloré et merveilleux : vous aimeriez toutes ces histoires comme je les ai aimées, vous en liriez, vous en écririez.

Mes amours, comme vous devez les maudire aujourd'hui, ces livres.

Je sais ce que vous devez en penser, votre papa vous l'aura répété.

Ils vous ont volé votre maman. Et vous avez raison.

J'ai toujours beaucoup lu, des milliers de livres sûrement, dès que j'ai eu votre âge, et même bien avant, mais aucun ne m'a autant marquée que Loin des villes soumises. *Non pas que ce livre soit meilleur qu'un autre, non pas que Pierre-Yves François soit un écrivain plus talentueux qu'un autre, tous les critiques du monde pourront dire ce qu'ils veulent et le crucifier de leur mépris, mais ce livre m'a parlé, à un moment de ma vie. Il a ouvert une brèche. Les livres sont dangereux, je ne le savais pas encore alors.*

Ce livre parlait de ce dont parlent tous les livres, des rêves avortés, des vies ratées par manque de volonté, du temps perdu par manque d'audace, des destins qu'on subit, des désirs qu'on refoule, des dons qu'il faut cultiver, des femmes soumises alors que les maris se réalisent, des vies qu'on gâche, des enfants qui vous attachent, de l'art, de la peinture, de la littérature, comme d'une infinie légèreté. J'y ai cru comme une sotte.

Je me suis revue petite, griffonnant mes soleils et mes papillons, je me suis revue adolescente, tressant les vers de mes poèmes, et je me suis vue adulte nettoyant vos culottes. J'ai cru à une autre vie.

Je suis partie. Pour un livre. Oui, on peut tout quitter pour un livre.

C'était il y a six mois. Je me préparais à affronter une souffrance atroce, mais il me fallait coucher cette douleur sur du papier, il me fallait accoucher de cette mélancolie, m'opérer à cœur ouvert et tout raconter. Ensuite je reviendrais.

J'ai écrit jour et nuit, des pages et des pages. Ce sont les moments où j'ai été la plus heureuse, et la plus malheureuse à la fois, la douleur m'anesthésiait, je la croyais créative, romantique, tragique... et les jours ont passé, l'encre a séché, la solitude m'a rattrapée, la liberté m'a effrayée et un matin que je relisais tout ce que j'avais écrit, j'ai compris.

L'illusion. Qui à part moi aurait pu avoir envie de lire une prose d'une telle banalité ? Plus médiocre encore que la banale réalité que je fuyais. Soudain, je ne voyais plus les mots que comme des insectes dévorant ce qui me restait de vie. Vous étiez là quelque part, à rire et à jouer, et à regarder n'importe quelle imbécillité à la télé, n'importe quelle connerie, et je savais que c'était ça la vie.

J'ai failli revenir, mais votre papa n'a pas voulu, et il avait raison, je vous avais fait trop souffrir.

Alors je suis partie encore plus loin, aux Marquises.

Pourrez-vous un jour me pardonner, mes amours ?

On pardonne à ceux qui deviennent des génies, les enfants de Gauguin et de Brel ont pardonné à leur père, on pardonne parfois aux pères de tout quitter. Jamais aux mères.

Aujourd'hui j'ai tout perdu. Prisonnière de mes chimères loin des villes soumises, je relis encore et

encore ce livre, à en devenir folle. Les livres sont plus
dangereux qu'une arme à feu, se manipulent avec plus
de précaution qu'un poison, les écrivains sont de ter-
ribles tueurs en série.

Pas moi. Votre mère n'a jamais tué personne, je n'ai
pas assez de talent pour cela... Je n'ai tué personne,
je ne vous ai même pas fait mourir de chagrin. Vous
m'aurez oubliée demain.

Me croirez-vous si je vous jure que je ne suis respon-
sable de rien ? Que ce sont les livres, que ce sont les
écrivains les coupables. Des apprentis sorciers inca-
pables de contrôler les formules qu'ils ont inventées.

Je ne suis coupable que d'avoir voulu leur ressem-
bler.

Les mots nous ont séparés, mes anges, je dois être
la pire des mères, puisque je les utilise encore pour
essayer de vous retrouver.

Je t'aime, Nathan, je t'aime, Lola.

Votre maman de papier

Yann s'assoit sur le lit du bungalow Ua Huka, pour
réfléchir. À même le sommier, le matelas a valsé.
Il repense aux propos de Servane Astine. Parmi les
trente-deux mille lectrices ayant posté une lettre de
motivation pour participer à l'atelier d'écriture aux
Marquises, une seule a été retenue pour son talent.

Éloïse ou Clem ?

Tout le monde sait au Soleil redouté que Clémence
rêve de devenir écrivain, qu'elle ne se promène jamais
sans un stylo et un carnet, pour tout noter dans sa
bouteille à l'océan. Éloïse, derrière ses pastels et ses

394

aquarelles, l'a davantage caché, mais cette lettre révèle qu'elle poursuivait la même ambition.

Laquelle des deux est l'élue ? Laquelle est celle que Pierre-Yves a retenue ?

L'autre a-t-elle tué par dépit ? Déçue d'y avoir cru ?

Yann relit la lettre à Nathan et Lola. Lui qui ne lit jamais, ces mots ont le pouvoir de l'émouvoir. Éloïse est forcément l'élue, cette seule lettre le prouve, il veut s'en persuader. Il se souvient du testament d'Éloïse trouvé sur le me'ae.

Avant de mourir je voudrais

Aimer un homme qui vaille la peine de tout quitter.

Trouver un homme qui m'accepte comme je suis,
sans me juger.

Il sait aussi qu'il est capable d'aimer ainsi, d'aimer comme certaines femmes sont capables d'aimer les hommes égoïstes, il sait qu'il a aimé Farèyne ainsi, jadis...

Qu'il pourrait aimer Éloïse ainsi.

Éloïse ne peut pas être la meurtrière, on ne tombe pas amoureux de la femme qui a tué votre femme. Une nouvelle fois, tout accuse Clem ! L'autre hypothèse ne tient pas debout : un complot, un complot orchestré par Tanaé, par ses filles, par d'autres Marquisiens, ce jardinier, d'autres habitants unis par le même secret. Il a longuement parlé à Tanaé, de l'Enata, de Métani Kouaki, elle lui a tout expliqué, il l'a crue, il a décidé de lui faire confiance, à elle plutôt qu'à Clémence.

A-t-il fait la connerie de sa vie ?

JOURNAL de MAÏMA
Le seul homme que j'ai aimé dans ma vie

Je vais mourir.

Comme toutes les autres popa'a avant moi. D'ailleurs c'est ce que je suis devenue, une popa'a. C'est ce que Tanaé pense de moi. Sinon, elle ne m'aurait pas livrée à Charlie.

Je me souviens seulement du coup sur ma tête. Lorsque je me suis réveillée, j'étais allongée à l'arrière du Hilux. Pas même attachée, juste étendue sur la banquette arrière.

Charlie conduit. Il roule dans la direction opposée au village, vers le port, ou l'aérodrome, ou plus certainement le rond-point où il a disparu dans la forêt, hier, là où se trouve sans doute son repaire. Un lieu tapu où il sacrifie les petites filles trop curieuses, celles qui se mêlent des vieilles affaires, celles qui viennent fouiner dans le passé des violeurs-tatoueurs qui ont pris leur retraite sur l'île. Comment Tanaé peut-elle encore le protéger ? Parce qu'elle a peur de lui, elle aussi ?

Le pick-up va bientôt passer devant le tiki aux fleurs, celui au cou duquel Charlie a abandonné le pendentif volé sur le cadavre de Titine, le matin où je l'ai suivi.

Je dois rester la plus lucide possible. J'anticipe le tracé de la route dans ma tête. Si je calcule bien, dans quelques secondes Charlie va aborder le virage qui mène au port.

C'est ma seule chance ! S'il ralentit, j'ouvre la portière et je saute. Les feuilles de bananier amortiront ma chute.

J'attends encore un peu que le Hilux se rapproche du virage.

Gagné, Charlie rétrograde.

C'est le moment !

Charlie me regarde dans le rétroviseur, comme s'il avait lu dans mes pensées.

Maintenant !

Je suis persuadée que Charlie va accélérer... Tant pis ! Je n'aurai pas d'autre occasion, je me penche en avant, je me cramponne à la portière, prête à l'ouvrir, à bondir.

Tout explose l'instant d'après. Charlie fait exactement l'inverse de ce à quoi je m'attendais, il se redresse sur son siège et écrase le frein. Mon front frappe de plein fouet le fauteuil passager alors que le Hilux se cabre, puis se gare en rebondissant entre les racines de pistachiers sur le bas-côté.

— Ça ira, commente Charlie. T'as la tête dure !

Parce qu'en plus, il fait de l'humour ?

C'est la seconde fois qu'on me défonce le crâne en moins de dix minutes ! Je ne prends pas le temps de le frotter, ni même de passer mes doigts dans mes cheveux. T'as tout compris, Charlie, j'ai la tête dure, et les cuisses aussi ! J'ouvre la portière et je me précipite sur la route.

Une main m'attrape le bras avant même que j'aie pu amorcer ma première foulée.

Charlie !

Avec une rapidité sidérante, le vieux Marquisien est sorti du véhicule et m'a immobilisée. S'il croit que je vais me laisser cueillir comme une fleur de tiaré ! Je me débats. Prête à mordre, prête à griffer.

— Calme-toi, Maïma.

C'est ça, oui !

Je hurle tout en essayant de libérer mes poings.

— Vas-y, si tu veux que je me calme, assomme-moi une troisième fois. Ou direct, comme Audrey et Laetitia, tue-moi !

Charlie libère d'un coup l'étau de ses doigts et se fige comme si je venais de prononcer une formule de Stupéfixion. Il m'observe et me demande de sa troublante voix grave :

— Alors c'est ça ?

— C'est ça quoi ?

— Tu crois que je suis Métani Kouaki ?

— Pourquoi, t'es qui ?

— Pito. Pito Vaatete. Le jardinier du Soleil redouté.

— Me prends pas pour une conne !

Charlie évalue ma détermination.

— Tu as raison, je ne suis pas que jardinier, je suis tailleur de pierre aussi. C'est moi qui ai sculpté tous les tikis.

C'est à mon tour de recevoir de plein fouet le sortilège de Stupéfixion. J'ai juste le réflexe de poser la plus débile des questions.

— Pourquoi ?

— Une commande de l'écrivain. Ce Pierre-Yves François. Une histoire de popa'a. Pour motiver les cinq participantes à son atelier, m'a-t-il raconté. Chacune son mana. Le tiki devait les aider à le développer. Il m'a fourni les thèmes, la gentillesse, le talent, l'autorité, ce genre de banalités, et m'a laissé libre des motifs. Les couronnes, les serpents, les bijoux. Cinq tikis à exposer autour du Soleil redouté. (Charlie se retourne vers la sculpture devant eux.) Et celui-ci en particulier.

J'observe le tiki aux fleurs. Ses vingt doigts sculptés. Les cinq de la main de Charlie accrochée à mon poignet, devenue plus molle qu'une tige de queue-de-chat, je pourrais sans problème me sauver cette fois.

Je ne bouge pas.

Le Marquisien aux cheveux gris s'avance d'un pas, en boitant, vers le tiki. Sa voix profonde semble davantage s'adresser à la statue qu'à moi.

— Je ne savais pas que Martine reviendrait. Comment aurais-je pu deviner ? Quinze mille kilomètres et plus de quarante ans nous séparaient...

Pito... Martine... La perle noire...

Un déclic se produit soudain dans mon cerveau. Est-ce qu'il faut leur cogner dessus pour que mes neurones s'activent ?

Je repense au testament de Martine.

Avant de mourir je voudrais...

Revoir le seul homme que j'ai aimé dans ma vie.

Charlie ?

— Je crois, continue le jardinier, que c'est le nom, Hiva Oa, qui a tout déclenché. Je crois que quand Martine l'a lu, sur le site des éditions Servane Astine, elle ne s'est pas intéressée au reste, le concours, Pierre-Yves François, l'atelier d'écriture, elle s'est simplement dit que la vie lui faisait un clin d'œil. Un de ces hasards qu'on transforme en rendez-vous. Je ne sais pas comment elle s'y est prise pour convaincre l'écrivain d'être parmi les cinq, peut-être qu'elle lui a tout raconté, après tout. Peut-être que l'écrivain m'a commandé ces tikis parce qu'il était au courant, pour nous, et que ça l'émouvait d'organiser ce rendez-vous. Ni lui ni Martine n'ont eu le temps de me le dire...

Je me suis approchée et j'observe moi aussi le tiki. Martine, jeune, les joues comme des pommes, le buste tout en formes, à croquer.

— Raconte-moi, Charlie. Commence par le début.

Le Marquisien sourit. Il lui manque deux canines.

— C'est amusant, tu sais, que tu me surnommes Charlie. Tu veux que je commence par le début ? Oh, vois-tu, c'est la plus belle et la plus triste des histoires, celle qui se rejoue chaque jour des milliers de fois partout sur terre. À vingt-cinq ans, je me suis engagé dans la marine marchande, comme pas mal d'autres Marquisiens, histoire de faire le tour du monde. Un soir, je devais avoir un peu moins de trente ans, j'ai débarqué à Zeebrugge, un port de plus, une vie de marin, bar et boire à chaque escale dans des pays dont on ne parle pas la langue. Sauf qu'en Belgique la bière était meilleure qu'ailleurs et que quelques filles paraissaient plus jolies parce qu'elles parlaient un peu français. Martine était l'une d'elles. Elle portait des bretelles de clown qui écrasaient sa grosse poitrine, elle avait les joues rouges des filles des bords de mers froides et un sourire à vous faire oublier toutes les autres escales. On est restés sept jours à quai à Zeebrugge. On s'est aimés sept jours avec Martine. Je boitais déjà à l'époque, un conteneur de mille cinq cents kilos qu'on m'avait posé sur le pied à Singapour, Martine disait que ça me donnait la démarche de Charlot, avec ma moustache et mes cheveux frisés. Et surtout, j'étais une sorte d'ange étrange à ses yeux, je venais de l'île où vivait son idole, le grand Jacques, c'est pour ça je crois, la première fois, qu'elle s'était approchée de moi. On a écouté ses albums en boucle pendant une semaine, je me suis surpris à aimer sa musique, ses paroles, j'ai pleuré quand j'ai appris sa mort, deux ans plus tard, j'étais à Baltimore. Évidemment, je l'ai surnommée Titine, à cause de cette chanson de Brel écrite sur l'air du film de Chaplin, *Les Temps modernes*, on vit toujours des temps modernes quand on est jeune et amoureux, nous c'était il y a quarante ans.

Je me suis avancée. Émue. J'observe les larmes perler aux yeux ridés de Charlie.

— Vous… Vous ne vous êtes jamais revus ?

— Titine était fiancée, à un étudiant en droit de Liège, un futur avocat je crois. Moi j'étais marin. Le jour de mon départ, je lui ai offert une perle noire, une top gemme, le seul souvenir de mon île.

La main de Charlie devient tellement molle que cette fois, c'est moi qui la retiens. Je murmure :

— Pourquoi ? Pourquoi vous êtes-vous séparés si vous vous aimiez ?

— Ça, ma jolie, on le sait après. Quand le bateau est déjà au large. Sur le moment on se dit qu'il y aura d'autres occasions, d'autres possibilités, d'autres rencontres… et puis non, en fin de compte. Il n'y a qu'à la fin de sa vie qu'on comprend qui était celle qu'on aurait pu aimer. Il ne me restait qu'une série de photos d'elle, prises un matin d'hiver sur la grand-place de Bruges.

La photo trouvée chez Clem…

— Vous… Vous vous êtes revus, à Hiva Oa ? Avant que….

401

Charlie semble avoir du mal à tenir son équilibre. Il pose sa main libre sur l'épaule de pierre de la statue devant lui.

— L'écrivain m'avait juste dit que ce tiki devait être celui de la gentillesse, que la lectrice qui possédait ce mana était belge. Comment aurais-je pu deviner que c'est Titine qui revenait ? Même si bien sûr, la Belgique, Brel, j'ai pensé à elle, j'ai sculpté ce tiki en la prenant pour modèle. Hier, Tanaé m'a demandé de venir au Soleil redouté, pas pour tailler les bougainvilliers cette fois. Pour transporter le corps d'une popa'a qui venait d'être assassinée.

Je ne respire plus. Gorge nouée. La voix de Charlie n'est plus qu'un long chuchotement.

— Quand j'ai revu Titine, elle était allongée sur un lit. Rouge de sang. Aussi belle qu'autrefois. Ma perle noire sur sa poitrine. Je l'ai portée comme un prince porte une princesse. Seul, dans mes bras. Puis je suis sorti avec la perle, pour l'accrocher à son cou, comme il y a quarante ans.

Il fixe le visage sans rides de Martine. Ma voix tremble autant que les feuilles de cocotier au vent des alizés.

— C'est… C'est moi qui l'ai enlevé, ce collier. Je pensais que tu l'avais volé… Je… Je ne sais plus où il est… Ma mère l'a pris. Ma mère est morte elle aussi. Je suis désolée.

Charlie passe sa main sur chaque courbe du buste de Titine, comme s'il avait le pouvoir de la ressusciter.

— Ne le sois pas, Maïma, ne le sois pas. D'une certaine façon, avec Titine, nous nous sommes revus.

402

Nous serons enterrés côte à côte, à moins de quarante mètres de la stèle de Jacques et Maddly. Il y a de la place pour deux, j'ai vérifié. (Il regarde toujours avec dévotion le visage de la statue.) Tu vois, grâce à ce tiki, Titine n'a jamais vieilli. Eh bien toutes ces quarante années, il en a été de même pour notre amour, il n'a fait qu'embellir. Dormir à jamais avec Titine, c'est déjà tellement plus que ce que j'aurais espéré.

Charlie se tait, perdu dans ses pensées. Je me sens si stupide de n'avoir rien compris, d'avoir cru que Pito le jardinier pouvait être Métani Kouaki le violeur, je me sens encore stupide, d'ailleurs... Car si une petite voix me certifie que ce vieil homme brisé me dit la vérité, qu'une si belle histoire ne peut être inventée, une autre me recommande de toujours me méfier. Dois-je le croire sur parole ? Si Pito n'est qu'un marin devenu jardinier, qui est le tueur-violeur ? Farèyne avait retrouvé sa trace, ici, tout près, avant d'être assassinée.

Je suis encore perdue dans mes pensées, quand une main se pose sur mon épaule.

Ce n'est pas celle de Charlie ! Je sursaute comme une folle, je pousse un long cri.

Le vieux jardinier n'a même pas réagi, regard bloqué sur le tiki.

— Tu vas pouvoir le rencontrer, murmure une voix dans mon dos.

Je me retourne, Tanaé se tient face à moi, accompagnée de Poe et Moana.

Tout va trop vite. Les événements s'enchaînent si rapidement que je n'ai plus le temps de faire le tri. Je balbutie :

— Qui ?

— Métani Kouaki. Mon ancien petit ami. Ce violeur que tous les policiers recherchent depuis des années. Viens avec moi, je vais te le présenter.

MA BOUTEILLE À L'OCÉAN
Chapitre 25

— Tu veux manger ?

Je ne réponds pas. J'entends seulement du bruit dans la cuisine, puis plus rien, pendant un long moment.

Un long silence dans la salle Maeva, avant qu'il ne soit rompu par un bourdonnement.

Un texto. Maïma.

Je saisis le téléphone posé à côté de moi.

Tout va bien, Clem ?

T'inquiète pas, moi ça va.

Maïma

Depuis sa disparition, puis le départ de Tanaé, je n'ai pas cessé de m'inquiéter. Avec ce message, je devrais être rassurée... Mais il ne prouve rien ! Comment être certaine que c'est Maïma qui l'envoie ? Si Tanaé l'a enlevée, elle peut utiliser son portable pour nous tromper.

J'hésite à répondre.

Tout va bien, Clem ? demande Maïma, ou celle qui tape à sa place.

Le sais-je moi-même ? Suis-je en sécurité tant que je reste dans la salle Maeva, ou déjà prisonnière de la toile d'araignée d'une tueuse qui me prépare à manger ?

Je l'entends poser des assiettes sur un plateau.

Cette fois, nous sommes vraiment seules. J'ai l'impression d'être emprisonnée dans un de ces films qui se terminent par un duel. L'affrontement final entre l'héroïne et la méchante enfin démasquée.

Généralement, l'héroïne s'en tire.

Est-ce que cela aussi devrait me rassurer ?

Encore moins, mon raisonnement est ridicule puisque c'est moi, uniquement moi, qui me suis attribué le rôle de l'héroïne. Martine, Farèyne, Marie-Ambre étaient elles aussi les héroïnes de leur propre récit. Avant d'être assassinées.

Vais-je subir le même sort ? Assassinée après avoir écrit ma dernière ligne ? Mon récit aura juste été plus long que le leur ? Je déroule le fil de mon idée étrange : nous ne sommes donc plus que deux héroïnes, et une seule question se pose encore : *Laquelle de nous deux écrira le mot FIN ?*

Celle qui écrit, assise dans le canapé, ou celle qui fait du bruit dans la cuisine ?

Trop de bruit.

Est-ce un piège ? Ne va-t-elle pas revenir avec un fusil ? Ne suis-je pas la dernière des idiotes à rester ainsi, victime idéale et vulnérable, assise avec mon cahier sur les genoux, mon stylo pour seule arme. Ou les tessons de ma bouteille, brisée à l'océan.

Verres et couverts continuent de s'entrechoquer dans la pièce d'à côté.

Mon regard épouse la salle, la réception, l'ordinateur, Jacques et Maddly, le tableau noir.

Avant de mourir je voudrais

Partager un dernier repas ?

Pourquoi pas…

Nous avons collaboré pour tout installer sur la table basse entre les deux canapés, le tartare de thon rouge, le traditionnel popoï, les boules de pain coco, les chips de taro, la salade de poisson frais, de litchis et de fruits de la passion, le plus beau repas que Tanaé nous ait jamais cuisiné. Sur la table, je découvre qu'elle a placé un petit vase avec une fleur de tiaré.

Une nouvelle fois, dès que je lève les yeux, mon image dans le miroir me surprend, comme si nous étions quatre autour de la table. Peut-être est-ce pour cela que Tanaé a tant prévu à manger...

Je souris intérieurement tout en observant la dizaine de plats sur la table. Je ne touche qu'au thon rouge. Aucune de nous deux ne parle. On dirait un vieux couple qui se fait la gueule. D'accord, deux vieux couples si vous ajoutez nos doubles.

Le climax du film traîne en longueur.

Je mâche mon poisson cru avec lenteur.

Le texto de Maïma clignote toujours sur la table.

Tout va bien, Clem ?

Je l'espère.

YANN

Yann n'a rien trouvé dans le bungalow de Clem. Pas même la photo de Titine dont Maïma lui avait parlé. Il a plié en deux d'un coup de pied rageur la porte du Tahuata, avec la même violence que celle du Ua Huka d'Éloïse, a retourné les pièces avec la même fureur, habits, valises, livres… surtout les livres, des kilos de livres, et de papiers, de notes rédigées par Clem. Il a pris le temps de les survoler, de s'accrocher aux rimes des poèmes, de s'intéresser aux premières lignes des ébauches de romans, il a compris que depuis des années, Clem noircissait des pages et des pages.

Et après ? Il n'a rien découvert. Aucun indice compromettant. Clem a tout nettoyé. Ça en serait presque une preuve de sa culpabilité !

Yann va et vient dans la pièce, compare dans sa tête la lettre torturée d'Éloïse à ses enfants abandonnés et les bouts d'histoires griffonnés partout par Clem.

Laquelle est la plus cinglée ?

Il s'est toujours méfié de l'énergie de Clem, d'instinct, autant qu'il s'est toujours senti attiré par la mélancolie d'Éloïse. S'est-il trompé depuis le début ? Non ! Toutes les preuves n'ont cessé de s'accumuler pour renforcer sa conviction, les empreintes de Clem retrouvées dans le bungalow de Martine, les témoignages de Poe et Moana certifiant que Clem a quitté l'Au soleil redouté hier soir, sur Miri, est revenue avec lui, le téléphone portable de Farèyne à la main.

Yann continue de se déplacer dans le bungalow. Par la fenêtre, il observe la valse lente des bougainvilliers. Des idées folles lui viennent. Éloïse aurait pu s'introduire dans le bungalow de Clem, échanger brosses à dents, dentifrices, rouge à lèvres, et même sa petite cuillère après le repas, sans que Maïma ne s'en aperçoive, à la façon d'une illusionniste détournant l'attention. Et le témoignage de Poe et Moana ? D'autres idées plus délirantes encore fleurissent dans l'esprit du gendarme. Détourner l'attention ? Éloïse a des cheveux longs. Trop longs ? Des coiffures compliquées. Trop sophistiquées ? Pour qu'on ne remarque qu'elles ? Et si elles étaient fausses ? Une simple perruque, elle l'enlève, elle a les cheveux courts, comme Clem. Il suffit ensuite à Éloïse d'emprunter les habits de Clem et de loin, dans la nuit, on la prend pour elle.

Délire, se défend Yann. Pur délire !

La lettre d'Éloïse à ses enfants est seulement la lettre désespérée d'une femme perdue.

Ce sont les écrivains les coupables. Des apprentis sorciers incapables de contrôler les formules qu'ils ont inventées. Je ne suis coupable que d'avoir voulu leur ressembler.

Yann répète ces derniers mots dans sa tête.

Je ne suis coupable que d'avoir voulu leur ressembler.

Éloïse en voulait terriblement à Pierre-Yves. Est-ce lui qui a tout provoqué ? Ce livre, *Loin des villes soumises*, est-il la véritable arme du crime ?

Il réfléchit. Il n'y a, en fin de compte, qu'un bungalow qu'il n'a jamais visité.

Le bungalow Hatutaa.

Celui de Pierre-Yves François.

JOURNAL de MAÏMA
Terre des hommes

Le Hilux traverse le village d'Atuona. Tout paraît calme. Une dizaine de pick-up tous jumeaux sont garés devant le magasin Gauguin, c'est l'heure de pointe avant que les commerces prennent leur pause à midi. Quelques femmes exposent des colliers de poniu sur des tables de camping. Des touristes égarés attendent que leur hôte les remonte à leur pension, on dirait des élèves à un arrêt de bus.

Des élèves de Tahiti, parce qu'ici, à Hiva Oa, je peux vous le dire, les élèves vont à l'école à pied. Des chevaux, l'air fatigués à ne rien faire d'autre que brouter, regardent le petit village s'animer un instant, avant qu'il ne se rendorme au déjeuner.

Mon village du bout du monde n'est qu'un gros chat qui dort au soleil. Et soudain se réveille, quelques minutes, pour prendre au piège une petite souris marquisienne.

Je suis installée à l'arrière du 4 × 4, avec Poe et Moana. Tanaé, assise sur le siège passager, se retourne vers moi. Je coince mon téléphone portable entre mes cuisses. J'ai eu le temps d'envoyer un texto rassurant à Clem et à Yann.

Tanaé parle d'une voix étrangement lente, elle qui est habituée à donner ses ordres à toute vitesse et à enfiler ses anecdotes comme des morceaux de cochon sauvage sur une brochette.

— Je suis restée un an en France, explique-t-elle, en alternance entre l'école hôtelière Vatel et l'Holiday

Inn Montparnasse. J'avais vingt-huit ans. J'ai rencontré Métani Kouaki lors d'une soirée organisée par l'association des Marquisiens de Paris. On n'était pas plus de dix...

Charlie conduit. Il ne prononce pas un mot. Après le monument-aux-deux-morts, il prend la direction de la boutique Tat'tout.

— Métani vivait de tatouage, poursuit Tanaé. Au black. Ça lui suffisait pour louer une petite chambre de bonne rue d'Odessa. C'est là que je le rejoignais. Je cuisinais pour lui des plats marquisiens. Il avait bon appétit. Sur... sur tous les plans. On passait du bon temps. Ça soignait le mal des îles.

Je remarque que Tanaé a rougi et que son regard a évité celui de ses filles. Le Hilux se rapproche de la boutique du tatoueur. Je sens battre mon cœur. Est-il possible que Kouaki vive ici ?

— Je ne l'aimais pas, continue Tanaé. Je pensais que c'était la même chose pour lui. On se tenait juste compagnie.

Le 4 × 4 dépasse l'enseigne Tat'tout, et continue d'accélérer sur la route bitumée.

— Il était doué pour les tatouages. C'était son mana. Il tenait ça de ses ancêtres, c'est ce qu'il aimait raconter. Ça m'a amusée de lui demander de me dessiner un Enata à l'envers. Mon prénom en marquisien ! Je ne savais pas alors ce que ce symbole signifiait. L'ennemi. Métani, lui, forcément, l'avait compris.

Le pick-up ralentit, j'aperçois déjà la fin de la route, quelques centaines de mètres plus loin, quand elle ne devient plus qu'une petite bande de terre et de cailloux qui grimpe en pente raide dans la forêt.

— Moi, précise Tanaé, j'avais commencé à me rendre compte que quelque chose ne tournait pas rond dans le cerveau de Métani. En réalité, son mana, c'était la folie. Son ancêtre, en plus d'être tatoueur, devait être bourreau, ou quelque chose dans le genre. Enfin bref, j'ai flairé que j'étais en danger et j'ai filé. Il ne me restait plus que quelques semaines de formation à Paris, je me suis cachée chez une copine de classe jusqu'à ce que je reprenne l'avion pour Hiva Oa. Pendant six ans, je n'ai eu aucune nouvelle de lui, je t'avoue que je l'avais même complètement oublié. J'ai rencontré Tumatai à Hiva Oa. Tout l'inverse de Métani ! Un gentil. On s'est mariés, on a acheté l'Au soleil redouté avec sa prime d'ancien aide de camp à Mururoa. On pensait avoir la vie devant nous.

Charlie gare le Hilux. Tout le monde sort. Évidemment, j'ai deviné où nous allons : le vieux cimetière de Teivitete. Farèyne elle aussi avait compris. Nous commençons à grimper tous les cinq sur le chemin bordé de flamboyants. Poe et Moana trottent devant, indifférentes au récit de leur maman qu'elles ont sûrement déjà entendu plusieurs fois, Charlie a repris sa canne et ferme la marche. Tanaé s'intercale entre les deux sprinteuses et le traînard, je me règle sur ses pas, nous progressons de front alors qu'elle poursuit son récit.

— Le cancer du poumon a emporté Tumatai moins d'un mois après qu'il a cloué le panneau *Au soleil redouté* sur le portail de l'entrée. Poe avait trois ans, Moana quatre. C'est là que Métani est réapparu. Il naviguait entre les différentes îles de Polynésie, il m'avait retrouvée à cause de la pension, on avait fait un peu de publicité pour l'ouverture, il m'a proposé de m'aider, une femme seule, avec deux gosses, comment j'allais m'en sortir ?

Tanaé s'arrête et me fixe droit dans les yeux. Jamais je n'ai vu chez elle un regard aussi déterminé.

— Une femme seule ! répète-t-elle. Qu'est-ce qu'il croyait ? Je lui ai ri au nez. J'avais cinq frères et trois sœurs, quinze cousins germains, tous habitants d'Hiva Oa, et parmi eux Pito qui s'occuperait du jardin, Ani, Noa et Pomare qui m'aideraient pour la plomberie, la maçonnerie, l'électricité. Métani s'est tiré, j'ai cru qu'il avait compris.

On reprend la montée. Le soleil cherche à nous griller entre les ombres des flamboyants. Charlie traîne dix mètres derrière nous, Poe et Moana dix mètres devant, et ont même pris le temps de cueillir des gardénias et des monettes dans le talus.

— Métani est revenu. Plusieurs fois. Tôt le matin. Tard le soir. Quand j'étais seule. On pourrait au moins s'entraider, m'a-t-il proposé, tu m'envoies des clients, je leur fais des prix pour les tatouages, tous les popa'a viennent ici pour ça, un billet pour toi, un billet pour moi. Pour avoir la paix, je lui ai envoyé une cliente, une Australienne, toute mignonne, en voyage de noces avec un rugbyman de deux mètres. Je n'ai pas trop su ce qui s'est passé, juste que le rugbyman est allé tout casser dans la cabane de tôle à Taaoa qui servait de boutique à Métani, et que mes Australiens ont repris l'avion le lendemain alors qu'ils avaient réservé pour cinq jours.

La forêt s'ouvre. On a atteint la clairière du vieux cimetière. Les petits tikis roses posés entre les tombes de tuf rouge grimacent en nous voyant, comme lassés d'être si souvent dérangés.

— Quand Métani est revenu pour s'expliquer, un matin, vers 6 heures, je ne lui ai pas ouvert. Et j'ai fait ce que j'aurais dû faire bien avant, j'ai tapé son nom sur Internet. Il y avait des dizaines d'entrées. Je n'en croyais pas mes yeux. Ici aux Marquises, on ne suit pas les actualités françaises. Je lisais des dizaines d'articles répétant les mêmes horreurs sur le tatoueur-violeur du 15e. Je voyais les photos de deux gamines violées et étranglées. Aucune preuve, aucun coupable, mais presque tous les articles évoquaient la condamnation de Métani Kouaki, quatre ans de prison pour agression sexuelle sur une autre victime.

Tanaé cesse tout à coup de marcher et m'attrape par le bras.

— Immédiatement, j'ai su que c'était vrai ! J'ai su que c'était lui qui avait tué ces deux filles. Et je savais qu'il recommencerait. Je lisais sans parvenir à les croire les comptes rendus des psys qui parlaient de dépit amoureux, de vengeance, parce qu'il avait été largué par sa petite amie dont il refusait de donner l'identité... Moi ! Ils parlaient de moi. Et Métani qui revenait tambouriner à ma porte. Chaque matin. Chaque soir. Viens.

Charlie nous a enfin rejoints. Poe et Moana se sont éloignées pour aller compléter leur bouquet blanc et or avec des lianes de jade et des orchidées mauves. Nous progressons entre les croix et les tombes éventrées, enjambant des pierres rondes recouvertes de mousse, à moins que ce ne soit des crânes d'ancêtres échappés d'un mausolée oublié. Sur notre droite gît la porte de la cabane où le corps de Pierre-Yves a été découvert la nuit dernière.

— J'ai mené mon enquête, continue Tanaé. Les gens ont parlé. J'ai retrouvé trois cas de filles disparues depuis que Métani Kouaki avait remis les pieds en Polynésie. Elles avaient entre dix-huit et vingt ans, aucune trace d'elles, aucune nouvelle. Ça peut paraître habituel ici, les adolescentes rebelles qui veulent se faire la belle, sauf qu'à chaque fois, leur dernier défi avait été de se faire tatouer, contre l'avis de leurs parents. À chaque fois le tatoueur était un type de passage qui recrutait les gamines dans la rue, sans laisser de nom ni d'adresse.

Je retiens mon souffle et je demande :

— Des Enata, à l'envers ?

— Oui, ma chérie. Métani revenait chaque jour frapper à ma porte. Un matin, je lui ai ouvert.

Je croyais que nous nous arrêterions au cimetière, mais Tanaé s'enfonce dans la clairière, sans cesser de parler.

— Je n'avais pris aucun client ce matin-là à la pension. La nuit d'avant, j'avais confié Poe et Moana à Tepiu, ma sœur qui habite Hanapaoa, et sur la route du retour j'avais emprunté son fusil de chasse à mon beau-frère. J'avais recouvert les canapés de la salle Maeva de grands tissus marquisiens. Il s'est assis sans se méfier. Je l'ai tenu à bout portant pendant près d'un quart d'heure, il a eu le temps de m'avouer cinq viols, cinq crimes, Audrey Lemonnier, Laetitia Sciarra, ainsi que trois autres gamines à Moorea, Maupiti et Rangiroa. Au moment où il a essayé de se lever, je lui ai tiré une balle en plein cœur.

415

Tanaé s'est arrêtée. Moi aussi. Charlie est passé devant nous et, de sa canne, dégage des lianes de banian pour former un passage sous la voûte végétale.

Je m'appuie contre le tronc. Je ne sais plus quoi penser, tous mes repères sont brouillés. Que dois-je dire ? Comment dois-je réagir ? Applaudir ? Me révolter ?

Tanaé s'est approchée d'un pas et me serre contre sa poitrine.

— Écoute-moi bien, Maïma, on appelle cet archipel la Terre des hommes, Fenua Enata, mais on a tort. Ici les femmes règlent leurs affaires seules. Ne l'oublie jamais ! Ne laisse jamais aucun homme te voler ta vie. Nous sommes des princesses, Maïma. Nous sommes des reines. Nous sommes les Marquises ! Viens…

Charlie nous ouvre le chemin parmi les fougères arborescentes à grands coups de canne, nous nous enfonçons à nouveau dans la pénombre de la forêt.

— Je sais ce que tu penses. Que j'aurais dû dénoncer Métani à la police. Et après ? Il n'aurait jamais rien avoué. Au pire il aurait fait quelques années de prison en plus. Quand il serait ressorti, Poe et Moana auraient eu l'âge de ses victimes. Il aurait recommencé, Maïma, il aurait recommencé. Il fallait en terminer.

Elle s'arrête. Charlie aussi. Devant nous s'étend une simple pierre plate, recouverte de mousse aux reflets roux, comme si la pierre était de fer et rongée par la rouille.

— J'ai appelé Pito, et Pomare mon beau-frère. Ils ont roulé le corps de Kouaki dans le tissu marquisien et sont venus l'enterrer ici. Personne n'a plus jamais entendu parler de lui.

Je fixe la pierre sombre devant moi. Ainsi, le violeur que Farèyne cherchait depuis des années dormait ici, jugé, condamné, exécuté. Farèyne a-t-elle eu le temps de découvrir sa tombe avant d'être tuée ? D'être tuée par qui ?

Pas par Charlie, ni par Kouaki. Deux nouveaux suspects à rayer sur la liste.

Qui reste-t-il ?

Malgré les preuves, je ne parviens toujours pas à croire à la culpabilité de Clem, ni bien sûr à celle de Yann.

Qui alors ?

Éloïse ?

Je saisis à nouveau mon téléphone, je dois à tout prix les prévenir.

Devant moi, du bout de sa canne, Charlie gratte la mousse qui recouvre la pierre tombale plate et grise, et dévoile un pétroglyphe.

Une marque presque invisible gravée dans la roche.

Un Enata, à l'envers.

Ici gît l'ennemi.

MA BOUTEILLE À L'OCÉAN
Chapitre 26

Il y a du bruit dans la cuisine.

Des plats qu'on vide dans une poubelle, des couverts qu'on jette dans un évier.

Le son provient de la pièce voisine et pourtant il vrille ma tête comme si les fourchettes et les couteaux s'y étaient plantés. La douleur qui me lacère le cerveau n'est rien, pourtant, comparée à celle qui déchire mon ventre, à la brûlure qui incendie ma gorge, comme si chaque graine rouge de mon collier avait été chauffée au fer. Une torture si intense que je peine à rester lucide, à garder les yeux ouverts.

Il le faut. Je n'ai pas le choix. Il le faut.

Je relis le texto de Maïma.

Fais attention, Clem !

Charlie est innocent. Kouaki n'est pas le tueur non plus.

Méfie-toi d'Éloïse. Méfie-toi.

Les mots deviennent flous sur l'écran du téléphone portable. Je n'ai même plus la force de le tenir. Il est posé sur la table, entre les restes de thon rouge et les miettes de pain coco.

J'ai compris. J'ai compris trop tard.

Ma tête va exploser. Mon ventre n'est plus qu'une poche de plastique fondu par un acide inconnu. Mon cerveau rayé ne parvient plus qu'à répéter à l'infini :

Méfie-toi d'Éloïse. Méfie-toi.

Ça en serait presque comique, si ce n'était pas dramatique.

Tu as raison, Maïma, j'aurais dû me méfier. La tueuse a à nouveau frappé. J'étais la dernière sur sa liste.

— Ça ne va pas, ma belle ? m'a-t-elle demandé avec un sourire sadique.

Puis elle est partie vers la cuisine, les mains encombrées de ce qui restait du déjeuner, sans ajouter un mot.

J'ai compris. Trop tard.

Elle n'a utilisé ni aiguille de dermographe, ni couteau, ni fusil de chasse cette fois.

Un simple poison, mélangé au tartare de thon, le seul plat que j'ai goûté.

Je le sais, je le sens, le poison se diffuse dans mon sang. Mon cœur est la pompe mortelle qui le répand, ce sera sa dernière mission. Je ne peux déjà plus contrôler le bout de mes doigts.

Je connais la suite du processus. J'ai ingéré un bêta-bloquant, du curare ou un poison similaire. Mon cœur va ralentir, mes cellules les plus éloignées ne seront plus irriguées, certains de mes muscles commencent à se tétaniser. Des branches mortes. Le poison va tout détruire derrière lui, comme un incendie, et petit à petit, la paralysie va se rapprocher de mes organes vitaux. Je sais que ma gorge va se bloquer, je sais que mes poumons vont se vider une dernière fois, puis ensuite, dans quelques minutes, guère plus, mon cœur va s'arrêter.

YANN

Yann a laissé ouverte la porte du bungalow Hatutaa de Pierre-Yves François. Avant de procéder à l'inspection de la pièce, il relit le texto de Maïma qui vient de s'afficher.

Fais attention, Yann !

Charlie est innocent. Kouaki n'est pas le tueur non plus.

Méfie-toi d'Éloïse. Méfie-toi.

Ne t'en fais pas pour moi, ma petite souris, pense le gendarme, rassuré. Tant qu'elle est avec Tanaé, Maïma est en sécurité.

Il se tourne vers le bungalow de l'écrivain. De tous, il est le mieux rangé. Aucun livre sur la table de chevet, aucune affaire de toilette dans la salle de bains, aucun pli sur le lit, seulement quelques habits empilés avec soin dans la penderie.

Est-ce parce que Poe et Moana ont eu le temps de venir faire le ménage, depuis deux jours que le bungalow est inoccupé, ou parce que l'écrivain avait méticuleusement préparé sa fuite ? Yann croit davantage à la seconde hypothèse. Pierre-Yves François a mis en scène sa propre disparition, en posant en évidence une pile de vêtements et un galet tatoué d'un Enata sur la plage d'Atuona, une astuce inspirée des *murder partys* pour motiver ses cinq lectrices. Il avait prévu de se cacher un jour ou deux dans la cabane du maire, d'y fixer un rendez-vous discret aussi, avec celle qui la même nuit le tuera et poignardera Martine.

Yann continue de fouiller la pièce, d'ouvrir les tiroirs, va jusqu'à vérifier sous le matelas. Ce n'est pas l'absence d'affaires personnelles de Pierre-Yves François qui l'étonne, elles étaient rangées dans les valises retrouvées dans la cabane du maire, ni même l'absence de livres. C'est l'absence de notes, de papiers. Comme un prof chez qui on ne trouverait aucune copie.

Yann réfléchit. L'écrivain a proposé plusieurs jeux aux cinq lectrices avant de disparaître, des portraits chinois, des cadavres exquis, le premier exercice était de tout noter, dans un roman baptisé *Ma bouteille à l'océan*, le dernier le fameux testament, *Avant de mourir je voudrais*. À chaque fois, il a méthodiquement ramassé les devoirs, promettant de les corriger. Pourtant, Yann n'a découvert aucune trace de ces textes, ni dans ce bungalow, ni dans la cabane du maire. Les seules reliques en sont les testaments de Martine, Farèyne, Marie-Ambre et Éloïse semés façon Petit Poucet sous chaque nouveau cadavre.

Yann regarde, par la porte ouverte, les nuages s'accumuler au-dessus de la baie des Traîtres. S'il pousse la réflexion plus loin, il se rend compte que dans les autres bungalows, celui d'Éloïse, celui de Clem, ou même ceux de Martine et Marie-Ambre, il n'a pas davantage repéré de traces d'exercices. Il se souvient pourtant des recommandations de Pierre-Yves, *Notez tout ! Écrivez tout ! Vos impressions, vos émotions*. Il a vu si souvent ces cinq filles, y compris sa femme, lui obéir et coucher leur vie sur des feuilles blanches. Clem était la plus assidue, mais elle n'était pas la seule à noircir des carnets.

Où sont passés tous ces récits ?

Persuadé qu'il tient une piste, Yann fouille à nouveau le bungalow Hatutaa. La pièce, qu'il a trouvée rangée avec un soin maniaque, n'est plus qu'un capharnaüm de meubles renversés, de draps et de serviettes étalés. Le capitaine ne renonce pas. Il se hisse sur une chaise, qu'il déplace mètre par mètre, tout en passant systématiquement sa main au fond de chaque étagère. Il répète l'opération plusieurs fois avant d'étouffer un cri.

Ses mains, enfin, viennent de se refermer sur une liasse de papiers retenus par un élastique tendu !

Yann la fait glisser. Elle est recouverte d'une très fine couche de poussière. Immédiatement, il réalise de quoi il s'agit.

Un manuscrit !

D'une petite centaine de pages, d'après son épaisseur.

Le texte n'est pas signé de PYF. Est-ce une des lectrices qui le lui a remis, pour avoir l'avis du maître ? Chaque écrivain confirmé doit recevoir chaque jour des demandes identiques à celle-ci, qu'il doit le plus souvent considérer comme une corvée.

Yann pose le document sur le bureau de bois de rose. Il s'assoit sous la fenêtre et en lit le titre.

Attirée par les étoiles

Attirée...

C'est donc une femme qui le lui a offert ? Pierre-Yves François l'a-t-il au moins ouvert ? A-t-il pris le temps de le lire ? N'a-t-il pas rangé ce brouillon dans un coin, déjà trop occupé à corriger les exercices quotidiens ?

Yann fait rouler l'élastique, tourne la page de titre.

Merde !

Il se trompait ! Et dans les grandes largeurs ! Pierre-Yves François a bien ouvert ce manuscrit. L'a lu.

L'a corrigé. Couvert de notes serait d'ailleurs plus exact. Presque chaque ligne, à chaque page, est souli-gnée, entourée, annotée dans la marge.

Un travail de dingue !

PYF a dû y passer des heures. Des nuits.

Yann se penche sur les feuilles, les phrases explosent en feu d'artifice, fleurs isolées ou bouquets, scintillent, brillent, dialoguent entre intentions et corrections, deviennent constellations. Yann se perd dans la galaxie de mots.

Attirée par les étoiles
Homme de voiles, homme d'étoiles
Atteindre, l'inaccessible étoile

JOURNAL de MAÏMA
Tuer tous les popa'a

— Poe, Moana, venez avec moi, on va se recueillir sur la tombe de votre papa.

Les deux adolescentes tiennent la main de leur mère. Elles ont cueilli deux grands bouquets multicolores. Toutes les trois marchent en direction du vieux cimetière de Teivitete.

Je n'ai pas bougé. Je suis restée devant la pierre plate à l'Enata sous laquelle repose le violeur. Tanaé s'adresse à moi sans même tourner la tête.

— J'ai tenu à ce que mon mari soit enterré ici. C'est plus tranquille qu'au cimetière d'Atuona. Là-bas, même six pieds sous terre, tu entends encore toute la journée des pèlerins te demander : *Excusez-moi, la tombe de Gauguin, de Brel, c'est dans quelle allée ?*

Derrière elles, Charlie-Pito, appuyé sur sa canne, sourit.

Je délaisse enfin la pierre à l'Enata et je marche derrière Tanaé et ses filles, déboussolée.

— Je ne pouvais pas savoir, m'explique Tanaé, que la commandante n'avait pas refermé le dossier Métani Kouaki, qu'elle recherchait encore sa petite amie, qu'elle était venue jusqu'ici pour cela, avec son mari. Farèyne a fini par comprendre que j'étais celle qu'elle cherchait, à cause de mon tatouage, comme toi, Maïma. Mais pour le reste, j'ignore le nom de cet assassin qui se promène en liberté sur l'île. Je peux juste te certifier qu'il n'est pas d'Hiva Oa, on se connaît tous ici.

Je peux juste te jurer qu'il est venu avec la mort dans ses valises, comme les colons de jadis, venus avec la syphilis, la vérole, l'uranium, pour nous décimer par milliers. Au moins, ce meurtrier ne tue que des popa'a.

J'ai envie de hurler. Ça veut dire quoi, Tanaé ? C'est moins grave de tuer quelqu'un qui n'est pas né sur Hiva Oa ?

Moana et Poe se sont agenouillées devant la tombe de leur père. Une stèle toute simple, grise, ornée d'une croix de fer. Elles ont posé les fleurs au pied de la pierre mortuaire.

Tanaé me fixe avec gravité.

— Ne te mêle pas de leurs affaires, ma chérie. Nous avons déjà bien assez de secrets à protéger ici. On les garde pour nous, à la limite on les confesse à un curé, jamais sur du papier.

L'hôtesse jette un regard vers le village, la plage, la pension qu'on devine à deux kilomètres, sur les hauteurs d'Atuona.

— À l'heure qu'il est, ils doivent s'être tous entre-tués. Les policiers de Tahiti arriveront dans moins de trois heures maintenant. Ils coffreront le seul survivant.

Je ne parviens plus à contrôler le tremblement de mes jambes. Je manque de glisser mais Pito me tend sa canne pour que je puisse rétablir mon équilibre. Tanaé se mord les lèvres. Elle comprend à quel point ses remarques m'ont bouleversée.

— Oh, excuse-moi, je suis stupide, ma jolie. Je ne pensais pas à Marie-Ambre quand je parlais des popa'a. Crois-moi, l'assassin de ta maman sera puni ! Pour tous ses crimes. Mais il faut que tu restes en dehors jusqu'à ce que tout soit fini. C'est pour ça que nous t'avons enlevée, pour t'éloigner du Soleil redouté. Ne t'inquiète pas, tout s'expliquera, crois-moi. Avec cette manie des popa'a de tout écrire, il suffira de tout relire.

Je repousse la canne de Pito et je me rapproche de Tanaé. Poe et Moana prient toujours, indifférentes à ce qui se passe autour d'elles. Appelez-moi, les filles, si là-haut quelqu'un vous répond. En attendant l'intervention de Dieu le père, je m'adresse directement à leur mère.

— Qu'est-ce que tu veux dire ? Qu'est-ce qu'il suffira de relire ?

Tanaé lève les yeux au ciel, survole du regard les masses sombres des sépultures recouvertes de lichen, puis se retourne vers moi.

— Tu sais bien. Elles sont venues pour ça. Comme les sportifs qui viennent aux Marquises s'entraîner, sauf qu'elles alignent les mots et pas les kilomètres, et que le marathon qu'elles préparent, c'est un roman. J'aimais beaucoup PYF. Il aurait pu être marquisien. Il possédait cette mélancolie qui pousse à apprécier les cadeaux de la vie, un bon repas, une jolie fille, une bonne blague. Il avait le fiu joyeux, si tu veux. Il m'avait demandé de conserver les écrits des lectrices, ceux oubliés dans la salle Maeva, sur la terrasse, et tous les exercices que les cinq lectrices lui avaient rendus, ainsi que tous les brouillons qu'elles laissaient traîner dans leur bungalow. Poe et Moana les récupéraient quand elles faisaient le ménage. Tout est archivé dans mon faré. Un dossier sacrément épais. Je le remettrai aux policiers quand ils seront arrivés.

Poe et Moana tirent le bas de la robe de leur maman, à en arracher les pétales des iris.

— J'arrive, Tumatai, j'arrive.

Tanaé se tourne une dernière fois vers moi.

— Je dois rendre visite à mon mari. Tu sais, Maïma, il ne faut pas trop faire attendre les morts.

Je regarde Pito, en mode défi, puis je bondis par-dessus les pierres tombales verdies, et je me mets à courir, pieds nus, à travers les fougères.

— Non, il faut s'occuper des vivants !

MA BOUTEILLE À L'OCÉAN
Chapitre 27

Mon cœur cesse doucement de battre. Je ne sens déjà plus mes bras, mes jambes. Je ne suis plus qu'une machine dont les pièces, les unes après les autres, tombent en panne. Le dernier message de Maïma tourne en disque rayé dans mon cerveau qui disjoncte.

Fais attention, Clem !

Mes yeux ne distinguent plus que de vagues taches colorées, ma bouche est sèche, incapable de s'ouvrir, de réclamer de l'eau, ma gorge me semble avoir doublé de volume et pourtant trop comprimée pour laisser passer la moindre salive.

Méfie-toi d'Éloïse. Méfie-toi.

J'ai été tellement naïve, tellement imprudente. Je ne peux plus voir, toucher, sentir, à peine réfléchir… Je ne peux plus qu'entendre. C'est le dernier sens qui me reste. Une voix, une voix qui me paraît lointaine mais je sais qu'elle est proche. À mon chevet. Une voix de femme.

— Ne t'inquiète pas, dans quelques minutes à peine, tout sera terminé.

Mon corps me fait souffrir le martyre. Des milliers d'insectes rongent mon foie, mes intestins, mon estomac.

— Du curare, c'est ce que tu penses ? Un ralentisseur cardiaque ? Tu n'es pas tombée loin. Pour accompagner le lait de coco et le citron vert, j'ai versé de la poudre de noix d'hotu dans ton tartare de thon. Pito

428

m'avait donné la recette sur la plage d'Atuona. Un sourire et il m'a tout expliqué, sans se douter que ce n'est pas un poisson-perroquet ou un rat que j'irais empoisonner. Tu vois, comme toi, je suis capable de charmer les gens. Une fleur dans les cheveux et le tour est joué.

« Tu devrais résister à l'hotu plus qu'une poule ou un calmar, mais j'en ai versé une belle quantité. Ton pauvre petit cœur ne devrait pas tenir beaucoup plus qu'un quart d'heure maintenant, et comme au mieux les policiers ne seront pas là avant trois bonnes heures, ça me laisse largement le temps de décrocher le fusil de Tanaé pour aller rendre visite au capitaine.

Mes poumons vont céder. Une douleur atroce les comprime, je ne rêve que d'une chose, qu'ils explosent, que tout soit terminé. Personne ne viendra me sauver. Personne ne sait que je suis en train d'agoniser.

Où es-tu, Yann ? Où es-tu, Maïma ?

Méfie-toi d'Éloïse. Méfie-toi.

Fais attention, Clem !

Trop tard, petite souris. Tu as été manipulée toi aussi. Je serai morte avant que tu le comprennes.

La voix se fait plus lointaine.

— Je te laisse. Je dois aller m'occuper du beau Yann. Adieu. Nana, comme on dit ici. Il y a peu de chance qu'on se revoie. Tu veux un peu de Brel pour t'accompagner, ou tu préfères mourir en silence ?

Dans un ultime effort, j'aperçois devant moi une silhouette floue armée d'un long fusil. Mon corps n'est plus que souffrance. Je voudrais retrouver l'usage de la voix, rien qu'une fois, une dernière fois, pour expulser le mal. Mourir dans un long cri animal.

— En silence ? s'amuse la voix. Tu as bien raison. Tu connais la devise des Marquises.

La dernière chose que j'entends est un éclat de rire dément, suivi par six mots :

— Gémir n'est pas de mise.

Avant que ma conscience ne bascule définitivement.

JOURNAL de MAÏMA
Avant de mourir...

J'arrive essoufflée devant l'allée de la pension.

J'ai avalé la distance du vieux cimetière au Soleil redouté en moins de vingt minutes. J'ai failli m'étaler plusieurs fois dans le sentier boueux qui descend dans la forêt, puis j'ai cru que mon cœur allait exploser en remontant d'Atuona. Mais non, il a tenu bon !

Je m'arrête un instant et je m'appuie sur la pancarte de bois du portail, *Au soleil redouté,* la dernière qu'ait clouée Tumatai, le mari de Tanaé. J'observe, au fond de l'allée, les six bungalows, la pergola, la salle Maeva, et repasse dans ma tête les dernières paroles de Tanaé.

« Ne te mêle pas de leurs affaires, ma chérie. Le meurtrier ne tue que les popa'a. »

Je repense à Yann, je repense à Clem.

Tant qu'ils sont tous ensemble, il ne peut rien leur arriver.

Je ne dois pas prendre de risques inutiles, je sais ce que je suis venue chercher.

La luminosité baisse d'un coup. Je lève les yeux. Le soleil vient de se faire piéger par le voile des nuages accrochés au mont Temetiu, On dirait un poisson-lune pris dans les mailles d'un filet. En un instant, le vert des cocotiers, des manguiers et des bananiers vire au glauque. Gris de mer avant la tempête.

Je profite de la soudaine pénombre pour m'avancer le plus silencieusement possible dans l'allée. Je continue de reprendre ma respiration sous les feuilles de bougainvilliers. Je viens de courir deux kilomètres, deux cents mètres de dénivelé, sans m'arrêter.

Aucun bruit, aucun mouvement. Ni sur la terrasse, ni dans la salle Maeva, ni dans aucun des six bungalows. Je jette un bref regard panoramique sur la baie des Traîtres, le rocher Hanakee, la plage noire du village désert d'Atuona. Je scrute une seconde le ciel vide, dernier espoir, et sans davantage réfléchir, j'escalade les murs de bambou du faré de Tanaé. Je m'appuie sur les piliers de bois sculptés et je n'ai aucun mal à atteindre le toit en feuilles de pandanus séchées. Mes pieds nus se posent en équilibre sur la charpente, et je me glisse jusqu'à l'ouverture de trente centimètres sous la faîtière.

Du haut de mes seize ans, aussi fine qu'une anguille, je suis la seule à pouvoir entrer ainsi dans chaque maison de la pension, même quand les portes et les fenêtres sont fermées. Je ne m'en suis pas privée, pour aider Yann et Clem, les jours précédents. Sauf que maintenant, après tant de sang versé, après tant de morts, tout est devenu tellement plus urgent.

Je me suspends un instant à la poutre, puis je me laisse tomber dans le faré. Je repense à ma course folle depuis le cimetière, la tombe gravée, le cadavre enterré. Je sais ce que je suis venue trouver : ce manuscrit dont m'a parlé Tanaé, il y a quelques minutes. Le récit de Clem et des quatre autres lectrices de l'atelier d'écriture. Le journal complet de ces deux jours. Ce que chacune a vu, pensé, compris.

Je ne cherche pas longtemps, le dossier est posé sur le bureau de bois de rose. Une centaine de feuilles. La première n'est noircie que de deux lignes.

MA BOUTEILLE À L'OCÉAN

Récit de Clémence Novelle

Au-dessus des montagnes, le soleil blanc s'est échappé des nuages. Ses rayons traversent brusquement la fenêtre du faré, éblouissant la pièce d'une clarté redoutée.

Je saisis le dossier et je m'installe dans le dernier coin à l'ombre, sur le lit, sous la moustiquaire. Pas par peur des moustiques, ils préfèrent les popa'a, mais j'ai toujours trouvé que ces voiles suspendus au-dessus des lits les faisaient ressembler à des baldaquins de princesse.

Sous un ciel de dentelle, on doit faire de plus jolis rêves.

J'ouvre le dossier.

Est-ce que libérer ces rêves sous une moustiquaire, ça les empêche de s'envoler ?

Avant de mourir, je voudrais...

YANN

Yann lit et relit, au hasard des pages, le manuscrit trouvé sur la plus haute étagère du bungalow de Pierre-Yves François.

Attirée par les étoiles.

Il s'est assis sur le lit, porte grande ouverte sur l'allée de graviers bordée de bougainvilliers, le champ en contrebas, et encore plus bas le village d'Atuona. Sur la première feuille, quelques lignes ont été recopiées à la main.

Avant de mourir je voudrais
Savoir si la petite voix qui me hante dit la vérité, quand elle me souffle comme un serpent, vas-y ma petite, écris, écris, tu es douée.
Regarde Gauguin, regarde Brel, ils ont tout quitté, femme, enfants, amis... Ils sont morts si jeunes, c'est le prix de l'éternité...
Avant de mourir, je voudrais
Savoir si c'est le diable qui me souffle cette folie.

Pierre-Yves François est-il le diable ?

Ou un simple lecteur ébloui ?

Les notes en marge du manuscrit ne laissent aucun doute. PYF est séduit. Aucune phrase des 118 pages n'est raturée. À l'inverse, beaucoup sont soulignées, ou serties comme des joyaux dans une bulle tracée au stylo, et presque toujours accompagnées de commentaires enthousiastes :

Excellent !

Délicieux !!
Magistral !!!
Un régal !!!!

Pierre-Yves s'extasie avec la fougue d'un professeur qui a déniché une copie exceptionnelle.

Yann s'apprête à tourner une nouvelle page. Elle attendra… Dans l'allée de graviers, il a entendu des pas.

Par la porte ouverte, il guette l'ombre que le soleil tropical projette sur la terrasse. Une ombre qui progresse lentement.

C'est donc le moment ?

Yann pose le manuscrit. Il tâte dans le bas de son dos le couteau qu'il a glissé dans son ceinturon. La seule arme qu'il ait trouvée. Persuadé qu'il ne pourra pas, qu'il ne saura pas l'utiliser. Peut-être lui fera-t-elle juste gagner un peu de temps ?

La forme sombre avance encore, silencieuse. C'est l'ombre d'une sorcière, accrochée à un balai, Yann distingue le long bâton s'étirer au-dessus de la silhouette recroquevillée. Il lui faut quelques secondes pour comprendre qu'il s'agit d'un fusil, et que l'ombre s'avance pour le tuer.

C'est donc le moment de vérité ?

L'assassin va enfin montrer son visage ?

À toute vitesse, le gendarme fait défiler les multiples hypothèses qui ont traversé son esprit depuis le premier meurtre : la mise en scène de Pierre-Yves François, le secret de Martine, la vengeance de Farèyne, le crime passionnel d'une Marie-Ambre ruinée, de nouveaux assassinats en série d'un Métani Kouaki ayant pris le visage de ce jardinier que Maïma a surnommé Charlie, un piège parfait organisé par Tanaé, et maintenant ce mystérieux et génial manuscrit à côté de lui sur le lit... Qui l'a écrit ?

Yann achève la ronde des possibilités par sa conviction, depuis le début.

L'évidence,

La folie de Clémence,

Même s'il est le seul à y avoir cru.

S'est-il trompé ? Maïma avait-elle raison ?

De toutes les pensionnaires du Soleil redouté, Éloïse était-elle la plus dévorée par le désir d'écrire ? Obsédée, névrosée, au point de tuer ?

Les pas approchent, le balai d'acier de la sorcière danse devant la porte, avant qu'une silhouette ne jaillisse et ne masque les bougainvilliers.

Fusil braqué sur lui, visage à découvert.

Yann ne peut retenir un mouvement de recul, lève instinctivement les mains, loin, très loin du couteau dissimulé dans le creux de ses reins ; la peur est là, électrisante, grisante, mais elle est tempérée par l'étrange sérénité de connaître enfin la vérité.

Il n'y a plus aucun doute possible.

La fille devant lui, canon de carabine pointé sur lui, porte un long short safari et des cheveux courts. Bien vivante. Elle est venue le tuer, après avoir éliminé tous les autres.

La haine et la détermination défigurent son visage.

Un visage d'ordinaire calme et sage.

Yann avale sa salive, conserve les mains en l'air tout en essayant de sourire et de s'exprimer avec une apparente décontraction.

— J'aurais dû parier. Personne ne m'a écouté, personne n'a voulu me croire. Tu as toujours eu une longueur d'avance. Chapeau, Clémence !

JOURNAL de MAÏMA
Ma bouteille à l'océan

Je me suis assise en tailleur sur le lit, sous la moustiquaire, et j'ai posé à côté de moi le dossier. Il porte un titre.

MA BOUTEILLE À L'OCÉAN

D'abord, je crois qu'il s'agit du récit de Clem, son foutu roman qu'elle traîne avec elle tout le temps… Je commence à feuilleter la centaine de pages...

Je me suis trompée !

Il faut dire, l'illusion est insoupçonnable : tous les chapitres portent le même titre, racontent la même histoire, mettent en scène les mêmes personnages…

La vérité est pourtant d'une évidence absolue…

MA BOUTEILLE À L'OCÉAN a été écrite par cinq narratrices différentes !

Tout est là, devant mes yeux : un récit en cinq parties, et chaque partie a été rédigée par l'une des lectrices du Soleil redouté !

À travers un souvenir éclair me reviennent les premières consignes de PYF.

Exercice n° 1. Votre bouteille à l'océan. Écrivez, écrivez tout, sans pudeur, sans peur, sans retenue, écrivez comme si personne n'allait jamais lire votre roman, écrivez comme si ensuite, vous étiez prête à tout jeter à l'océan !

Les cinq lectrices se sont soumises à cet exercice, toutes ont tenu précieusement leur journal intime.

Chacune sa bouteille à l'océan. Une fois rassemblés en un seul volume, un lecteur pourrait facilement croire que ces cinq récits écrits à la première personne n'en forment qu'un seul, rédigé par une plume unique. Celle de Clem...

Le lecteur passerait alors à côté de la vérité.

Cette histoire ne livre sa clé que si l'on comprend qu'elle est constituée de cinq témoignages, rédigés par cinq lectrices exprimant cinq points de vue intimes successifs.

J'étale les feuilles en cinq piles sur le lit, divisant le manuscrit en cinq parties. Chaque partie correspond au récit d'une lectrice, elle commence par son testament, indiquant ainsi sans risque de se tromper le nom de celle qui raconte... jusqu'au prochain testament.

Partie I, tout commence par le récit de Clémence.

Partie II, le récit de Martine, dès que son testament a été retrouvé, sous un galet de la plage d'Atuona.

Partie III, le récit de Farèyne, à partir du moment où son testament a été découvert à côté du cadavre de Titine.

Partie IV, celui de maman, quand son testament a été trouvé sous le cadavre de PYF, dans la cabane du vieux cimetière de Teivitete.

Partie V, enfin, le récit d'Éloïse, alors que son testament a été posé sur le me'ae sanglant au-dessus du Soleil redouté.

Je me penche sur la première pile de feuilles.

MA BOUTEILLE À L'OCÉAN

Partie I

Récit de Clémence Novelle

Avant de mourir je voudrais
Écrire un roman qui se vende en 43 langues sur
cinq continents.

Je lis en diagonale la suite du récit, les doutes de
Clem d'abord lorsqu'elle doit rédiger son testament.

J'ose à peine relire ce que je viens d'écrire (...)
Avant de mourir je voudrais... Vivre toujours ici, tiens !
Toute ma vie ! Ne jamais reprendre l'avion pour Paris.

Puis je partage avec elle ses métaphores appuyées
sur le paysage, comme autant de témoignages de son
unique désir, de sa seule raison de vivre.

Ça ne peut pas être une illusion, cette force qui me
pousse à aligner les mots, cette obsession des phrases,
cette lumière qui m'attire depuis que je suis en âge de
lire. Ma vie, c'est écrire. Un roman. MON roman (...)

Je tourne une nouvelle feuille et je découvre l'étrange
avant-propos de Clem, sa promesse.

Je m'engage solennellement à ne pas tricher. À
vous dire toute la vérité. À être sincère. À ne pas vous
tromper.

Clem a dit la vérité, elle n'a jamais menti, d'ailleurs
elle n'a ensuite presque plus rien écrit, contrairement
à ce que tout le monde croyait. Mon regard descend
jusqu'à ses derniers mots.

Je referme mon bloc-notes. J'ai fait ma fière avec
mon introduction à tiroirs, mais une boule acide bloque

ma gorge. Un jeu, inventé par Pierre-Yves ? J'ignore tout de ce qu'il attend de nous. Ce qu'il pense de nous. Ce qu'il va faire de nous.

Le récit de Clem s'arrête là… Suivent alors ceux des quatre autres lectrices.

MA BOUTEILLE À L'OCÉAN

Partie II

Récit de Martine Van Ghal

Le journal de Titine commence comme les autres par son testament.

Avant de mourir, je voudrais…

Dire au revoir à chacun de mes dix chats…

Je relis tous les souhaits de Titine, la coupe du monde ramenée à Bruxelles, la BD raflant un prix Nobel, voir Venise, la vraie, puis je tourne la page, émue aux larmes, pour découvrir la suite du journal intime de la septuagénaire belge.

J'arrive la dernière (…) C'est bon les filles, on a passé l'âge de jouer aux drôles de dames ! Regardez, je suis essoufflée (…) La voix de Brel me fait frissonner comme jamais.

Des larmes au sourire, je déguste mot après mot l'humour de Titine, sa fatigue quand elle parvient la dernière à la plage d'Atuona, son amour pour le chanteur belge, sa solitude le soir quand elle se trouve vieille devant un miroir…

La lumière chaude lorsque je passe devant le miroir, couvre mon corps de miel.

Ça ne suffit pas à le rendre beau.
Je ne l'aime pas, je ne l'aime plus.

Je tourne les pages suivantes et je tremble avec Titine quand elle entend du bruit dans la nuit, quand elle suit à distance l'ombre sur la terrasse, se cogne au tiki aux fleurs, celui que son amoureux a sculpté à partir d'une photo d'elle quarante ans plus tôt.

C'est impossible, écrit-elle, *je le sais, comment un tel visage pourrait-il resurgir du passé ?*

Une nouvelle feuille. Titine écoute Pierre-Yves se battre avec une inconnue dans la cabane du maire.

Je vois deux mains se lever, la masse a déjà giflé l'air, frappant Pierre-Yves au visage. Son cri déchire la nuit. Suivi du mien. Ai-je été reconnue ? Suis-je un témoin à éliminer ?

Oui, Titine, oui, hélas…

Son récit s'arrête quelques lignes plus loin, alors qu'elle est rentrée chez elle pour écrire les péripéties de sa nuit. Avant qu'elle ne range son manuscrit pour ouvrir la porte à celle qui viendra la faire taire à jamais.

Avec précaution, je glisse le récit de Titine sous celui de Clem et je cale sur mes genoux la pile de feuilles suivante.

442

MA BOUTEILLE À L'OCÉAN

Partie III

Récit de Farèyne Mörssen

Elle est plus épaisse que les deux précédentes.
Avant de mourir je voudrais...
Revoir une aurore boréale (...) avoir un enfant (...)
vivre une seconde vie.

Je lis l'intégralité du bref testament, avant de continuer le récit de la commandante : le style est plus sec, c'est celui d'une flic obsédée par son enquête.

J'ai entendu le cri sous ma douche. J'ai mal dormi.
Tellement mal dormi.

Le cadavre de Martine vient d'être découvert. Je m'attarde sur le point de vue de la commandante. Elle a passé sa nuit à étudier le manuscrit emprunté à Pierre-Yves François, *Terre des hommes, tueur de femmes*, à acquérir la certitude qu'elle a été plagiée.

Face au meurtre de Martine, Farèyne liste avec précision les pistes à suivre : un tatoueur, un sculpteur de tikis, un cultivateur de perles noires... Je la trouve plutôt douée, la policière, quand elle reconnaît le parfum de maman dans la cabane du maire, et sacrément culottée quand elle part seule à la recherche de Métani Kouaki en interrogeant Manuarii, le tatoueur du village.

Je peux bien vous l'avouer, j'ai toujours rêvé
d'enquêter ainsi, seule (...) Mon rêve de petite fille :
devenir détective (...) je devrai réagir avec l'assurance
d'une professionnelle.

Je tremble pour elle quand elle comprend enfin la signification de l'Enata à l'envers et qu'elle galope sous la pluie jusqu'au vieux cimetière, pour ne jamais en revenir.

Je sens l'eau percoler en goutte à goutte dans mon dos, glisser jusque dans le creux de mes reins (...) Je comprends Brel, Gauguin, c'est un joli endroit pour mourir.

Pourtant, parmi les lignes de sa bouteille à l'océan, ce ne sont pas celles de son rapport d'enquête qui me troublent le plus. Les mots les plus touchants sont ceux que la commandante ose tracer de sa petite écriture serrée pour décrire son rapport douloureux avec son mari, quand le moindre regard de Yann lui fait comprendre qu'il la soupçonne de s'être vengée, quand il cache dans sa poche la lettre de menace qu'elle a envoyée à Pierre-Yves François, quand il se déshabille pour la rejoindre dans l'eau, sur la plage de Puamau, qu'il l'embrasse, qu'elle le gifle. S'aimaient-ils encore ? Auraient-ils encore pu s'aimer ?

Yann, aux yeux de tous, est un mari parfait (...) Je revois son regard trouble posé sur moi depuis hier, pour me suspecter autant que pour me désirer. (...) À côté de moi, Éloïse, avec ses robes à fleurs et ses airs de diva, ne fait pas le poids !

Je m'arrête, bouleversée, sur les derniers mots du récit de Farèyne,

Je repense au baiser de Yann, à son shorty mouillé contre mon ventre. À son seul désir.

Juste avant que la commandante ne s'approche trop près de la vérité.

444

Je sais pourtant que le pire m'attend.

Je pose le récit de Farèyne sous ceux de Clem et Titine, et lentement, je tire vers moi une nouvelle pile de feuilles.

MA BOUTEILLE À L'OCÉAN
Partie IV
Récit de Marie-Ambre Lantana

J'oblige mes yeux à s'incliner, à ne pas se fermer, à affronter les lignes griffées d'une écriture si familière.

Avant de mourir je voudrais

Être une de ces femmes qui ne se fanent pas, qu'on ne quitte pas,

être maman, être qui je suis, pour de vrai, pour de vrai...

Les premiers mots du journal de maman se brouillent derrière mes larmes.

Nous sommes toutes venues, en pleine nuit, dès que Yann a appelé au Soleil redouté (...) Je me suis réveillée quand Tanaé a tambouriné aux portes.

Je remarque que maman ne parle pas des vêtements qu'elle porte, ni de ses bijoux, encore moins de la perle noire, sa *dette inavouable envers Titine*, ou de son collier de graines rouges. Maman ne trouvait pas assez précieux ce collier porte-bonheur offert à chaque visiteuse dès l'arrivée à l'aérodrome, et que par réflexe ou par superstition, toutes ont porté, touché... Elle ne l'a mis que le soir où on a trouvé le cadavre de Pierre-Yves François et où elle a eu envie de croire à son pouvoir.

Un collier maudit.

Maman se méfiait. De tout. De tous. Maman croyait être aux yeux des autres la coupable idéale. À jouer si bien son rôle de millionnaire, à mentir trop, elle en était devenue parano.

Je n'ai pas avancé beaucoup ma lecture, je reste bloquée sur une page, la première, celle du vieux cimetière. J'avance au ralenti, ligne après ligne. Les mots de maman, lorsqu'elle avoue son secret, paraissent enfin sincères.

Pierre-Yves était mon amant. Voilà, vous savez maintenant.

Sincères et désespérés.

Il espérait sans doute voler un peu de ma prétendue beauté, et moi un peu de son talent (...) Pierre-Yves, assassiné (...) Je n'ai pas eu le temps de l'aimer.

Mais je me fiche de cette douleur-là ! Elle ne me touche pas. C'est sur une autre peine que je m'arrête, page suivante, il n'est plus question d'enquête dans le récit de maman, seulement d'une mère qui n'arrive plus à communiquer avec sa fille, d'une mère qui a peur pour sa fille, d'une fille qui l'envoie balader.

Maïma s'est éloignée de moi, comme si elle me fuyait, comme si... elle avait peur de moi (...) C'est dans les bras de sa mère que Maïma aurait dû se réfugier (...) Tu traînes trop avec ce gendarme (...) Je veux te protéger, Maïma ! (...) – Laisse tomber. T'es pas ma mère !

Les mots cognent encore dans ma tête.

Laisse tomber. T'es pas ma mère !

Les derniers que j'ai échangés avec maman.

Je les regrette, je vous le jure, je les regrette tellement, je sais que toute ma vie ils cogneront dans ma tête.

Maman n'a parlé ensuite qu'à Éloïse, en buvant des bières, trop, devant l'espace Gauguin, jalouse des autres filles que Pierre-Yves aurait pu aimer, inquiète de son secret à protéger, sa prétendue fortune affichée.

Depuis hier, depuis ce matin je dois lutter contre cette envie de boire. Est-ce que ça commence ainsi, la dépendance à l'alcool ? Pour compenser la dépendance à un homme ?

Maman se méfiait, mais s'est pourtant éloignée, dans la bananeraie, juste au-dessus du Soleil redouté. Trop éloignée.

Je lis les derniers mots de son récit, les yeux noyés de larmes.

Je dois rester vivante. Pour Maïma, c'est ma dernière pensée avant de ne plus faire que courir à travers les branches et les feuilles qui me fouettent visage et jambes.

Pour Maïma.

Je murmure dans le silence du faré, rien que pour moi, rien que pour nous deux, sous le voile de toile qui protège à jamais nos secrets.

Tu l'étais. Tu l'étais ma maman. Pour de vrai.

Je glisse la bouteille à l'océan de maman sous les trois autres récits, comme on range un souvenir sous une pile d'habits. Il ne m'en reste plus qu'une à lire.

MA BOUTEILLE À L'OCÉAN

Partie V

Récit d'Éloïse Longo

La moins épaisse. Parce qu'elle est inachevée ?

Avant de mourir je voudrais

Savoir s'il existe un seul chemin, ou plusieurs. Si tout est déjà écrit, par quelqu'un.

Elle est la mieux écrite aussi.

Je suis enfermée, avec tous les autres. Le jour éclaire la pièce d'une pénombre qui rappelle les jours de grande canicule où l'on vit reclus (...) les regards papillonnent, tels des insectes paniqués par l'orage avant même qu'un éclair ait zébré le ciel.

Des mots plus savants, plus choisis, griffonnés sur une feuille et emportés par Tanaé avant qu'elle ne laisse Clem et Éloïse seules. Je glisse ce dernier récit sous les quatre autres.

J'appuie ma nuque contre la tête du lit. J'observe la pile de feuilles en équilibre sur le drap.

Un seul roman, une seule bouteille à l'océan.

Cinq récits, cinq tikis ; cinq manas et cinq lectrices.

Toutes réunies. Chacune unique à sa façon.

Une façon unique d'être gentille, d'être forte, d'être belle…

Une seule possède tout le talent.

Et une seule toute la haine.

YANN

Yann est assis sur le lit, bras levés, fusil braqué sur lui. Clémence entre lentement dans le bungalow Hatutaa, sans varier de un centimètre la direction de son canon.

— Une longueur d'avance ? répète-t-elle. Oh non, Yann, oh non… J'ai subi. J'ai improvisé. En permanence.

Yann se recule, pose doucement ses deux mains, bien à plat, la droite sur les draps et la gauche sur le manuscrit. Il défie Clémence du regard.

— Je t'ai toujours soupçonnée, dès le début. J'ai toujours su que c'était toi.

Les yeux de Clémence lui répondent avec une absence totale de colère. Ils paraissent emplis d'une infinie mélancolie.

— Alors tu l'as su avant moi. Je ne suis pas venue pour ça, Yann, pas pour vivre un cauchemar. Je suis venue ici pour poursuivre un rêve. Relis mon journal, depuis le début. J'étais une lectrice comme les autres avant que Pierre-Yves disparaisse. Sincère, sans aucun crime à avouer ni aucune intention de tuer, juste une apprentie écrivaine pas plus ambitieuse qu'une autre. Est-ce ma faute si une voix me hante, me souffle depuis que je suis née que mon existence n'aura de sens que si je suis capable d'en faire un roman ? Que seuls les mots sont éternels ? Est-ce moi qui ai déterminé si j'avais ou non du talent ? Je n'ai rien décidé de tout ça. Tout s'est enchaîné. Tout ce que j'ai fait, j'y ai été… obligée.

449

Yann continue de la défier du regard, la main toujours à plat sur la pile de feuilles annotées par PYF.

— Obligée ? provoque-t-il de la voix la plus assurée possible. De les tuer ? Toutes ? (Sa voix hésite un peu cette fois.) Même Éloïse ?

Clémence garde son fusil braqué, mais baisse un instant les yeux vers le manuscrit. Sa voix s'acidifie d'une pointe d'ironie.

— Ta petite chérie est peut-être la seule pour qui je pourrais admettre un soupçon de préméditation. Sinon pourquoi aurais-je ramassé ce poison, les noix d'hotu, dont m'a parlé Pito il y a trois jours ? D'après le manuel de la flore marquisienne qu'on trouve dans la salle Maeva, l'hotu agit en une heure maximum. Paralysie cardiaque totale. Même si les policiers de la BRJ de Tahiti ont la bonne idée d'emmener un médecin légiste avec eux, le cœur de la belle Éloïse se sera arrêté depuis plus de deux heures.

Une boule acide bloque la gorge de Yann. Son cœur lui aussi s'est arrêté, mais à la différence de celui d'Éloïse, il se remet à battre aussitôt à toute vitesse. Le capitaine s'efforce de le calmer sans rien montrer de sa panique.

— Et ensuite, enchaîne Yann, maintenant que tu as éliminé tes quatre rivales, après m'avoir fait taire moi aussi, tu vas t'occuper de tous les autres témoins ? Tanaé. Pito. Et les filles aussi ? Maïma, Moana, Poe ?

— Ne t'en fais pas. J'ai un plan… Plusieurs, même.

— Je suppose que je n'en fais pas partie.

Clémence semble sincèrement désolée.

450

— Tu le sais bien. Tu n'es pas idiot. Je n'ai rien contre toi, crois-moi, mais je ne peux pas te laisser derrière moi.

Yann sait qu'il joue gros. Il se retient de regarder sa montre, de crisper sa main sur le manuscrit, de se précipiter pour arracher ce canon de métal pointé sur lui, de sprinter pour porter secours à Éloïse, de sortir juste en criant « Sauve-toi, Maïma, sauve-toi », quitte à se prendre une balle dans le dos.

Attendre. Gagner du temps.

— J'ai au moins le droit de savoir…

— Savoir quoi ?

— De comprendre, plutôt. De comprendre pourquoi.

Clémence regarde ostensiblement les fleurs d'hibiscus mauves qui décorent les draps du lit, soupire, mais répond pourtant.

— Il n'y a rien à comprendre. C'est juste un accident. Je me suis contentée, le premier jour, de remettre mes scénarios à Pierre-Yves, mes pitchs, mes synopsis, quelques nouvelles, quelques ébauches de romans. Rien que quelques bouts de papiers cornés, froissés, raturés. Des brouillons… Le brouillon de ma vie. Sans brouillon, hein, comment espérer qu'elle devienne parfaite ?

Yann n'ajoute rien, se contente de quémander la suite, hochant la tête comme un petit garçon qui écoute avec passion.

— Tout allait bien alors. Je crois même que je n'avais jamais vécu une telle harmonie. J'étais au paradis, je passais mes journées à écrire et nager avec Maïma. J'ai entendu Pierre-Yves parler à Servane Astine au téléphone, le lendemain matin, il évoquait un manuscrit formidable, original, rare. Je n'arrivais

451

pas à croire qu'il puisse parler ainsi d'un de mes textes. C'était comme une fenêtre qui s'ouvrait sur une autre vie. Comme si au fond, j'avais toujours su que ce moment viendrait, qu'on reconnaîtrait mon génie. J'ai vraiment commencé à y croire quand il m'a donné rendez-vous, un simple message dans mon bungalow, quelques heures après qu'il a disparu. Il m'invitait au beau milieu de la nuit, quand tout le monde serait endormi, dans la cabane du maire au-dessus du port. Ça ne m'a pas étonnée plus que ça, ça correspondait à sa mise en scène, moi comme les autres j'échafaudais mes hypothèses.

« La première chose que j'ai sentie en entrant dans la cabane du maire a été le parfum Hermès de Marie-Ambre. Sa maîtresse ! Il avait dû l'inviter les jours précédents dans sa garçonnière. Je m'en foutais. Au moins PYF ne couchait pas avec elle pour son talent, et elle ne couchait pas avec lui pour son argent, du moins c'est ce que je croyais.

« Puis tout a basculé. Le manuscrit exceptionnel dont il parlait à son éditrice n'était pas le mien, mais celui de cette Éloïse Longo. Pierre-Yves m'a rendu mes bouts de papier, à peine lus. Seulement un peu plus froissés, tout juste s'il n'en a pas fait des boulettes. C'est ma vie qu'il jetait… Avec violence, pour ne me laisser aucune chance.

« "Ne te fais aucune illusion, Clem, assénait-il, ne perds pas ton temps, lis, lis, lis autant que tu voudras, mais écrire ce n'est pas pour toi, personne ne te publiera jamais, personne, tu n'as aucun talent, aucune personnalité, aucun univers." Il l'a fait comme un prof sévère, sans aucune humanité, puis enfin il a eu la délicatesse de s'excuser, de dire qu'il était désolé mais qu'il se devait de me dire la vérité, toute la vérité, qu'il n'y était pour rien, que ce n'était pas sa faute.

« J'ai pleuré, je l'ai ému, je crois. Ou alors tout était prémédité. Pierre-Yves avait tout scénarisé. Pas moi ! Il répétait en boucle que même si la vérité était terrible et cruelle, mieux valait la connaître, et que si je ne voulais pas savoir, il ne fallait pas lui demander, et au fur et à mesure qu'il répétait cela, il s'approchait.

« Il a essuyé une larme sur le rebord de ma paupière, il m'a dit qu'il avait beaucoup d'affection pour moi, et d'une voix de plus en plus basse, en penchant sa tête jusqu'à mon oreille, qu'il pourrait m'aider, me donner des conseils, jusqu'à mon cou, qu'il me trouvait jolie, que c'est pour ça qu'il m'avait choisie, qu'il avait feuilleté rapidement quelques centaines de fiches de candidature de lectrices, pour le concours, en regardant à peine leurs lettres de motivation, que j'étais exactement son type de femme, passionnée et naturelle, jusqu'à mes lèvres...

« Le parfum de Marie-Ambre empestait la pièce, je lui ai d'abord craché au visage, il n'a pas reculé, au contraire, il m'a collée en me répétant "Calme-toi, calme-toi", il m'a serrée, il a écrasé mes seins, je sentais son sexe contre le mien, il m'aurait violée, comprends-tu, il m'aurait violée.

« Le fusil de chasse du maire était posé contre un mur de la cabane. Je l'ai attrapé par le canon et je l'ai frappé. Crosse contre crâne. Il est tombé mort, sur le coup je crois.

« J'ai crié.

« Et dans la nuit, un autre cri a jailli, en écho au mien.

« Dehors, sous la lumière de la lune et d'un réverbère lointain, j'ai reconnu Martine qui s'enfuyait. M'avait-elle vue ? Entendue ? Reconnue ?

« C'est là, Yann, crois-moi ou pas, c'est là que j'ai commencé à improviser. Parce que j'avais un mort qui baignait dans son sang à mes pieds, un type à qui j'avais défoncé la tempe, un type qui venait de déchirer ma vie autant que je venais de briser la sienne. On ne réfléchit plus alors, on agit, on survit. Puisque PYF avait foutu en l'air mon rêve, je m'accrochais à un cauchemar.

« J'ai réglé les choses les unes après les autres. Comme une liste de corvées qu'on effectue dans l'ordre, et qu'on raye une fois accomplies.

« Le Hilux de Tanaé était comme toujours garé devant le portail du Soleil redouté, les clés à leur place dans la salle Maeva, qui n'est jamais fermée la nuit. Je n'ai eu qu'à me servir, retourner à la cabane du maire, charger le corps de PYF. J'avais mon idée pour le cacher : la cabane sous le banian, près du vieux cimetière de Teivitete, personne n'aurait l'idée de le chercher là-bas. Une idée stupide, tu peux me croire, traîner le gros corps de PYF sur ce sentier en pente raide où même un 4 × 4 ne peut pas passer. Si ce n'est pas la preuve que j'ai tout improvisé ! Je suis revenue épuisée.

« Tout le monde dormait au Soleil redouté, même Farèyne, que j'avais aperçue en train de lire sur la terrasse, était rentrée dans le bungalow conjugal. Au moins, Martine n'avait pas donné l'alerte. Je devais en profiter. Je me suis invitée chez elle. Pour discuter. Encore une mauvaise idée ! Je crois qu'elle ne m'avait

454

pas reconnue, à la cabane du maire, mais quand elle m'a vue me pointer en pleine nuit, elle a compris. Tout du moins que c'est moi qui avais frappé PYF, pas que j'étais obligée désormais de l'éliminer. Martine était ce genre de fille qui imagine que ces choses n'arrivent que dans les livres. Je n'avais pas le choix, c'était elle ou moi.

« Je l'ai étouffée avec un des coussins du lit, le pire moment de ma vie. J'aimais beaucoup Titine, tu sais. Je lui ai chanté en sourdine des chansons de Brel, *Jojo*, *Fernand*, *Jef*, pendant que je continuais d'essayer de m'en tirer comme je pouvais. Pour une fois, j'ai eu une idée plutôt maligne : laisser dans le bungalow Ua Pou de Martine le testament d'une autre fille – PYF les avait tous emportés avec lui dans la cabane du maire – et un galet peint d'un tatouage marquisien, le fameux Enata à l'envers, exactement la même mise en scène que celle de PYF le matin. Ainsi, tout le monde ferait le rapprochement et penserait qu'il était encore vivant. Je brouillais les cartes, je gagnais du temps.

« J'avais toute la nuit, je suis descendue à la plage d'Atuona ramasser un galet, en passant devant Tat'tout j'ai eu l'idée d'aller voler des aiguilles de dermographe. Je savais que ta femme courait après ce fameux violeur en série, que PYF s'y intéressait également. J'ouvrais une fausse piste supplémentaire si je laissais croire que Martine avait été poignardée par un tatoueur. J'ai emporté une photo d'elle aussi, d'elle jeune, pour m'en servir plus tard en cas de besoin, en la glissant dans le livre ou dans la poche de quelqu'un, et éveiller les soupçons. Je n'en ai pas eu l'occasion.

« À vrai dire, pour une fois, même si je ressentais un sentiment étrange d'être devenue en quelques heures une double meurtrière, j'étais plutôt fière. Malgré l'urgence, j'avais pensé à tout ! Quelle idiote ! Tu vois bien, Yann, que je ne suis pas une de ces tueuses froides et machiavéliques qu'on rencontre dans les romans policiers, j'avais oublié un détail, un détail de rien du tout : j'avais laissé mes empreintes digitales dans la chambre de Martine ! Partout !

« Je ne m'en suis rendu compte que le lendemain soir, avant le repas, à notre retour de Puamau. Tout se passait bien pourtant, personne ne me soupçonnait, du moins je croyais. Puis j'ai découvert qu'on était entré dans mon bungalow, qu'on avait emprunté un gobelet, mon dentifrice, une bouteille d'eau. OK, pas besoin d'un dessin, j'avais compris. J'ai d'abord évidemment pensé à toi, à toi et ta petite adjointe, mais juste après le repas, j'entends la commandante raconter à Tanaé qu'elle a tout compris et sait où se cache le tueur, qu'il ne lui manque que l'ultime preuve. Parle-t-elle de moi ou de son fameux tatoueur ? Et la voilà qui file, toute seule, à dos de cheval, sous la pluie, dans la nuit en direction du vieux cimetière de Teivitete ! J'ai continué d'improviser, la nuit et la pluie m'aidaient, j'ai fait semblant de rentrer dans mon bungalow, puis je suis ressortie aussitôt, j'ai attrapé le fusil du maire que j'avais caché sous le séchoir à coprah, j'ai sauté sur le dos de Miri et j'ai filé derrière Farèyne. J'avais à peine un quart d'heure de retard sur elle.

« Là encore, j'ai dû improviser. Ta femme avait son téléphone portable à l'oreille, elle se tenait à l'abri sous le banian, à deux mètres de la cabane où reposait le corps de PYF, je n'entendais que des morceaux de conversation sous la pluie qui martelait les feuilles. "J'ai mené mon enquête... J'ai tout compris hier soir... Je l'ai retrouvé... Là, tout près d'ici..." Elle te demandait de venir, vite. Je n'avais pas le choix, Yann. Je lui ai tiré une balle en plein cœur, elle n'a pas souffert. Je devais faire vite ensuite. Tu allais arriver. De toute façon, sans véhicule, le corps de PYF était trop lourd à transporter, tu allais forcément le trouver. Ce coup-ci, tu appellerais la police, je devais gagner du temps. Comme les fois précédentes, j'ai laissé un nouveau testament, celui de Marie-Ambre, je les avais tous récupérés dans les affaires de PYF, et surtout, j'ai eu l'idée de t'envoyer un texto avec le téléphone de ta femme. La meilleure idée que j'ai eue, je crois ! J'étais certaine que pour la protéger, tu n'avais pas appelé les flics. Ensuite, j'ai chargé le corps de Farèyne sur Miri, tu vois, comme dans les westerns, quand les chasseurs de primes ramènent au shérif le corps d'un hors-la-loi. Sauf que là, c'était l'inverse, j'essayais d'échapper au shérif. Les guides des Marquises disent vrai, Yann, la meilleure façon de découvrir l'île est le cheval, les sentiers sont conçus pour eux, pas pour les 4 × 4, on peut la traverser cent fois sans se faire repérer.

« Que faire du corps ? Je devais décider vite. Dès que tu donnerais l'alerte, on viendrait frapper à tous les bungalows pour réveiller les pensionnaires. J'avais repéré au-dessus du Soleil redouté un t'aé enfoui dans la forêt, ça ferait l'affaire pour quelques heures, j'y ai caché le corps et le fusil, avant de rentrer, de ramener Miri dans le champ et de me précipiter dans mon bungalow. Tanaé est venue tambouriner à ma porte moins de cinq minutes après.

« Tu dois m'en vouloir, Yann. Je le comprends, vraiment… Mais j'essaye juste de t'expliquer que j'ai agi sans aucune haine, que c'est un engrenage, un accident, une mécanique qui s'est emballée tellement rapidement. J'ai disposé d'à peine quelques heures de répit. Le temps de discuter avec un peu tout le monde, de trouver un moyen de quitter cette île sans éveiller les soupçons… Et voilà que Marie-Ambre m'apprend que Poe et Moana étaient dehors la nuit d'avant, sous la pluie, et que cachées derrière la grange, elles m'ont vue partir, et revenir. Qu'elles en parleront directement à la police.

« Cette fois je pensais que j'étais fichue, que le compte à rebours avait commencé. On était toutes les deux, Marie-Ambre et moi, dans la bananeraie, au-dessus du Soleil redouté. Je réalisais que je ne devais laisser aucun témoin derrière moi, quelque chose me poussait à aller au bout de cette logique tragique. Je vais tout t'avouer, capitaine, je crois que pour la première fois de ma vie, je découvrais ce pour quoi j'étais douée : tuer ! Quelle ironie, j'aurais préféré posséder le mana du talent, crois-moi, ou de l'esprit, de la grâce… mais non, PYF avait tout compris en faisant sculpter mon tiki : mon mana était celui du bourreau, de la tahu'a, la prêtresse désignant ceux qui seraient sacrifiés, je le sentais m'irriguer de toute sa puissance.

« Peut-être est-il responsable de tout ? Peut-être est-ce à cause de lui si je me suis aussi facilement métamorphosée en meurtrière. Une semaine auparavant, je n'avais jamais mis les pieds aux Marquises,

458

pourtant à cet instant, je ressentais au plus profond de moi tout ce que devaient ressentir depuis des siècles les chasseurs des vallées d'Hiva Oa, le goût de la traque, de la mise à mort. J'ai fait semblant d'avoir entendu un bruit, j'ai attendu que Marie-Ambre s'enfuie dans la forêt. Tout me semblait si simple. Courir au me'ae, saisir mon fusil, la rattraper.

« Ma pauvre proie ne cherchait même pas à s'échapper. Elle n'avait parcouru que quelques dizaines de mètres et s'était assise sur une pierre tout près du me'ae. Elle se croyait sauvée si près du Soleil redouté. Elle avait paniqué pour rien, pour un bruit que j'avais prétendu avoir perçu derrière le tiki et qu'elle n'avait pas entendu. Elle écrivait, exactement comme Farèyne la nuit d'avant au vieux cimetière, elle notait toutes ses impressions, ses émotions, avant de retrouver les autres, comme Pierre-Yves leur avait demandé : quoi qu'il arrive, écrivez, écrivez, remplissez votre bouteille à l'océan… Et après on prétendra que c'est moi qui suis cinglée ? J'ai attendu qu'elle ait terminé, qu'elle range les feuilles dans son sac, comme l'avait fait Farèyne, et j'ai tiré.

« J'ai allongé son corps sur le me'ae, à côté de celui de Farèyne, entre les deux tikis, j'ai posé le testament d'Éloïse, puis j'ai filé. Le coup de fusil avait forcément dû s'entendre jusqu'à la terrasse du Soleil redouté, il allait t'attirer.

« Il ne restait plus qu'Éloïse et moi. Peut-être qu'au fond, mon mana me poussait dès le début vers cette unique issue. Éliminer toutes les autres pour vivre cet instant : Éloïse, en face de moi, avalant son thon coco, le seul plat marquisien qu'elle apprécie, la petite chérie, s'étranglant, ne comprenant pas, perdant l'usage des doigts, de ses mains, de ses bras, respirant de plus en plus difficilement, roulant des yeux de poisson mort en me regardant. Éloïse la si belle, Éloïse la si douée... Éloïse la si morte ! Et moi vivante, bien vivante !

Clémence se tait enfin. Elle baisse les yeux vers le lit et la main de Yann sur le manuscrit. Yann sait qu'il a quasiment épuisé tout son crédit temps. Il aurait peut-être dû en gagner en interrompant le récit de Clem, en se révoltant, ou au contraire en jouant à l'admirateur fasciné, mais il n'a pas voulu prendre le risque de briser l'élan de confidences. Une technique de psy, ou de curé... Sauf que la séance est terminée. Il doit pourtant grappiller encore des minutes. Yann lance un nouvel appât.

— Et tu comptes faire quoi ? Ne laisser aucun témoin derrière toi ? C'est-à-dire liquider toute la population d'Hiva Oa... Deux mille habitants. C'est ça ton plan ? Tout faire sauter, façon Mururoa ?

Clémence recule d'un pas, fusil toujours pointé sur le cœur du gendarme.

— Tu ne m'as pas bien écoutée, capitaine. Cette fois je n'improvise plus. Je n'ai pas un plan... mais plusieurs.

Yann retient un souffle de soulagement. Clem a mordu à l'hameçon. Sa main continue de se crisper sur les pages du manuscrit.

— Plusieurs ?

— Trois, pour être précise. Le plan A, celui que j'ai ruminé depuis deux jours, est le mode d'évasion le plus radical.

Elle change un instant la direction du canon de son fusil, le plante sous son menton, puis le dirige à nouveau vers Yann, avant qu'il ait pu réagir.

— T'as compris, je crois, clarifie Clémence, je me tire une balle en pleine tête. Cinq lectrices, cinq cadavres, plus ceux du mari gendarme et de l'écrivain. C'est le constat que feront les flics en débarquant. Un mystérieux massacre et personne pour témoigner de quoi que ce soit. Ça aurait plutôt de la gueule, non ?

Technique de psy. Yann tortille ses mains et hoche la tête, sans avis.

— T'as pas l'air convaincu ? T'as pourtant dû en voir, dans tes enquêtes de campagne, ce genre de boucherie ? Alors je passe au plan B, je suis longtemps restée bloquée sur lui. Je me tire une balle, mais pas mortelle, tu vois, dans l'épaule, ou l'un des poumons. Quand les flics atterrissent, ils découvrent toute l'horreur, et une seule survivante... Moi ! La miraculée ! Le vrai tueur s'est envolé. Au début, ça me semblait le meilleur scénario, mais plus j'y réfléchis, plus ça me semble gros. T'en penses quoi, capitaine ? Tes collègues seraient capables d'avaler ça ?

Technique de curé. Yann joint ses mains et dodeline de la tête, sans trancher.

— Moi je ne crois pas. Reste le plan C. Je viens de le trouver, alors je te le livre un peu en désordre... La seule solution, c'est de me sauver de cette île, donc il n'y a qu'une façon : l'avion. Sauf que même si je parviens à le prendre, je me ferai direct arrêter à Papeete. À moins que... L'idée m'est venue en suivant l'agonie d'Éloïse sur le canapé de la salle Maeva, son corps raidi et son visage caché sous ses cheveux étalés comme un balai-serpillière. Et si je faisais passer son cadavre pour le mien ? Réfléchis bien, capitaine, ça ne me semble pas bien difficile. Une balle dans sa jolie petite tête d'Éloïse, je lui prête mes vêtements, je trouve une paire de ciseaux pour lui tailler une coupe de garçonne, et le tour est joué. Les flics sont persuadés que Clémence Novelle, comme les autres, a été assassinée, et donnent la consigne à tous les aéroports de bloquer Éloïse Longo et seulement elle. Ma petite mise en scène ne fonctionnera pas très longtemps, mais assez tout de même pour atterrir à Papeete et prendre n'importe quel autre vol vers l'Australie, les États-Unis, les îles Fidji ou la Nouvelle-Guinée. Et, cerise sur le gâteau, ou litchi sur le flanc coco si tu préfères, je quitte l'île en emportant sous le bras le manuscrit d'Éloïse, celui que tu protèges si précieusement, capitaine. Ce fameux chef-d'œuvre qu'à part elle et Pierre-Yves François personne n'a lu, pas même ses enfants !

Clémence se penche une seconde pour en lire le titre, baissant de quelques centimètres le canon du fusil, et pousse un long soupir.

— *Attirée par les étoiles*. Pfff… Tu ne trouves pas ça d'une affligeante banalité ? Et je crains qu'il n'y ait pas que le titre à changer. Mais que veux-tu, capitaine, il paraît que cette petite poupée avec ses foulards et ses robes à fleurs était une surdouée, et moi la cancre. J'aurai tout le temps de m'extasier sur son génie dans l'avion, le prochain décolle dans à peine une heure. Juste assez pour jouer les relookeuses.

Yann pour la première fois esquisse un geste. Clémence redresse aussitôt le canon du fusil.

— Tu as envie de bouger ? OK, capitaine, alors éloigne un peu les feuilles de papier sous ta main gauche, je ne voudrais pas que ton sang éclabousse le manuscrit original d'un futur roman culte.

La main de Yann ne bouge pas. L'index de Clémence se crispe sur la détente.

— Comme tu veux. Si c'est ta façon de croire que tu rejoindras ta belle pour l'éternité…

Le gendarme redresse cette fois la tête. Il fixe la meurtrière droit dans les yeux.

Technique de flic.

Il se contente de prononcer lentement quatre mots.

— Jette ton arme, Clem.

L'ordre produit son effet. Clémence a relâché la pression de son doigt sur la détente.

— Quoi ?

— Jette ton arme ! répète Yann, plus calmement encore.

Clem affiche un sourire méprisant. L'effet de surprise est passé.

— Tu plaisantes ou quoi ?

Son doigt se replie, canon pointé sur le cœur du gendarme assis.

— Ne te plains pas, capitaine, moi j'irai en enfer, et toi tu meurs au paradis.

À cet instant précis, comme si un dieu courroucé avait décidé d'intervenir, le ciel semble s'ouvrir. Une voix puissante déchire les nuages au-dessus de la baie des Traîtres, à en faire trembler chaque bungalow du Soleil redouté : elle répète avec autorité et gravité l'ordre de Yann.

— Jetez votre arme !

L'injonction divine est suivie d'un piétinement d'éléphants, des dizaines de bottes qui se déplacent en courant sur la terrasse. Clémence n'a pas tiré. Elle hésite entre tenir Yann en joue et se retourner.

Le gendarme sourit, sûr de lui.

— Tu as raison, Clem, les flics mettent quatre heures à venir de Tahiti. Mais je ne leur ai pas téléphoné il y a une heure, comme je vous l'ai dit dans la salle Maeva. Je les ai prévenus trois heures avant, juste après le témoignage de Poe et Moana, dès que j'ai eu la certitude que tu étais la tueuse.

Les pas d'éléphants se rapprochent.

— Jetez votre arme, ordonne à nouveau la voix amplifiée par un mégaphone.

— Après la découverte des corps de Farèyne et Marie-Ambre, continue le gendarme, moi aussi j'ai improvisé. Je devais tenir une petite heure. Une heure pour te forcer à lever le masque et enregistrer tes aveux, tout en évitant que tu ne tues à nouveau.

— Raté, siffle Clémence. Tanaé m'a laissée seule avec Éloïse. Tu n'avais pas prévu ça ?

Elle lève légèrement le canon du fusil de chasse en direction du gendarme, pleine face, plein front.

Yann ferme les yeux.

— Une dernière fois ! hurle la voix d'outre-ciel.

— Je crois que le plan C est compromis, se contente de murmurer Clémence. Le plan B aussi.

Yann ouvre les yeux.

Clem a continué de lever son fusil. Elle le tourne vers elle d'un geste rapide et précis, et coince le canon sous son menton.

— Reste le plan A.

— Nooon !

La détonation couvre le cri de Yann, ainsi que les nouveaux ordres du commandant de la BRJ de Tahiti. Clémence, comme si elle avait parfaitement anticipé sa trajectoire post mortem, s'effondre sur le lit, yeux grands ouverts, mâchoire déchiquetée coulant en fontaine de sang sur les pages noires et blanches du roman.

Quatre flics armés de fusils d'assaut et équipés de gilets pare-balles entrent dans le bungalow Hatutaa.

— Elle... elle est morte ? demande stupidement l'un des membres du commando.

— Non... elle est vivante ! crie une voix dans leur dos.

Une petite voix claire de rivière, suivie de pas de gazelle sur la terrasse des éléphants.

— Elle est vivante, assure à nouveau la voix torrentielle.

Maïma surgit dans le bungalow, tire le flic le plus proche par la manche, telle une gamine excitée que les adultes refusent d'écouter.

— Éloïse est vivante ! Vous êtes bien venus avec un médecin, avec des médicaments ? Elle respire encore. On peut la sauver. On peut la sauver !

SERVANE ASTINE

— Allô ? Allô ? Quelqu'un peut-il me répondre ? Y a encore quelqu'un de vivant chez les Papous ?

Une voix chuchotante répond à l'éditrice.

— Madame Servane ? C'est Tanaé, du Soleil redouté. Je ne vous parle pas fort parce que…

— Passez-moi la petite Éloïse, coupe l'éditrice. Et pas la peine de chuchoter, Tatayet, vous savez, j'ai un bouton incroyable sur mon téléphone qui me permet d'augmenter le volume de votre voix si j'en ai envie, ou de vous couper le sifflet… Bon, vous me passez la survivante ?

— Je ne peux pas, répond Tanaé, d'une voix plus basse encore. Les médecins interdisent à Éloïse de bouger. Elle est sauvée mais elle est encore faible. Ils l'ont comme vidée. Maintenant elle doit boire, manger et…

— Je lui demande pas de bouger, précise Servane, enfin juste les lèvres, ça devrait aller, non ? Soyez gentille, c'est important, ce que j'ai à lui dire va la remplumer plus rapidement que vos clafoutis passion-tutti frutti !

Servane Astine n'entend plus, pendant une minute, que des bruits indistincts de conversations lointaines. Elle devine que se joue une âpre négociation, avant que la voix de Tanaé ne surgisse à nouveau dans le combiné.

— Elle est d'accord. Éloïse veut bien vous parler.

*
* *

— Bon, il paraît que t'es fatiguée, ma petite, alors je vais faire vite, parce qu'ici il est 5 heures du matin et si Paris s'éveille, moi j'ai plutôt envie d'aller me coucher. Je te résume la situation. Pierre-Yves m'a envoyé le PDF d'*Attirée par les étoiles* il y a deux jours, je te passe les superlatifs qui accompagnaient son mail, pas la peine d'attraper le melon, ou la pastèque, enfin je ne sais pas trop ce qui pousse par chez toi là-bas, et de toutes les façons on s'en resservira pour le bandeau du livre. La dernière grande émotion littéraire d'un écrivain assassiné, ça fera son petit effet !

« Bref, connaissant PYF, je ne me suis pas précipitée tout de suite sur ton manuscrit, mais plutôt sur ta photo sur ta page Facebook... T'es toute mignonne, mon cœur, et vu la promiscuité dans vos cases de Pygmées j'ai cru que ça avait pu l'influencer. Mais non, j'ai passé la nuit sur tes écrits et pour la première fois, et aussi la dernière, je te l'accorde, PYF a eu du nez... (Servane laisse échapper un bref éclat de rire, qui s'arrête aussi brusquement qu'il a jailli.) Allez, sois pas choquée, ma petite, va pas croire que je lui manque de respect, c'est tout le contraire, PYF adorait qu'on blague avec son flair. Bon, j'avais dit que je ferais court, alors voilà en deux mots le topo. T'as un talent indécent, ma petite. On publie ton bouquin, et je te propose même un contrat d'académicien pour que tu publies chez moi les vingt prochains.

La petite voix timide d'Éloïse tente de s'incruster entre deux rafales de mots.

— Le manuscrit a été...

— Taché ? De sang et de morceaux de cerveau ? Ouais, je sais, les flics m'ont raconté ! Mais, ma petite, quand ils t'ont vidée, ils ont oublié les oreilles ? Je t'ai dit que PYF m'avait envoyé un fichier PDF nickel ! Par contre, tu me gardes l'autre précieusement. Imagine, si tu décroches le Goncourt, le prix que vaudra ton manuscrit original imbibé de cervelle. À ce propos, passe-moi Columbo.

— Qui ça ? bredouille la toute petite voix.

— Le capitaine, j'ai une bonne nouvelle pour lui aussi. C'est l'hiver chez vous aux antipodes, non ? C'est même carrément Noël !

*
* *

— Allô, capitaine Marleau ? Je te la fais courte, il est 5 heures ici, alors je vais pas jouer longtemps les dauphins de la place Dauphine. J'ai réuni toute la nuit mon équipe éditoriale, c'est-à-dire moi, et on a décidé de publier le manuscrit de ta femme, *Terre des hommes, tueur de femmes*...

Yann est sur la terrasse du Soleil redouté, téléphone portable collé à l'oreille. Des gyrophares tournent dans l'allée. Des gendarmes multiplient les allers-retours entre la pension et les locaux de l'ancienne gendarmerie, à l'entrée du village.

— Mais ce n'est pas le manuscrit de ma...

— De ta femme ? Je crois que si, au contraire ! Pierre-Yves lui a tout pompé... sauf le style, tu t'en doutes, ta Farèyne, c'était pas George Sand non plus, mais questions infos, faut bien reconnaître que c'est elle qui a fait tout le boulot.

Yann s'appuie contre un montant de bois de fer de la pergola.

— Le livre portera leurs deux noms ?

— Dis-moi, mon adjudant, je parle javanais ou quoi ? Je t'ai dit qu'on publiait le roman de ta femme. Com-man-dante Fa-rèyne Mör-ssen. Rien que son nom sur la couverture en caractères majuscules. Tu ne trouves pas ça classe ?

— Si, mais… le nom de Pierre-Yves François ne serait pas plus… ?

— Vendeur ! Hou là, tu ne voudrais pas me piquer mon boulot d'éditeur en plus ? Je vais t'avouer un truc, tu ne vas pas le répéter, hein, San-Antonio, des manuscrits posthumes de PYF, j'en ai plein une armoire. Dix ans d'avance au bas mot. Il produisait cinq livres par an et j'avais un mal de chien à lui faire comprendre qu'on ne pouvait pas en publier plus d'un tous les six mois. Alors tu vois ? Je compte sur toi pour nous rédiger une jolie préface, tu te feras aider de la petite surdouée que je viens d'avoir au téléphone. En attendant, je continue la distribution des cadeaux. Tu peux m'attraper la petite Marquisienne… Mammamia ?

— Maïma ?

— Mammamia sonne mieux, tu ne trouves pas ?

Yann tourne la tête. Maïma est installée devant la table de la terrasse. Une policière assise en face d'elle l'interroge pendant qu'un collègue installé à côté retranscrit tout sur son ordinateur portable. Les policiers acceptent de la libérer quelques minutes. Maïma ne se fait pas prier pour sauter de sa chaise et saisir le combiné.

— Mammamia ? Il est 5 heures ici, les boulangers font des bâtards, alors je vais vite trancher dans le lard. J'ai une idée, ma petite. Écoute-moi bien.

JOURNAL de MAÏMA
Une étoile à cinq pétales

Pito plante sa canne dans la terre meuble du talus, puis pose le bouquet de roses de porcelaine aux pieds du tiki aux fleurs. Une fine bruine tombe sur Hiva Oa, nimbée d'une lumière traversière qui éclaire la plage et le village. Avant le déluge ? On devine, aux nuages accrochés aux sommets, que la pluie se déverse en cascade sur les montagnes.

Je m'avance en silence derrière le jardinier. Je ne vois que ses cheveux frisés et son dos large d'ancien marin. Je devine qu'il va rester là longtemps, qu'il va revenir souvent, avec un bouquet cueilli sur le chemin pour Titine, pour transformer les fleurs de pierre en fleurs de chair.

— Tiens, c'est pour elle.

Je tends à Pito un pendentif. Au bout de la chaîne, la perle noire ondule en pendule.

— C'est la top gemme. Celle que tu avais offerte à Martine. Je l'ai retrouvée dans les affaires de maman. Il ne faut pas trop lui en vouloir, maintenant. Je... je vous la rends. À tous les deux.

Je m'avance pour accrocher le bijou autour du cou de la statue. Pito prend ma main et, avec délicatesse, pose mes doigts sur la pierre. Bien à plat.

— Tu le sens, Maïma ?

— Qu... quoi ?

— Le mana. Le mana de la gentillesse. Laisse-le entrer en toi.

On reste, un long moment, à toucher la pierre.

— Tu l'entends, Maïma ? continue Pito juste avant que je m'impatiente. Tu as compris ce qu'elle te dit ?

Je crois que oui.

— Qu'elle... Que Martine se fiche des bijoux ?

— Exactement.

— Que maman, enfin, que Marie-Ambre, y tenait beaucoup plus qu'elle, et qu'elle lui offre ?

— Tout à fait. Tu vois, toi aussi, tu arrives à communiquer avec elle.

Je suis troublée. Étrangement, toute la colère avec laquelle je suis arrivée est retombée. Un bref bruit de moteur rompt la magie, suivi d'un fugace nuage de chaleur : trois voitures nous frôlent, en convoi, sans doute un groupe de touristes en provenance de l'aéroport. Pito déplace ses doigts jusqu'à la main de pierre de Titine.

— Nous allons déménager tous les deux. La vue est superbe ici, mais la route trop passante. J'ai négocié avec le maire, il est d'accord pour que Martine s'installe au cimetière d'Atuona. J'ai trouvé une petite place sous un ylang-ylang, juste au-dessus de la stèle de Jacques et Maddly. Je la rejoindrai dans peu de temps. Moi aussi, après avoir fait le tour du monde, j'ai passé quelques années de ma vie à Mururoa.

Je serre très fort la perle noire au creux de ma main.

Pito s'est assis en tailleur devant le tiki, son visage à la même hauteur que celui de pierre. Ses deux mains se mélangent aux vingt doigts de Martine. Je m'éloigne en silence.

Avant de mourir je voudrais
Me recueillir sur la tombe de Jacques Brel,
Et après ma mort, je voudrais être enterrée
à côté de lui.
S'il y a de la place pour moi.

*
* *

Je suis agenouillée et je creuse la terre avec mes mains. Elle est noire et meuble. De temps en temps, je lève les yeux vers le tiki gris perché sur la petite butte devant moi. Je détaille la couronne sculptée dans la pierre, les boucles d'oreilles et les bagues de tuf.

— Tu comprends, maman, je dois beaucoup creuser. Sinon quelqu'un viendra la voler.

Je sais qu'elle m'entend. Je creuse encore, et quand je juge le trou assez grand, j'y dépose la perle noire, avec précaution, telle la graine d'une plante magique. Après l'avoir recouverte d'une fine couche de terre, j'attrape derrière moi le tronc d'un bébé-frangipanier. Je l'ai arraché dans la forêt, près de Tapoa. J'enfouis les racines le plus profondément possible puis, à mains nues, tasse la terre autour.

— Ainsi, personne ne la trouvera jamais, maman. Et ton tiki sera toujours fleuri.

J'essuie mes mains sur les feuilles d'un bananier. Je me suis relevée. C'est moi qui domine le tiki désormais.

— Je t'aime, maman. Tu sais, je suis grande maintenant, alors je crois que je n'aurai plus jamais d'autres mamans. Je ne serai sûrement jamais aussi belle que toi, mais j'espère que je rencontrerai des hommes qui m'aimeront autant qu'ils t'ont aimée. Tu me donneras un peu de ton mana ? Tu m'apprendras à être jolie ? À les séduire ? À leur mentir ? Je te laisse, je reviens vite. Je t'aime, maman. Pour de vrai.

Au pied de la butte, le vent agite doucement l'unique fleur du petit frangipanier, une étoile à cinq pétales que les fines gouttes de pluie font briller.

Avant de mourir je voudrais
Rester belle, jusqu'au bout,
être de ces femmes qui ne se fanent pas.

*
* *

Yann lit à voix haute une longue lettre. Je m'approche en silence, avec prudence. Pas assez cependant ! Mon pied nu écrase une écorce de manguier qui craque sous mon poids. Tanaé, Poe et Moana, mains jointes, se retournent en fronçant les sourcils. Seul le tiki devant eux n'a pas bronché, même si son œil unique paraît me dévisager avec la précision d'un téléobjectif, avant d'envoyer les informations au cerveau de pierre hypertrophié.

Yann lève les yeux. Il a terminé. Je comprends que mon capitaine tient entre ses mains l'e-mail que la mère de Laetitia Sciarra et l'amie d'Audrey Lemonnier, les deux victimes de Métani Kouaki, viennent d'adresser à la commandante Farèyne Mörssen. Un juge les a informées que l'affaire du tueur du 15e était définitivement résolue. Kouaki ne fera plus aucune nouvelle victime.

474

Personne sans doute ne viendra jamais jusqu'aux Marquises se recueillir sur sa tombe.

Mon capitaine dépose la lettre au pied du tiki. Tanaé adresse un discret signe de tête à ses filles, et toutes les trois, dans le même mouvement coordonné, se penchent et posent sur la feuille trois petits galets gravés d'un Enata, pour qu'elle ne puisse pas s'envoler.

Tanaé, un genou dans la terre, paraît réciter une prière.

— Je suis désolée, commandante. Si seulement nous nous étions parlé avant. Si j'avais su que tu me cherchais... Nous avions pourtant le même ennemi.

Elle s'incline et avec la lenteur d'un rituel sacré, elle tourne les trois galets.

À l'endroit.

Le tiki, dans sa grande sagesse, ne répond pas. La chouette de pierre sur son épaule n'a pas bronché. Yann tend la main à Tanaé pour l'aider à se relever. Elle l'accepte, pose la sienne sur son épaule. La serre, y laisse un peu de terre.

— On te laisse seul avec elle.

Elle fait un nouveau signe à ses filles, elles s'éloignent toutes les trois.

J'hésite à en faire de même, j'attends un instant, puis j'esquisse un pas de côté.

— Reste, Maïma. Reste. Tu es mon adjointe. Farèyne aurait aimé que tu sois là.

Mon capitaine m'a parlé sans se retourner, il a repéré ma présence comme s'il possédait des yeux dans le dos, ou plus vraisemblablement, comme si l'œil unique du tiki l'avait renseigné. Je me poste à côté de lui.

Yann se tient aussi raide que s'il avait été à son tour changé en pierre. Une pierre qui pleure.

— Tu as fait du bon travail, Farèyne, dit-il après un long silence. Tu auras droit à tous les hommages, tous les honneurs, et ils seront mérités, tu seras décorée par un quelconque préfet, ton livre sera publié, tu deviendras la flic la plus célèbre de France. Mais… Mais je sais que ce que tu aurais aimé, après avoir été au bout de ton devoir, c'est de tout rembobiner. T'offrir une seconde vie. Crois-moi, tu as sacrément bien réussi ta première, ma commandante ! Tu en mérites une deuxième. Et mille autres ensuite, mon aventurière. Tu me pardonneras si j'essaye, moi aussi ? De vivre… une autre vie.

Je prends la main de mon capitaine, je reste longtemps immobile, à regarder couler les larmes de Yann. On ne s'aperçoit même pas que la pluie a cessé de tomber.

À nos pieds, le vent agite la feuille sous les trois galets.

Avant de mourir je voudrais
Ne laisser derrière moi aucune affaire non élucidée,
Que Laetitia et Audrey soient vengées.

*
* *

Yann et moi avons fini par quitter le tiki. Son œil unique et humide nous regarde nous enfoncer dans la forêt, main dans la main. Nous marchons dans les traces de pas boueuses laissées par Tanaé, Poe et

Moana, sans échanger le moindre mot. Nous savons tous les deux dans quelle direction nous orienter. Yann progresse sous les feuilles de bananier gorgées d'eau, sans prendre la peine de les écarter. Elles fouettent son visage, ruissellent sur ses cheveux, trempent sa chemise ; derrière lui, avantagée par ma petite taille, je ne reçois que les gouttes d'écume de la cascade. Nous parvenons à quelques mètres du me'ae, au-dessus du Soleil redouté.

Je lâche enfin la main de mon capitaine.

Quelqu'un l'attend.

YANN

Éloïse se retourne.

Elle observe Yann marcher dans sa direction alors que Maïma s'écarte du chemin et se dirige seule vers l'autre extrémité du me'ae. S'effaçant pour ne pas les déranger.

Éloïse hésite entre sourire et gravité. Yann avance vers elle, le contraste est saisissant entre la force qu'il dégageait ces derniers jours et la fragilité qui le fait tituber. Il est aussi trempé qu'un naufragé qui a tout perdu, sauf la vie. Un marin à demi noyé. Éloïse lui tend la main.

— Regarde, dit-elle.

Yann s'approche encore, et s'arrête devant le tiki à la plume. Les deux yeux fendus de la statue, indifférents à leur présence, scrutent le ciel et le mont Temetiu, dont la cime noyée dans les nuages émerge à peine.

— Là-bas, ajoute Éloïse. Tu vois ?

Yann écarquille les yeux, ignorant ce qu'il est censé distinguer. Éloïse attrape son poignet, pointe son doigt et vise avec lui le sommet, là où se perd le regard du tiki.

— J'ai ma réponse. Il y a quelque chose de l'autre côté de la montagne, il existe plusieurs chemins, on choisit celui que l'on veut. Si l'on choisit le plus long, le plus escarpé, il faut voyager léger, balancer le balluchon, c'est… c'est la seule façon.

— Il y a quoi de l'autre côté ?

Éloïse sourit. Cette fois, elle se tourne vers le tiki et caresse avec délicatesse la plume de pierre.

— La réponse. Pour la première fois de ma vie, quelqu'un m'a dit que j'étais douée, quelqu'un d'autre que la petite voix qui s'entête dans ma tête depuis que je suis née. Que je n'étais peut-être pas si folle d'y avoir cru. D'avoir tout abandonné.

Son doigt continue de suivre les courbes de la plume.

— Maintenant que tu as ta réponse, dit doucement Yann, tu vas pouvoir rentrer chez toi.

Un léger voile passe devant le visage d'Éloïse. Ses cheveux sont mouillés eux aussi. Aucune fleur ne les colore aujourd'hui. Elle n'a jamais été aussi jolie.

— Je ne crois pas. Je les ai trop fait souffrir. Mon mari a déjà refait sa vie avec une femme qui n'entend pas des voix.

— Et Nathan ? Et Lola ?

— *Attirée par les étoiles* leur est dédié, mais je ne crois pas qu'ils auront envie de le lire. Encore moins quand ils seront grands. Ce livre leur a volé leur maman.

Yann saisit Éloïse par les épaules, la force à le regarder. Visage contre visage.

— Tu n'as jamais été aussi légère ! Sans balluchon ! Alors t'attends quoi pour aller les retrouver ? D'avoir le prix Nobel de littérature ? Et après ? Tes enfants ne t'aimeront pas plus pour autant. Et pas moins. Les enfants aiment sans juger, Éloïse. Les enfants t'aiment comme tu es. Seuls les enfants savent aimer comme ça…

Éloïse se dégage, offre son visage humide au ciel, n'en laisse au gendarme que la moitié. Son profil se découpe dans la forêt d'émeraude. Les dernières gouttes de pluie ne semblent tomber des feuilles de palmier que pour le plaisir de glisser sur son front, son nez, ses lèvres.

— Non, Yann, pas seulement les enfants... (Elle scrute avec attention le sommet du Temetiu.) J'ai oublié de te dire, j'ai trouvé autre chose de l'autre côté.

— Il... Il y avait quoi ?

— Toi.

Avant de mourir je voudrais
Trouver un homme qui m'accepte comme je suis,
sans me juger,
Qui m'aime comme certaines femmes sont capables
d'aimer.

JOURNAL de MAÏMA
Uniques !

Je défie du regard le dernier tiki. La statue ne bronche pas. Ses petits yeux reptiliens restent plissés, froids et sournois, alors que les vingt doigts continuent d'étrangler l'oisillon prisonnier pour l'éternité.

S'il croit m'impressionner ! De fines nappes de brume descendent des sommets vers la forêt, j'ai la sensation que mes mots vont se perdre dans le brouillard naissant. J'élève la voix.

— T'es fier de toi ? Tu vas me répondre quoi ? Que c'est ainsi, que c'est ton mana, la mort, qu'elle aussi doit se transmettre, qu'il y a une part de violence en nous, autant qu'il y a une part d'amour ? Que tu n'es responsable de rien ? Pas davantage que ton voisin de pierre et de plumes n'est responsable du talent d'Éloïse. Clem portait cette violence en elle, mais il fallait qu'elle vienne ici, qu'elle te croise, pour que ses pulsions refoulées soient révélées ?

Le tiki ne répond rien. Technique de momie !

Je soutiens son regard, s'il croit m'hypnotiser avec ses yeux de serpent ! Par précaution, je recule d'un pas.

— Ne crois surtout pas que ça va marcher sur moi ! D'abord je ne suis pas venue pour toi. C'est à Clem que je veux parler.

Je jurerais avoir vu les yeux du tiki briller. Un simple éclat de quartz dans la roche volcanique ?

— Alors voilà, Clem, c'est Servane qui me l'a proposé. Je crois que son mana à elle, c'est celui du charognard, pas celui de la mort, celui qui vient juste après, si tu vois ce que je veux dire. Il paraît que les charognards sont le maillon le plus utile de toute la chaîne alimentaire, c'est du moins ce qu'elle m'a raconté, les seuls à ne jamais tuer personne pour se nourrir. J'en viens à la proposition de Servane Astine. Je t'avoue que j'avais eu l'idée avant… J'ai peut-être un peu de sang d'hyène moi aussi.

Je sors de mon sac un lourd paquet de feuilles.

— Si, comme je l'ai fait, on lit l'une après l'autre vos cinq bouteilles à l'océan, elles forment une curieuse histoire. Surtout si entre chacun de vos chapitres, on intercale mon journal : le récit heure après heure de mon enquête, complétée de temps en temps par ce qui se passe dans la tête de mon capitaine.

« Servane est prête à publier ça, elle m'a assuré que c'est ce que Pierre-Yves aurait voulu, et peut-être programmé depuis le début : que chaque lectrice raconte ses émotions, ses impressions, minute après minute, parce qu'il lui fallait cinq plantes différentes, cinq parfums si tu veux, cinq fleurs coupées, pour composer son bouquet. Cinq tikis sculptés, c'était le seul moyen de rassembler dans le même livre plusieurs manas. Pour composer une œuvre parfaite. Tu vois, PYF aimait les livres comme il aimait les femmes. Une seule beauté, un seul talent ne lui suffisaient pas. Il paraît que l'idéal est toujours une chimère.

Je laisse à Clem le temps de méditer. Une chimère ? Franchement, qu'est-ce qu'on en a à faire de l'idéal et des chimères ? Je baisse la voix et chuchote à son oreille de pierre :

482

— On s'en fiche, non ? On le sait bien qu'on est uniques ? Pas parfaites mais uniques !

Je me déplace légèrement, un pas à droite, un autre à gauche, je cherche la meilleure position pour écarter les voiles de brume et que le soleil brille par-dessus mon épaule, jusqu'à retrouver l'éclat d'étoiles dans le regard du tiki.

— Si je te résume l'idée, ça pourrait s'appeler *Au soleil redouté*, et on placerait évidemment ton récit en premier. Tu vas devenir la psychopathe la plus célèbre de toute l'histoire de la littérature, ma vieille ! Bien joué, Clem !

Avant de mourir je voudrais
Écrire un roman qui se vende en 43 langues
sur cinq continents.

Sur la vente de ce livre, 10 % des droits d'auteur seront reversés au Secours populaire pour aider à son action humanitaire.

Le Secours populaire français est une association de solidarité dont l'objet est de lutter contre la pauvreté et l'exclusion, en France et dans le monde.

POCKET N° 17794

« *Il ne nous
laisse pas
souffler jusqu'au
dénouement,
magistral.* »

Le Parisien

**Michel BUSSI
J'AI DÛ RÊVER
TROP FORT**

Montréal, San Diego, Barcelone, Jakarta... Le
quarté dans l'ordre.
Sur le chemin de Roissy, Nathy s'interroge. Quelles
sont les probabilités pour qu'on lui attribue,
précisément, ces quatre destinations – les mêmes
qu'il y a vingt ans ? Car l'hôtesse de l'air n'a jamais
oublié cette parenthèse enchantée – un rêve trop
grand, trop fort – vingt ans déjà ! Quel dieu farceur
s'ingénie donc ainsi à multiplier les coïncidences ?
Quel dieu cruel, à vouloir tout détruire ? Est-il
enfin l'heure d'affronter son passé ?

Retrouvez toute l'actualité de Pocket sur :
www.pocket.fr

POCKET N° 17300

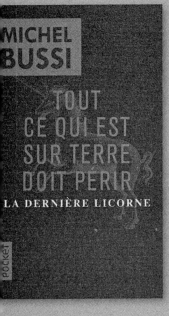

« Un thriller
ésotérique
vraiment bien
ficelé. »

La Voix du Nord

Michel BUSSI
TOUT CE QUI EST
SUR TERRE DOIT
PÉRIR

Une masse sombre, inexpliquée, prise dans les glaces millénaires du mont Ararat...

Un livre interdit, gardé sous clé dans l'enfer du Vatican...

Un animal de bois, énigmatique, portant au front une corne unique...

Les indices sont là, éparpillés. Un gigantesque puzzle à reconstituer pour remonter à l'origine de toutes les religions du monde. Zak Ikabi n'a qu'une obsession : en réunir toutes les pièces. Et trouver enfin l'arche de Noé.

POCKET N° 17168

« Ces nouvelles sont
inédites et c'est un
excellent cru de
Michel Bussi. »

**Jacqueline Petroz
– France Inter**

Michel BUSSI
T'EN SOUVIENS-TU, MON ANAÏS ?

Voilà treize jours qu'Ariane a posé ses valises dans cette villa de la Côte d'Albâtre. Pour elle et sa fille de trois ans, une nouvelle vie commence. Mais sa fuite, de Paris à Veules-les-Roses, en rappelle une autre, plus d'un siècle plus tôt, lorsqu'une fameuse actrice de la Comédie-Française vint y cacher un lourd secret. Se sentant observée dans sa propre maison, Ariane perd peu à peu le fil de la raison...

Dans les romans de Michel Bussi, vous étiez surpris jusqu'à la dernière page...

Dans ses nouvelles, vous le serez jusqu'à la dernière ligne.

Retrouvez toute l'actualité de Pocket sur :
www.pocket.fr

Composition et mise en pages
Nord Compo à Villeneuve-d'Ascq

Imprimé en France par

MAURY IMPRIMEUR
à Malesherbes (Loiret)
en janvier 2021

Visitez le plus grand musée de l'imprimerie d'Europe

atelier-musée
de l'imprimerie
Malesherbes-France

POCKET - 92 avenue de France, 75013 PARIS

N° d'impression : 250742
S31304/02